武汉高学院学术著作出版资助

湖北高校省级教学研究项目：
互联网健康管理视域下应用型本科高校运动康复专业实验教学体系构建研究（项目编号：2022458）

互联网健康管理
在运动康复实验教学中的理论与实践

马智超 著

人民体育出版社

图书在版编目（CIP）数据

互联网健康管理在运动康复实验教学中的理论与实践 / 马智超著. -- 北京：人民体育出版社, 2025. -- ISBN 978-7-5009-6600-5

Ⅰ. G807.4

中国国家版本馆CIP数据核字第20254T5H76号

互联网健康管理在运动康复实验教学中的理论与实践

马智超 著
出版发行：人民体育出版社
印　　装：北京建宏印刷有限公司

开　本：710×1000　16开本　　印　张：21.25　　字　数：408千字
版　次：2025年5月第1版　　　　印　次：2025年5月第1次印刷
书　号：ISBN 978-7-5009-6600-5
定　价：91.00元

版权所有·侵权必究
购买本社图书，如遇有缺损页可与发行与市场营销部联系
联系电话：（010）67151482
社　　址：北京市东城区体育馆路8号（100061）
网　　址：https://books.sports.cn/

目 录

第一章 绪论 …………………………………………………………（1）

　　第一节 互联网健康管理概述 ……………………………………（1）

　　第二节 运动康复实验教学概述 …………………………………（10）

第二章 高校运动康复实验教学的历史、现状与展望 …………（21）

　　第一节 我国运动康复实验教学的历史与发展现状 ……………（21）

　　第二节 健康管理与高校运动康复实验教学的关系 ……………（23）

　　第三节 互联网健康管理应用于高校运动康复实验教学的展望 …（27）

第三章 高校运动康复实验教学内容、方法和开展现状 ………（33）

　　第一节 高校运动康复实验的教学内容 …………………………（33）

　　第二节 高校运动康复实验的教学方法 …………………………（42）

　　第三节 高校运动康复实验教学开展现状 ………………………（49）

第四章 高校运动康复教学模式理论与实践创新 ………………（53）

　　第一节 高校运动康复实验教学模式现状与发展 ………………（53）

　　第二节 高校运动康复实验教学模式的理论分析 ………………（59）

　　第三节 高校运动康复实验教学模式的实践分析 ………………（63）

　　第四节 高校运动康复实验教学模式的优化与创新 ……………（67）

第五章　互联网健康管理在运动康复中的应用 …………………（71）

　　第一节　互联网健康管理在运动系统疾病运动康复中的应用 ……（71）

　　第二节　互联网健康管理在心血管疾病运动康复中的应用 ………（92）

　　第三节　互联网健康管理在代谢性疾病运动康复中的应用 ………（104）

　　第四节　互联网健康管理在神经系统疾病运动康复中的应用 ……（160）

　　第五节　互联网健康管理在心理疾病运动康复中的应用 …………（207）

　　第六节　互联网健康管理在老年综合征运动康复中的应用 ………（221）

第六章　基于互联网健康管理的运动康复实验教学设计 ………（234）

　　第一节　基于互联网健康管理——运动系统疾病的运动康复
　　　　　　实验教学设计 …………………………………………（234）

　　第二节　基于互联网健康管理——心血管疾病的运动康复
　　　　　　实验教学设计 …………………………………………（245）

　　第三节　基于互联网健康管理——代谢性疾病的运动康复
　　　　　　实验教学设计 …………………………………………（255）

　　第四节　基于互联网健康管理——神经系统病的运动康复
　　　　　　实验教学设计 …………………………………………（274）

　　第五节　基于互联网健康管理——心理疾病运动的运动康复
　　　　　　实验教学设计 …………………………………………（293）

　　第六节　基于互联网健康管理——老年综合征的运动康复
　　　　　　实验教学设计 …………………………………………（302）

参考文献 ……………………………………………………………（313）

第一章

绪论

第一节 互联网健康管理概述

随着互联网技术的飞速发展，各行各业都经历了前所未有的变革，健康管理领域也不例外。互联网健康管理，作为数字时代的新兴产物，正逐步渗透到人们的日常生活中，以其便捷性、高效性和个性化服务的特点，改变着人们的健康观念、健康管理方式和健康服务体验。本节将从互联网健康管理的定义、发展历程、核心技术、应用场景、挑战与机遇等多个维度，深入探讨这一领域的发展现状与前景。

一、互联网健康管理的定义与内涵

（一）定义

互联网健康管理，是指利用互联网、大数据、云计算、人工智能（Artificial Intelligence，AI）等现代信息技术手段，对个体的健康数据进行收集、分析、评估，并提供个性化的健康指导、疾病预防、慢性病管理、心理健康支持等全方位健康服务的综合管理模式[1]。互联网健康管理打破了传统医疗服务的时空限制，实现了医疗健康资源的优化配置和高效利用。

（二）内涵

1. 数据驱动

互联网健康管理的核心在于数据。通过可穿戴设备、移动健康应用、医疗信息系统等多渠道收集用户的生理指标、生活习惯、遗传信息等数据，为健康管理提供科学依据。

2. 个性化服务

基于大数据分析，为每个用户量身定制健康管理方案，包括饮食建议、运动计划、心理健康指导等，满足不同人群的特定需求。

3. 远程医疗

利用互联网技术，实现医生与患者之间的远程咨询、诊断、治疗，特别是在疫情期间，远程医疗服务发挥了巨大作用。

4. 健康管理生态系统

构建包括医疗机构、健康管理公司、保险公司、药品供应商等在内的健康管理生态系统，形成闭环服务，提升整体健康管理水平。

二、发展历程

互联网健康管理作为信息技术与医疗健康深度融合的产物，其发展历程充满了探索与创新，深刻影响了人们的健康观念与生活方式。这一过程，可以大致划分为以下几个阶段[2]：

（一）初期萌芽（20世纪末至21世纪初）

20世纪末，随着互联网的兴起和普及，人们开始尝试将这一新兴技术应用于健康领域。最初，互联网健康管理主要表现为健康信息的在线查询与分享。各大门户网站纷纷开设健康频道，提供疾病知识、养生保健、医疗资讯等内容。用户可以通过网络搜索获取所需信息。同时，一些健康论坛和社区也开始兴起，人们在这里交流健康经验，分享治疗心得，形成了初步的互联网健康交流生态。

（二）快速发展（21世纪初至21世纪20年代）

进入21世纪后，随着移动互联网技术的飞速发展，智能手机和移动互联网的普及为互联网健康管理带来了全新的发展机遇。这一时期，各类健康类应用软件如雨后春笋般涌现，涵盖了运动健身、饮食管理、健康监测等多个方面。用户可以通过这些软件记录自己的运动数据、饮食摄入、睡眠质量等健康指标，并获得相应的健康建议和反馈。同时，可穿戴设备的出现进一步丰富了健康数据的来源，用户可以通过佩戴智能手环、智能手表等设备，实时监测自己的心率、血压、步数等生理指标，实现健康数据的全天候跟踪。

（三）深度融合与创新（21世纪20年代至今）

自21世纪10年代中期以来，互联网健康管理进入了一个深度融合与创新的发展阶段。大数据、云计算、人工智能（AI）等先进技术的引入，使健康管理服务更加智能化、个性化。大数据技术的应用，使海量健康数据的收集、存储、处理和分析成为可能，为健康管理提供了科学依据。通过对用户健康数据的深度挖掘和分析，可以发现健康问题的潜在规律，预测疾病风险，为用户提供精准的健康指导。

云计算技术的普及，为健康管理平台提供了强大的计算和存储能力，使平台能够高效处理大量用户数据，支持多用户并发访问，降低运营成本，提升服务效率。同时，云计算还促进了健康数据的共享与互操作，为构建健康管理生态系统奠定了基础。

AI技术的引入，更是为互联网健康管理带来了革命性的变化。通过机器学习、深度学习等技术的应用，健康管理系统能够自动学习用户的健康数据，不断优化健康管理方案，提供更加智能化的健康指导和服务。例如，智能诊断系统可以根据用户的症状描述和生理指标，快速给出初步诊断建议；智能推荐系统可以根据用户的健康状况和偏好，为其推荐个性化的饮食、运动方案。

此外，随着远程医疗技术的不断成熟，互联网健康管理还实现了医疗服务的线上化、远程化。用户可以通过互联网平台与医生进行视频咨询、在线问诊、开具电子处方等，极大地提高了医疗服务的便捷性和可及性。特别是在疫情期间，远程医疗服务更是发挥了巨大作用，有效缓解了线下医疗资源的紧张状况。

三、核心技术

互联网健康管理的核心技术是推动该领域不断创新和发展的重要驱动力。这些技术不仅提高了健康管理的效率，还实现了更加个性化和精准的健康服务。

（一）大数据与数据分析技术

大数据技术在互联网健康管理中发挥着至关重要的作用。它允许平台收集、存储、处理和分析海量的健康数据，包括用户的生理指标、生活习惯、医疗记录等。通过对这些数据的深入挖掘，可以发现健康问题的潜在规律，预测疾病风险，为健康管理提供科学依据[3]。

1. 健康风险评估

基于用户的历史数据和实时健康监测数据，通过大数据分析算法，评估用户的健康风险，并给出相应的预防建议。

2. 疾病预测

结合用户的遗传信息、生活习惯、体检数据等，利用大数据技术进行疾病预测，提前采取干预措施。

3. 个性化健康指导

根据用户的健康状况和需求，利用大数据分析技术制订个性化的饮食、运动、心理等健康指导方案。

（二）云计算技术

云计算技术为互联网健康管理提供了强大的计算和存储能力。通过云计算，健康管理平台可以高效处理大量用户数据，支持多用户并发访问，降低运营成本，提高服务效率[4]。

1. 数据存储与共享

利用云存储技术，将用户的健康数据存储在云端服务器上，实现数据的实时同步和共享。医生、健康管理师等可以通过云平台查看用户的健康记录，制订治疗方案。

2. 性能扩展

对用户数量的增加和数据处理需求的增长，云计算平台可以自动扩展计算资源，满足系统的性能需求。

3. 安全与隐私

保护计算平台采用加密技术和安全协议，确保用户数据的安全性和隐私保护。

(三) 人工智能技术

人工智能技术在互联网健康管理中发挥着越来越重要的作用。通过机器学习、深度学习等算法，AI可以自动分析用户的健康数据，提供智能化的健康指导和服务[5]。

1. 智能诊断

结合用户的病史、症状描述和体检数据，利用AI算法进行初步诊断，辅助医生做出更准确的判断。

2. 个性化健康建议

根据用户的健康状况和需求，利用AI生成个性化的饮食、运动、用药等健康建议。

3. 智能监测与预警

通过可穿戴设备等物联网技术收集用户的实时健康数据，利用AI算法进行监测和分析，一旦发现异常立即预警。

（四）物联网技术

物联网技术将各种健康监测设备与互联网相连，实现数据的实时传输和共享。可穿戴设备、智能家居健康监测系统等物联网产品的普及，极大地丰富了健康数据的来源，提高了健康管理的实时性和准确性[6]。

1. 实时健康监测

用户可以通过佩戴智能手环、智能手表等设备实时监测心率、血压、步数等生理指标，并将数据传输到健康管理平台进行分析。

2. 远程健康监护

针对慢性病患者、老年人等特定人群，通过物联网技术实现远程健康监护，及时发现并处理健康问题。

3. 智能家居健康管理

将智能家居设备与健康管理平台相连，实现家居环境的智能调控和健康管理服务的无缝对接。

四、应用场景

互联网健康管理技术的应用场景广泛且多样，涵盖了个人健康管理、医疗机构服务、社区健康管理及保险行业创新等多个方面[7]。

（一）个人健康管理

1. 健康数据收集与分析

通过智能手环、智能手表等可穿戴设备，以及移动健康应用程序，实时收集用户的生理指标（如心率、血压、步数等）、生活习惯等数据，并利用大数据和AI技术进行分析，为用户提供动态健康评估、预警提示和干预建议。

2. 个性化健康指导

基于用户的健康数据和个人信息，提供个性化的饮食、运动、睡眠等健康指导方案，帮助用户改善生活习惯，预防疾病。

3. 健康咨询与在线诊疗

用户可以通过互联网医疗平台，与医生进行在线咨询、远程诊疗，获取专业的医疗建议和治疗方案。

（二）医疗机构服务

1. 患者管理与临床决策

医疗机构可以利用互联网健康管理平台，实现患者人群的精准分类和疾病趋势研究，提高临床决策的科学性和精准度。

2. 远程医疗服务

借助互联网和通信技术，医疗机构能够突破地域限制，为偏远地区的患者提供远程诊疗、在线咨询等服务，延伸服务半径。

3. 医疗数据互联互通

通过互联网健康管理平台，实现不同医疗机构之间的医疗数据互联互通，促进医疗资源的共享和协作。

（三）社区健康管理

1. 健康档案管理

社区可以通过互联网健康管理平台，为居民建立电子健康档案，记录居民的健康状况、疾病史、疫苗接种等信息。

2. 慢病防控与健康宣教

利用平台开展慢性病防控工作，对慢性病患者进行定期随访和健康管理；同时，通过平台发布健康资讯、开展健康宣教活动，提高居民的健康意识和自我管理能力。

3. 应急响应与救援

在紧急情况下，社区可以通过平台快速响应，协调医疗资源，为居民提供及时的救援服务。

（四）保险行业创新

1. 风险评级与精准定价

保险公司可以利用互联网健康管理平台提供的健康数据支持，进行风险评级和精准定价，推出更符合市场需求的健康保险产品。

2. 健康管理服务

将健康管理服务与保险产品相结合，为投保人提供健康管理咨询、健康风险评估、健康干预等服务，提高客户满意度和保单续签率。

3. 数据驱动的产品创新

基于大数据分析，保险公司可以洞察市场需求和消费者行为，推动健康保险产品的创新和发展。

五、挑战与机遇

互联网健康管理技术面临着诸多机遇与挑战，这些机遇促进了该领域的快速发展，而挑战需要通过技术创新和政策支持来克服。

（一）机遇

1. 技术进步的推动

1）大数据与人工智能：大数据和人工智能技术的不断发展，使健康数据的收集、处理和分析更加高效和精准，为个性化健康管理提供了可能。

2）物联网技术：物联网设备的普及，如智能手环、智能手表等，使健康数据的实时监测成为可能，进一步丰富了健康数据的来源。

2. 市场需求的增长

1）人口老龄化：随着全球人口老龄化的加剧，老年人群体对健康管理服务的需求不断增加，为互联网健康管理市场提供了广阔的发展空间。

2）健康意识提升：随着人们生活水平的提高和健康意识的增强，越来越多的人开始关注自己的健康状况，愿意为健康管理服务付费。

3. 政策支持与资金投入

1）国家政策扶持：各国政府纷纷出台政策支持互联网医疗和健康管理的发展，如提供资金补贴、税收优惠等。

2）社会资本投入：社会资本对互联网健康管理领域的投资不断增加，推动了该领域的创新和发展。

4. 跨界融合与创新

1）医疗与科技的融合：医疗与科技的深度融合，催生了众多创新产品和服务，如远程医疗、智能诊断等。

2）跨界合作：互联网健康管理领域与保险、养老、体育等行业的跨界合作，进一步拓展了市场空间和应用场景。

（二）挑战

1. 数据安全与隐私保护

1）互联网健康管理涉及大量个人健康数据的收集、存储和处理，如何确保这些数据的安全性和隐私保护成为一大挑战。

2）需要加强数据加密、访问控制等安全措施，同时建立健全的数据保护法规和标准。

2. 技术应用的局限性

1）目前互联网健康管理技术在某些方面仍存在局限性，如智能诊断的准确率有待提高、远程医疗的实时性不足等。

2）需要加强技术研发和创新，提高技术的稳定性和可靠性。

3. 医疗责任与监管

1）互联网健康管理服务中的医疗责任难以界定，如在线上问诊和远程医疗等服务中，医疗机构和医生的责任和义务需要明确。

2）需要加强监管和规范，建立完善的法律法规体系，保障患者的合法权益。

4. 信息真实性与可靠性

1）互联网上的健康信息繁杂多样，真假难辨，患者难以获取准确可靠的健康指导。

2）需要加强信息审核和监管，提高健康信息的真实性和可靠性。

5. 数字鸿沟

1）部分老年人和贫困地区的人群由于经济条件和技术水平的限制，无法享受到互联网健康管理服务。

2）需要加强数字普惠和公益服务，提高这些人群的互联网健康管理水平。

综上所述，互联网健康管理技术面临着诸多机遇与挑战。通过加强技术研发、完善法规标准、加强监管和规范等措施，可以克服这些挑战并推动该领域的健康发展。

第二节　运动康复实验教学概述

运动康复实验教学是康复医学与运动科学交叉领域的重要组成部分，旨在通过实践教学活动，使学生掌握运动康复的基本理论、方法和技能，培养其成为具备实际操作能力和创新思维的康复治疗师[8]。本节将从教学目标、教学内容、教学方法、实验设计、考核与评估以及存在的问题等方面，对运动康复实验教学进行全面概述。

一、教学目标

运动康复实验教学作为康复医学与运动科学领域的重要实践环节，其教学目标旨在培养学生成为具备扎实理论基础、熟练操作技能、良好职业素养及创新能力的运动康复专业人才[8]。

1. 掌握扎实的理论基础

通过系统的课程设置，帮助学生深入理解运动康复的基本理论、原理和方法，包括运动生物力学、运动生理学、康复医学等相关知识。这些理论知识是实验操作的基石，确保学生能够在实践中准确应用，并指导实际操作。

2. 提升实践技能

通过实验课程和实训环节，学生能够熟练掌握康复评估和训练技术，如关节松动术、肌肉力量训练、平衡训练等。同时，学生需学会正确使用各种康复设备，如跑步机、力量训练器和平衡训练仪，以确保康复效果的安全性和有效性。

3. 培养科研能力与问题解决能力

通过参与科研项目和实验研究，学生不仅能够提升科研思维和创新能力，还能够结合具体病例分析问题，制订个性化康复方案，并独立开展科研工作，将理论知识应用于实际问题的解决中。

4. 强化科学态度与职业素养

实验教学注重培养学生的科学态度和职业素养。学生需具备严谨的科学精神，实事求是地处理实验数据，同时注重团队合作与沟通，学会与患者、家属及其他医护人员有效沟通，建立良好的职业关系。

5. 激发创新思维与跨学科融合

鼓励学生在实验过程中勇于创新，尝试新的康复技术和方法。通过跨学科学习，将体育学、生物医学、心理学等相关学科的知识融入教学中，学生能够全面理解运动康复的复杂性，为未来的临床实践打下坚实基础。

二、教学内容

运动康复实验教学内容主要围绕理论基础教学、实践操作技能教学、康复治疗方法与技术、康复设备与器材使用、问题解决能力培养、科学态度与职业素养培养、创新能力培养及跨学科融合教学等方面展开。

（一）理论基础教学

1. 运动康复的基本概念与原理

（1）讲解运动康复的定义、目标、原理及其在运动医学和康复领域的重要性。

（2）涵盖运动生物力学、运动生理学、康复医学等相关学科的基本理论。

2. 常见疾病的运动康复理论

（1）介绍各种常见疾病（如关节损伤、肌肉劳损、神经系统疾病等）的运动康复原理和方法。

（2）分析不同疾病类型对应的康复策略和注意事项。

（二）实践操作技能教学

实践操作技能教学即康复评估技术，包括教授学生进行运动功能评估、肌力评估、关节活动度评估等基本技能，强调评估过程中的准确性和客观性，为后续制订康复计划提供依据。

（三）康复治疗方法与技术

演示并指导学生掌握关节松动术、肌肉力量训练、平衡训练、柔韧性训练等常用康复治疗方法；强调治疗过程中的安全性和有效性，注意患者个体差异和康复需求。

（四）康复设备与器材使用

介绍各种康复设备和器材（如跑步机、力量训练器、平衡训练仪等）的使用方法、适应症和禁忌症；指导学生正确操作设备，确保治疗效果和患者安全。

（五）问题解决能力培养

病例分析与讨论：①引入具体病例，引导学生分析患者存在的问题、评估康复需求、制订康复计划；②通过小组讨论和角色扮演等形式，培养学生的批判性思维和问题解决能力。

实验设计与实施：①鼓励学生参与实验设计，掌握实验设计的基本原则和步骤；②指导学生独立实施实验，观察实验结果并进行分析讨论。

（六）科学态度与职业素养培养

1. 科研方法与论文写作

（1）教授学生科研方法的基本知识和技巧，包括文献检索、实验设计、数据分析等。

（2）指导学生撰写科研论文或实验报告，培养其科研素养和写作能力。

2. 职业道德与法律法规

（1）强调康复师的职业道德和法律法规意识，包括保护患者隐私、遵守医疗规范等。

（2）通过案例分析等形式，加深学生对职业道德和法律法规的理解。

（七）创新能力培养

鼓励学生勇于探索新的康复技术和方法，培养其创新思维和创新能力；提供创新实践平台或机会，让学生有机会将创新想法付诸实践。

（八）跨学科融合教学

将体育学、生物医学、心理学等相关学科的知识引入教学，促进学生跨学科融合能力和综合素质提升。

三、教学方法

1. 讲授法

讲授法是实验教学的基础，通过教师的课堂讲解，向学生传授运动康复的基本理论、原理和方法。这种方法能够帮助学生建立扎实的理论基础，为后续的实验操作提供必要的知识支撑。在讲授过程中，教师可以结合多媒体课件、视频资料等现代教学手段，使理论知识更加直观、生动，提高学生的学习兴趣和理解能力。

2. 演示法

演示法是教师通过实际操作展示康复设备和器材的使用方法、治疗技巧等，让学生观察并模仿。这种方法能够直观地展示实验过程，帮助学生快速掌握操作要领。在演示过程中，教师可以边操作边讲解，强调注意事项和易错点，确保学生能够正确、安全地进行实验操作。

3. 实践操作法

实践操作法是实验教学的核心环节，学生需要在教师的指导下亲自动手进行实践操作。通过实践操作，学生能够深入理解理论知识，掌握实践操作技能，并积累丰富的实践经验。在实践操作过程中，教师应注重培养学生的独立思考能力和问题解决能力，鼓励学生尝试新的治疗方法和技巧。

4. 案例教学法

案例教学法是通过引入具体病例，让学生分析患者问题、评估康复需求、制订康复计划并进行实践操作。这种方法能够帮助学生将理论知识与临床实践相结合，提高其综合运用能力和临床决策能力。在案例分析过程中，教师可以引导学生进行讨论和交流，分享彼此的经验和见解，促进知识的共享和深化。

5. 小组讨论法

小组讨论法是将学生分成若干小组，围绕某个主题或问题进行讨论和交流。这种方法能够激发学生的参与热情，培养其团队合作精神和沟通能力。在小组讨论过程中，教师应引导学生积极发言、相互学习、共同进步。同时，教师还应对学生的讨论结果进行总结和点评，指出其中的优点和缺点，帮助学生不断完善自己的知识体系。

6. 考核与评价法

考核与评价法是实验教学的重要环节之一，通过考核和评价可以检验学生的学习成果和实验效果。考核内容可以包括理论知识测试、实践操作技能考核、病例分析等多个方面。评价方法可以采用笔试、口试、实践操作考核等多种形式。在考核过程中，教师应注重评价的客观性和公正性，确保考核结果能够真实反映学生的学习情况。同时，教师还应根据考核结果给予学生及时的反馈和指导，帮助其改进不足之处并进一步提升自己的专业素养。

运动康复实验教学方法多种多样，每种方法都有其独特的优势和适用范围。在实际教学中，教师应根据具体的教学目标和内容选择合适的教学方法，并注重多种方法的有机结合和灵活运用，以取得最佳的教学效果。

四、实验设计

运动康复实验设计是一个综合性的过程，旨在通过科学实验的方法验证和改进运动康复技术的有效性和安全性。

（一）实验目的

明确实验的目的和研究问题，如评估某种运动康复方案对特定疾病或损伤患者的康复效果，或者比较不同运动康复方法的有效性。

（二）实验对象

选择符合实验要求的受试者，包括患者的年龄、性别、疾病类型、损伤程度等。确保受试者的选取具有代表性和随机性，以减少偏颇。

（三）实验分组

将受试者随机分为实验组和对照组。实验组接受特定的运动康复方案，而对照组接受常规治疗或空白对照（即不给予任何额外治疗）。

（四）运动康复方案

根据实验目的和受试者的具体情况，设计个性化的运动康复方案。方案应包括运动类型、运动强度、运动频率、运动时间等要素，并遵循安全、科学、渐进的原则。

（五）实验过程

1. 基线评估

在实验开始前，对受试者的身体功能、运动能力、疼痛程度等进行全面评估，作为后续康复效果的参考。

2. 实施干预

实验组接受设计的运动康复方案，对照组按照既定方案进行治疗。在实验过程中，应确保干预措施的一致性和规范性。

3. 数据收集

定期收集受试者的相关数据，包括身体功能指标、运动能力测试、疼痛评分等。同时，记录受试者的主观感受、不良反应等信息。

4. 监督与调整

在实验过程中，应密切关注受试者的身体反应和康复进展，根据需要及时调整运动康复方案。

（六）数据分析

采用合适的统计方法对收集到的数据进行处理和分析，以评估运动康复方案的有效性和安全性。常用的统计方法包括 t 检验、方差分析、回归分析等。

（七）结果解释与讨论

根据数据分析结果，解释运动康复方案对患者康复效果的影响，并讨论可能的原因和机制。同时，对实验过程中出现的问题和不足进行反思和总结。

（八）实验报告

撰写详细的实验报告，包括实验目的、方法、结果、讨论和结论等部分。报告应客观、准确地反映实验过程和结果，为后续的研究和临床应用提供参考。

（九）注意事项

1. 伦理原则

在进行运动康复实验时，应遵循医学伦理原则，确保受试者的权益和安全。

2. 安全性

运动康复方案的设计应充分考虑患者的身体状况和运动能力，避免过度运动或不当运动导致的损伤。

3. 个性化

针对不同患者的具体情况制订个性化的运动康复方案，以提高康复效果。

4. 多学科协作

运动康复实验往往需要多学科协作，包括康复医学、运动医学、心理学等领域的专家共同参与。通过科学严谨的实验设计和方法，可以验证和改进运动康复技术的有效性和安全性，为患者的康复提供有力支持。

五、考核与评估

运动康复实验考核与评估是运动康复教学中至关重要的一环，它不仅能够检验学生的学习成果，还能为教学质量的提升提供反馈。

（一）考核内容

运动康复实验考核的内容应全面覆盖实验教学的各个方面，包括但不限于：①理论知识掌握情况，考核学生对运动康复相关理论知识的理解程度，包括基本概念、原理、方法等；②实验操作技能，评估学生在实验操作过程中的规范性、准确性和熟练度，如康复设备的正确使用、治疗技巧的应用等；③数据分析能力，考查学生收集、整理和分析实验数据的能力，以及基于数据结果进行推理和判断的能力；④病例分析与处理能力，通过病例分析，评估学生将理论知识应用于实际问题的能力，包括诊断、制订康复计划、评估康复效果等。

（二）考核方法

1. 笔试考核

通过闭卷或开卷考试的形式，考查学生对理论知识的掌握情况。笔试题型可以包括选择题、填空题、简答题、论述题等。

2. 实操考核

在模拟或真实的实验环境中，对学生进行实验操作技能的考核。实操考核可以包括设备操作、治疗技巧展示、患者评估等环节。

3. 病例分析考核

提供典型病例，要求学生进行分析并给出康复方案。通过病例分析报告或口头汇报的形式进行考核。

4. 综合评价

结合平时表现、实验报告、作业完成情况等因素，对学生进行综合评价。综合评价能够更全面地反映学生的学习态度和实际能力。

（三）评估标准

1. 准确性

评估学生在实验操作和数据分析过程中的准确性，确保实验结果的可靠性。

2. 规范性

考查学生在实验过程中的操作是否规范，如是否遵循实验步骤、是否注意实验安全等。

3. 创新性

鼓励学生在实验过程中提出新的想法和解决方案，评估其创新思维和创新能力。

4. 沟通能力

在病例分析考核中，评估学生的沟通能力，包括与患者的沟通、与团队成员的协作等。

（四）反馈与改进

1. 及时反馈

考核结束后，教师应及时向学生反馈考核结果和存在的问题，帮助学生明确自己的优点和缺点。

2. 个性化指导

针对学生的个性化需求和学习特点，提供有针对性的指导和建议，帮助学生改进和提高。

3. 持续改进

根据考核结果和反馈意见，不断优化实验教学内容和方法，提高教学质量和效果。

六、存在的问题

1. 招生规模相对有限

在健康中国战略深入实施的背景下，我国运动康复相关学校数量不断增加，但专业招生规模较小，招生人数相对有限。运动康复专业是一个新兴专业。大多数高校没有设立该专业，专业的知名度不高，公众对运动康复专业了解甚少，甚至对毕业后就业前景存在担忧，导致报考相关专业的学生有限。

2. 培训目标不够明确

面对日益紧缺的健康产业人才，高校需要根据市场需求设定专业人才培养目标，为课程设置、教学组织、教学方法提供依据。但一些学校在制定运动康复专业人才培养目标时，直接参照康复治疗学培养方案，照搬培养目标，没有认识到两个专业在服务对象和治疗手段上的差异。从治疗手段来看，运动康复主要是运动治疗，专业人员需要针对后天或先天的身体损伤，分析人体的功能障碍，制订康复治疗方案。康复治疗专业主要研究医学和现代医学科学技术，分析衰老、急慢性疾病和损伤的功能障碍，制订综合康复治疗方案。一些学校在人才培养过程中，未能明确区分运动康复与康复治疗的区别，忽视运动康复专业的特点，混淆了两个专业的服务方向和对象。

3. 缺乏优秀的师资和设备

目前，运动康复人才数量有限，高素质师资力量不足，高校科研和教学研究实力薄弱，阻碍了运动康复专业的建设和发展。在我国，康复专业发展时间不长，该专业人才数量较少、领域不足，缺乏高层次人才梯队。一些高校在运动康复领域招收的专业人才较少，未能合理设定专业教师的薪酬，对高水平教师吸引力不强。在运动康复师资队伍中，部分教师来自康复医学和运动人体科学专业，缺乏运动康复专业知识，需要大量的时间和精力学习医学知识和运动学知识，花费较长时间成长和发展。同时，高校专业设备和实训基地短缺，难以满足学生实践操作的需要，阻碍了实践教学活动的正常开展。

4. 人才技能水平不高

运动康复专业学生的实践水平和技能水平不高，在学校很难完全掌握专业技术。运动康复专业技术性很强，人才的实践技能直接决定未来的就业和发展。因此，学生不仅需要储备专业理论知识，更需要将知识运用到实践中。面对中老年人、伤病员、运动员等服务对象，专业人员需要具备应对和处理各种突发事件的能力，如跌倒、碰伤、扭伤等，这种能力需要经过长期的实践才能形成。然而，在运动康复专业教学中，一些学校未能合理安排实践教学内容，很少结合现实生活和工作的需要开展模拟训练，实验训练内容设计不具有针对性。有些学校虽然设立了假期实践环节，但学生的实践任务简单、时间短，导致学生的实践训练比较肤浅，很难将知识转化为实践技能。

综上所述，我国高校运动康复实验教学在课程设置、实验设施、师资力量、科研成果以及社会服务等方面取得了显著进展。通过系统化的实验教学，学生不仅能够掌握扎实的理论知识和实践技能，还能提升科研能力和职业素养。然而，招生规模、培训目标、师资与设备以及学生技能水平等方面仍存在一些挑战。未来，随着健康管理理论的深入应用以及教学内容和方法的不断创新，高校运动康复实验教学有望进一步发展，培养出更多高素质的运动康复专业人才，为健康中国战略的实施和社会健康事业的发展作出更大贡献。

第二章

高校运动康复实验教学的历史、现状与展望

第一节 我国运动康复实验教学的历史与发展现状

一、我国运动康复实验教学的历史

我国运动康复实验教学的历史可以追溯至20世纪中期，但真正形成体系并得以发展则是在改革开放以后。在20世纪80年代初期，随着改革开放的深入和体育事业的蓬勃发展，人们对运动损伤及康复的需求日益增长。此时，我国开始引入并发展现代康复医学，运动康复作为康复医学的一个重要分支，逐渐受到重视。

起初，运动康复主要服务于运动员和少数因运动损伤而需要康复的人群[9]。在这一阶段，运动康复实验教学主要依托医学院校或体育院校的解剖学、生理学等基础医学实验室进行，内容以观察人体结构、理解运动生理机制为主，尚未形成独立的实验教学体系。

进入20世纪90年代，随着我国体育事业的进一步发展和全民健身运动的兴起，运动康复的需求范围逐渐扩大，不再局限于运动员和特定人群。同时，国外先进的运动康复理念和技术不断传入我国，为我国运动康复实验教学的发展提供了新的思路和方向。

进入21世纪后，我国运动康复实验教学迎来了快速发展的黄金时期[10]。随着北京2008年奥运会的成功举办和全民健身计划的深入实施，社会对运动康复的需求急剧增加。高校纷纷加大对运动康复专业的投入力度，建设了一批高水平的实验室和实训基地。同时，随着科技的不断进步和教育理念的更新，运动康复实验教学的内容和方法也不断创新和完善。

二、我国运动康复实验教学的发展现状

1. 专业化水平显著提升

当前我国运动康复实验教学已经形成了较为完善的专业体系。高校纷纷设立运动康复专业，课程设置涵盖了基础医学、康复医学、运动科学等多个学科领域，形成了跨学科、综合性的教学模式。实验教学内容不仅包括传统的解剖、生理、病理等基础实验，还融入了运动功能评估、康复训练技术、运动损伤预防与康复等专业特色实验。同时，随着教学理念的更新，实验教学更加注重实践操作能力的培养，通过模拟真实康复场景、引入案例分析等方式，使学生能够在实践中掌握运动康复的核心技术和方法。

2. 科技融合深化

现代科技在运动康复实验教学中的应用日益广泛。一方面，高科技康复设备如等速肌力训练器、三维步态分析仪、表面肌电测试仪等被引入实验室，为学生提供了更为精准、高效的实验手段[11]。这些设备能够实时监测人体在运动过程中的生物力学参数、肌肉活动情况等，帮助学生更好地理解运动与康复之间的关系。另一方面，数字化、信息化技术也被广泛应用于实验教学中，如建立运动康复数据库、开发虚拟仿真实验系统等，为学生提供了更加便捷、丰富的学习资源和平台。

3. 应用领域不断拓展

随着社会对健康需求的增加，运动康复的应用领域也在不断拓展。除了传统的运动损伤康复外，运动康复实验教学还涉及慢性病管理[12]、老年人健康促进、青少年体能训练[13]等多个领域。这些领域的拓展不仅丰富了实验教学内容，也为学生提供了更多的实践机会和就业方向。同时，运动康复实验教学还积极与医疗、体育、社区等多个领域进行跨界合作，共同推动运动康复事业的发展。

4. 师资队伍建设加强

运动康复实验教学的发展离不开高素质的教师队伍。近年来，各高校纷纷

加强运动康复专业师资队伍的建设,通过引进海外高层次人才、培养本土优秀青年教师等方式,不断提升教师队伍的整体素质和教学水平。同时,教师们也积极参与科研活动和教学改革,不断探索新的教学方法和手段,为实验教学的创新与发展提供了有力支持。

5. 政策支持与社会认可提高

政府对运动康复事业的重视程度不断提高,出台了一系列政策文件支持运动康复专业的发展。这些政策不仅为实验教学的开展提供了良好的外部环境和条件保障,也促进了社会对运动康复专业的认识和认可。同时,随着人们的健康意识的提高和对运动康复效果的肯定,越来越多的患者和运动员选择通过运动康复来改善身体功能和运动表现,这也为运动康复实验教学的发展提供了广阔的市场空间和发展前景。

第二节 健康管理与高校运动康复实验教学的关系

一、健康管理的定义与目标

健康管理是一种通过对个体或群体的健康状况进行综合评估、监测、干预和管理,旨在预防疾病、促进健康和提高生活质量的过程[14]。其核心在于预防为主,强调健康的维护与改善。健康管理的主要目标包括预防疾病、健康促进、健康教育。

1. 预防疾病

预防是健康管理的重要组成部分,通过早期发现和干预健康风险因素,减少疾病的发生和发展。主要分为初级预防、二级预防和三级预防[15,16]。初级预防,通过消除健康危险因素,预防疾病的发生。例如,推广健康的饮食习惯和运动方式,进行免疫接种等。二级预防,早期发现和及时治疗疾病,防止其发展。例如,定期健康检查和筛查,早期诊断和治疗慢性病等。三级预防,在疾病发生后,通过康复和治疗,减少疾病带来的功能障碍和并发症。例如,心脏病患者的康复训练,糖尿病患者的足部护理等。

2. 健康促进

健康促进是通过改善生活方式和环境条件，增强个体和群体的健康能力，从而提高整体健康水平的一系列措施[17, 18]。其目的是帮助人们更好地掌握和控制影响健康的各种因素，实现最佳健康状态。具体措施包括饮食管理、体力活动、心理健康支持、戒烟限酒等。

3. 健康教育

健康教育通过传播健康知识和技能，帮助人们理解和掌握健康行为，从而提高健康水平[19, 20]。健康教育的形式多种多样，包括健康讲座、宣传资料、健康咨询、健康课程等。其目的是提高人们的健康素养，使其能够做出有利于健康的决策。

二、运动康复在健康管理中的角色

运动康复是健康管理的重要组成部分，通过科学的运动和康复训练，帮助个体恢复功能、提高运动能力、预防伤害。运动康复在健康管理中的角色主要包括疾病预防、康复治疗、健康促进。

1. 疾病预防

通过运动和康复训练，增强体质，预防慢性病和运动损伤的发生[21]。例如，定期进行有氧运动和力量训练，可以有效预防心血管疾病、糖尿病和骨质疏松等慢性病。

2. 康复治疗

通过个性化的康复训练，帮助患者恢复功能，减轻症状，提高生活质量。例如，心脏病患者通过心肺康复训练可以提高心肺功能，减少复发风险[22]；骨折患者通过康复训练可以恢复肢体功能，避免二次损伤[23]。

3. 健康促进

通过科学的运动计划，改善身体机能，提高心理健康水平。例如，定期参加运动和体育活动可以减轻压力、改善情绪，增强心理韧性，提高整体健康水平[24]。

三、健康管理理论在高校运动康复实验教学中的应用

（一）课程设计

1. 综合性课程

高校应设计涵盖健康管理与运动康复的综合性实验课程，使学生在理论学习的同时，能够进行实践操作。例如，开设"健康管理与运动康复"课程，重点教授学生如何进行健康评估、风险筛查、制订运动处方和干预计划。通过这些课程，学生能够学会评估个体健康状况，设计个性化运动康复方案，从而增强其对健康管理的理解与实践操作能力。

2. 实训室建设

基于健康管理理论，建立运动干预实训室，模拟真实的健康管理环境，例如健康体能评估、心肺功能检测等[25]。这样的实训室不仅为学生提供了实践操作的平台，还能够模拟个体或群体的运动康复场景，帮助学生更好地掌握在健康管理和运动干预中的应用方法。例如，通过建立虚拟仿真系统，让学生在仿真环境中实施运动处方的设计和干预，增强他们的实际操作能力和健康管理技术应用水平。

（二）教学方法

1. 案例教学

案例教学是一种直观而有效的方式，通过引入真实的案例，学生可以分析并理解健康管理在运动康复中的实际应用。比如，在课堂上提供与运动损伤康复相关的实际案例，让学生运用健康管理的理论进行分析，评估康复进程，并制订调整康复计划。通过这样的教学模式，学生可以更好地将理论知识与临床实践相结合，培养解决实际问题的能力。

2. 小组讨论

通过分组讨论的方式，学生可以在健康管理与运动康复的主题上互相讨论，分享自己的观点，培养团队合作和问题分析能力。讨论主题可以包括健康

评估的方法、运动干预计划的制订等，学生通过对实际问题的分析与讨论，能够更深刻理解健康管理理论在不同康复情境中的应用，同时也培养了批判性思维和沟通能力。

（三）实践能力的培养

1. 技能训练

在实验教学中，应注重学生实践技能的培养，特别是在健康评估、运动处方制定、个性化干预计划设计等方面。例如，教授学生如何使用现代化设备进行运动能力的测量和评估，如体脂检测、心肺耐力测试、力量评估等，帮助学生掌握一套系统的评估方法。通过模拟患者的健康管理和运动康复需求，学生能够熟练掌握运动评估和干预的技术。

2. 模拟训练

通过设计各种模拟患者的情境，使学生在实验课程中体验从健康评估到康复干预的全过程。例如，模拟某类慢性病患者，学生需根据健康管理理论，分析患者的健康状况，设计运动干预方案并进行干预训练。

（四）健康管理理论对学生发展的影响

1. 综合素质提升

通过健康管理理论的学习和实验教学的实践，学生不仅可以掌握运动康复的核心知识与技能，还可以提升他们的沟通、团队合作、分析问题与解决问题的综合能力。这类综合素质在实际工作环境中尤为重要，因为运动康复往往涉及跨学科的合作与个体健康的长期管理。

2. 职业准备

健康管理理论的学习与实践，能够让学生在未来的就业市场中具备更强的竞争力。通过在实验教学中掌握健康评估、运动干预、风险管理等关键技能，学生可以更好地适应快速发展的健康管理和运动康复领域的需求。例如，掌握运动康复评估方法的学生在未来的职业中，可以胜任健康管理师、运动康复师等相关岗位，满足个人健康和社会发展的多样化需求。

第三节 互联网健康管理应用于高校运动康复实验教学的展望

互联网健康管理相较于传统健康管理方式具有显著的优势,这些优势在高校运动康复实验教学中尤为明显。

首先,互联网健康管理通过实时数据收集与分析,提供了更为精准的康复指导[26]。传统健康管理常常依赖于定期的体检和手动记录,数据更新滞后,难以及时反映康复状态。互联网技术允许通过可穿戴设备实时监测学生的运动量、心率、血氧等指标,实时数据能够帮助教师和学生更快地识别康复中的问题并及时调整方案。

其次,互联网健康管理增强了教学的灵活性和便捷性。传统康复实验教学往往受到时间和地点的限制,教师和学生无法随时随地进行有效的交流与学习。互联网平台的引入使得在线课程、虚拟实验和实时互动成为可能,学生可以在任何时间、任何地点访问教学资源和进行实践操作,提高了学习的灵活性和有效性。

再次,互联网健康管理通过数字化资源和智能设备的应用,提升了康复训练的个性化和科学性。在传统方法中,康复方案往往是一刀切的,而互联网技术能够通过大数据分析为每个学生制订个性化的康复计划。结合虚拟现实技术,学生可以在模拟环境中进行训练,这不仅增加了训练的趣味性,还能针对个别情况进行调整,显著提高了康复效果。

最后,互联网健康管理通过社交媒体和在线社区促进了学生之间的互动与支持,这在传统健康管理中较为缺乏。社交媒体平台和在线健康社区提供了一个互相交流和支持的空间,学生可以分享康复经验,互相鼓励,从而形成积极的学习氛围。这种互动不仅能激发学生的康复动力,还能通过集体智慧优化康复方案,提高整体教学效果。

总的来说,互联网健康管理在数据精确度、教学灵活性、个性化方案和社交支持方面展现出了传统健康管理方式难以比拟的优势,这些优势为高校运动康复实验教学带来了革命性的改进。为了进一步发挥这些优势,高校可以通过以下几个方面的实践应用来挖掘互联网健康管理的潜力。

一、远程教学与在线资源共享

1. 在线教学平台的建设

随着互联网技术的发展，远程教学成为可能。高校可以建立专门的在线教学平台，提供直播课程、录播视频、互动讨论、作业提交与批改等多种功能。这些平台不仅可以帮助教师共享优质的教学资源，还可以通过分析学生的学习数据调整教学策略，提高教学效果。Coursera和edX等在线教育平台的成功经验可以为高校在线教学平台的建设提供借鉴[27]。

2. 教学资源的数字化与共享

教学资源的数字化是远程教学的重要组成部分。高校需要将课件、实验数据、教学视频、模拟软件等资源进行数字化处理并上传至网络平台，便于师生随时访问和学习。不同高校之间还可以通过资源共享平台实现教学资源的互通，提升整体教学水平[28,29]。数字化资源的更新与维护是保障教学质量的重要环节，需要专门团队进行管理。

3. 实时互动与专家讲座

在线教学平台可以实现实时互动，使学生在课程中随时提出问题并得到解答。高校还可以邀请国内外专家通过网络举办讲座和研讨会，便于学生与专家实时交流，拓宽视野，提高学术水平。通过网络直播和互动，学生可以直接向专家请教问题，了解最新研究成果和行业动态，从而激发学习兴趣，提升学术研究水平。

二、智能设备与数据分析

1. 可穿戴设备在运动康复中的应用

智能手环、智能手表、心率监测器等可穿戴设备在运动康复中的应用日益广泛[30,31]。这些设备能够实时监测佩戴者的身体状况，如心率、血氧水平、运动量等，为运动康复提供准确的数据支持[32]。通过智能手环记录每日运动量和睡眠质量，可以了解康复对象的实时情况，并根据数据调整康复计划，提高康复效果。

2. 数据收集与分析系统

互联网技术可以建立完善的数据收集与分析系统，对可穿戴设备收集的数据进行分析处理。教师和学生可以通过系统了解康复训练的效果，调整训练方案，提高康复效率。数据分析系统可以对患者的运动数据、健康数据等综合分析，生成详细报告，帮助教师进行科学决策。此外，数据分析系统还可以进行趋势分析，预测康复进展，为个性化康复方案提供依据。

3. 实时监测与反馈机制

实时监测与反馈机制让师生及时了解康复进展和存在的问题。通过智能设备和数据分析系统，可以实现对康复过程的实时监测，并通过平台将反馈信息及时传递给学生，进行调整和改进。当运动数据出现异常时，系统可以自动发出警报，提示教师和学生进行检查和调整，从而提高康复训练的安全性和有效性。

三、个性化康复方案与虚拟现实技术

1. 基于大数据的个性化康复方案制订

大数据技术可以通过分析大量康复数据，制订个性化康复方案[33]。这些方案能够针对患者的具体情况，提供最适合的康复训练，提高康复效果。通过分析患者的健康数据、运动数据、康复历史等，大数据技术可以发现患者的康复需求和问题，提供个性化解决方案。例如，通过大数据分析，可以为某些特定疾病或损伤患者制订专门康复计划，提高康复的针对性和有效性。

2. 虚拟现实技术在运动康复中的应用

虚拟现实技术在运动康复中的应用前景广阔。通过虚拟现实技术，可以为学生提供沉浸式康复训练环境，提高训练的效果和趣味性[34]。虚拟现实技术可以模拟各种运动场景，如跑步、游泳、攀岩等，帮助学生学习康复训练。此外，虚拟现实技术还可以用于模拟各种康复场景，如医院、康复中心等，提高学生的实践能力和康复效果。

3. 案例分析与实践效果

通过个性化康复方案和虚拟现实技术的应用，可以对不同康复案例进行分析，总结经验和教训，进一步优化康复方案，提高实践效果。通过对成功康复案例的分析，可以发现有效的康复方法和技巧，应用于其他学生的康复过程中，提高整体康复效果。此外，案例分析还可以帮助学生了解不同康复方案的优缺点，提升康复实践能力。

四、社交媒体与健康管理

1. 社交媒体平台的健康管理功能

社交媒体平台可以作为健康管理的重要工具[35]。通过社交媒体平台，学生可以分享康复经验、交流康复心得，形成良好的学习氛围。例如，通过微信、微博等社交媒体平台，学生可以发布康复日志，记录康复进展，与同学和教师分享康复经验，互相鼓励和支持。此外，教师可以通过社交媒体平台发布健康管理信息，指导学生进行科学康复训练。

2. 在线健康社区的构建与管理

通过互联网技术，可以建立在线健康社区，提供学生和教师互动交流的平台。在线健康社区可以举办各种线上活动，如健康讲座、康复训练比赛等，增强学生的参与感和积极性。通过在线健康社区，学生可以参加各种康复训练比赛，展示康复成果，激发康复动力。除此之外，在线健康社区还可以提供康复知识讲座、专家咨询等服务，帮助学生了解最新康复知识和技术。

3. 学生之间的互动与支持

在线健康社区还可以促进学生之间的互动与支持。通过互相交流和鼓励，学生可以获得更多康复动力，提高康复效果。例如，通过在线健康社区，学生可以组成康复小组，互相监督和支持，提高康复积极性和效果。此外，学生之间的互相学习也可以提升整体康复水平，形成良好的学习和康复氛围。

五、安全与隐私保护

1. 健康数据的安全性问题

在互联网健康管理中，健康数据的安全性问题尤为重要。高校需要建立完善的数据安全保障机制，确保健康数据的安全性，防止数据泄露和滥用。例如，高校可以采用加密技术、访问控制等措施，保护健康数据的安全。此外，还需要定期进行安全检查和风险评估，发现和解决潜在的安全问题，保障健康数据的安全性。

2. 互联网应用中的隐私保护措施

在互联网应用中，需要严格保护师生的隐私。高校应制定相关隐私保护政策，明确数据收集、使用和保护的规定，确保师生的隐私不受侵犯。例如，在数据收集过程中，需要征得师生的同意，并告知使用的数据目的和方式。在数据使用过程中，需要严格控制数据的访问权限，防止未经授权的访问和使用。此外，还需要建立健全的隐私保护机制，及时处理隐私泄露事件，保护师生的隐私权益。

3. 法律与伦理问题

互联网健康管理涉及许多法律和伦理问题。高校需要遵循相关法律法规，确保各项活动的合法性和合规性[36]。在数据收集和使用过程中，需要遵守《中华人民共和国网络安全法》《中华人民共和国个人信息保护法》等法律法规，确保数据的合法性和合规性。此外，还需要重视伦理问题，确保各项活动的伦理性和科学性。例如，在进行数据分析和研究时，需要尊重师生的知情权和隐私权，确保研究的科学性和伦理性。

六、未来发展趋势与挑战

1. 互联网健康管理的发展趋势

互联网健康管理的发展趋势主要包括技术的不断进步和应用的不断拓展。随着技术的发展，互联网健康管理将越来越智能化、个性化和便捷化，应用范围也将不断扩大[37]。人工智能、大数据、云计算等技术的发展,将为互联网健康管理提供更多的技术支持和应用场景。此外,互联网健康管理还将逐渐融入日常生活和工作,为人们的健康管理提供更多的便利和支持。

2. 可能面临的挑战与解决策略

互联网健康管理在发展过程中可能面临一些挑战,如技术难题、数据安全问题、隐私保护问题等[37]。例如,技术的快速发展可能带来技术难题和技术风险,需要不断进行技术创新和技术升级,解决技术问题和技术风险。数据安全问题和隐私保护问题也是互联网健康管理面临的重要挑战,需要建立健全的数据安全保障机制和隐私保护机制,确保数据的安全性和隐私性。此外,还需要加强法律法规和政策的制定和实施,保障互联网健康管理的合法性和合规性。

3. 高校运动康复实验教学的未来展望

通过互联网技术的应用,高校运动康复实验教学将迎来更加广阔的发展前景。未来,高校应继续加强互联网技术的应用,提高实验教学的质量和效果,为学生提供更加优质的教育服务。高校可以进一步加强在线教学平台的建设和应用,提供更加丰富和多样化的教学资源和教学方式,提高学生的学习体验和学习效果。此外,还可以加强应用智能设备和数据分析系统,为学生提供更加科学和个性化的康复方案,提高康复效果和康复效率。通过不断探索和创新,高校运动康复实验教学将不断提升,为学生的健康管理和康复训练提供更加优质的教育服务。

第三章

高校运动康复实验教学内容、方法和开展现状

第一节 高校运动康复实验的教学内容

一、引言

高校运动康复实验教学的重要性主要体现在以下几个方面：①它有助于培养学生的实践能力和创新思维。高校运动康复实验教学通过模拟真实场景，让学生在动手操作中发现问题、解决问题，从而锻炼其实践能力和创新思维。②高校运动康复实验教学能够加深学生对理论知识的理解。理论知识往往抽象难懂，而高校运动康复实验教学则能通过直观的操作和演示，帮助学生更好地理解和掌握理论知识。③高校运动康复实验教学还能提升学生的职业素养和团队合作精神。在实验过程中，学生需要遵守实验规范、尊重实验对象、与团队成员紧密合作，这些都有助于培养其职业素养和团队合作精神。

本节内容旨在全面梳理和阐述高校运动康复实验教学的主要教学内容，并探讨这些内容可以通过怎样的互联网管理形式展开。通过本节内容的阐述，读者将能够清晰地了解高校运动康复实验教学所涵盖的主要知识点、技能要求和教学方法。具体来说，本节将从以下几个方面进行阐述：①介绍高校运动康复实验教学的基础理论知识，包括解剖学、运动生理学、生物力学原理、运动损伤与预防以及康复医学基础等；②详细阐述高校运动康复实验教学的专业技能教学内容，包括运动功能评估、运动康复方案设计、运动疗法技术、康复设备与器械使用以及康复心理干预等；③结合当前高校运动康复实验教学的实际情况，分析其教学内容、方法和开展现状在互联网健康管理形式上如何开展。

二、基础理论教学

1. 解剖学基础

解剖学基础是高校运动康复实验教学的基石，它为学生深入理解运动康复机制提供了必要的生物学框架。在这一部分，教学内容应全面覆盖人体各系统、器官及肌肉骨骼结构。具体而言，学生会学习到骨骼系统的组成与功能，包括骨骼的分类、形态、连接方式及在人体运动中的作用；肌肉系统则重点介绍肌肉的形态、分类、起止点及功能，特别是各肌群的协同作用与运动关系；此外，还需了解神经系统对运动控制的原理，包括脊髓、脑干、小脑及大脑皮层在运动调节中的作用。

2. 运动生理学

运动生理学是研究运动对人体生理机能影响的科学。在高校运动康复实验教学中，运动生理学的内容至关重要。它涉及能量代谢、心肺功能、肌肉适应性等多个方面。能量代谢部分，学生将学习不同运动强度下能量供应系统的特点与转换机制；心肺功能部分，重点讲解运动对心脏泵血功能、肺通气与换气功能的影响，以及运动后的恢复过程；肌肉适应性部分，探讨长期运动训练对肌肉形态、结构、功能及代谢的适应性变化。

3. 生物力学原理

生物力学原理是分析人体在运动中力学表现的重要工具。在高校运动康复实验教学中，学生需要掌握动作分析、力学平衡、运动力学评估等基本技能。动作分析部分，学生将学习如何运用生物力学原理对运动动作进行解析，了解动作的运动学、动力学特征及其对人体结构的影响；力学平衡部分，重点讲解人体在静态与动态条件下的平衡维持机制，以及如何通过训练提高平衡能力；运动力学评估部分，涉及运用各种评估工具和方法对运动过程中的力学参数进行测量与分析，以评估运动效果、预测运动风险。

4. 运动损伤与预防

运动损伤是运动康复领域常见的问题之一。在高校运动康复实验教学中，运动损伤与预防的内容具有高度的实用性和针对性。学生将学习常见运动损伤的类型、原因、预防方法及初步处理措施。类型方面涵盖软组织损伤（如肌肉拉伤、韧带撕裂）、关节脱位、骨折等多种类型；原因方面则从生物力学、解剖学、心理学等多个角度进行深入剖析；预防方法则包括合理的运动安排、科学的训练方法、正确的运动姿势与技巧等；初步处理措施则涉及急救知识、冷敷热敷、加压包扎等基本技能。

5. 康复医学基础

康复医学是研究残疾与功能障碍的预防、诊断、评估、治疗及康复的学科。在高校运动康复实验教学中，康复医学基础的内容是不可或缺的。学生将学习康复医学的基本理论、原则、方法及其在运动康复中的应用。基本理论部分包括康复医学的定义、发展历程、理论体系等；原则方面则强调个体化、全面性、主动性等；方法部分则涵盖物理治疗、作业治疗、言语治疗等多种手段；在运动康复中的应用部分，则重点讲解如何根据患者的具体情况制订个性化的康复方案，运用康复医学的理论与方法促进患者功能的恢复与提高。

三、专业技能教学

（一）运动功能评估

运动功能评估是运动康复过程中至关重要的环节，它通过一系列科学的方法和工具，对患者的运动功能进行全面、系统的评估，帮助康复专业人员制订个性化的康复方案。主要评估内容包括肌力、关节活动度和平衡能力等。

1. 肌力评估

（1）肌力评估量表：使用肌力评估量表（如肌力五级评估法）对不同肌群的力量进行评估。评估方法包括徒手肌力测试（MMT）[38]，通过对患者特定肌肉或肌群施加阻力，评估其抗阻力能力。

（2）肌电图（EMG）：通过肌电图记录肌肉的电活动，评估肌肉功能及其神经控制情况[39]。

2. 关节活动度评估

（1）关节活动度测试：使用关节活动度计（如角度计、倾角仪）测量各关节的活动范围。评估内容包括主动活动度（患者主动进行的关节活动）和被动活动度（由康复师辅助进行的关节活动）。

（2）柔韧性测试：通过柔韧性测试（如坐位体前屈测试）评估肌肉和软组织的柔韧性及其对关节活动度的影响。

3. 平衡能力评估

（1）动态平衡测试：使用动态平衡测试工具（如平衡板、重心分析仪）评估患者在运动中的平衡能力。常用测试包括Berg平衡量表[40]、功能性前伸测试（FRT）[41]等。

（2）静态平衡测试：通过单腿站立测试、Romberg测试等方法评估患者在静止状态下的平衡能力。

（二）运动康复方案设计

基于运动功能评估的结果，学生将学习如何设计个性化的运动康复方案。这一环节将强调方案的针对性、科学性和可行性。学生需要掌握康复目标的设定原则，确保目标既具体又可达成，同时与患者的实际需求相匹配。在运动类型选择上，学生将了解不同运动类型对特定功能障碍的改善作用，如有氧运动提升心肺功能、力量训练增强肌肉力量等。此外，学生还需学习如何合理安排运动的强度、频率和持续时间，确保运动康复方案的安全性和有效性。

1. 康复目标设定

（1）短期目标：基于评估结果，设定可以在较短时间内实现的具体、可量化的康复目标，例如，提高某一特定肌群的力量、增加关节活动度等。

（2）长期目标：设定长期康复目标，以恢复患者的整体功能为最终目标，如恢复独立行走能力、提高生活质量等。

2. 运动类型选择

（1）有氧运动：选择合适的有氧运动类型，如步行、游泳、骑自行车等，帮助患者提高心肺功能。

（2）力量训练：选择适当的力量训练项目，如器械抗阻训练、弹力带抗阻训练等，针对性地增强肌肉力量。

（3）柔韧性训练：选择适当的柔韧性训练项目，如瑜伽、拉伸训练等，改善关节活动度和肌肉柔韧性。

（4）平衡训练：选择适当的平衡训练项目，如平衡板训练、单腿站立训练等，提升患者的平衡能力。

3. 强度与频率安排

（1）训练强度：根据患者的体能状况和康复目标，合理安排训练强度。可以通过心率监测、主观运动强度评分（RPE）等方法控制训练强度。

（2）训练频率：合理安排训练频率，一般每周进行3~5次训练，每次训练时长应根据患者的耐受能力进行调整。

（三）运动疗法技术

运动疗法技术是运动康复领域的核心技能之一，通过科学的训练方法和技术，帮助患者恢复功能、减轻疼痛、提高运动能力。以下是几种常用的运动疗法技术及其实施方法和注意事项。

1. 关节松动术

（1）技术介绍：关节松动术是一种作用于关节的被动运动手法，通过不同振幅的低速度连续被动生理、附属运动，增强目标关节周围肌肉的伸展性来恢复正常的身体功能，减轻疼痛、改善关节僵硬、增加受限关节活动范围[42,43]。

（2）实施方法：关节松动术基本操作手法包括摆动、滑动、滚动、旋转、分离及牵拉[44]。康复师需要对关节施加适当的力，进行特定方向的活动。

（3）注意事项：关节松动术应在无痛范围内进行，避免过度用力导致二次损伤。

2. 本体感觉神经肌肉促进法

（1）技术介绍：本体感受神经肌肉促进法（PNF）是一种神经发育治疗方法，它主要是通过对特定肌肉和关节的本体感受器施加特定强度的刺激，并结合手法接触、牵拉、关节挤压和抗阻等技术，以及采用螺旋或对角线的运动模式，来优化神经肌肉的运动表现，从而有效地扩大关节的活动范围并缓解肌肉僵硬症状的方法[45]。

（2）实施方法：本体感受神经肌肉促进法拉伸分为三个阶段。第一阶段由拉伸者将被拉伸者的目标肌群拉伸至目标肌群和韧带有轻微酸胀感后保持。第二阶段被拉伸者进行5~10秒的目标肌群拮抗肌收缩，同时拉伸者提供对抗被拉伸者收缩力的阻力，使被拉伸者保持目标肌群等张收缩状态。第三阶段被拉伸者和拉伸者同时放松，换至身体另一侧相同目标肌群重复第一、第二阶段。

（3）注意事项：确保正确的姿势和呼吸，避免在急性疼痛期进行。

3. 等速肌肉力量练习

（1）技术介绍：等速肌肉力量练习通过特定设备，在等速条件下进行肌肉收缩训练，增强肌肉力量。

（2）实施方法：患者在等速训练设备上进行练习，设备控制肌肉收缩的速度，进行力量训练。

（3）注意事项：根据患者的耐受能力调整训练强度和频率，避免过度疲劳。

（四）康复设备与器械使用

随着康复医学的发展，康复设备与器械在运动康复中的作用日益凸显[46,47]。康复设备与器械是运动康复过程中不可或缺的工具，它们帮助患者进行各种康复训练，提高康复效果。以下介绍几种常用康复设备与器械的种类、功能、使用方法及维护保养知识。

1. 常用康复设备与器械的种类及功能

（1）跑步机：用于有氧训练，提高心肺功能。

（2）力量训练设备：包括自由重量、固定器械等，用于肌肉力量训练。

（3）平衡训练器械：如平衡板、波速球等，用于平衡能力训练。

（4）拉伸器械：如拉伸带、泡沫轴等，用于柔韧性训练。

2. 使用方法

（1）跑步机：调整速度和坡度，患者根据自身耐受能力进行跑步或快走训练。

（2）力量训练设备：根据不同肌群选择合适的重量和训练动作，进行力量训练。

（3）平衡训练器械：在康复师指导下，进行单腿站立、平衡板站立等平衡训练。

（4）拉伸器械：使用合适磅数弹力带进行动态或静态拉伸，使用泡沫轴进行肌肉放松。

3. 维护保养知识

（1）定期检查：定期检查设备与器械的完好性，确保其安全使用。

（2）清洁保养：保持设备与器械的清洁，定期进行保养，延长使用寿命。

（3）使用规范：遵循使用说明，正确使用设备与器械，避免误用造成损坏或事故。

（五）康复心理干预

康复过程不仅仅是身体机能的恢复，更是患者心理状态的调整与重建。康复心理干预旨在通过科学的方法，帮助患者调整心理状态，建立积极的康复心态，提高康复效果。

康复过程中的心理状态变化：初期阶段，患者可能会经历震惊、否认和焦虑，担心康复过程的难度和未来的生活质量；中期阶段，随着康复过程的进行，患者可能会经历挫折和沮丧，因康复进展缓慢或疼痛而产生负面情绪；后期阶段，在康复即将完成时，患者可能会经历兴奋和期待，同时也可能担心康复的稳定性和未来的复发风险。

心理干预方法包括心理教育和认知行为疗法（CBT）。心理教育是通过健康教育，让患者了解康复过程和预期结果，减少恐惧和焦虑，提高康复信心。认知行为疗法可帮助患者识别和调整负面思维模式，建立积极的康复心态。

四、综合应用教学

（一）案例分析

为了将理论知识与实际应用紧密结合，案例分析是不可或缺的教学环节。通过选取典型的运动损伤或疾病案例，引导学生从实际问题出发，系统地分析病因、评估病情、制订康复计划并实施效果评估。以下是详细的案例分析流程和方法。

1. 选取典型案例

（1）运动损伤案例：如前十字韧带撕裂、肩袖损伤、踝关节扭伤等常见运动损伤。

（2）疾病案例：如骨关节炎、椎间盘突出症、慢性腰痛等常见疾病。

2. 分析病因

（1）病史采集：详细了解患者的病史，包括受伤时间、受伤原因、疼痛性质、既往治疗情况等。

（2）体格检查：进行全面的体格检查，评估受伤部位的功能状况，包括肌力、关节活动度、疼痛程度等。

（3）影像学检查：结合X光片、MRI、CT等影像学检查结果，进一步明确损伤或疾病的程度和部位。

3. 评估病情

（1）功能评估：使用标准化的功能评估量表，如国际膝关节评分表（IKDC）[48]、Oswestry功能障碍指数[49]等，评估患者的功能状态。

（2）疼痛评估：使用视觉模拟评分（VAS）[50]、简易麦吉尔疼痛问卷（MPQ）[51]等工具，评估患者的疼痛程度和性质。

（3）心理评估：了解患者的心理状态，评估其焦虑、抑郁等心理问题对康复过程的影响。

4. 制订康复计划

（1）康复目标设定：根据评估结果，设定具体、可量化的康复目标，包括短期目标和长期目标。

（2）康复方案设计：选择合适的康复方法，包括运动疗法、物理治疗、手法治疗等，制定详细的康复方案。

（3）训练计划安排：合理安排训练的频率、强度和时间，确保康复训练的科学性和有效性。

5. 实施效果评估

（1）阶段性评估：定期对患者的康复进展进行评估，记录各项功能指标的变化。

（2）最终评估：在康复计划结束时，进行全面评估，比较康复前后的功能状态，评估康复效果。

6. 总结与反思

总结案例中的成功经验和不足，提出改进措施，为今后的康复教学提供参考。

（二）跨学科合作

运动康复领域并非孤立存在，它与物理治疗、中医推拿、营养学等多个学科有着紧密的联系。为了培养学生的跨学科合作能力，必须在教学中强调这种多学科交叉的特点。

1. 运动康复与物理治疗的合作

（1）物理治疗技术的应用：如超声波治疗、电刺激治疗、激光治疗等，在运动康复中起到重要的辅助作用。

（2）联合评估与治疗：通过物理治疗师和运动康复师的合作，共同对患者进行评估和治疗，综合运用各自的专业知识，提高康复效果[52]。

2. 运动康复与中医推拿的合作

（1）中医推拿技术的应用：如推拿、针灸、拔罐等中医技术，在运动康复中帮助缓解疼痛、改善血液循环、促进组织修复。

（2）综合治疗方案设计：结合中医推拿和现代康复技术，制订综合治疗方案，提高康复效果和患者满意度[53]。

3. 运动康复与营养学的合作

（1）营养评估与指导：通过营养师对患者的饮食状况进行评估，提供科学的饮食指导，促进康复过程中的营养支持。

（2）个性化营养方案设计：根据患者的康复需要，制订个性化的营养方案，确保患者在康复过程中摄入充足的营养物质，促进组织修复和功能恢复。

（三）实践教学与实习

实践教学与实习是提升学生解决实际问题能力的关键途径。在实习过程中，学生将有机会亲身参与患者的评估、治疗及康复指导等各个环节，将所学知识应用于实际工作中。同时，通过与临床专家的交流和互动，学生可以深入了解行业前沿动态和最新技术进展，不断拓展自己的专业知识和技能。此外，实习还将帮助学生建立职业意识、提高职业素养，并为其未来的就业和创业做好充分准备。

通过案例分析、跨学科合作和实践教学与实习，综合应用教学全面提升了学生的专业技能和实际操作能力，为他们未来从事运动康复工作奠定了坚实的基础。

五、未来展望

针对以上传统教学内容,我们可通过互联网健康管理模式提出以下创新。

1. 在线学习平台

通过建立一个在线健康管理学习平台,可以为学生提供关于运动康复和健康管理的系统课程、资料库和互动学习模块。课程视频包括解剖学基础、运动生理学、生物力学、运动损伤预防等各类课程的视频讲解。可供学生反复观看,加深他们对专业知识的理解。

虚拟现实(VR)解剖模型:通过3D虚拟人体模型,用户可以交互式地学习人体解剖结构,理解各个系统在运动中的作用。

模拟实验室:利用虚拟实验技术,让用户在线模拟实验,如生物力学分析、肌电图使用等,增强动手能力。

2. 个性化健康管理App

开发一款智能健康管理App,为用户提供个性化的运动康复管理和健康指导。

功能评估工具:通过内置的运动功能评估模块,用户可以在线进行肌力、关节活动度、平衡能力等评估,并获得评估结果和康复建议;基于评估结果,自动生成个性化运动康复方案,包括有氧运动、力量训练、柔韧性训练等,并提供详细的操作指导;通过智能设备(如智能手环、心率监测仪)采集用户的运动数据和健康指标,实时调整康复方案;通过心理状态评估和认知行为疗法(CBT)等在线工具,帮助用户调整情绪,保持积极的康复心态。

第二节　高校运动康复实验的教学方法

一、传统教学方法

1. 讲授法

讲授法作为传统教学中最为基本和常见的方法,在运动康复实验教学中占据重要地位，其核心在于教师通过口头语言的方式，系统地、连贯地向学生传授知识和技能。这种方法特别适用于基础理论知识的介绍，如概念、原理、公式等。在讲授过程中，教师可以根据学生的接受能力和反馈情况，适时调整讲解的深度和广度，确保学生能够全面、准确地掌握所学内容。同时，讲授法也便于教师控制教学进度，确保教学计划的顺利实施。

2. 演示法

演示法是教师通过亲自操作或利用教学媒体（如视频、图片、实物等）来展示某种技能或过程的方法。这种方法能够帮助学生直观地理解技术要领和操作步骤，尤其适用于那些需要高度视觉感知和模仿的学科领域。通过演示，学生可以清晰地看到每一个细节和关键点，从而更容易掌握技能要领。此外，演示法还能激发学生的学习兴趣和好奇心，提高他们参与课堂活动的积极性。

3. 讨论法

讨论法是一种以学生为主体的教学方法，它鼓励学生围绕某一主题或问题进行深入的思考和交流。在讨论过程中，学生可以自由发表自己的观点和看法，与他人进行思想碰撞和知识共享。这种方法不仅能够促进学生之间的相互理解和尊重，还能培养他们的批判性思维和解决问题的能力。同时，讨论法也有助于教师了解学生的学习情况和思维状态，从而及时调整教学策略和方法。通过讨论，学生可以更加深入地理解所学知识，并将其应用于实际情境中。

二、传统教学方法的互联网化展现

（一）讲授法的互联网化展现

讲授法是传递基础知识的重要方法。在互联网健康管理平台中，这一方法可以通过在线课程与电子教材的形式实现。

在线课程模块化：将运动康复基础理论与实践知识分模块设计课程，学生可以通过平台，自主选择相关课程进行学习。例如，模块内容可以涵盖肌肉骨骼康复、神经康复、运动评估等方面。

电子教材与参考文献：平台提供电子教材、课件和相关文献链接，帮助学生进行深入学习，所有资料均可通过互联网随时访问和下载。

课程时效与跟踪：通过系统化的课程时间安排，平台可跟踪学生的学习进度，确保学生在规定时间内完成学习任务，并自动生成学习报告。

（二）演示法的互联网化展现

演示法通过视觉化教学展现康复技术的具体操作流程。在互联网环境中，可以利用视频和3D仿真技术增强教学效果。

1. 高清视频演示

提供高质量视频，教师可以在视频中进行详细的康复技术演示，如针灸、推拿、物理疗法的操作规范。每个步骤都有详细说明，学生可反复观看学习。

2. 3D仿真交互式操作

通过虚拟仿真工具，学生可以在电脑或移动设备上以3D视角观察并操作康复设备或执行康复动作，例如，如何进行关节活动度评估、肌力测试等，帮助学生深入理解技术细节。

3. 增强现实（AR）技术

通过AR设备，学生可以将虚拟康复场景叠加到现实中，进行模拟操作。例如，在AR环境中，学生可以练习康复器械的使用，或者模拟在康复过程中如何评估患者状态。

（三）讨论法的互联网化展现

互联网平台提供了丰富的讨论空间，帮助学生在理论学习和实践操作过程中进行交流与互动。

1. 专业讨论论坛

每个课程模块都配有相应的讨论区，学生可以在论坛中提出问题、分享经验，教师或专家定期参与讨论并解答问题。例如，某些特殊的康复病例或操作技巧可以作为讨论主题，激发学生的思考与分析能力。

2. 实时问答与互动讨论

结合直播教学或在线讨论工具，学生可以在学习过程中随时提出问题，并通过在线聊天室或视频会议与教师实时互动交流，及时解决困惑。

三、现代教学方法

1. 翻转课堂

翻转课堂是一种颠覆传统课堂教学模式的教学方法。在这种模式下，学生首先需要在课前通过观看视频、阅读教材等方式完成自学任务，掌握基础知识。课堂上，教师则不再进行大量的知识讲解，而是将时间用于组织学生进行问题讨论、实操练习和答疑解惑。这种方法不仅能够提高学生的自主学习能力，还能促进学生之间的深度交流和合作。

2. 案例教学

案例教学是一种通过真实或模拟的案例来引导学生分析问题、制订解决方案并实践验证的教学方法。在康复医学、运动科学等领域，案例教学尤为重要。通过选取具有代表性的案例，教师可以帮助学生将理论知识与实际应用相结合，培养他们的分析能力和解决问题的能力。同时，案例教学还能激发学生的学习兴趣和动力，让他们更加积极地参与到学习过程中来。

3. 情景模拟

情景模拟是一种模拟真实工作场景或生活情境的教学方法。在康复医学教育中，情景模拟尤为重要。通过模拟真实的康复场景，教师可以让学生在模拟环境中进行角色扮演和实操练习。这种方法不仅能够帮助学生更好地理解和掌握康复技能，还能提高他们的应变能力和实际操作能力。

4. 信息技术应用

随着信息技术的飞速发展，越来越多的现代信息技术手段被应用于教学领域。在康复医学教育中，多媒体教学、虚拟仿真技术、在线学习平台等现代信息技术手段的应用极大地丰富了教学手段和教学资源。通过多媒体教学，教师可以利用图片、视频等直观展示康复治疗的过程和效果；通过虚拟仿真技术，学生可以在虚拟环境中进行实操练习，提高技能水平；通过在线学习平台，学生可以随时随地进行自主学习和交流互动。

四、现代教学方法的互联网化展现

（一）翻转课堂的互联网化展现

翻转课堂强调学生自主学习理论知识，课堂上主要进行互动实践。在互联网健康管理形式下，可以通过以下方式实现。

1. 在线知识库

平台提供运动康复相关的理论学习资料，如视频课程、电子书、文献资源等，学生在课前通过这些资源自主学习。平台系统会记录学生的学习时间与进度，并生成报告。

2. 在线测验与实践反馈

学生在课前完成学习后，在线进行理论知识测验。测验结果将作为课堂讨论的基础，教师可通过平台查看学生的表现情况，调整课堂内容。课堂上，学生可以通过实践操作与互动来深化对理论的理解。

（二）案例教学的互联网化展现

案例教学法适用于培养学生的实践与分析能力。在互联网平台中，可以通过案例数据库和在线案例讨论实现。

1. 丰富的康复案例数据库

平台提供实际康复案例数据库，覆盖多种运动损伤或疾病，如膝关节损伤、肌腱炎、肩袖撕裂等。每个案例包括患者的病史、康复计划、治疗进展等详细资料，学生通过分析案例，制订个性化的康复方案。

2. 在线案例讨论与分析

学生可以在平台上与小组成员合作分析案例，并在论坛或讨论区提交康复方案。教师通过平台进行点评和反馈，学生可以通过反馈进一步优化康复计划。

3. 病例跟踪模拟

通过平台追踪虚拟患者的康复进度，学生可以实时查看治疗效果，并根据数据调整康复策略，模拟真实临床环境下的康复治疗决策过程。

（三）情景模拟的互联网化展现

情景模拟通过虚拟环境帮助学生更直观地掌握康复实践技能。在互联网平台上，VR和AR技术提供了身临其境的教学体验。

VR情景模拟康复训练：平台提供虚拟现实场景，学生可以在VR设备中体验实际康复操作场景。例如，在模拟的康复室中，学生可以练习如何处理不同的运动损伤、如何指导患者进行康复训练。

虚拟患者治疗与反馈：通过AR技术，学生可以看到虚拟患者并对其进行评估与治疗，实时了解康复效果并收到系统反馈。例如，通过虚拟患者的反应来评估治疗是否有效，以及患者在康复过程中的进展。

（四）信息技术应用

结合现代信息技术的应用，平台可以通过智能设备和数据分析工具提供更精准的康复训练管理和效果评估。

1. 运动康复监测设备

通过可穿戴设备（如智能手环、心率监测仪、运动传感器等），平台可以实时监控学生或患者的运动数据（心率、步数、卡路里消耗等），并上传到健康管理系统。

2. 个性化康复反馈

通过数据分析系统，平台可根据患者的个人运动数据自动生成康复进度报告，提供个性化建议，如调整训练强度、改善康复方案等。

3. 康复数据管理与共享

所有康复训练数据通过云端保存，学生或患者可以随时查看自己的康复进度，并与教师或康复师共享数据，实现多方协作。

五、互动与反馈机制

1. 小组合作学习

小组合作学习是一种有效的教学组织形式，它鼓励学生组成小组，共同面对学习任务和挑战。在小组中,学生需要相互协作、交流思想、分享资源,以达成共同的学习目标。这种学习方式不仅能够促进学生之间的相互学习和理解,还能培养他们的团队协作能力、沟通能力和解决问题的能力。

2. 实时反馈系统

实时反馈系统是现代教学技术的重要应用之一。它利用传感器、智能设备等技术手段,实时监测学生的操作过程,并提供即时的反馈和指导。在康复医学教育中,实时反馈系统可以用于评估学生的康复技能掌握情况,如姿势控制、力度掌握等。通过即时反馈,学生可以及时了解自己的操作是否正确,从而进行调整和改进。同时,教师也可以根据学生的反馈情况,及时调整教学策略和方法,以提供更有针对性的指导和帮助。实时反馈系统的应用不仅提高了教学的精准性和有效性,还增强了学生的学习兴趣和动力。

3. 自我反思与总结

自我反思与总结是学生学习过程中不可或缺的重要环节。它要求学生定期对自己的学习过程进行回顾和反思,发现存在的问题和不足,并寻求改进的方法。在康复医学教育中,自我反思与总结尤为重要。因为康复治疗是一个复杂而细致的过程,需要治疗师具备高度的专业素养和责任心。通过自我反思与总结,学生可以深入剖析自己在康复治疗过程中的表现,发现自己的不足和需要改进的地方,从而不断提高自己的专业素养和实际操作能力。同时,自我反思与总结也有助于学生培养自我管理和自我提升的能力,为未来的职业生涯打下坚实的基础。

六、互动与反馈机制的互联网化展现

(一)小组合作学习的互联网化展现

小组合作学习通过互联网平台可以实现跨地域的协作与沟通。

虚拟小组任务系统:平台创建虚拟小组,给每个小组分配不同的康复实验任务,学生可以在线共享资料、文档,并通过协作完成实验。例如,学生可以在平台上分工合作,分别负责某一环节的康复操作与数据记录,最终提交完整的实验报告。

视频会议与协作讨论区:通过嵌入的视频会议功能,小组成员可以实时在线讨论,分享各自的见解与思路。通过在线协作工具(如共享文档或白板),

学生可以共同编辑实验方案或康复计划。

（二）实时反馈系统的互联网化展现

通过智能设备和互联网技术，实时反馈系统能够为学生或患者的康复训练提供即时的调整建议。

1. 康复训练实时反馈

学生或患者佩戴的智能设备（如传感器、监测仪）能够实时记录运动状态，并通过平台进行反馈。例如，当学生在康复训练中动作不正确时，系统可以根据传感器数据发出提示，提醒学生纠正动作。

2. 教师远程指导

教师可以通过平台查看学生的实时数据，以提供远程指导。例如，教师可以在学生康复训练过程中查看其运动数据，并通过视频或文字形式给予即时建议与调整。

（三）自我反思与总结

自我反思与总结在互联网平台中可以通过在线日志系统和自动评估工具实现。

康复训练日志：平台提供每日康复训练日志，学生可以记录每次康复实验或实践中的操作步骤、遇到的问题和感悟。教师可以根据学生的日志进行点评与反馈。

自我评估与调整：平台提供自我评估工具，学生在完成康复训练后可以进行自我评估，并根据系统生成的反馈调整下一阶段的训练计划。

通过这些互联网健康管理形式，运动康复实验教学的传统与现代方法得以全面数字化、智能化，并通过增强的互动机制提高教学效率，帮助学生更好地掌握康复技能。

第三节　高校运动康复实验教学开展现状

一、当前高校运动康复实验教学开展现状

随着"健康中国"和"全民健身"国家战略的深入实施，运动康复作为康

复医学的重要分支，逐渐受到社会各界的广泛关注。我国高校作为培养运动康复专业人才的主要阵地，运动康复实验教学的开展情况直接影响着专业人才的培养质量和社会服务能力的提升。

1. 专业普及与课程设置

自2005年起，运动康复专业在全国各大高校迅速开展起来，涵盖了体育类、医学类（包括中医类和西医类）、师范类、理工类及综合类等多种类型院校，共计67所（部分院校如天津医科大学已停办）。这一趋势表明，运动康复专业在我国高等教育体系中的普及程度正在不断提升。

在课程设置上，多数高校围绕康复学、运动学、医学等核心领域，开设了系统的实验课程，旨在通过理论与实践相结合的教学方式，提升学生的专业技能和实战能力。例如，北京体育大学参照国外物理治疗（PT）和运动防护（AT），设置了物理治疗和运动防护方向的选修课程；医学类院校设置了传统康复疗法方面的选修课程[54]；哈尔滨医科大学大庆校区运动健康医学学科，围绕"医体交叉"的"新医科"发展方向，推动"医体"新兴交叉特色学科发展，通过跨学科整合和创新，形成新兴医学分支，为学生提供全面的运动康复实验教学。

2. 实验教学条件与资源

然而，当前我国高校在运动康复实验教学的硬件条件上仍存在较大差异。部分高校在实验设备、场地、师资力量等方面投入不足，难以满足学生实验实践的需求。例如，大部分体育院校的硬件条件相对匮乏，学生缺少实战演练的机会，这在一定程度上影响了学生的专业能力和实践操作能力的提升。

同时，实验教学的资源分配也存在不均衡现象。一些重点高校或优势学科能够获得更多的资源和支持，而一些地方高校或新兴学科则面临资源匮乏的困境。这种不均衡现象制约了运动康复专业整体教学水平的提升。

3. 教学内容与方法

在教学内容上，多数高校能够依据运动康复专业的特点和需求，设置系统的实验课程体系。然而，在实际教学中，部分高校仍存在理论课时与实践课时安排不合理的问题。一些院校过于重视基础理论的传授，而相对忽略实践课时的教学，导致学生的实践操作能力得不到充分锻炼。

此外，教学方法的单一性也是当前运动康复实验教学中的一个问题。传统的讲授式教学难以激发学生的学习兴趣和积极性，而案例教学、模拟教学等现代教学方法的应用尚不广泛,这在一定程度上影响了教学效果和学生能力的培养。

4. 教材与教学资源

运动康复专业大学生所用教材缺乏针对性是当前面临的一个重要问题。目前市场上缺乏针对体育院校学生层次的、高质量的专业教材,这在一定程度上影响了学生的专业发展。此外,教学资源的匮乏也制约了实验教学的开展。一些高校缺乏优质的教学资源平台和教学工具,难以为学生提供丰富多样的学习资源和实践机会。

二、运动康复实验教学开展现状的互联网化展现

随着互联网技术的飞速发展,互联网健康管理在医疗、教育等领域的应用日益广泛。对于运动康复实验教学而言,互联网健康管理不仅提供了新的教学手段和工具,还促进了教学模式的创新和教学效果的提升。以下是互联网健康管理促进运动康复实验教学开展的几个方面。

1. 丰富教学资源

互联网健康管理平台汇聚了大量的健康数据、康复案例和教学资源。这些资源可以为运动康复实验教学提供丰富的素材和案例,帮助学生更好地理解康复理论和技术。同时,通过在线学习平台,学生可以随时随地访问这些资源,进行自主学习和复习,提高学习效率。

2. 创新教学模式

互联网健康管理技术使远程教学、虚拟仿真教学等新型教学模式成为可能[55,56]。在运动康复实验教学中,教师可以利用这些技术开展线上教学、虚拟实验等教学活动,打破时间和空间的限制,让学生更加直观地了解康复过程和技术操作。此外,教师还可以利用互联网平台进行在线答疑、作业批改等教学活动,提高教学互动性和针对性。

3. 提升实践操作能力

互联网健康管理平台通常配备智能穿戴设备、远程监测系统等工具,这些工具可以实时收集患者的健康数据并进行分析处理。在运动康复实验教学中,学生可以利用这些工具进行实践操作和数据分析,提升实践操作能力。例如,

陆小锋等基于网络摄像头采集康复过程中的视频信号，设计开发了脑卒中患者康复治疗远程智能监测平台，可以实现全程监测康复过程，做到实时可看、事后可查、当前可控[57]。林嘉润等研究结果显示，根据负重压力监测的智能鞋能够帮助AO-B型胫骨干骨折交锁髓内钉内固定患者实现可控制的、精准监控的、规范化的术后运动康复，并且可以减轻术后早期训练过程中的疼痛，促进骨折愈合，实现快速康复[58]。Wang等研究发现，基于传感器的步态训练步行运动在降低骨关节炎患者膝关节内侧负重、缓解膝关节疼痛和改善早期症状方面更有效[59]。

4. 促进个性化教学

互联网健康管理平台可以根据患者的健康数据和康复需求提供个性化的健康管理方案。在运动康复实验教学中，教师也可以利用这一特点开展个性化教学。通过收集学生的实验数据和学习情况，教师可以分析学生的优势和不足，并为其制订个性化的学习计划和康复方案。这种个性化教学有助于激发学生的学习兴趣和积极性，提高教学效果和学习成果。

5. 加强校企合作与产学研结合

互联网健康管理平台通常与医疗机构、康复中心等企业有着紧密的合作关系。在运动康复实验教学中，学校可以加强与这些企业的合作与交流，共同开展科研项目和人才培养工作。通过校企合作与产学研结合，学校可以引入企业的先进技术和实践经验，提升教学质量和科研水平；同时，企业也可以借助学校的科研力量和人才资源推动技术创新和产品升级。这种合作模式有助于实现资源共享和优势互补，促进运动康复实验教学的持续发展。

综上所述，互联网健康管理为运动康复实验教学的开展提供了有力的支持和保障。通过丰富教学资源、创新教学模式、提升实践操作能力、促进个性化教学，以及加强校企合作与产学研结合等措施，可以进一步提高运动康复实验教学的质量和效果，培养更多优秀的运动康复专业人才。

第四章

高校运动康复教学模式理论与实践创新

第一节 高校运动康复实验教学模式现状与发展

高校运动康复教育中的实验教学模式现阶段主要依赖传统的课堂和实验室教学，随着科学技术的发展，教学模式逐渐呈现出多样化的特点。通过仿真模拟、实地实习、案例分析和团队合作等方式，学生得以掌握运动康复的基本理论和技能，但也面临教学资源紧缺、师资不足，以及教学内容更新滞后的问题。要在全球竞争中脱颖而出，实验教学模式必须融合前沿科技，实现教学手段和实践内容的不断创新，互联网健康管理作为其中的一个重要方向，为未来的教学发展带来了新的机遇。

一、实验教学模式的类型和特点

（一）仿真模拟实验

仿真模拟实验是一种通过计算机技术和软件，创建虚拟环境以模拟真实世界中各种情景和过程的实验方法[60]。通过互联网健康管理平台，仿真模拟教学将变得更加高效和个性化。而且这种技术可以在一个安全、可控的虚拟环境中进行复杂的实验，不仅降低了成本和风险，还能提供更广泛和详细的实验数据。利用虚拟仿真技术和设备模拟真实的康复情境，帮助学生在安全的环境下进行实践操作[61]。

随着运动康复学科的发展，高校运动康复实验教学面临着许多挑战，包括实验设备昂贵、真实患者资源有限、实验风险高等问题。仿真模拟技术的引入，为解决这些问题提供了新的途径。通过仿真模拟实验，学生可以在虚拟环境中进行多样化的训练，学习各种运动康复技术和方法，提升实际操作能力。

目前，许多高校已经引入了各种仿真软件和设备，用于运动康复实验教学[60]。利用虚VR技术和AR技术，学生可以在虚拟环境中观察和操作人体的骨骼、肌肉、关节等结构，进行详细的解剖学学习和康复训练[62]。

一些高校开发了专门的运动康复仿真模拟系统。这些系统能够模拟各种运动损伤和康复训练场景，如膝关节韧带损伤的康复训练、肩关节脱位的复位练习等。学生可以通过这些系统进行操作，观察康复过程中的每一个细节，提高实际操作技能水平。此外，一些高校还通过仿真模拟技术，创建了大量的虚拟临床案例[63]。学生可以在虚拟环境中对这些案例进行分析和处理，学习如何评估患者的运动功能、制订康复计划，并进行实际的康复训练。这种方法不仅丰富了教学内容，还增强了学生的临床思维和问题解决能力。

（二）实地实习

实地实习是高校运动康复实验教学模式中的一个重要组成部分，旨在通过让学生走出实验室，到真实的工作环境中进行实习和观察，使其能够直接接触康复工作，积累实际操作经验，提升临床实践能力[64]。这种教学模式强调实践和理论的结合，旨在培养学生的综合素质和专业技能。实地实习不仅是理论知识的验证平台，更是学生将课堂学习应用于实际工作的桥梁，有助于学生在真实环境中磨炼专业技能、培养职业素养和提升综合能力。

实习地点包括体育场馆、医疗机构和社区健康中心等。体育场馆的实习内容主要涉及运动员的康复训练，学生可以了解运动损伤的康复过程，具体包括运动损伤的评估、康复计划的制订与实施，以及康复进程的监控等[65]。医疗机构的实习内容丰富，学生可以在医院、康复中心等参与康复治疗，具体包括康复评估、物理治疗、手法治疗和运动疗法等[66]。社区健康中心则让学生参与社区居民的康复和健康促进活动，内容包括健康教育、康复训练指导和社区康复活动的策划与组织[67]。

实习过程的指导与监督至关重要，确保学生在实习中能够得到有效的帮助。学校通常会指派专业教师负责实习过程的指导，这些教师会制订详细的实习计划，明确实习目标和要求，提供技术支持与反馈。实习单位也会安排经验丰富的专业人员作为学生的导师，负责日常指导与监督，为学生提供实际操作的机会并帮助解决实际问题。通过校内指导教师与实习单位导师的双重指导，学生在实习过程中可以得到全面的支持与指导，有助于将理论知识与实际操作相结合，提高实习效果[64]。

实地实习具有许多优势。通过实地实习，学生可以积累丰富的实践经验，提升实际操作能力，实地实习将理论知识与实际操作相结合，增强学生的学习效果，实地实习还可以提高学生的沟通能力、团队合作精神和职业道德[68]。然而，传统的实地实习模式面临场地和时间的限制，很多学生无法获得足够的实操机会。互联网健康管理平台的引入，能够有效补充和优化实地实习的不足。通过互联网健康管理平台，学生可以设计并实施远程康复方案，在虚拟病人管理系统中模拟治疗，获得实践经验。学生还可以参与线上专家监督和评估，帮助弥补实地操作机会的不足。通过在线学习平台，学生能够获得更多的康复案例、实时反馈和远程指导，减轻场地资源紧张带来的挑战。同时，互联网健康管理平台还为实习过程的管理和评估提供了便捷途径，方便学生、学校和实习单位之间的信息交流，提升实习效率和质量。

未来，实地实习应充分结合互联网技术，增加线上线下融合的实习模式。拓展实习基地、优化实习管理、提升指导教师能力和强化安全教育依然是核心举措。在此基础上，通过互联网健康管理平台的使用，实习内容将更加丰富，学生的学习路径也将更加个性化。这种"线上+线下"的实习模式，不仅能提升学生的实际操作能力，还能够通过互联网健康管理平台提供的多样化康复案例和全球健康数据，扩展学生的视野和技能，培养高素质、国际化的运动康复专业人才。

（三）案例分析

案例分析在高校运动康复实验教学模式中起着至关重要的作用，通过互联网健康管理平台对真实康复案例的详细分析，帮助学生深入理解康复过程中面临的各种问题和挑战，培养他们的分析和解决问题的能力[69]。这种结合互联网技术的案例分析模式极大地提升了学习效率和效果。

案例分析的首要目的在于将理论知识应用于实际情况。学生可以通过互联网访问虚拟康复案例数据库，分析具体的康复案例，将课堂所学的理论知识与实际康复过程相结合。例如，学生可以在线上系统中分析一个运动员的膝关节损伤康复案例，运用运动生理学、康复医学和解剖学等相关知识，对损伤原因进行在线分析，评估损伤程度，并制订相应的康复方案。

在案例分析中，学生需要面对多种多样的康复问题，这些问题往往具有复杂性和多样性。学生不仅需要对单一问题进行深入分析，还需要综合考虑多个因素，如患者的个人情况、心理状态、康复环境等，制订全面的康复方案。

案例分析要求学生在面对具体康复案例时，进行临床思维和决策。学生需要分析每个案例的细节和关键点,包括患者的病史、症状、检查结果等,做出科学的康复评估和诊断,并制订详细的康复计划。在这个过程中,学生不仅学会了如何做出正确的临床决策,还能通过对比不同的治疗方案,了解各自的优缺点,提高其临床判断能力和决策水平。

许多高校通过互联网健康管理平台,鼓励学生以虚拟小组讨论和远程团队合作的方式进行案例分析,使学生能够在线分享各自的观点和见解,探讨问题的解决方法。

通过案例分析,可以有效评估学生的学习效果和实践能力。教师可以根据学生在案例分析中的表现,了解其对理论知识的掌握程度、实际操作能力,以及临床思维和决策能力。同时,学生在案例分析过程中所做的记录和报告,也为教师提供了评估其学习成果的重要依据。

总之,案例分析作为高校运动康复实验教学模式的重要组成部分,通过将理论知识与实际案例相结合,培养了学生的多层次问题解决能力、临床思维和决策能力、团队合作与沟通能力。而互联网健康管理为高校运动康复实验教学模式提供了新的视角和技术支持。通过将理论知识与互联网平台上的实际案例相结合,学生得以提高多层次问题解决能力、临床思维和决策能力、团队合作与沟通能力。

(四)团队合作项目

团队合作项目是高校运动康复实验教学模式中的重要组成部分,通过模拟康复团队的工作方式,培养学生的团队合作精神、沟通能力和专业素养[70]。团队合作项目强调学生在多学科背景下协同工作,解决复杂的康复问题,提升其综合素质和专业能力。

团队合作项目通常涉及运动康复、医学、心理学、运动科学等多个学科的学生,他们共同参与同一个项目。每个学生根据自己的专业背景和知识,承担相应的任务,协同合作完成项目。在一个运动损伤康复项目中,运动康复专业的学生负责康复评估和治疗计划的制订,医学专业的学生负责诊断和治疗指导,心理学专业的学生负责对患者进行心理支持和辅导,运动科学专业的学生负责运动训练计划的设计和实施。通过这种多学科协同合作,学生不仅能够深入理解各学科在康复中的作用,还能培养跨学科合作的能力。

团队合作项目依赖互联网健康管理平台上的高效沟通和协调功能。学生通过线上讨论和共享文件工具,明确项目目标与任务分工,协调各自的工作进度和方法,解决项目中遇到的复杂问题。这种数字化的沟通和协调,不仅提高了学生的团队合作能力，还模拟了真实的工作环境，帮助他们为未来的职业生涯做准备。例如，在一个复杂的康复案例中，团队成员可以通过平台实时沟通，共同制订康复方案，并确保每个环节的协调与顺利执行。

互联网健康管理为学生提供了实际操作与理论知识结合的平台。在项目过程中，学生能够通过平台模拟和虚拟康复环境，综合运用所学理论知识解决实际康复问题。学生可以根据患者的在线数据，制订详细的康复训练计划，实时调整方案，并通过平台反馈患者的康复进展情况。互联网提供的实践操作与数据分析工具，不仅增强了学生的学习互动性，还提升了其实际操作能力。

互联网健康管理还强化了团队合作项目中的决策支持和问题解决能力。学生通过大数据分析和智能辅助决策工具，可以实时分析患者的康复数据，调整康复计划并做出合理的决策。面对患者康复进展缓慢等问题，团队可以通过平台共同讨论原因，快速调整方案。这种数字化决策过程不仅培养了学生的临床思维和决策能力，还提高了其应对复杂康复问题的能力。

评估与反馈是互联网健康管理团队合作项目中的重要环节。通过平台自动化评估工具，学生能够清晰了解自己在项目中的表现，发现优势和不足，并及时调整。项目结束后，团队成员可以通过在线总结功能，评估项目的整体效果和个人贡献，提出改进建议和未来的发展方向。这种基于互联网的评估与反馈机制，有助于学生在实践中不断反思和提升自身综合素质与专业能力。

团队合作项目在高校运动康复实验教学模式中发挥着重要作用。通过互联网健康管理，团队合作项目不仅打破了传统教学模式的限制，还提供了多学科协作的丰富实践环境。这种教学模式不仅帮助学生掌握康复理论和实践技能，还培养了学生的团队合作精神、沟通能力和职业素养，为其未来在康复领域的发展打下了坚实基础。

二、发展趋势展望

1. 技术与创新的融合

随着科技的迅猛发展，互联网健康管理技术将与虚拟现实、人工智能等先进技术相结合，成为高校运动康复实验教学模式的核心组成部分。通过远程健康管理平台，学生可以实时接触患者的健康数据，进行康复方案的调整与优化。虚拟仿真技术与互联网平台结合，不仅能模拟真实的康复情境，还能通过远程指导使学生在实践中不断优化方案。人工智能技术可以通过对患者数据的分析，为学生提供实时反馈和个性化的学习建议，帮助他们提高决策能力和康复效果评估能力。这些技术的融合，将大幅提升教学的效率和质量，减轻物力和人力资源的消耗。

2. 跨学科合作的加强

康复工作本身就是一个涉及多学科的综合性工作，未来的教学模式将更加注重跨学科的合作。康复不仅涉及运动康复专业，还与医学、心理学、运动科学、营养学等学科密切相关。通过跨学科合作，学生能够学习到各个相关领域的知识，培养其全面素质和专业技能[71]。互联网健康管理平台可以为学生提供跨学科协作的虚拟平台，借助互联网技术，学生可以实时与其他学科专家合作，在线讨论康复方案，共享患者的健康数据与评估结果，形成一个动态、多学科协作的学习环境。

3. 实践与理论的结合

实践与理论的结合是实验教学模式的核心理念之一。通过将实验教学与理论课程有机结合，学生能够在理论知识的指导下进行实际操作和问题解决，拓展学习的深度和广度。案例分析是实践与理论结合的重要方式，学生通过研究和分析真实的康复案例，学习如何将理论知识应用于实际康复工作中。实地实习则让学生亲身参与到康复工作中，直接接触患者，积累实际操作经验。

4. 国际化视野的拓展

康复领域的发展和技术创新是全球性的，未来的教学模式将更加注重国际化视野的拓展。通过国际学术交流、联合研究项目等方式，吸纳国际先进理念和经验，提升教育质量和学生的国际竞争力[72]。互联网的普及为高校学生提供了更加便利的国际化交流平台。未来的教学模式将更多借助互联网健康管理技术，通过国际在线康复平台参与全球康复项目和远程学习。学生可以通过跨国的在线研讨会、国际学术交流平台、全球康复管理系统了解全球最新的康复技术与实践经验。这种国际化的互联网平台不仅提升了学生的全球化视野，还增强了其在国际康复领域的竞争力。

5. 学生个性化发展的关注

在教学模式设计上，更加关注学生个性化的发展需求是未来的重要趋势。每个学生都有其独特的兴趣、能力和发展方向，通过灵活的课程设置、个性化的学习指导和评估方式，可以激发学生的学习兴趣和创新能力。高校可以根据学生的兴趣和特长，提供多样化的课程选择和实践机会，鼓励学生进行自主学习和创新探索。同时，通过个性化的学习指导，帮助学生制订适合自己的学习计划，提供针对性的学习建议和反馈。评估方式也应更加多样化，除了传统的考试外，还可以通过项目报告、案例分析、实践操作等形式，全面评估学生的学习效果和综合能力。通过这些措施，可以培养学生的创造力和批判性思维，帮助他们成为具有创新精神和实际能力的康复专业人才。

高校运动康复实验教学模式的发展趋势将越来越注重技术与创新的融合、跨学科合作的加强、实践与理论的结合、国际化视野的拓展，以及学生个性化发展的关注。这些趋势不仅有助于提升教学质量和学生的综合素质，还能够为培养高水平的康复专业人才奠定坚实基础。通过加入互联网健康管理技术，高校运动康复实验教学模式的发展将更加灵活、高效，并能够为学生提供更广阔的跨学科协作、个性化学习与国际化交流的机会。这不仅提升了学生的专业素质，也为康复领域的教学与人才培养提供了全新的发展方向。

第二节 高校运动康复实验教学模式的理论分析

一、教学模式理论基础

1. 建构主义学习理论

建构主义学习理论由皮亚杰和维果茨基等人提出，认为知识是学习者在社会互动中通过经验和反思主动建构的过程。这一理论强调学习的主动性、情境性和社会性，主张知识的获得不仅依赖于学生个体的认知过程，还与其所处的社会文化背景和互动密切相关[73]。在互联网健康管理的支持下，建构主义理论得以进一步扩展。通过互联网平台，学生可以加入线上康复社区与虚拟学习平台，在与患者、同行和专家的互动中主动建构知识。而在高校运动康复实验教学中，建构主义学习理论通过多种途径得以应用。学生在仿真模拟实验中，通过反复练习和调整操作步骤，逐步理解康复原理和操作技巧，在实地实习中，通过与实际患者和专业人员互动，学生可以将课堂上的理论知识应用于实际操作，进一步深化理解。这种主动建构知识的方式不仅提升了学生的实践能力，还促进了他们对康复理论的深入理解和应用。

2. 实践学习理论

实践学习理论强调学习是一个通过具体经验和反思不断循环的过程。大卫·科尔布的体验学习循环模型包含四个阶段：具体经验、反思观察、抽象概念化和主动实验[74]。实践学习理论强调通过具体经验和反思循环提升学习效果。结合互联网健康管理，学生可以通过远程医疗平台参与虚拟康复案例的实际操作与数据分析。互联网健康管理平台可以提供大量真实世界的康复数据，学生通过分析这些数据，参与虚拟康复评估、制订方案并远程跟踪患者恢复情况。互联网提供了跨时空的反思机会，学生可以随时通过平台回顾自己的操作与分析结果，进行深度反思和经验总结，从而将抽象的康复理论具体化为实际操作经验。

二、课程设置理论

1. 以学生为中心的课程设计

以学生为中心的课程设计强调以学习者的需求、兴趣和能力为出发点，制订灵活的教学内容和方法。该理论基础在于强调学生的主动参与和个性化学习，旨在激发学生的学习兴趣和自主性。互联网健康管理技术的引入，使以学生为中心的课程设计更具灵活性和更加个性化。通过互联网健康平台，学生可以根据个人兴趣和学习进度，自主选择学习内容和康复案例。平台提供的个性化健康数据与康复计划，允许学生根据自己的职业方向和需求，制订个性化学习计划，灵活调配实验任务。

2. 跨学科融合理论

跨学科融合理论强调不同学科之间的相互渗透和综合应用，以解决复杂的实际问题[75]。现代社会和科学技术的发展需要综合型人才，学生学习跨学科的知识和能力是培养高水平人才的重要途径。通过互联网平台，学生可以与医学、心理学和运动科学等领域的专家进行在线协作，解决康复过程中的复杂问题。通过在线共享康复数据与项目资源，学生能够实时接触跨学科的信息与知识，加深对不同学科知识的理解和应用。在跨学科融合项目中，互联网健康管理系统还能为学生提供跨学科团队的协作平台，实现远程项目合作，提升学生的跨学科思维和团队协作能力。

3. 整体课程设计理论

整体课程设计理论强调课程体系的整体性和系统性，要求课程内容和结构相互协调，形成统一的教育目标和教学计划。课程设计应关注知识的系统性和连贯性，确保学生在学习过程中逐步积累和深化知识。互联网健康管理系统支持的整体课程设计，强调课程体系的系统性与连贯性。健康管理平台可以整合基础医学知识、康复理论与实验操作，将这些模块系统化，形成一个贯穿学生学习全过程的连贯课程结构。学生可以通过平台进行模块间的知识整合，如将医学数据与康复理论相结合，运用互联网提供的患者数据进行实际康复操作，形成完整的学习链条。整体课程设计借助互联网平台，打破了知识模块的相互孤立状态，使各个部分紧密联系，帮助学生系统掌握康复知识与技能。

4. 模块化课程设计理论

模块化课程设计理论主张将课程内容划分为独立但相互关联的模块，学生可以根据需要选择和组合不同模块，灵活安排学习进程。该理论强调课程的灵活性和适应性，适应学生多样化的学习需求和个性发展。互联网健康管理平台赋予模块化课程设计更多的灵活性与可操作性。通过平台，学生可以根据自身兴趣和学习进度，选择康复评估、治疗技术、运动训练等不同模块。互联网健康管理平台提供了康复案例库，学生可以自主选择模块，进行相关操作和研究。借助模块化设计，平台还可以根据学生的学习进度自动调整课程结构，提供灵活的学习路径和多样化的学习机会，满足学生多样化的发展需求。

三、教学方法理论

（一）启发式教学理论

启发式教学理论强调教师通过启发和引导，帮助学生主动思考和探索，培养其创新能力和独立思维[76]。教学的核心在于引导学生发现和解决问题，而不是单纯传授知识。互联网健康管理技术的应用，使启发式教学更加多元化。教师可以通过平台发布康复案例和问题，学生在线分析和解决问题。同时，平台可以收集学生的操作数据并进行智能分析，帮助教师提供更有针对性的启发和指导。

（二）探究式教学理论

探究式教学理论强调学生通过探究和研究，自主发现和理解知识。学习是一个探索和发现的过程，学生通过实际探究活动，获得深刻的理解和知识建构。在运动康复实验教学中，探究式教学体现在学生通过实验操作和项目研究，主动探索和发现知识[77]。互联网健康管理系统为探究式教学提供了丰富的工具和资源。通过平台，学生可以进行在线康复数据分析、虚拟实验与项目研究。学生可以通过远程监测系统追踪患者的康复数据，探究不同康复方案的有效性与适应性，利用数据分析工具进行康复结果的深度挖掘。

（三）合作学习理论

合作学习理论强调学生在小组合作中，通过相互交流和协作，共同完成学习任务。合作学习不仅能够提高学习效果，还能培养学生的团队合作精神和社会交往能力。互联网健康管理平台为合作学习提供了强大的支持。学生可以通过线上平台组成虚拟团队，在线合作制订和实施康复方案。在运动康复实验教学中，合作学习体现在团队合作项目和小组讨论中。例如，学生在康复项目中组成小组，共同制订和实施康复方案；通过小组讨论和交流，分享各自的见解和经验，共同解决康复问题。合作学习的过程中，学生通过与同伴的互动和协作，不仅加深了对知识的理解，还提高了沟通技巧和团队合作能力。教师在设计合作学习活动时，应该注重小组成员的角色分工和任务分配，以确保每个学生都能积极参与和奉献。

四、评估理论

（一）多元化评估理论

多元化评估理论主张评估方式的多样化和综合性，认为单一的评估方式无法全面反映学生的学习效果和能力[78]。通过多种评估方式，全面了解学生的知识、技能和综合素质。互联网健康管理平台为多元化评估提供了技术支持。通过平台，对学生学习表现的评估不限于课堂内，还可以通过考核远程实验操作、数据分析报告、虚拟康复案例的完成情况等多种方式进行综合评估。在运动康复实验教学中，多元化评估体现在通过实验操作、项目报告、案例分析和理论考试等多种方式，综合评估学生的学习效果。

(二)形成性评估与总结性评估

形成性评估与总结性评估是评估过程中的两种重要方式。形成性评估在学习过程中进行，旨在提供及时的反馈和指导，帮助学生改进学习效果。总结性评估在学习结束时进行，旨在评估学生的总体学习效果和水平[79]。在运动康复实验教学中，形成性评估通过实验过程中的观察和反馈，及时了解学生的学习情况。总结性评估通过期末考试、项目报告和案例分析等方式，全面评估学生的学习效果。通过互联网健康管理系统，形成性评估和总结性评估得以更加有效地结合。在实验过程中，平台实时收集学生的操作数据并提供即时反馈，帮助学生及时调整学习策略。

第三节 高校运动康复实验教学模式的实践分析

一、实验教学的实施

1. 实验项目的设计

实验项目的设计是高校运动康复实验教学的核心环节，旨在通过多样化的实验项目，使学生能够全面掌握康复技能和知识。项目选择标准应综合考虑教学目标、学生水平和实践需求，确保项目具有科学性、实用性和挑战性。科学性要求实验项目基于康复理论和科学研究，确保内容的准确性和前沿性。实用性则强调实验项目应贴近实际康复工作，培养学生解决实际问题的能力。挑战性则激发学生的学习兴趣和探索精神，鼓励其深入研究和实践。

实验项目的设计不仅应围绕康复技能的全面掌握，还应借助互联网健康管理技术，提升学生对现代健康管理系统的理解和应用能力。通过融入远程康复管理平台，学生可以学习如何运用数字工具进行康复数据的收集、监测和评估。通过互联网平台，学生可以对患者的康复数据进行远程跟踪，分析康复进展并调整治疗方案。这种基于互联网的管理方式，不仅使学生掌握实际操作技能，还培养其数据管理和远程干预的能力，进一步提升他们在未来实际工作中的数字化康复管理水平。

2. 实验过程的指导

实验过程的指导是保证实验教学效果的重要环节。教师在实验教学中应发挥指导和示范作用，通过详细的演示和讲解，使学生理解实验步骤和关键技术点。教师可以采用逐步讲解和分阶段示范的方法，使学生逐步掌握实验操作要点。除了传统的面对面指导，教师还可以引入互联网健康管理系统进行远程教学和监控。例如，借助可穿戴设备和在线康复平台，教师能够实时跟踪学生的实验操作，提供远程反馈和指导。学生可以通过平台上传操作视频或康复数据，教师根据数据分析结果提供个性化的改进建议，这种方式大大增强了实验教学的灵活性和反馈的即时性。

3. 实验结果的评估

实验结果的评估是检验学生学习效果的重要方式。实验报告撰写是学生反思和总结实验过程的重要环节，通过撰写实验报告，学生可以记录实验过程和结果，分析实验数据，并提出自己的见解和建议。互联网健康管理系统为实验结果评估提供了新的工具和手段。学生的实验数据可以通过在线平台进行存储和分析，教师能够基于多次实验的数据生成学生的操作进展报告，并进行大数据分析。

二、教学资源的利用

1. 实验室资源

实验室资源是高校运动康复实验教学的基础保障，主要包括康复评估与训练设备和实验室的管理与维护。康复评估与训练设备是实验教学的重要组成部分，先进的设备和技术能够提高实验教学效果和学生的实践能力。例如，实验室应配备先进的运动评估设备、康复训练器械和数据分析系统，使学生能够在实验中进行真实的评估和训练操作，增强其实践操作能力和数据分析能力。运动评估设备可以包括肌电图仪、力量测量仪、步态分析系统等，帮助学生进行详细的运动评估和分析。康复训练器械可以包括各种力量训练器、耐力训练器、柔韧性训练器等，帮助学生进行全面的康复技能学习。

2. 仿真模拟资源

仿真模拟资源在现代实验教学中具有重要作用，VR技术可以为学生提供虚拟环境，使其在虚拟环境中进行高难度和高风险的操作训练[80]。互联网健康管理技术与VR/AR仿真模拟技术相结合，将虚拟实验室和远程指导融入康复教学中。学生可以通过在线平台访问虚拟康复实验室，模拟各种康复操作场景，进行高难度的操作训练。通过VR技术，学生可以在虚拟环境中进行高风险操作，如脊柱手术模拟，提高其操作技能和安全意识。

AR技术可以将虚拟信息叠加在真实环境中，辅助学生进行康复评估和训练操作，提高教学的互动性和实效性[81]。通过AR技术，学生可以在真实的康复环境中看到虚拟的指导信息和操作提示，增强学习效果和实践经验。在进行步态分析实验时，AR技术可以在真实的步态训练场景中叠加虚拟的步态分析数据，帮助学生进行详细的步态评估和分析。

3. 临床实践资源

临床实践资源是实验教学的重要补充和延伸，主要包括校外实习基地和合作医疗机构。校外实习基地为学生提供了丰富的实践机会，使其能够在真实的临床环境中进行实践操作和学习。例如，通过与合作医院的合作，学生可以在康复科进行实习，参与实际的康复治疗和评估工作，丰富其实践经验和提高其专业能力。实习期间，学生可以接触到各种实际病例，了解康复治疗的全过程，积累丰富的临床经验。

互联网健康管理系统为临床实践资源的利用提供了全新平台。通过在线健康管理系统，学生能够远程参与康复治疗过程，观察和分析患者的康复进展，并利用数据分析工具进行综合评估。学生还可以通过平台与合作医院的康复专家进行实时互动，获取专业的指导意见。这种远程的实践机会，不仅丰富了学生的实践经验，还提升了其跨平台协作和数据分析的能力。

三、教学效果的评价

1. 学生理论知识掌握情况评价

学生理论知识掌握情况是教学效果评价的重要方面，包括理论知识考核和对理论与实践结合情况的考察。理论知识考核通过课堂考试、课程作业和项目报告等方式，评价学生对康复理论知识的掌握情况。通过期末考试，检验学生对康复理论和技术的理解和应用能力。理论知识考核应注重对基础知识、核心概念和关键技术的考察，确保学生全面掌握康复理论和技术。

对理论与实践结合情况的考察通过实验操作和案例分析，评估学生在实际操作中应用理论知识的能力，确保学生不仅掌握理论知识，还能将其在实践中灵活应用。例如，通过实际操作和案例分析，评估学生在实际康复工作中的应用能力和解决问题的能力。例如，在进行运动损伤康复实验时，学生不仅需要掌握损伤评估的理论知识，还需要在实际操作中应用这些知识进行评估和治疗。

2. 实践操作能力评价

实践操作能力是实验教学效果的直接体现，其评价方式包括实验操作考核和实习表现评价。实验操作考核通过实验过程中的操作表现和实验报告，评价学生的实际操作技能及其熟练程度。通过观察学生在实验中的操作，评价其对实验步骤和技术要点的掌握情况。实验操作考核应注重对操作规范、技术要点和细节的考察，确保学生能够熟练掌握各种康复操作技能。

实习表现评价通过学生在校外实习中的表现，评价其在实际康复工作中的应用能力和综合素质。通过合作医院的反馈，了解学生在实习中的工作态度、操作技能和团队合作能力，全面评价其实践操作能力和职业素养。在合作医院实习时，学生可以通过参与实际的康复治疗工作，积累丰富的临床经验，提升实际操作能力和职业素养。

3. 综合素质评价

综合素质评价通过对学生团队合作能力和问题解决能力的考察，全面了解其综合素质和职业素养。例如，通过团队合作项目，评价学生在团队中的协作能力和领导能力；通过实际案例分析和解决，评价学生的分析能力和创新思维。综合素质评价不仅关注学生的专业能力，还注重其综合素质和职业发展，为其未来在康复领域的职业发展提供全面支持。例如，通过团队合作项目和实际案例分析，培养学生的团队合作精神和创新能力，提高其综合素质和职业竞争力。

4. 评价方式

评价方式的多样化是提高评估效果的重要途径，其主要形式包括平时考核、实验操作考核和期末考试。互联网健康管理平台使教学评价的方式变得更加多样化。系统可以实时收集学生的操作数据，生成个性化的学习报告。教师可以结合平台中的数据分析结果，进行综合评价，确保评价的客观性和全面性。通过多样化的互联网工具，进一步提升教学评价的科学性和精准性。

第四节　高校运动康复实验教学模式的优化与创新

一、课程体系的优化与创新

1. 课程设置优化

随着互联网技术的迅猛发展，互联网健康管理平台成为高校运动康复实验教学中不可或缺的一部分。课程设置不仅应增加实践课程的比例，还应融入互联网健康管理平台，使学生在学习理论知识和实践操作的同时，能够借助互联网平台进行数据分析、患者监控和远程康复指导。例如，可以将互联网健康管理平台作为实验课的重要工具，使学生通过平台收集和分析康复数据，跟踪患者的康复进程，模拟实际康复方案的制订与调整。

2. 跨学科课程引入

跨学科课程的引入有助于培养学生的综合素质和多学科思维。体育科学课程可以帮助学生理解运动生理学、运动心理学和运动生物力学等基本原理，优化其运动康复知识体系。医学课程的引入，如解剖学、病理学和临床医学，可以使学生了解人体结构、疾病机制和临床诊断，提高其医学素养和诊断能力。工程学课程，如生物医学工程和康复工程，可以帮助学生掌握康复设备的设计与应用，培养其创新思维和工程技术能力。通过将互联网健康管理的相关课程（如健康数据管理、大数据分析、远程监控技术等）与运动康复课程相结合，学生不仅能够掌握康复评估、治疗技术，还可以学习如何通过互联网平台进行患者数据的记录与分析。

二、实验设备与设施的更新与完善

1. 先进实验设备引进

先进实验设备引进是提升实验教学质量的重要举措。设备选择标准应包括设备的先进性、适用性和易操作性。通过引进高精度的康复评估设备、高效能的训练器械和先进的数据分析系统，学生可以在实验中进行更加精确和有效的操作，提高实践能力和数据处理能力。设备的使用与维护也应得到重视，应制订详细的操作规程和维护计划，保障设备的正常运行和长期使用。

2. 实验教学条件提升

实验教学条件提升不仅包括设备的更新，还包括实验室环境的优化和实验基地的建设。实验室环境应安全、整洁、舒适，为学生提供良好的实验环境。实验基地的建设应包括校内实验室和校外实习基地，为学生提供多样化的实践机会。校外实习基地应与医疗机构、康复中心等合作，为学生提供真实的临床实践环境，提升其实践经验和专业能力。

为配合互联网健康管理的应用，实验室应具备现代化的互联网技术条件，包括高速网络连接和数据安全系统，确保学生能够顺利使用远程康复管理系统。校外实习基地与互联网健康管理平台的合作也将进一步丰富学生的实践体验。

三、师资力量的提升

1. 师资培训

师资培训是提升教师专业素养和教学水平的重要途径。培训内容应包括最新的康复技术、教学方法和科研技能，采用讲座、研讨会、实地培训等多种形式。通过系统的培训，提升教师的专业知识和教学能力。培训效果评估可以通过教师的教学表现和学生的反馈进行，确保培训的实效性和针对性。

2. 专业人才引进

引进精通互联网健康管理技术的专业人才，能够帮助学校在运动康复实验教学中进一步加强与现代科技的结合。这类人才不仅能为学生提供临床指导，还能帮助其掌握最新的健康管理技术，提升学生的技术素养和实践能力。

3. 教学与科研水平提升

通过支持教师科研项目和实施教学质量提升措施，全面提升教师的科研和教学水平。支持教师申报科研项目，提供资金和资源支持，鼓励其进行康复相关的前沿研究。教学质量提升措施可以包括教学评估、教学研讨会和教学成果展示等，通过多种方式提升教师的教学能力和教学效果。例如，设立教学创新奖，鼓励教师探索和应用新的教学方法，提升教学质量。

四、教学方法的多样化与创新

1. 多样化教学方法

采用多样化的教学方法可以提升学生的学习效果和兴趣。案例教学通过分析实际案例，帮助学生理解康复过程中的问题和解决方案。项目教学通过学生参与具体项目，提升其实践能力和团队合作精神。实验教学通过实际操作，使学生掌握康复技术和方法。模拟教学通过仿真模拟，提高学生的应变能力，丰富其实践经验。例如，通过虚拟现实技术，模拟真实的康复场景，使学生在虚拟环境中进行操作训练，提高其实践能力。

2. 新技术应用

新技术的应用是提升教学效果的重要途径。VR技术和AR技术可以为学生提供沉浸式的学习体验，提升其实践能力和学习兴趣[82]。通过VR技术，学生可以在虚拟环境中进行复杂的康复操作，提高其操作技能和应变能力。通过AR技术，学生可以在真实环境中看到虚拟的指导信息，提高其学习效果，丰富其实践经验。

3. 教学方法创新

不断探索和应用新的教学方法，是提升教学效果的关键。创新教学方法可以包括开展问题导向教学、反转课堂和混合式学习等，通过多样化的教学手段，激发学生的学习兴趣和主动性。教学效果评估依据学生的反馈、学习效果和教学成果等多方面进行，确保教学方法的实效性和创新性。

五、学生实践能力的培养

1. 实践机会增加

互联网健康管理平台提供了远程实践的机会，学生可以通过平台与患者互动，实现跨地域的康复指导与跟踪。平台不仅为学生提供了更多的实践机会，也帮助他们积累远程康复管理的经验，提升其实际操作和管理能力。

2. 多元化评估体系

多元化评估体系是全面评估学生学习效果的重要手段。评估体系应包括对理论与实践结合情况的考察，综合能力评估等，通过多样化的评估手段，全面了解学生的学习效果和综合素质。通过学生在平台上对患者数据的收集、分析和管理等操作，评估其在互联网环境下的康复管理能力。结合理论与实践的评估方法，使学生能够全面展示其在传统康复与互联网健康管理方面的综合能力。

3. 课外实践活动与科研项目

课外实践活动与科研项目是培养学生实践能力和科研思维的重要途径。通过提供资金和指导，鼓励学生参与科研项目，培养其科研能力和创新思维。课外实践活动可以包括社会服务、健康宣传和康复义诊等，通过多样化的实践活动，提升学生的社会责任感和实践能力。

第五章

互联网健康管理在运动康复中的应用

第一节 互联网健康管理在运动系统疾病运动康复中的应用

运动系统疾病是指发生在骨、关节、肌肉、韧带等部位的疾病，这些疾病在临床中非常常见，并且可以根据不同的分类标准进行分类。我国最为常见的、高发性的运动系统疾病主要是骨关节炎、骨折、软组织损伤、脊柱损伤等。

一、骨关节炎

（一）概述

1. 病因

骨关节炎（Osteoarthritis，OA），也称退行性关节炎、增生性骨关节炎或肥大性关节炎。长期以来，OA被认为是一种"磨损"疾病，现在人们认为其病理生理学复杂，会影响多个关节和关节结构，正如国际骨关节炎研究协会对OA的定义：该疾病首先表现为分子紊乱（关节组织代谢异常），随后是解剖和/或生理紊乱（以软骨退化、骨重塑、骨赘形成、关节炎症和正常关节功能丧失为特征），最终导致疾病[83]。OA主要由关节软骨的蜕变和破坏引起，伴随相邻软骨下骨板的病变和关节边缘的骨质增生以及骨赘形成，这些变化最终导致关节功能的损害。全球约有2.4亿人受此病困扰。骨关节炎是导致成年人活动受限的主要原因之一。过度使用和关节损伤会加速对软骨的破坏，如果未得到适当的治疗和管理，病情可能进一步恶化，导致OA的发展并逐渐加剧关节退化。同时，长期骨关节炎是引发心血管事件和其他全身性疾病的重要原因。随着老龄化社会的快速发展，骨关节炎在人群中的发病率呈现快速上升趋势，给家庭和社会带来了沉重的负担[84]。该疾病通常影响承受重负和频繁使用的关节，如膝关节、髋关节、脊柱关节及手关节等。当关节中软骨逐渐退化时，骨关节炎便会悄然而至。软骨作为一种坚韧而光滑的组织，使得关节能够顺畅、无摩擦地活动。然而，当软骨完全磨损时，骨头间便会直接摩擦，产生不适。骨关节炎，常被形容为"磨损性"疾病，其影响却不仅限于软骨，还会波及整个关节，导致骨骼变形和结缔组织的退行性变化。结缔组织是关节稳定的支撑，同时帮助肌肉与骨骼紧密连接。此外，骨关节炎还可能引发关节内膜的炎症反应[85]。

关节的反复应力是导致骨关节炎的一大因素，这可能源于职业或非职业活动中关节的过度使用。研究发现，那些因工作需要频繁跪、蹲或弯曲膝关节的人群，以及经常从事举重活动的职业人士或运动员，患膝关节骨关节炎的概率显著增加[86]。无论是运动过程中还是意外事故中所遭受的关节损伤，都可能提高患骨关节炎的概率。值得注意的是，即便是那些多年前发生并且似乎已经痊愈的损伤，也会增加患骨关节炎的风险。比如既往关节创伤，如前交叉韧带断裂和踝关节骨折，会增加风险，占膝关节OA病例的12%[87]。此外，先天性和后天性解剖异常（如髋关节发育不良）也是髋关节OA的风险因素[88]。

2. 临床表现

（1）关节僵硬：尤其是早晨起床时，关节会感到僵硬和发紧，但活动后可以缓解，通常持续时间不超过30分钟。

（2）关节疼痛及压痛：早期可能表现为轻微的疼痛或间断性疼痛，休息后症状会好转，活动时会加重。疼痛可能与天气变化有关，晚期则可能变为持续性疼痛，有时甚至在夜间或休息时也会感到疼痛。检查关节时可能有明显的压痛。

（3）骨摩擦音或摩擦感：在活动关节时，可能会听到骨摩擦的声音或感觉到骨摩擦。

（4）关节肿大：手部、膝、踝等关节可能会出现肿大和变形。

（5）关节活动不灵活：由于疼痛、活动度下降、肌肉萎缩和关节无力，可能会导致步行困难，甚至足不出户、夜间难眠。

（6）其他部位的表现：骨关节炎也可能影响手、膝、足、脊柱和髋等部位。例如，手指关节可能会出现退行性变，膝关节可能会有"咔嗒"音，足部第一跖趾关节最常见骨性结节或外翻畸形，脊柱可能出现骨赘形成，髋部疼痛并可能放射至其他部位[89]。

3. 诊断方法

（1）病史询问：医生会详细询问病史，包括疼痛的起始时间、部位、性质、活动与休息的关系，以及是否有过关节损伤或长期过度使用关节的情况。

（2）体格检查：医生会通过观察和触摸关节来检查肿胀、变形、压痛点和活动范围。

（3）实验室检查：这包括血常规、类风湿因子检查、C反应蛋白检查等，可以帮助确定是否存在炎症反应。

（4）影像学检查：X线检查是最常见的影像学检查方法，可以观察到关节间隙的狭窄、关节边缘的骨质增生等变化。在某些情况下，可能还需要进行CT扫描或核磁共振成像（MRI）以获得更详细的信息。

（5）康复检查：通过康复科医生的评估，可以了解关节功能是否受限，是否存在肌肉萎缩等情况。

（6）关节镜检查：在某些特殊情况下，医生可能会建议进行关节镜检查，直接观察关节内部的软骨和滑膜情况。

4. 治疗方法

（1）保守治疗

①对于肥胖患者，建议减轻体重，以减少关节负荷。②下肢关节有病变时，可以使用拐杖或手杖来减轻关节负担。③理疗及适当的锻炼可以帮助保持关节的活动范围，必要时可使用支具及手杖等辅助工具。④非甾体类镇痛药物（如对乙酰氨基酚、双氯芬酸）可用于减轻或缓解疼痛。

（2）手术治疗

通常适用于保守治疗效果不佳的患者，且在全身情况能耐受手术的条件下进行。手术方法包括截骨矫形术和人工关节置换术等，后者是目前公认的消除疼痛、矫正畸形、改善功能的有效方法，可以大大提高患者的生活质量。

5. 预后及预防

（1）预后

骨关节炎的预后情况取决于多种因素，包括患者的年龄、疾病的严重程度、是否及时进行治疗及治疗的效果。一般来说，如果患者年轻且疾病早期得到适当的治疗，预后较好，症状可以得到缓解，甚至恢复正常活动。相反，年纪较大的患者由于修复能力较差，预后可能不太理想，严重时可能需要进行关节置换手术。

（2）预防

①积极减重：减轻关节负担，尤其是膝关节和髋关节。

②功能锻炼：进行适度的运动以增强关节周围肌肉的力量和灵活性。

③保暖防寒：避免关节受到寒冷刺激。

④合理饮食：多吃富含钙的食物和新鲜水果蔬菜。

⑤改变不良生活习惯：减少关节损伤的风险，如避免长时间保持一个姿势或重复性的关节运动。

（二）骨关节炎的运动康复目标

①减轻疼痛：通过适当的运动和物理治疗手段，缓解关节疼痛，提高患者的舒适度。

②增加关节灵活性：通过关节活动度的训练，提高关节的灵活性，减少僵硬感。

③增强肌肉力量：通过针对性的肌力训练，增强关节周围肌肉的力量，提高关节的稳定性[90]。

④改善功能：通过综合性的康复训练，提高患者的日常活动能力和生活质量。

⑤减少炎症和肿胀：通过冷疗、压迫等物理治疗方法，减少关节炎症和肿胀[91]。

（三）骨关节炎的运动康复原则

1. 治疗方法的选择

保守治疗首要采用非药物康复治疗，它构成了药物治疗和手术治疗的基础。对于首次就诊的骨关节炎患者，非药物康复治疗应当作为首选方案。若非药物康复治疗效果不显著，则应考虑结合药物治疗；如果疗效仍然不佳，再考虑手术治疗。

2. 个体差异性

治疗方案应综合考虑患者的具体状况，包括年龄、性别、体重、潜在危险因素、教育背景以及病变的具体部位等因素，以制订个性化的治疗计划。

3. 渐进性原则

开始时应选择低强度的运动，如散步或游泳，并逐渐增加运动时间和活动量。这有助于增强关节周围肌肉的力量和耐力，同时避免对关节造成过大的冲击。

4. 避免剧烈运动

应避免参与可能导致关节过度受力或受伤的活动，如跳跃、爬山等。这些活动可能会加重病情或引起复发。

5. 多样化运动

选择多种类型的运动，包括有氧运动和力量训练，可以提高整体的关节功能和稳定性。例如，骑自行车和做瑜伽都是适合骨关节炎患者的运动。

6. 配合物理治疗

在进行运动康复的同时，可以考虑配合物理治疗，如热敷、理疗等，以缓解症状和延缓疾病的发展。

（四）骨关节炎的运动康复适应症和禁忌症

1. 适应症

（1）关节疼痛和僵硬：通过运动可以减轻疼痛和僵硬，提高关节的活动范围。

（2）关节肿胀：适度的运动可以帮助减轻关节肿胀，促进关节液的循环。

（3）关节功能下降：运动可以增强关节周围肌肉的力量，提高关节的稳定性和功能。

（4）预防关节畸形：通过运动可以防止或延缓关节畸形的发展。

（5）改善生活质量：运动可以改善患者的生活质量，增强自信心[92]。

2. 禁忌症

（1）急性关节炎发作期：在急性关节炎发作期，应避免运动，以免加重病情。

（2）关节不稳定：如果关节不稳定，运动可能会增加受伤的风险。

（3）严重的骨质疏松：在骨质疏松严重的情况下，过度的运动可能会增加骨折的风险。

（4）严重的心脑血管疾病：有严重心脑血管疾病的患者，应避免剧烈的运动。

（5）严重的周围神经病变：在周围神经病变严重的情况下，运动可能会加重症状[93]。

（五）骨关节炎的运动风险评估

1. 体格检查

腘窝囊肿通常是膝骨关节炎的后遗症，还可能出现外翻或内翻畸形。髋部有关节炎时，检查时通常可见内旋受限。肩部有关节炎时，检查时经常出现摩擦音和活动范围减小，尤其是外旋。在足部骨关节炎中，第一跖趾关节可能出现疼痛和活动范围受限。体格检查时还可能发现拇外翻畸形[94]。

2. 影像学检查

骨关节炎具有某些典型的X线表现。骨关节炎常表现为关节间隙变窄、骨赘形成、软骨下硬化和囊肿[95]。核磁共振成像很少用于膝关节或髋关节骨关节炎的评估或治疗。核磁共振成像可检测软骨、半月板（膝关节）、盂唇（髋关节）、骨骼和滑膜的变化，提供更全面的病理学图像[96]。超声可以显现关节积液、骨赘和其他特征[97]。

3. 实验室检查

骨关节炎患者的实验室检查结果通常正常，但在诊断不明确时，这些结果可能有助于缩小鉴别诊断范围。C反应蛋白水平和红细胞沉降率可用于评估全身炎症状况和自身免疫性疾病。尿酸水平可能有助于评估痛风的存在。美国风湿病学会制订的临床指南建议不要对有关节问题的患者进行常规关节炎检查[98]。

（六）骨关节炎的运动康复功能评定

1. 疼痛评定

通过问诊和观察患者的表情、姿势等，评估患者的疼痛程度和部位。

2. 活动度评定

通过让患者进行一些简单的活动，如走路、上下楼梯等，评估患者的关节活动度和功能受限情况[99]。

3. 肌力评定

通过让患者进行一些简单的肌肉力量测试，如屈膝、伸膝等，评估患者的肌肉力量和功能受限情况。

4. 平衡评定

通过让患者进行一些简单的平衡测试，如单脚站立、闭眼站立等，评估患者的平衡能力和稳定性。

5. 步态评定

通过观察患者的步态和行走方式，评估患者的步态异常和功能受限情况。

6. 日常生活活动能力评定

通过让患者进行一些日常生活中常见的动作，如穿衣、洗脸、刷牙等，评估患者的日常生活活动能力和自理能力。

（七）骨关节炎的互联网健康管理方案

中国在全球互联网发展中走在前列，拥有庞大的网络用户群体，这为物联网技术在骨关节炎康复治疗领域的应用提供了肥沃的土壤。然而，我们不能满足于仅仅将物联网技术应用于骨关节炎远程康复中，而应当探索并建立一套适应中国国情、满足国内骨关节炎患者需求的远程康复模式。2012年2月，卫生部发布了《"十二五"时期康复医疗工作指导意见》，提出了一个三级分层康复模式。根据这一模式，综合医院负责疾病的早期康复工作；康复专科医院则专注于疾病稳定期的康复治疗；社区卫生服务中心与乡镇卫生院承担起疾病恢复期的康复任务。这一模式在国内多个地区进行了先行试验。但现实情况是，许多患者在综合医院的康复疗程结束后，便不再继续进行后续的康复治疗。基于这一现实情况，提出构建一个以互联网技术为基础的、专属于中国骨关节炎患者的康复模式。此模式旨在提升患者的康复效果，确保他们能够接收到全面、系统的骨关节炎康复治疗。同时，该模式亦致力于实现国内骨关节炎康复资源的优化配置，推动构建一个以基层为首诊点、各级医疗机构上下联动、资源高效利用、信息智能融合的康复体系。具体而言，基于互联网的中国骨关节炎康复模式涵盖以下几个方面的内容：第一层级——康复管理集中化；第二层级——康复治疗社区化；第三层级——康复治疗家庭化[100]。

在构建基于互联网的中国骨关节炎康复模式的过程中，有三个要素至关重要。首先，需要建立一个全国性的网络平台，以便全国各地的康复机构能够共享信息和资源。其次，必须制定严格的安全协议，确保网络平台中用户的信息得到妥善保护。最后，需要对所使用的设备进行标准化，以实现数据输入和输出的一致性，确保康复治疗效果的稳定性和可靠性。这三个要素是构建有效、安全且高效的互联网中国骨关节炎康复模式的基础。

二、骨折

（一）概述

1. 病因

骨折是指骨头的完整性被破坏，实质上是因外界暴力或内部病变引发的骨质断裂现象。究其成因，包括高速车祸的剧烈撞击、骨质疏松症患者的不经意摔倒等。

骨折的病因主要分为两大类：创伤性骨折和非创伤性骨折。创伤性骨折是由外部力量作用导致的，比如交通事故、运动损伤、摔跤受伤以及高空坠落等。这些情况下，骨骼受到强烈的撞击或压力，超过了其承受极限，从而发生断裂。非创伤性骨折则与骨骼的疾病、病变以及骨骼质量的降低有关。骨质疏松是导致非创伤性骨折的主要原因之一，使得骨骼变得脆弱而容易在自身重力或其他较小的压力下折断。其他导致非创伤性骨折的原因包括激素失衡、营养不良以及长期使用某些药物等。此外，某些内分泌代谢疾病、骨囊肿、骨肿瘤等也可能导致骨骼变脆，从而增加骨折的风险。了解骨折的原因对于预防和有效治疗骨折至关重要。

2. 临床表现

一旦遭受骨折，患者往往会出现如下几种症状：患处疼痛不止，压痛明显，肿胀瘀斑相继出现，肢体活动受到限制，甚至可能完全丧失功能等[101]。值得注意的是如果骨折出血量较大，血肿吸收时体温可能略有升高，但一般不超过38℃。如果出现骨折出血量大的情况，如骨盆骨折、股骨骨折和多发性骨折，也可能导致休克，危及生命。

3. 诊断方法

（1）X线检查：X线检查是最常用的骨折诊断方法，它能够显示骨折线的类型、移位方向以及是否存在不完全骨折或合并脱位。X线检查的结果对于后续的治疗和随访具有重要的参考价值。

（2）CT扫描：CT扫描和核磁共振成像则主要用于那些通过X线检查无法明确诊断的隐匿性骨折。CT扫描可以提供更详细的断层图像，有助于发现骨折的细节，比如撕脱性骨折、骨裂等。

（3）核磁共振成像：核磁共振成像则在观察软组织损伤方面更为敏感，特别是对于复杂的骨折或伴有关节损伤的情况下。

4. 治疗方法

骨折可以分为完全骨折和不完全骨折两种类型。完全骨折是指骨头完全断裂，形成了两个或多个骨片。这种骨折通常需要外科手术治疗，以恢复骨头的正常形态和功能。不完全骨折是指骨头没有完全断裂，但出现了裂纹或压缩。对于这种骨折通常可以采取保守治疗（如休息、冰敷、服用止痛药等），但在某些情况下可能需要外科手术治疗。在完全性骨折中，肢体畸形和异常活动显而易见。面对这种状况，我们更需警惕，切勿将骨折与关节扭伤混为一谈。尽管两者在外观上可能相似，但治疗原则却大相径庭。因此，一旦怀疑自己或他人可能遭受骨折，立即寻求专业医疗帮助，进行精准诊断与治疗至关重要。通过专业的医疗检查，如X光片等影像学检查，医生能够准确判断是否为骨折，并制订相应的治疗方案。治疗方法可能包括固定、复位、手术等，具体取决于骨折的类型和严重程度。同时，患者在康复期间需遵循医嘱，合理安排休息和康复锻炼，以促进骨折愈合，尽快恢复肢体功能。针灸作为中医传统疗法之一，在闭合性骨折的治疗中也占有一席之地。通过刺激特定的穴位，针灸可以促进局部血液循环，缓解疼痛，加速骨折愈合的过程。然而，针灸治疗需在专业医师的指导下进行，以确保安全和治疗效果[102]。

5. 预后和预防

（1）预后

骨折的预后取决于多种因素，包括骨折的严重程度、部位、患者年龄、伴随疾病以及治疗的及时性和有效性。大多数骨折在得到正确及时的治疗之后，相应部位可以得到良好的愈合，并恢复满意的功能。然而，某些部位的骨折，如股骨颈头下型骨折、距骨的骨折、胫骨下1/3骨折等，由于血供不良，愈合可能较为困难。老年人、糖尿病患者等特定人群的骨折愈合时间可能更长。

（2）预防

①进行适当的体育锻炼：如走路、跑步、游泳等，以增强骨骼和肌肉的力量和耐力，提高平衡能力，从而减少跌倒和受伤的风险。

②保持良好的饮食习惯：多吃富含钙质的食物，如牛奶、鱼类等，以及保证足够的维生素D摄入，有助于维持骨骼健康。

③避免危险环境：注意家中的安全，避免地面湿滑或有障碍物，减少跌倒的风险。

④定期检查：特别是对于老年人和有骨质疏松风险的人群，定期进行骨密度检查和咨询医生的建议。

⑤使用辅助工具：如拐杖或助行器，特别是在行动不便时，可以帮助保持平衡，减少摔倒的风险。

（二）骨折的运动康复目标

骨折康复治疗的目的主要是促进骨折部位的愈合和稳定，恢复关节的活动范围，增强肌肉力量和耐力，恢复日常功能和运动能力，预防再次受伤等[103]。

1. 促进骨折的愈合

骨折后的运动康复是一个综合性的过程，旨在通过初期适当的制动与固定促进骨折愈合，随后引入适量低强度运动加速愈合进程。

2. 注重恢复关节功能

通过主动与被动运动训练防止僵硬与粘连，并逐步扩大关节活动范围；增强骨折周边肌肉力量与耐力，以促进关节稳定性与功能恢复。

3. 提升整体身体协调性，减少跌倒风险

最终目标是让患者全面恢复日常生活与工作能力，包括自理能力与职场适应能力。此过程需在专业指导下进行，并根据个体情况适时调整优化康复方案。

（三）骨折的运动康复原则

1. 保护骨折部位

骨折治疗的初期主要侧重于确保骨折部位稳定和得到良好保护，这通常通过使用支具、石膏或手术内固定器材来实现，以减少进一步的移动和损伤。

2. 减轻疼痛

需要积极控制由骨折引起的炎症反应和剧烈疼痛，这可以通过冰敷、非甾体抗炎药和充分休息实现[104]。

3. 防止肌肉萎缩

随着治疗的进展，会逐步恢复患者的活动和功能，以促进日常生活能力的回归，并预防肌肉萎缩。

整个治疗过程强调个体化和综合方法，根据患者的具体情况调整治疗方案，并可能涉及多学科团队的合作。此外，预防并发症如感染和血栓形成，以及通过教育指导患者避免再次受伤，也是康复期间不可忽视的重要环节[105]。

（四）骨折的运动康复适应症和禁忌症

1. 适应症

各种骨折类型，手术治疗后的骨折，老年人和儿童的骨折，复杂骨折，骨折愈合延迟或非愈合，预防性康复等。

2. 禁忌症

严重的开放性骨折，重度骨折不稳定，严重的并发症，患有其他严重健康问题（心脏病、肺部疾病或中枢神经系统问题），医生指出的特定禁忌情况等[106]。

在任何情况下，康复治疗方案应由专业医疗团队制定和监控，以确保根据患者的具体情况进行个性化调整和优化。

（五）骨折的运动风险评估

1. 骨折的类型和严重程度

不同类型的骨折（如简单骨折、复杂骨折、开放性骨折等）和不同程度的骨折（如完全性骨折、不完全性骨折等）会影响运动康复计划和风险评估[107]。

2. 愈合情况

骨折是否已经愈合或接近愈合，以及愈合的稳定性，是决定能否开始运动和选择何种运动的重要因素。

3. 患者的整体健康状况

患者的年龄、体重、是否有其他慢性疾病（如心脏病、糖尿病等）以及整体的体能状况会影响运动的安全性和恢复效果。

4. 活动范围和强度评估

评估患者可承受的运动范围和强度，避免过度负荷可能导致的再次受伤。

5. 物理治疗师或医生的建议

在进行任何运动前，应咨询专业的物理治疗师或医生，根据他们的指导制订个性化的运动计划。

6. 监测和调整

在运动康复过程中，需要定期监测患者的恢复情况和对运动的适应程度，根据情况适时调整运动计划。

（六）骨折的运动康复功能评定

1. 收集数据

骨折功能评定旨在综合评估患者骨折后的恢复状况，确保治疗方案的有效性和安全性。评定内容涵盖骨折愈合情况、关节活动度与稳定性、肌肉力量与耐力、身体协调性、平衡能力以及患者重返日常生活和工作的能力。通过专业的评估工具和方法，如X光片检查、关节活动度测量、肌力测试、平衡测试等，全面收集患者的康复数据。

2. 综合性评定

结合患者的病史、症状、体征及主观感受，综合判断骨折康复的进展和效果。评定结果将作为调整康复治疗方案的重要依据，确保患者获得最佳的康复效果[108]。需要注意的是，骨折功能评定的具体方法和标准可能因患者个体差异、骨折类型及严重程度等因素而有所不同。因此，在评定过程中应充分考虑患者的具体情况，制定个性化的评估方案。同时，评定应由具有专业资质的医疗人员进行，以确保评估结果的准确性和可靠性[109]。

（七）骨折的互联网健康管理方案

1. 教育和信息获取

提供关于骨折的详细信息，包括病因、症状、治疗选项等，帮助患者了解和管理自己的病情。向患者和家属提供可信赖的医学信息和资源，帮助他们更好地理解和应对疾病。

2. 个性化健康管理计划

根据患者的具体情况和医生的建议，制订个性化的健康管理计划，包括运动锻炼、饮食控制、药物治疗等方面。利用互联网平台提供的工具，例如健康记录跟踪、用药提醒等功能，帮助患者按时按量地进行治疗和管理。

3. 远程监测和医疗咨询

提供远程医疗咨询服务，让患者能够随时随地与医生进行沟通、解决疑问，让医生能够及时调整治疗方案。利用智能设备和传感器监测患者的健康状况，例如运动量、睡眠质量等，方便相关医护人员及时发现和处理异常情况[110]。

4. 社区支持和心理健康

建立在线社区或支持小组，让患者之间可以分享经验、交流心得，增强彼此之间的支持和理解。提供心理健康支持服务，帮助患者处理因疾病带来的心理压力和情绪困扰[100]。

5. 数据安全和隐私保护

确保互联网健康管理平台的数据安全性和隐私保护，保护患者的个人健康信息不被未授权的人访问和利用。通过这些互联网健康管理方案，运动系统疾病患者可以更方便地获取专业建议和支持，有效地管理自己的健康状况，提升生活质量和健康水平[111]。

三、软组织损伤

（一）概述

1. 病因

软组织损伤是运动、外伤或劳损等多种原因导致的皮肤、肌肉、肌腱、韧带、关节囊、滑膜囊、神经、血管等组织的损伤，是日常生活中常见的伤害类型。这类损伤通常不涉及骨骼的断裂，但同样能引发疼痛、肿胀、活动受限等症状，严重影响患者的生活质量和工作能力。

软组织损伤根据伤势的轻重，可分为急性损伤和慢性损伤两大类。急性损伤多见于突发的暴力性外伤，如扭伤、拉伤、挫伤等，往往伴有明显的疼痛、肿胀和皮下淤血[112]。慢性损伤则多为长期重复性的微小创伤累积而成，如肌腱炎、滑囊炎等，症状可能较为隐匿，但持续时间长，治疗也相对复杂[113]。

2. 临床表现

软组织损伤的临床表现主要包括疼痛、肿胀、淤血、活动受限和功能障碍。具体来说，软组织损伤后会出现剧烈的疼痛，这种疼痛可能会随着时间推移而逐渐加重。损伤部位可能会呈现肿胀，肿胀在损伤后几小时内出现，持续时间不确定，并且可能使受伤部位变得柔软或弹性增加。此外，受损组织内可能出现出血，导致淤血，通常表现为皮肤紫黑色。由于血液进入周围组织，还可能出现局部压痛。

在活动方面，受损的肌肉、肌腱、韧带等可能影响关节活动，导致关节活动受限，影响日常生活和运动。在严重的情况下，软组织损伤可能导致肌肉、肌腱的粘连，甚至出现缺血性挛缩、关节周围炎等并发症。

3. 诊断方法

（1）局部检查：诊断软组织损伤的第一步，通常包括观察损伤部位是否有畸形、体位变化、压痛和功能障碍等。

（2）影像学检查：有助于了解损伤的具体情况，包括X线检查、CT扫描和核磁共振成像（MRI）。X线检查虽然对软组织损伤的诊断意义不大，但可以用于鉴别诊断和评估骨折等骨骼问题。CT扫描和MRI则可以提供更详细的软组织结构信息，对于评估损伤程度和指导治疗有重要作用。

（3）实验室检查：通常用于评估是否存在感染或合并其他系统性疾病，包括血常规、肝功能检查和肾功能检查等。这些检查可以帮助医生了解患者的整体健康状况，并为治疗方案的制订提供依据。

4. 治疗方法

在处理软组织损伤时，关键先要理解其基本的病理过程。当组织受到伤害后，断裂的地方会有血液流出，在受伤的区域形成不同大小的血肿。接下来会发生炎症反应，毛细血管会扩张且通透性提高，导致渗出液增多和组织水肿。在受伤部位，成纤维细胞的增生会产生肉芽组织，最终这些肉芽组织会转变为瘢痕组织。这些病理变化可以划分为四个阶段：①组织受损和出血；②炎症和肿胀反应；③肉芽组织的形成；④瘢痕的形成[114]。针对这些情况，软组织损伤康复治疗的基本准则主要包括按阶段进行治疗和专注于功能恢复[115]。

5. 预后及预防

（1）预后

软组织损伤的预后取决于多种因素，包括损伤的严重程度、是否及时和正确的治疗，以及患者的康复配合情况。在没有合并其他并发症的情况下，大多数软组织损伤经过适当的治疗和康复，可以得到良好的恢复。然而，如果治疗不当或患者康复不积极，可能会遗留一些后遗症，如关节僵硬、肌肉萎缩等。

（2）预防

①加强卫生宣传教育：通过各种形式进行关于软组织损伤的病因、预防

方法的宣传，提高人们的自我保护意识。

②防止外伤：在训练、劳动或日常生活中，严格遵守劳动纪律，注意检查防护设备，保持正确体位，避免不良姿势和工作方法。

③防风寒湿：改善环境卫生，防止风、寒、湿侵袭，特别是在高温车间或出汗后，要在穿戴整齐的状态下出车间，进行户外活动。

（二）软组织损伤的运动康复目标

一是缓解疼痛与肿胀，利用冷热敷、物理因子治疗等手段减轻炎症反应。

二是恢复关节活动度，采用关节松动术、牵伸训练等方法增加关节活动范围。

三是增强肌力与耐力，通过等长等张肌肉训练及渐进性抗阻训练提升肌肉力量与耐力。

四是提高运动功能，借助平衡、协调性及功能性训练提升整体运动能力，降低再损伤风险。

五是恢复日常生活活动能力，确保患者能顺利进行日常生活与工作[116]。

（三）软组织损伤的运动康复原则

一是个体化原则，强调根据患者的具体情况制定专属康复计划。

二是循序渐进原则，要求训练从低强度开始，逐步提高强度，避免过早或过度训练引发再损伤。

三是全面性原则，指出康复训练需覆盖力量、耐力、柔韧性、协调性等多维度，以实现患者的全面恢复。

四是安全性原则，强调在训练过程中必须确保患者安全，避免采用可能加重伤害的方法或器械。

五是系统性原则，指出康复训练应是一个完整、有序的过程，涵盖评估、计划制定、实施、监测及适时调整等各个环节。

（四）软组织损伤的运动康复适应症和禁忌症

1. 适应症

运动康复适用于急性软组织损伤（如扭伤、挫伤）在初步处理后的恢复期，以及慢性软组织劳损（如腰肌劳损、肩袖损伤）需改善功能的情况。同时，它也针对软组织损伤后出现的功能障碍，如关节僵硬和肌肉萎缩等症状[117]。

2. 禁忌症

运动康复不适用于伴有骨折、脱位等严重损伤的患者，需等待骨折愈合或脱位复位后再进行。此外，若损伤部位存在未控制的感染或炎症，也需先控制感染再进行康复训练。对于患有严重心脑血管疾病、精神疾病等不能耐受康复训练的患者，以及疼痛剧烈、无法忍受训练的患者，同样需要等待病情缓解或疼痛减轻后再考虑进行康复训练[118]。

（五）软组织损伤的运动风险评估

一是病史询问，在软组织损伤的运动康复开始前，必须进行全面且细致的运动风险评估[119]，旨在了解患者的过往健康与康复状况，评估其对康复训练的适应性。

二是体格检查，直接评估患者的损伤现状，包括疼痛、关节活动度及肌力等。

三是心理评估，关注患者的心理状态，确保康复训练不受心理障碍的干扰。

基于全面评估的结果，制定个性化的康复计划，并在实施过程中持续监测患者反应，灵活调整训练方案，以保障康复训练的安全与高效[120]。

（六）软组织损伤的运动康复功能评定

综合性功能评定在软组织损伤运动康复中占据关键地位，它通过量化疼痛、评估肌力、测量关节活动度、测试平衡能力、分析步态、评估心理功能及日常生活活动能力等多个维度，全面了解患者的康复进展与现存问题。

应用功能评定不仅为制定和调整康复计划提供了科学依据，还是衡量康复效果的有效工具。

全面的功能评定能够增强患者与康复师对康复进程的认知与信心，促进康复目标的顺利实现[121]。

（七）软组织损伤的互联网健康管理方案

随着互联网技术的飞速发展，其在医疗健康领域的应用日益广泛，为软组织损伤患者提供了更加便捷、高效、个性化的健康管理方案。以下是一个针对软组织损伤的互联网健康管理方案概览，旨在通过科技手段加速患者康复进程，提升生活质量。

软组织损伤的互联网管理方案融合了在线咨询、个性化康复计划、远程指导与监测,以及数据驱动的持续优化,为患者提供一站式、高效便捷的康复管理服务。通过专业医疗平台,患者可随时获取专业评估与建议,接收定制化的康复方案,并在家中享受远程康复指导与智能监测,确保康复进程的科学性与安全性。同时,平台利用大数据分析不断优化服务,确保每位患者都能获得最适合自己的康复路径,加速恢复,重返健康生活[122]。

四、脊柱损伤

(一)概述

1. 病因

脊柱损伤康复是针对脊柱结构损伤、退行性病变或功能障碍所实施的一系列综合性治疗措施,旨在通过物理疗法、运动疗法、手法治疗、疼痛管理、生活方式调整及必要时的药物治疗或手术干预,促进脊柱功能的恢复,缓解疼痛,预防并发症,提高患者的生活质量。这一过程强调个性化治疗计划、患者主动参与及持续监测与调整,以实现最佳的康复效果。脊柱损伤通常由多种原因引起,包括交通事故、从高处跌落、被重物撞击,以及因塌方而被泥土或矿石掩埋等[123]。

2. 临床表现

脊柱由四个生理性弯曲——颈曲、胸曲、腰曲和骶曲组成,其中颈曲和腰曲向前凸,胸曲和骶曲向后凸。椎骨分为椎体和附件两大部分。从结构上可以将脊柱分为前、中、后三柱,其中前柱由椎体的前三分之二、纤维环的前半部和前纵韧带组成;中柱包含椎体的后三分之一、纤维环的后半部和后纵韧带;后柱则由后关节囊、黄韧带、椎弓、棘上韧带、棘间韧带和关节突关节构成[124]。中柱和后柱环绕并保护着脊髓和马尾神经,特别是中柱的损伤,可能导致碎骨片或髓核组织侵入椎管的前半部分,从而损害脊髓。因此,在处理每个脊柱骨折病例时,必须明确是否有中柱的损伤。胸腰段(T10至L2)位于脊柱的两个生理弧度交会处,是应力集中的区域,因而该区域的骨折尤为常见。颈椎骨折在临床上也频繁出现,尤其是那些伴有颈髓损伤的病例。如果临床处理不当,可能会导致高位截瘫或四肢瘫痪，严重者可能会影响患者心肺功能，甚至危及生命[125]。

3. 诊断方法

（1）影像学检查：是诊断脊柱损伤的重要手段，可以直观地显示脊柱的结构和损伤情况。常用的影像学检查包括X线、CT扫描和核磁共振成像。X线检查可以显示脊柱的骨折、脱位等骨骼问题；CT扫描可以提供更详细的骨骼结构信息，有助于评估骨折的严重程度；核磁共振成像则可以显示脊柱的软组织结构，如椎间盘、韧带、肌肉等，对于评估神经损伤和脊髓压迫等情况有重要作用。

（2）神经功能评估：是评估脊柱损伤患者神经功能状态的重要方法。这包括对患者的运动功能、感觉功能、反射功能和自主神经功能的评估。常用的神经功能评估工具包括美国国立卫生研究院卒中量表（NIHSS）、Fugl-Meyer运动功能评定量表（FMA）和Barthel指数等。通过神经功能评估，可以了解患者的神经功能损伤程度和康复进展情况，为制订个性化的康复治疗方案提供依据。

4. 治疗方法

脊柱损伤康复的常见治疗方法包括物理治疗、药物治疗、功能性电刺激、站立和步行训练等。物理治疗旨在通过各种运动和手法改善患者的肌力、灵活性和平衡能力，促进血液循环，防止肌肉萎缩和关节僵硬。药物治疗可能包括止痛药、抗炎药等，以减轻疼痛和炎症。功能性电刺激使用电流刺激肌肉，促进瘫痪肢体的活动，防止肌肉萎缩。站立和步行训练对于能够坐起的患者来说，早期开始进行站立训练是有益的。在脊柱稳定性良好的情况下，患者应尽早开始坐位训练，并逐步增加训练强度。此外，心理治疗也是康复过程中的一个重要组成部分，有助于患者积极面对康复挑战，改善心理状态。

5. 预后及预防

（1）预后：轻度的脊柱损伤通常可以在数周内恢复，而严重的损伤可能需要数月或更长时间才能完全康复。在康复期间，患者需要遵循医生的建议进行物理治疗、药物治疗和生活方式改变等措施，以促进康复并减少并发症的发生。

（2）预防：预防脊柱损伤的最佳方法是采取安全措施，如佩戴头盔、系好安全带、避免从高处跳下等。此外，保持健康的生活方式也有助于预防脊柱损伤，如坚持适度的运动、保持健康的体重、避免长时间保持同一姿势等。

（二）脊柱损伤的运动康复目标

一是恢复脊柱生理曲度、增强其稳定性和灵活性，从而改善或恢复相应功能。

二是适当的运动还能有效缓解因损伤引起的疼痛和不适，加强周围肌肉的力量，为脊柱提供坚固的支撑与保护。这些努力不仅帮助患者独立完成日常活动，提高自理能力，还显著提升整体生活质量[126]。

（三）脊柱损伤的运动康复原则

1. 个体化

根据患者的年龄、性别、损伤部位和程度制订个性化方案，并遵循循序渐进的方法，即从较小的范围和强度开始，逐步扩大和增强运动，以免过度负荷导致伤害加剧。

2. 全面性原则

强调康复要全面考虑脊柱的肌肉、韧带和关节等各个部分，以实现整体恢复。同时，安全性原则是至关重要的，确保在整个康复过程中患者不发生二次损伤[127]。

（四）脊柱损伤的运动康复适应症和禁忌症

1. 适应症

脊柱骨折术后恢复期患者；脊柱退行性病变患者，如颈椎病、腰椎间盘突出等；脊柱周围肌肉劳损患者；脊柱侧弯等脊柱畸形患者等[128]。

2. 禁忌症

脊柱骨折未愈合或存在不稳定性骨折的患者；脊柱感染、肿瘤等严重疾病患者；严重的骨质疏松患者；合并严重心肺功能不全的患者；心理上不接受康复治疗的患者等[129]。

（五）脊柱损伤的运动风险评估

一是评估患者的身体状况如年龄、性别、体重、身高和心肺功能；明确损伤的部位和程度，通常通过影像学检查来完成。

二是评估运动能力和耐力，通过简单的运动测试来进行。

三是识别任何潜在的风险，如跌倒或心肺并发症的可能性。这些综合评估有助于制订一个安全且有效的康复计划[130]。

（六）脊柱损伤的运动康复功能评定

1. 肌力评定

通过徒手肌力评定和等速肌力测试评估肌肉力量。

2. 关节活动度和平衡能力评定

利用关节量角器和活动度测试测定关节的活动范围；通过静态和动态平衡测试评估患者的平衡能力。

3. 步态评定

观察步态分析和步行速度测试以了解步态特征和行走能力，以及使用功能性、独立性评定量表评价完成日常生活活动的能力。

（七）脊柱损伤的互联网健康管理方案

脊柱损伤的恢复是一个复杂且精细管理的过程，互联网健康管理方案旨在通过整合线上线下资源，为患者提供全面、便捷、个性化的康复管理服务，以提升其康复效果和生活质量。

1. 评估

方案首先提供紧急处理与初步评估，包括在线急救指导和远程初步评估，确保患者在受伤初期得到正确处理。随后，由多学科专家组成的团队通过线上会议系统制订个性化康复计划，并利用AI智能系统定期推送康复锻炼视频、营养指导等[131]。

2. 监测与指导

远程康复指导与监测方面，患者可通过App与康复师进行视频通话接受专业指导，并通过可穿戴设备记录生理数据供医生分析。疼痛管理与心理支持包括在线疼痛管理和心理咨询服务，帮助患者缓解情绪问题。并发症预防与护理则通过App推送相关知识和远程护理指导减少并发症发生。随访与复诊管理利用智能随访系统提醒复诊并收集反馈，患者还可通过App预约复诊。康复社区建设包括建立患者交流平台和定期邀请专家直播答疑，形成积极向上的康复氛围[132]。

第二节 互联网健康管理在心血管疾病运动康复中的应用

一、冠心病

（一）概述

1. 病因

冠心病（Coronary Heart Disease，CHD），全称为冠状动脉粥样硬化性心脏病，是一种常见的心血管疾病，多发于中老年人群。其根本原因是冠状动脉（为心脏供血的血管）发生粥样硬化，导致血管狭窄或阻塞，进而引发心肌缺血、缺氧甚至坏死。

2. 临床表现

冠心病的主要临床表现包括胸前区憋闷疼痛、气短、大汗淋漓、面色苍白等，尤其在劳累、情绪激动或剧烈运动时症状更为明显。轻者症状可能在数分钟内自行缓解，但严重情况下可能导致心肌梗塞，甚至休克和猝死[133]。

3. 诊断方法

（1）心电图：通过记录心脏电活动来检测心脏是否存在异常。冠心病患者的心电图可能会显示心肌缺血或心肌梗死的迹象。

（2）血液检查：通过检测血液中的胆固醇、甘油三酯、高密度脂蛋白胆固醇等指标，评估患者的心血管健康状况。

（3）心脏超声检查：通过超声波观察心脏的结构和功能，以检测是否存在冠心病引起的心肌损伤。

（4）应力测试：通过让患者在运动或药物刺激下进行心电图监测，以评估心脏在负荷下的反应，从而检测是否存在冠心病。

（5）冠状动脉造影：是一种介入性检查方法，通过向冠状动脉注入造影剂，可以直接观察冠状动脉是否存在狭窄或阻塞。

（6）CT扫描：可以通过多层次的X射线扫描生成三维图像，以评估冠状动脉的状况。

4. 治疗方法

冠心病的治疗包括一般治疗、药物治疗和手术治疗。一般治疗强调患者需停止活动并立即休息，服用急救药物如硝酸甘油。药物治疗则常用抗血小板药物（如阿司匹林）、降血脂药物（如他汀类药物）以及具有益气活血、通络止痛功效的中成药（如通心络胶囊）。当药物治疗效果不佳或病情严重时，需考虑手术治疗，如支架植入或心脏搭桥手术[133]。

5. 预防及预后

预防冠心病的关键在于控制危险因素，如高血压、高血脂、糖尿病等，并保持良好的生活习惯，如戒烟限酒、合理饮食、适量运动以及保持心理健康。此外，定期体检和早期干预也是预防冠心病的重要手段。冠心病是一种严重的慢性疾病，但通过科学的治疗和积极的生活方式干预，可以有效控制病情，提高患者的生活质量。

（二）冠心病的运动康复目标

一是缓解症状，通过运动减轻或消除由冠心病引起的胸闷、气短、心绞痛等症状。

二是提高心肺功能，增强心肌收缩力，提高心脏泵血功能，降低血压和心率，从而改善心肺功能。

三是改善血脂水平，促进脂肪代谢，降低血液中的胆固醇和甘油三酯水平，预防动脉粥样硬化。

四是控制体重，运动有助于消耗多余热量，减轻体重及心脏负担。

五是提高生活质量，改善心理状态，增强自信心，使患者能够恢复到疾病之前的活动水平，提高整体生活质量。

六是预防复发，通过合理的运动训练，降低心血管事件的再次发生风险。

（三）冠心病的运动康复原则

一是定制化原则，针对患者的个性化特征，包括年龄、性别、疾病严重程度、心理状态及个人需求，量身打造专属的康复计划。

二是渐进式训练，遵循由易到难的原则，从低强度运动起步，逐步增加运动强度与持续时间，确保康复过程平稳且安全，防止过度负荷。

三是持续性与毅力，强调运动训练的长期性与坚持性，认识到持之以恒是达到最佳康复成效的关键。

四是兴趣导向，优先考患者的运动偏好，选择能激发其参与热情与持续动力的运动方式，以增强康复过程中的积极体验。

五是安全至上原则，在进行任何运动训练时，都将安全放在首位，确保所有活动均在无风险或风险可控的条件下进行，以保障患者的身心健康。

（四）冠心病的运动康复适应症和禁忌症

1. 适应症

（1）病情稳定，无明显心绞痛，心率、血压基本正常。
（2）日常生活活动能力受限，需要通过运动提高体能。
（3）愿意并能够配合运动训练的患者。

2. 禁忌症

（1）急性心肌梗塞未稳定期。
（2）严重心律失常、心力衰竭、心源性休克等严重并发症。
（3）高强度、突然剧烈、长时间持续运动，以及在极端温度环境下运动。
（4）疲劳状态下运动，可能导致心脏负荷增加，增加心脏病发作风险。

（五）冠心病的运动风险评估

1. 全面评估

在进行冠心病运动康复前，需进行全面的身体检查和评估，包括心电图、血压、血脂等，以了解患者的整体健康状况和运动风险。

2. 个性化

根据美国心脏协会（AHA）发布的风险分层指南，将患者分为A、B、C、D四级，根据不同级别制定相应的运动处方和监督措施。

（六）冠心病的运动康复功能评定

1. 运动能力评估

通过心肺运动试验（CPET）等评估患者的运动能力和运动风险，确定合适的运动强度和时间。

2. 日常生活活动能力评估

评估患者在日常生活中的活动能力，如穿衣、吃饭、洗澡等，以了解患者的实际需求和康复目标。

3. 心理评估

评估患者的心理状态，如焦虑、抑郁等，以制定相应的心理干预措施。

（七）冠心病的互联网健康管理方案

冠心病的互联网健康管理方案，旨在通过数字化手段为患者提供全面、个性化的健康管理服务。该方案主要包括以下几个方面。

一是知识普及与教育，利用互联网平台，如微信公众号、App等，向患者普及冠心病的基本知识，包括患病因素、症状表现、治疗方法及日常注意事项等，增强患者的自我认知和自我管理能力。

二是个性化健康计划，基于患者的具体病情和治疗方案，利用AI技术为患者制订个性化的健康管理计划，包括饮食指导、运动建议、药物服用提醒等，帮助患者更好地控制病情。

三是远程监测与预警，通过互联网设备，如智能手环、血压计等，实时监测患者的生命体征数据，如心率、血压等，一旦发现异常，立即向患者及医生发出预警，以便及时采取干预措施。

四是在线咨询服务，设立在线医疗咨询平台，患者可以随时向医生咨询病情、用药等问题，医生也能根据患者的实时反馈调整健康管理计划，实现医患之间的有效沟通。

五是社区交流与支持，建立患者交流社区，鼓励患者分享治疗经验、生活感悟等，增强患者的归属感和治疗信心，形成积极向上的康复氛围。

二、高血压

（一）概述

1. 病因

高血压（Hypertension），即动脉血压持续高于正常水平的一种慢性疾病，是全球范围内最常见的心血管疾病之一，对人类的健康构成了严重威胁。该病的主要特征是体循环动脉压升高，包括收缩压（高压）和舒张压（低压）的增高。长期高血压可导致心脏、脑、肾脏等多个靶器官的损伤，引发一系列严重的并发症，如心脏病、脑卒中、肾功能衰竭等。高血压的发病机制复杂，涉及遗传、环境、生活习惯等多种因素。遗传因素在高血压的发病中占据一定比例，但不良的生活方式，如高盐饮食、缺乏运动、过度肥胖、长期精神紧张等，也是导致高血压的重要原因。此外，年龄增长、性别差异（男性发病率略高于女性，但女性在绝经后发病率上升）以及某些疾病（如糖尿病、肾脏疾病）也是高血压的重要风险因素[134]。

2. 临床表现

（1）头痛：尤其是在早晨起床时，头痛可能是高血压的一个早期症状。
（2）眩晕：高血压可能导致血液供应不足，从而引起眩晕和晕厥。
（3）呼吸困难：高血压可能导致肺部水肿，引起呼吸困难。
（4）心悸：高血压可能导致心脏负担加重，引起心悸。
（5）胸痛：高血压可能导致心脏负担加重，引起胸痛。

3. 诊断方法

（1）血压测量：血压是高血压最基本的诊断指标，通常使用袖带式血压计进行测量。根据多次测量结果，确定是否存在高血压。需要注意的是，高血压的症状可能不明显，甚至没有任何症状。因此，定期测量血压非常重要，特别是对于有高血压家族史或存在其他危险因素的人群。

（2）24小时动态血压监测：通过在患者身上佩戴一个小型的血压计，可以全天候地监测患者的血压变化情况，更加准确地诊断高血压。

（3）血液检查：通过检查血液中的肾功能、血脂等指标，可以了解患者是否存在肾脏疾病或高血脂等情况，这些因素也与高血压的发生有关。

（4）超声心动图检查：超声心动图可以观察心脏结构和功能的变化情况，对于一些高血压患者可能伴有心脏疾病的情况，可以通过超声心动图检查进行诊断。

4. 治疗方法

高血压的治疗需采取综合措施，包括改善生活方式和药物治疗。患者需保持低盐、低脂、高纤维的饮食习惯，适量运动，控制体重，戒烟限酒，并保持良好的心态。同时，根据患者的具体情况，医生会选择适合的降压药物进行治疗，常用的药物包括血管紧张素转化酶抑制剂（ACEI）、血管紧张素Ⅱ受体拮抗剂（ARB）、钙通道阻滞剂、利尿剂等，以控制血压水平，减少并发症的发生。

5. 预后及预防

（1）预后：高血压是一种常见的慢性疾病，如果不加以控制和治疗，可能会导致严重的并发症，如心脏病、脑卒中、肾脏疾病等。

（2）预防：①保持健康的生活方式，合理饮食、适量运动、戒烟限酒、减轻体重等。②定期测量血压，建议每年至少测量一次血压，及时发现高血压并采取措施。③避免过度紧张和压力，长期处于紧张和压力状态下容易导致血压升高。④注意药物使用，某些药物可能会导致血压升高，如口服避孕药、非甾体抗炎药等，应遵医嘱使用。高血压是一种需要长期管理和控制的慢性疾病。通过改善生活方式和药物治疗，大多数患者可以将血压控制在正常范围内，降低心血管事件的发生风险，提高生活质量。

（二）高血压的运动康复目标

一是降低血压，通过运动改善血管弹性，降低外周血管阻力，从而降低血压水平。

二是改善心血管功能，增强心脏泵血能力，提高心肺耐力，降低心血管疾病风险。

三是调节血脂和体重，运动有助于降低血脂水平，减少肥胖对血压的不良影响。

四是改善心理状态，减轻焦虑、抑郁等负面情绪，提高整体生活质量。

（三）高血压的运动康复原则

1. 个体化

根据患者的年龄、性别、病情、体能等制订个性化的运动方案。

2. 循序渐进

从低强度运动开始，逐渐增加运动量和运动强度，避免过度劳累。

3. 持之以恒

长期坚持运动训练，形成习惯，以获得最佳康复效果。

4. 安全性

所有运动训练必须在保证安全的前提下进行，避免运动风险。

（四）高血压的运动康复适应症和禁忌症

1. 适应症

临界性高血压，高血压1~2级，部分病情稳定的高血压3级患者，以舒张期血压升高为主的患者。

2. 禁忌症

急进性高血压或高血压危象，恶性高血压，病情不稳定的3级高血压，合并严重并发症者，如严重心律失常、心力衰竭、不稳定型心绞痛、急性心肌梗塞、脑血管痉挛、脑出血、急性脑梗塞等，运动中血压大于220/110mmHg的患者，继发性高血压患者。

（五）高血压的运动风险评估

在进行高血压运动康复前，需进行全面的身体检查和评估，包括血压监测、心电图等，以了解患者的整体健康状况和运动风险。根据评估结果，制订合适的运动处方，确保运动训练的安全性和有效性。

（六）高血压的运动康复功能评定

1. 心肺功能评定

心肺运动试验（CPET）明确患者心肺水平，并设定适宜的运动强度与时间。

2. 运动能力评定

旨在量化患者的耐力和运动能力，为制订个性化的运动训练计划提供起点与进度参考。

3. 肾功能检查

高血压会对肾脏造成损害，因此肾功能检查也是评估高血压的重要指标之一。常用的肾功能检查包括血肌酐、尿素氮等指标。

4. 血脂检查

高血压患者常伴随着血脂异常，因此血脂检查也是评估高血压的重要指标之一。常用的血脂检查包括总胆固醇、甘油三酯、高密度脂蛋白胆固醇等指标。

5. 眼底检查

高血压会对眼底造成损害，因此眼底检查也是评估高血压的重要指标之一。常用的眼底检查包括视网膜血管病变、视神经乳头水肿等指标。

（七）高血压的互联网健康管理方案

1. 互联网平台

该方案首先通过移动应用或在线平台，为患者提供详尽的高血压知识教育，包括疾病成因、饮食禁忌、运动建议及药物管理指南等，增强患者的自我健康管理意识。利用大数据和AI技术，对患者的健康数据进行实时监测与分析，如血压波动、心率变化等，一旦发现异常立即推送预警信息，提醒患者及时采取措施或就医。

2. 个性化

根据患者的年龄、性别、体质及病情严重程度，制订个性化的健康管理计划，包括饮食推荐、运动处方及心理调适建议，确保管理方案的科学性和有效性。

3. 提供在线医生咨询服务

患者可随时向专业医生咨询病情疑问，获取专业建议，实现医患之间的无缝沟通。

整体而言，高血压的互联网健康管理方案以患者为中心，通过智能化手段优化健康管理流程，提升管理效率与质量，助力患者有效控制血压，享受健康生活。

三、外周动脉病

（一）概述

1. 病因

外周动脉病（Peripheral Arterial Disease，PAD）是一种常见的血管疾病，主要影响身体四肢的动脉系统，尤其是下肢动脉。该病是由于动脉粥样硬化导致动脉血管壁增厚、管腔狭窄或闭塞，进而减少或阻断血液流向远端组织，造成供血不足。

2. 临床表现

PAD患者常表现为下肢疼痛、麻木、冷感，以及行走时因肌肉供血不足而引发的间歇性跛行，这是PAD最典型的症状之一。随着年龄的增长，PAD的发病率逐渐上升，同时，吸烟、糖尿病、高血压、高脂血症等也是诱发PAD的重要风险因素。这些因素可加速动脉粥样硬化的进程，损害血管健康[135]。

3. 诊断方法

（1）测量踝肱指数（ABI）：通过测量踝部和上臂的血压比值来评估外周动脉的狭窄程度。正常ABI值为1.0~1.4，低于0.9则可能存在外周动脉病。

（2）超声检查：可以检测血管壁的厚度、血流速度和血管狭窄程度等指标，是最常用的外周动脉病诊断方法之一。

（3）CT或核磁共振成像血管造影：可以提供更为详细的血管图像，有助于确定血管狭窄的位置和程度。

（4）足背动脉搏动检查：通过触摸足背动脉来判断其搏动情况，从而评估外周动脉的通畅程度。

（5）血液检查：可以检测血脂、血糖等指标，这些指标与外周动脉病的发生和发展密切相关。

4. 治疗方法

外周动脉病的治疗旨在改善血液循环，缓解症状，并预防病情进一步恶化。治疗方法包括药物治疗、生活方式调整（如戒烟、控制体重、适量运动）以及必要时的手术治疗或介入治疗，如血管成形术、支架植入或旁路手术等。

5. 预后及预防

（1）预后：外周动脉病的预后取决于病情的严重程度和治疗的及时性。轻度病例可以通过改变生活方式和药物治疗来控制病情，预后较好。但是，如果病情严重，如出现溃疡、坏疽等并发症，可能需要进行手术治疗，预后较差。外周动脉病是一种影响患者生活质量的慢性疾病，但通过早期诊断、积极治疗和有效的生活方式管理，可以显著改善患者的症状，提高生活质量，并降低心血管疾病的风险[136]。

（2）预防：①控制高血压、高血脂、糖尿病等慢性疾病，这些疾病是诱发外周动脉病的主要危险因素。②戒烟限酒，烟草和酒精都会损害血管健康。③保持适当的体重，过重会增加心脏负担，影响血液循环。④增加运动量，适当的运动可以增强心肺功能，改善血液循环。⑤对于有外周动脉病家族史的人，应定期进行血管健康检查。

（二）外周动脉病的运动康复目标

1. 改善血液循环

通过运动促进侧支循环的建立，增加下肢血流灌注，改善缺血症状。

2. 缓解症状

减轻或消除间歇性跛行、下肢疼痛、麻木等症状，提高患者的活动能力。

3. 提高生活质量

通过运动改善患者的心理状态，帮助其增强自信心，提高整体生活质量。

4. 预防病情恶化

通过规律的运动训练，预防外周动脉病的进一步发展和并发症的发生。

（三）外周动脉病的运动康复原则

一是个体化，根据患者的年龄、性别、病情严重程度和体能状况等因素，为其量身定制个性化的运动计划。

二是循序渐进，我们从低强度运动开始，逐步增加运动量和强度，确保患者不会过度劳累或诱发症状。

三是持之以恒，我们鼓励患者长期坚持运动训练，以形成良好的习惯并达到最佳的康复效果。

四是安全性，我们始终将安全性放在首位，确保所有运动训练都在安全的前提下进行，以降低运动风险。

（四）外周动脉病的运动康复适应症和禁忌症

1. 适应症

病情稳定，无明显症状或症状较轻的PAD患者，愿意接受并能够配合运动训练的患者。

2. 禁忌症

急性期的PAD患者，如伴有严重疼痛、溃疡、坏疽等，合并严重心脑血管疾病、未控制的高血压、严重心律失常等患者，患有下肢深静脉血栓、动脉瘤等不适宜运动的患者。

（五）外周动脉病的运动风险评估

在进行运动康复前，应对患者进行全面的身体检查和评估，包括心血管系统、呼吸系统、运动系统等，以了解患者的整体健康状况和运动风险。特别要关注患者的ABI等血管功能指标，以评估下肢缺血程度和运动耐受性。根据评估结果，制订合适的运动处方，并在运动过程中密切监测患者的生命体征和症状变化，及时调整运动方案。

（六）外周动脉病的运动康复功能评定

1. 步行能力综合评估

我们针对患者的步行表现进行详尽考量，包括步行距离、速度以及跛行时的疼痛程度，以此全面评价患者的行走能力与运动耐受力。

2. 下肢血管机能评估

利用ABI、TBI等关键血管功能参数，我们精准测量下肢的缺血状况，并跟踪血管功能在康复过程中的恢复进展。

3. 生活质量与心理状态调研

通过精心设计的问卷调查等手段，我们深入了解患者的心理状态变化以及生活质量改善情况，为患者康复效果的全面评估提供重要参考。

（七）外周动脉病的互联网健康管理方案

1. 患者信息管理

（1）用户注册与信息录入：患者通过互联网平台注册，并录入个人信息、病史、家族史等。

（2）健康档案建立：平台根据患者提供的信息，建立详细的健康档案。

2. 日常监测

（1）智能设备连接：使用智能手表、手环等设备监测心率、血压、血氧饱和度等。

（2）数据同步与上传：监测数据实时同步到互联网平台，供医生和患者查看。

3. 专业指导

（1）在线咨询：患者可以通过平台与心血管专家进行在线咨询。

（2）个性化方案：医生根据患者的具体情况，提供个性化的治疗方案和健康建议。

4. 药物管理

（1）在线开方：医生可以通过平台为患者开具药物处方。

（2）在线购药：患者可以在平台内购买药物，享受配送服务。

5. 健康教育

（1）健康资讯：平台提供心血管疾病相关的健康资讯、预防措施和康复知识。

（2）在线课程：定期举办在线健康讲座，提高患者的健康意识。

6. 数据分析

（1）趋势分析：通过分析患者的日常监测数据，发现潜在的健康风险。

（2）智能提醒：根据数据分析结果，为患者提供智能提醒和建议。

第三节　互联网健康管理在代谢性疾病运动康复中的应用

一、肥胖

（一）概述

肥胖是由于能量摄入超过消耗导致的慢性疾病，通常伴随着过量脂肪在体内的积累[137]。肥胖增加了患心血管疾病、糖尿病、关节问题等其他健康问题的风险。

1. 病因

（1）遗传因素

1）遗传易感性：遗传因素在肥胖症的发展中扮演了重要角色。研究表明，肥胖症具有家族聚集性，这意味着如果家族中有肥胖症患者，其他成员罹患肥胖症的风险较高。特定的基因，如与食欲调节、能量代谢和脂肪储存相关的基因：FTO基因、LEP基因和MC4R基因，已被证明与肥胖症的风险增加有关[138]。

2）基因与环境的交互作用：遗传易感性并不是唯一决定肥胖症的因素。基因与环境因素的交互作用也很重要。例如，具有肥胖易感基因的人在高热量饮食和缺乏运动的环境中更容易发展为肥胖症[138]。

（2）**行为因素**

1）饮食习惯：不健康的饮食习惯，如高热量、高脂肪和高糖饮食，是肥胖症的主要诱因之一。过量摄入这些食物会导致能量摄入超过消耗，从而导致体重增加。

2）体力活动水平：体力活动不足也是肥胖症的重要因素。久坐生活方式和缺乏足够的运动会减少能量消耗，促使能量过剩，从而导致体脂增加。

（3）**生理和代谢因素**

1）能量平衡失调：肥胖症的核心机制是能量平衡失调，即能量摄入超过能量消耗。长期的能量过剩会导致体脂储存增加，从而引发肥胖。

2）激素与代谢：体内激素如胰岛素、瘦素（leptin）和胃饥饿素（ghrelin）在体重调节中起着重要作用。胰岛素抵抗和瘦素抵抗是肥胖症的重要生理基础。激素水平失调可能导致食欲增加和能量代谢异常，进而促进肥胖的发生[139]。

（4）**环境因素**

1）社会经济因素：社会经济地位对肥胖症的发生有显著影响。低收入和教育水平较低的群体往往面临饮食选择受限和健康教育不足的问题，这可能导致肥胖症的风险增加。

2）环境污染：一些研究还表明，环境污染和化学物质（如内分泌干扰物）可能与肥胖症的发生有关。这些物质可能通过影响内分泌系统来影响体重调节。

（5）**心理因素**

压力与情绪饮食：心理因素，如压力、焦虑和抑郁，也与肥胖症的发生有关。情绪饮食，即在情绪波动时过量进食，是肥胖症的一个常见行为模式。心理压力可能促使个体选择高热量的食物以缓解情绪。

2. 临床表现

（1）体重增加：肥胖症最直接的临床表现是显著的体重增加。体重通常会超过正常范围，体重指数（BMI）值达到或超过$30kg/m^2$ [139]。

（2）体脂分布：腹型肥胖是指腹部脂肪积聚明显，通常表现为腹部膨隆。腹型肥胖（苹果型肥胖）常与代谢综合征及心血管疾病风险增加相关；臀型肥胖指臀部和大腿部脂肪积聚明显，形成梨形体型。虽然这种体型的代谢风险较低，但仍可能引发关节问题和皮肤问题。

（3）皮肤表现：肥胖症患者可能出现皮肤皱褶和纹理变化，如皮肤松弛、妊娠纹等。此外，体重增加可能导致皮肤褶皱部位的感染或炎症。

（4）心血管症状：肥胖症常伴随高血压、高胆固醇及高血糖等心血管疾病风险因素[140]。这可能导致心脏病、中风等严重健康问题。

（5）呼吸系统表现：肥胖症患者可能出现呼吸困难、打鼾或阻塞性睡眠呼吸暂停症（OSA）。这些症状会影响患者睡眠质量和日常活动能力。

（6）内分泌和代谢异常：肥胖症可能导致胰岛素抵抗、2型糖尿病、月经不规律等内分泌和代谢问题[139]。此外，肥胖症还可能影响生育能力。

（7）骨骼和关节问题：体重增加对骨骼和关节施加额外压力，可能导致关节疼痛、骨关节炎及其他运动系统疾病[140]。

（8）心理和社会影响：肥胖症常伴随心理健康问题，如自卑、焦虑和抑郁。此外，肥胖症可能对社会交往和职业发展产生负面影响。

3. 诊断方法

（1）体重和体重指数（BMI）

1）体重测量：体重是诊断肥胖症的基本指标。通常，体重超过正常范围会引起关注。

2）体重指数（BMI）：BMI是评估肥胖症的常用指标，计算公式为体重（kg）除以身高的平方（m²）。BMI值≥30kg/m²通常被定义为肥胖。BMI的优点是操作简便，但它不区分脂肪和肌肉。

（2）体脂测量

1）皮褶厚度测量：使用皮褶厚度卡尺测量皮肤下脂肪的厚度。常测部位包括三头肌、肩胛下角和腹部。这种方法能够估算体脂百分比，但操作需要一定的技巧。

2）生物电阻抗分析（BIA）：通过测量体内电流的阻抗值来估算体脂百分比。该方法便捷且无创，但受水分状态影响较大。

3）双能X射线吸收法（DEXA）：使用X射线测量骨密度，同时评估体脂和身体组织。DEXA提供了详细的体脂分布信息，但设备成本较高。

（3）腹围测量

腹围测量是评估腹部脂肪的重要指标。腹围≥102cm（男性）或≥88cm（女性）通常被视为腹型肥胖的标志。

（4）实验室检查

1）血糖和胰岛素水平：检查空腹血糖和胰岛素水平，评估是否存在胰岛素抵抗或2型糖尿病。

2）血脂检查：评估血脂水平，包括总胆固醇、低密度脂蛋白（LDL）和高密度脂蛋白（HDL）胆固醇，以识别心血管疾病风险。

(5) 其他检查

如有必要，进行肝功能、肾功能和甲状腺功能检查，以排除其他可能的代谢异常。

(6) 临床评估

1）病史和体检：详细询问病史，包括饮食习惯、体力活动和家族病史。体检中关注体重变化、脂肪分布及相关健康问题。

2）相关症状：评估与肥胖相关的症状，如呼吸困难、关节疼痛等。

4. 治疗方法

(1) 生活方式干预

1）饮食管理：①低能量饮食（LED），减少每日总能量摄入量，通常通过减少脂肪和糖分的摄入来实现。这种方法能够帮助患者减轻体重，但需注意长期效果和维持策略。②均衡饮食，增加水果、蔬菜、全谷物及瘦蛋白的摄入，同时减少加工食品和高糖饮料的摄入。推荐使用地中海饮食模式，因为它富含健康脂肪、纤维和抗氧化剂。③定期膳食监测，通过食物记录和饮食日记，帮助患者识别不健康的饮食模式，并进行调整。

2）体力活动：增加体力活动是肥胖症管理的重要组成部分。推荐的体力活动包括有氧运动如快走、跑步、游泳等。每周至少150分钟中等强度的有氧运动，或75分钟高强度有氧运动；每周进行至少两次全身性的力量训练，以增强肌肉和代谢率。

(2) 药物治疗

药物治疗通常用于无法通过生活方式干预有效控制体重的患者。常用的肥胖药物包括：

1）奥利司他（Orlistat）：通过抑制胃肠道中的脂肪酶，减少脂肪的吸收。常见副作用包括脂肪性排泄物和腹部不适。

2）洛卡特普（Lorcaserin）：通过影响脑中的食欲调节中心，减少食欲和进食量。副作用可能包括头痛、恶心和口干。

3）芬特明-托吡酯（Phentermine-topiramate）：综合了食欲抑制和代谢改善的作用，但需注意潜在的副作用如心血管问题和认知障碍。

（3）外科手术治疗

1）胃旁路手术（Roux-en-Y胃旁路术）：通过缩小胃容量和改变消化道结构，减少食物摄入和营养吸收。

2）胃袖状切除术（Sleeve Gastrectomy）：切除胃的大部分，剩余的胃形成一个袖状结构，显著减少食量。

（4）心理治疗

1）认知行为疗法（CBT）：帮助患者识别和改变不健康的饮食和生活习惯，并提供应对技巧。

2）动机性访谈（MI）：增强患者的动机和自我效能感，帮助其建立健康的生活方式。

5. 预后及预防

（1）肥胖症的预后

1）代谢综合症的发生：肥胖症特别是腹部肥胖与代谢综合症（包括高血糖、高血压和高脂血症）的发生密切相关。这些合并症不仅增加心血管疾病的风险，还可能导致糖尿病、脂肪肝等多种疾病。

2）心血管健康：研究表明，肥胖症患者患心血管疾病的风险显著增加，包括冠心病、心力衰竭和中风。体重每增加5公斤，心血管疾病的风险增加约20%。

3）癌症风险：肥胖症与多种类型的癌症（如乳腺癌、结直肠癌和前列腺癌）相关联。肥胖可能通过影响激素水平和炎症反应来促进癌症的发生和发展。

4）生活质量：肥胖症还影响患者的生活质量，包括心理健康、运动能力和社交活动。肥胖症患者常面临自尊心下降和抑郁等心理问题。

5）死亡率：长期的肥胖症与早期死亡率增加有关。肥胖症与多种致死性疾病相关联，控制体重可以显著降低早期死亡的风险。

（2）肥胖症的预防

1）饮食管理：①均衡饮食，推荐富含纤维素的食物，如水果、蔬菜和全谷物，以及减少高糖和高脂肪食物的摄入。②控制摄入量，使用合理的食物分量，避免暴饮暴食。

2）身体活动：①定期锻炼，建议成年人每周至少150分钟的中等强度有氧运动，如快走、游泳或骑自行车。②增加日常活动，鼓励日常生活中增加体力活动，如步行、爬楼梯等。

3）行为干预：①行为治疗，通过心理支持和行为改变技术帮助患者建立健康的饮食和运动习惯。②自我监控，记录饮食和运动情况，有助于自我管理体重。

4）社会支持：家人和社区的支持对肥胖症的管理至关重要。建立支持网络可以帮助个体坚持健康的生活方式。

5）政策干预：①公共健康政策，如限制高糖饮料的销售、提供健康饮食选择和推广健康生活方式的教育等。②环境改善，创建适合锻炼的环境，如步道和运动设施，以促进公众参与身体活动。

（二）肥胖的运动康复目标

（1）**体重管理**

1）减少体内脂肪：运动可以通过增加能量消耗来帮助减少体内脂肪。适量的有氧运动，如快走、跑步、游泳和骑自行车，是减少体内脂肪的有效方法[141]。

2）增加基础代谢率：长期坚持运动有助于提高基础代谢率，即在静息状态下消耗的能量。提高基础代谢率有助于更好地管理体重。

（2）**改善心血管健康**

1）降低血压：规律的有氧运动可以帮助患者降低高血压，有助于减少心血管疾病的风险。

2）改善血脂水平：运动有助于提高高密度脂蛋白（HDL）胆固醇水平，降低低密度脂蛋白（LDL）胆固醇和甘油三酯水平，从而改善血脂状况。

（3）**促进胰岛素敏感性**

1）控制血糖水平：运动可以提高胰岛素敏感性，帮助控制血糖水平，降低2型糖尿病的风险。

2）改善糖代谢：有氧运动和抗阻训练都对糖代谢有积极影响，有助于维持正常的血糖水平。

（4）**增强肌肉力量和耐力**

1）增加肌肉质量：抗阻训练（如举重或使用阻力带）可以增加肌肉质量，进而提升静态和动态的能量消耗。

2）改善功能性力量：增强肌肉力量和耐力有助于提高日常生活的功能性，如步行、爬楼梯等。

（5）**改善心理健康**

1）减轻压力和焦虑：运动可以促进内啡肽的分泌，有助于减轻压力、焦虑和抑郁症状。

2）提升自我效能感：规律的运动可以增强自我效能感，改善自信心和生活质量。

（6）增强柔韧性和关节健康

1）提高柔韧性：伸展运动和瑜伽可以改善关节的柔韧性，减少关节僵硬和疼痛。

2）减轻关节负担：通过控制体重和增加核心肌群的力量，可以减少关节特别是膝关节和臀部的负担，缓解运动时的关节疼痛。

（7）促进健康生活方式的形成

1）培养规律运动习惯：通过制订个性化的运动计划并逐步建立运动习惯，有助于形成长期的健康生活方式。

2）综合管理：运动康复与饮食调整、行为疗法等其他干预措施相结合，可以更有效地控制体重和改善健康状况[142]。

（三）肥胖的运动康复原则

（1）个体化：根据个人的体能水平、健康状况和目标制订运动计划。考虑到每个人的需求和限制，进行量身定制的训练[143]。

（2）渐进性：从低强度开始，逐渐增加运动强度和持续时间，以避免受伤并提升体能[143]。

（3）多样性：结合有氧运动、抗阻训练和柔韧性练习，以全面提升体能，防止运动单调引起的倦怠。

（4）安全性：确保运动方式和强度适合个体条件，防止运动伤害。正确使用设备和保持良好的运动姿势至关重要。

（5）一致性：保持规律的运动习惯，长期坚持以获得显著的健康益处。建议每周至少进行150分钟的中等强度有氧运动。

（6）目标导向：设定具体、可实现的短期和长期目标，以保持动力和跟踪进展。目标应包括体重管理、提高体能和改善健康指标等。

（7）恢复与休息：确保足够的恢复时间，以避免过度训练。适当的休息对身体恢复和保持运动效果至关重要。

（8）整体性：将运动康复与饮食调整、行为改变等综合措施相结合，以实现更全面的健康改善。

（四）肥胖的运动康复适应症与禁忌症

1. 适应症

（1）体重超标：体重指数（BMI）在25以上，特别是体重指数（BMI）超过30的肥胖症患者。运动有助于减轻体重并改善整体健康状况[144]。

（2）胰岛素抵抗和2型糖尿病：肥胖症通常与胰岛素抵抗相关，运动可以帮助提高胰岛素敏感性，改善血糖控制。

（3）心血管疾病风险：肥胖症增加了心血管疾病的风险。运动可以帮助降低血压、改善血脂水平，减少心血管疾病的发生率[138]。

（4）关节疼痛：肥胖症可能导致关节负担增加，特别是膝关节和臀部。适度的运动可以增强肌肉，减轻关节压力，从而缓解疼痛。

（5）心理健康问题：肥胖症与心理健康问题如抑郁、焦虑相关。运动能改善情绪、减轻压力、增强自信心。

（6）体能下降：肥胖症常导致体能下降，运动有助于提高耐力、力量和整体体能水平。

2. 禁忌症

（1）急性健康问题：如急性心脏病发作、严重的呼吸系统疾病、急性骨关节炎等。这些情况需要在专业医疗人员的指导下进行运动干预。

（2）严重的心血管疾病：包括心绞痛、心力衰竭等，运动应在医生的建议下进行，并可能需要进行适当的医疗监控[145]。

（3）运动禁忌性疾病：如严重的骨折、急性或慢性疾病（如严重的肺部疾病或关节炎），这些情况可能使运动变得不安全或需要特殊的调整。

（4）不适合的运动条件：如高风险的环境或条件（如极端天气、高强度运动设备等），这些可能对某些肥胖症患者造成风险。

（5）特殊的手术后恢复期：刚刚接受了大手术或正在恢复期的患者需要根据医生的建议逐步恢复运动。

（6）极度疲劳或身体状态不佳：当身体状况极度疲劳或感觉不适时，应暂停或调整运动强度，以免造成进一步的伤害或健康问题。

（五）肥胖的运动风险评估

1. 健康状况评估

（1）*基本健康检查*

1）体重和体质指数（BMI）：计算体质指数，评估肥胖程度。

2）心血管健康：检查血压、心率、血脂水平等，以评估心血管健康状况。

3）糖尿病风险：检查血糖水平和胰岛素敏感性，以评估糖尿病风险。

4）关节健康：评估关节状态，特别是膝关节和臀部的健康。

（2）病史和症状

1）过往健康问题：了解患者是否有慢性病史，如心脏病、糖尿病、高血压等。

2）近期症状：检查是否有急性症状，如胸痛、呼吸困难等。

2. 运动能力评估

1）耐力测试：如步行测试、跑步测试等，评估耐力水平。

2）力量测试：评估主要肌群的力量和功能。

3）柔韧性测试：评估关节的灵活性和伸展能力。

3. 运动能力

1）日常活动水平：评估患者的日常活动量和现有的运动习惯。

2）运动历史：了解过去的运动经验和运动耐受性。

4. 风险因素评估

（1）心血管风险

1）家族史：了解家族是否有心血管疾病的历史。

2）体征和症状：如胸痛、呼吸困难等，可能指示心血管疾病的风险。

（2）代谢风险

1）糖尿病风险：如肥胖患者有高血糖、胰岛素抵抗等问题[146]。

2）血脂异常：高胆固醇或高三酸甘油酯水平[146]。

（3）关节和骨骼健康

1）关节疾病：如关节炎等慢性病的存在。

2）骨密度：尤其是老年肥胖患者的骨密度问题[140]。

5. 制订安全的运动计划

（1）运动类型和强度

1）低强度运动：如步行、游泳、骑自行车等，这些对关节的压力较小，适合初期阶段。

2）渐进增加：逐步增加运动强度和持续时间，以防止过度训练和二次伤害。

（2）运动频率

每周运动频率：建议每周进行150分钟的中等强度有氧运动或75分钟的高强度有氧运动，结合抗阻训练。

（3）监控和调整

1）定期评估：定期评估体能进展和健康状态，根据需要调整运动计划。

2）应对突发情况：若出现不适症状，需立即停止运动并寻求医疗帮助。

（4）医学检查

在开始运动计划之前，尤其是有潜在健康问题的肥胖症患者，需进行全面的医学检查。

（5）个性化计划

运动生理学家或运动康复专家可以帮助制订适合个体的运动计划。

（6）饮食建议

结合运动计划进行饮食调整，以提高效果和安全性。

（六）肥胖的运动康复功能评定

1. 体能评估

（1）耐力测试

1）步行测试：如6分钟步行测试（6MWT），评估患者在一定时间内能走多远。

2）跑步测试：如运动心肺测试（CPET），评估心肺耐力。

（2）力量测试

1）上肢力量：如使用握力计测量握力，或进行俯卧撑等力量测试。

2）下肢力量：如使用腿部推力器测量腿部力量，或进行深蹲测试。

（3）柔韧性测试

1）坐位体前屈：评估腰部和腿部的柔韧性。

2）关节活动范围：测试主要关节的活动范围，如膝关节、肩关节等。

2. 功能性运动评估

1）自我护理能力：如穿衣、洗澡等自我照顾的能力。

2）家务活动：如清洁、烹饪等家务活动的能力。

3）社区参与：如购物、出行等社区活动的能力。

3. 功能性运动测试

1）四步测试（TUG）：评估从坐到站起、行走和返回坐下的时间，测试动态平衡和功能性移动能力。

2）站立耐力测试：如测试在一段时间内保持站立的能力。

4. 运动能力评估

（1）运动强度耐受性

1）最大摄氧量（VO_2max）测试：评估最大氧气摄取能力，反映心肺功能和整体运动能力。

2）运动阈值测试：测定开始感到疲劳的运动强度，帮助制定适当的运动强度。

（2）运动技能测试

1）协调性：如单脚站立测试、步态分析等，评估运动协调性。

2）平衡能力：如站立平衡测试、闭眼站立测试等，评估静态平衡能力。

5. 健康风险评估

（1）心血管风险

1）心率监测：在运动期间和之后监测心率变化，以评估心血管反应。

2）血压监测：运动前后测量血压，观察是否存在异常波动。

（2）代谢风险

1）血糖水平：运动前后检查血糖水平，评估运动对血糖的影响。

2）血脂水平：如胆固醇和三酸甘油酯，观察运动对血脂的影响。

6. 关节和骨骼健康

1）关节疼痛评估：询问运动过程中是否有关节疼痛或不适。

2）骨密度：对骨密度进行评估，特别是在高体重负荷下的表现。

7. 心理和行为评估

（1）心理健康

1）自我效能感：评估患者对自身运动能力的信心。

2）运动动机：了解患者的运动动机和目标，帮助制订个性化的运动计划。

（2）行为评估

1）运动习惯：了解患者的日常运动习惯和活动水平。

2）生活方式：如饮食习惯、作息规律等对运动的影响。

（七）肥胖的互联网健康管理方案

互联网健康管理利用互联网技术和数字工具来提供健康服务和支持[147]。它包括健康信息的传播、疾病预防和管理、健康行为的改变、健康监测及远程医疗等方面。对于肥胖管理而言，互联网健康管理提供了便捷的手段来跟踪饮食和运动习惯，提供教育和心理支持，以及促进行为改变。

1. 个性化干预措施

（1）自助式健康管理应用

1）功能：记录饮食、运动、体重和其他健康指标。提供基于数据的反馈和建议。

2）实施方案：开发易于使用的应用程序，通过智能算法分析用户数据，提供个性化的饮食和运动计划[148]。

（2）虚拟健康教练

1）功能：通过人工智能或远程医疗专家提供个性化指导和支持。

2）实施方案：结合虚拟教练和在线咨询服务，提供定期的健康评估和建议。引入AI驱动的个性化建议系统，结合用户的健康数据进行调整。

2. 行为改变和教育支持

（1）健康教育平台

1）功能：提供关于肥胖、饮食、运动和心理健康的教育资源。

2）实施方案：建立在线学习平台，提供视频讲座、文章、互动课程和社区讨论，帮助用户理解肥胖的成因及管理方法。

（2）教育支持和互动

1）功能：提供用户间的互动和支持，增强参与感。

2）实施方案：设立在线论坛和支持小组，用户可以分享经验、获取鼓励和建议。利用社交媒体和健康社区平台促进交流。

3. 监测与数据分析

(1) 远程监测工具

1) 功能：实时监测体重、体脂、饮食和运动数据[149]。

2) 实施方案：开发智能设备和传感器，集成到应用程序中，自动收集和分析数据。数据可以实时传输给用户和医疗提供者。

(2) 数据驱动的干预

1) 功能：通过数据分析预测和预防肥胖风险。

2) 实施方案：利用大数据和机器学习分析用户数据，识别肥胖风险因素，并生成预测模型和干预建议。

4. 心理支持与激励机制

(1) 数字化心理辅导

1) 功能：提供心理辅导和支持，以应对肥胖相关的心理问题。

2) 实施方案：结合虚拟心理咨询和在线自助工具，帮助用户管理情绪和压力，改善心理健康。

(2) 激励和奖励系统

1) 功能：激励用户保持健康行为。

2) 实施方案：设计基于健康目标的奖励系统。例如，通过应用程序完成任务或达成目标后给予虚拟奖励或优惠券。

二、糖尿病

(一) 概述

糖尿病是一种常见的代谢性疾病，主要特征是血糖水平长期高于正常范围[150]。主要分为1型糖尿病（自身免疫性破坏胰岛素产生）和2型糖尿病（胰岛素抵抗和胰岛素分泌不足）[151]。糖尿病可以导致多种并发症，如心血管疾病、神经病变、视网膜病变等[152]。

1. 病因

(1) 1型糖尿病的病因

1型糖尿病是一种自身免疫性疾病，其主要特点是胰岛 β 细胞被自身免疫系统攻击和破坏，导致胰岛素分泌不足。具体病因包括遗传因素、免疫系统异常、环境因素等。

1）遗传因素：某些基因变异与1型糖尿病的风险增加有关。例如，人类白细胞抗原（HLA）基因区域的某些特定基因型与1型糖尿病的风险相关。

2）免疫系统异常：1型糖尿病的发病机制涉及免疫系统的异常，免疫系统错误地攻击胰腺中的β细胞，导致胰岛素分泌功能丧失。

3）环境因素：虽然1型糖尿病的环境因素尚不完全明确，但某些病毒感染（如柯萨奇病毒）可能与病情的发作有关。此外，早期的食物引入和维生素D缺乏也可能是潜在的环境因素。

（2）2型糖尿病的病因

2型糖尿病是一种与胰岛素抵抗和胰岛素分泌不足相关的疾病。其病因较为复杂，涉及多方面因素。

1）遗传因素：家族历史是2型糖尿病的重要风险因素。多个与糖尿病相关的基因变异被发现，这些基因影响胰岛素的分泌和作用。

2）胰岛素抵抗：2型糖尿病通常伴随着胰岛素抵抗，即身体的细胞对胰岛素的反应减少。胰岛素抵抗会导致血糖水平升高。

3）胰岛素分泌不足：随着病情的发展，胰腺中的β细胞可能无法分泌足够的胰岛素来克服胰岛素抵抗，导致血糖控制出现问题。

4）肥胖：尤其是腹部肥胖，与2型糖尿病的发病密切相关。脂肪组织特别是腹部脂肪会释放出影响胰岛素作用的激素和物质。

5）生活方式：不健康的饮食（如高糖、高脂肪饮食）、缺乏运动和久坐不动的生活方式会增加2型糖尿病的风险。

6）年龄：年龄是2型糖尿病的一个重要风险因素，发病随着年龄的增长而风险增加。

7）其他健康状况：高血压、高胆固醇、心血管疾病等与2型糖尿病发生相关的疾病或症状也是风险因素。

8）孕期糖尿病：孕期糖尿病会增加未来患2型糖尿病的风险。

（3）其他影响因素

1）心理因素：压力和心理健康问题也可能影响糖尿病的发病和控制。

2）药物：某些药物，如长期使用的类固醇，可能增加糖尿病的风险。

2. 临床表现

1）多尿：糖尿病患者常出现频繁排尿，这是由于高血糖导致肾脏排泄过多的葡萄糖，进而增加尿量[153]。

2）口渴：由于多尿引起体内水分流失，糖尿病患者常感到异常口渴，以补充丢失的液体。

3）饥饿：血糖水平异常波动可导致持续性饥饿，即使进食后仍会感到饥饿。

4）体重变化：糖尿病尤其是1型糖尿病患者，可能出现体重下降，这通常是由于身体无法有效利用糖分，导致肌肉和脂肪的消耗。2型糖尿病患者可能会体重增加，特别是在伴有肥胖的情况下[153]。

5）疲劳：长期高血糖状态下，身体无法有效利用葡萄糖作为能量来源，可能导致明显的疲劳感。

6）视力模糊：高血糖可导致眼睛晶状体的变化，引起视力模糊。长期未控制的糖尿病还可能引发糖尿病视网膜病变。

7）皮肤问题：糖尿病患者可能出现皮肤干燥、瘙痒或慢性皮肤感染，伤口愈合缓慢。

8）神经病变：糖尿病可能导致外周神经病变，表现为手脚麻木、刺痛或疼痛[154]。

9）性功能障碍：糖尿病患者可能经历性功能障碍，如勃起功能障碍或性欲下降。

10）酮症酸中毒：主要见于1型糖尿病，表现为恶心、呕吐、腹痛、呼吸急促和口臭（类似于水果的气味），由体内酮体积累过多引起[153]。

3. 诊断方法

（1）空腹血糖测定（Fasting Plasma Glucose，FPG）

1）方法：在禁食8小时后，测量血液中的葡萄糖水平。

2）诊断标准：正常：5.6mmol/L；糖尿病前期（空腹血糖受损）：5.6~6.9mmol/L（100~125mg/dL）；糖尿病：≥7.0mmol/L（≥126mg/dL）

（2）口服葡萄糖耐量试验（OGTT）

1）方法：患者空腹后饮用含75克葡萄糖的溶液，并在饮用后2小时测量血糖水平[155]。

2）诊断标准：正常：7.8mmol/L；糖尿病前期（糖耐量受损）：7.8~11.0mmol/L（140~199mg/dL）；糖尿病：≥11.1mmol/L（≥200mg/dL）

（3）随机血糖测定（Random Plasma Glucose Test）

1）方法：在任何时间点测量血糖水平，不论进食情况。

2）诊断标准：糖尿病：≥11.1mmol/L（≥200mg/dL），并伴有糖尿病相关症状（如多尿、口渴、体重下降等）。

（4）糖化血红蛋白测定（HbA1c）

1）方法：测定红细胞中糖化血红蛋白的比例，反映过去2~3个月的平均血糖水平。

2）诊断标准：正常：5.7%；糖尿病前期（HbA1c受损）：5.7%~6.4%；糖尿病：≥6.5%

（5）尿糖检测

1）方法：检测尿液中是否含有葡萄糖，通常作为筛查方法而非确诊手段。

2）诊断标准：尿液中葡萄糖浓度可能提示糖尿病的存在，但通常需结合其他检测结果确诊。

（6）C-肽水平测定

1）方法：测量血液中C-肽的浓度，以评估胰岛β细胞的功能。

2）诊断标准：1型糖尿病患者通常C-肽水平低，而2型糖尿病患者可能正常或升高。

（7）自身抗体检测

1）方法：检测血液中与1型糖尿病相关的自身抗体（如胰岛素自身抗体、GAD抗体等）。

2）诊断标准：阳性结果可能提示1型糖尿病的存在，但并非所有1型糖尿病患者都会显示这些抗体。

4. 常见治疗方法

（1）生活方式干预

1）饮食管理

①平衡饮食，注重均衡摄入碳水化合物、蛋白质和脂肪，避免高糖、高脂食品。

②控制碳水化合物，选择低升糖指数（GI）的食物，控制餐后血糖升高。

③饮食规划，制订个性化的饮食计划，定期监测血糖反应，调整饮食结构。

2）体力活动

①定期运动，推荐每周至少150分钟的中等强度有氧运动，如快走、游泳或骑自行车。

②力量训练，增加肌肉质量，提高胰岛素敏感性。

3）体重管理

对于超重或肥胖的2型糖尿病患者，减轻体重可以显著改善血糖控制。

4）戒烟与限制饮酒

①戒烟，吸烟会加重糖尿病相关的血管问题，戒烟有助于改善总体健康。

②限制饮酒，适量饮酒，并监测其对血糖的影响。

（2）**药物治疗**

1）口服药物

①二甲双胍，为首选药物，减少肝脏糖产量，提高胰岛素敏感性。

②磺脲类药物（如格列本脲、格列吡嗪），刺激胰岛β细胞分泌胰岛素。

③GLP-1受体激动剂（如利拉鲁肽、艾塞那肽），增强胰岛素分泌，抑制食欲。

④DPP-4抑制剂（如西他列汀、利格列汀），增强内源性胰高血糖素样肽（GLP-1）作用，增加胰岛素分泌。

2）胰岛素治疗

①基础胰岛素，如胰岛素注射或胰岛素泵，用于稳定基础血糖水平。

②餐时胰岛素，在餐前注射以控制餐后血糖水平。

3）其他药物

①SGLT2抑制剂（如达格列净、恩格列净），通过增加尿糖排泄降低血糖。

②α-葡萄糖苷酶抑制剂（如阿卡波糖），延缓碳水化合物的吸收，降低餐后血糖。

（3）**其他治疗措施**

1）血糖监测

①自我血糖监测，使用血糖仪定期测量血糖水平，帮助调整治疗方案。

②连续血糖监测（CGM），实时监测血糖变化，提供详细的数据支持。

2）胰岛移植

适用于特定病例，如胰岛β细胞功能严重受损的1型糖尿病患者，可以恢复胰岛素分泌能力。

3）教育与心理支持

①糖尿病教育，为患者提供自我管理的知识和技能，包括饮食、药物管理和运动。

②心理支持，帮助患者应对糖尿病带来的心理压力，改善生活质量。

5. 预后及预防

（1）糖尿病的预后

1）1型糖尿病的预后

①长期管理：1型糖尿病通常在青少年或儿童时期被诊断，患者需要终身胰岛素治疗。在血糖控制得当的情况下，患者可以过上正常的生活。然而，长期的糖尿病管理仍可能面临并发症的风险。

②并发症：未能有效控制血糖可能导致视网膜病变、肾病、神经病变和心血管疾病等严重并发症。

③生活质量：有效的糖尿病管理可以显著提高生活质量，并减少并发症的发生。

2）2型糖尿病的预后

①病程进展：2型糖尿病通常在成人期被诊断，病情进展较慢。早期通过生活方式的改变（如饮食、运动）和药物治疗可以有效控制血糖。

②并发症：如果血糖控制不良，2型糖尿病患者也面临并发症风险，包括心脏病、脑卒中、肾脏损伤和神经损伤。

③预后改善：良好的血糖控制、定期监测以及健康的生活方式可以显著改善预后，降低并发症风险。

（2）糖尿病的预防

1）1型糖尿病的预防

1型糖尿病的确切原因目前尚不完全清楚，因此针对1型糖尿病的预防措施有限。研究人员正在探索潜在的预防方法，如疫苗和免疫干预。

2）2型糖尿病的预防

①保持健康体重：肥胖是2型糖尿病的主要危险因素。通过健康饮食和规律运动保持适宜体重有助于预防2型糖尿病。

②均衡饮食：增加水果、蔬菜、全谷物和低脂肪蛋白质的摄入，减少加工食品和高糖、高脂肪食物的消费，有助于控制体重和血糖水平。

③规律运动：每周至少150分钟的中等强度有氧运动（如快走、游泳、骑自行车）可以提高胰岛素敏感性，帮助维持正常血糖水平。

④定期体检：定期检查血糖水平和体重，尤其是在有糖尿病家族史或者其他风险因素的情况下，可以及早发现并采取措施。

⑤戒烟限酒：吸烟和过量饮酒都有可能增加2型糖尿病的风险。戒烟和限制

酒精摄入有助于降低2型糖尿病风险。

（二）糖尿病的运动康复目标

1. 血糖控制

①改善胰岛素敏感性：运动有助于增强身体对胰岛素的敏感性，从而更有效地利用血糖，降低血糖水平。

②稳定血糖波动：规律的运动可以帮助平稳血糖波动，降低高血糖和低血糖的风险。

2. 体重管理

①减轻体重：对于超重或肥胖的糖尿病患者，运动有助于减少体内脂肪、降低体重，从而改善糖尿病控制。

②保持健康体重：对于正常体重的糖尿病患者，运动可帮助维持健康的体重，防止体重增加。

3. 心血管健康

①改善心血管功能：糖尿病患者容易出现心血管疾病，通过有氧运动（如步行、跑步、游泳等）可以增强心脏和血管的健康。

②降低血压：运动有助于降低高血压风险，进一步保护心血管系统。

4. 改善肌肉力量和耐力

①增强肌肉力量：力量训练有助于增强肌肉质量和力量，这对于糖尿病患者尤其重要，因为肌肉对糖的利用效率较高。

②提高耐力：增强全身的耐力和功能水平，提高日常生活中的活动能力。

5. 提高生活质量

①改善心理健康：运动可以减少焦虑和抑郁的症状，提高心理健康状态，改善整体生活质量。

②促进睡眠：规律的身体活动有助于改善睡眠质量，促进更好地休息。

6. 降低并发症风险

①预防糖尿病并发症：运动有助于降低糖尿病常见并发症的风险，如糖尿

病足、视网膜病变和肾脏疾病等。

②改善血脂水平：运动有助于改善血脂水平，降低低密度脂蛋白胆固醇（LDL-C）水平，提高高密度脂蛋白胆固醇（HDL-C）水平。

7. 促进社会互动

参与团体运动或运动课程可以增加社交机会，改善社交互动和支持网络。

（三）糖尿病的运动康复原则

1. 个性化

糖尿病患者的运动方案应依据个人的健康状况、体能水平及疾病类型量身定制。医生或运动治疗师应综合考虑患者的血糖控制情况、并发症风险、身体活动能力等因素，以制订适合的运动计划。

2. 渐进性

运动的强度和持续时间应逐步增加，以允许身体逐步适应新的运动负荷。初期的运动计划应从低强度、短时间开始，逐步增加强度和时间，以避免运动引发的过度疲劳或伤害。

3. 规律性

为了达到最佳的治疗效果，运动应具有规律性。推荐每周进行至少150分钟的中等强度有氧运动，如快步走或骑自行车。此外，力量训练每周应进行2~3次，以增强肌肉力量和耐力。

4. 监测血糖

在运动前后监测血糖水平是关键，以防止低血糖或高血糖的发生。运动前的血糖水平应在安全范围内，运动过程中应随时关注身体反应，必要时调整运动强度或摄入适量碳水化合物。

5. 安全性

选择适合个人健康状况的运动形式，以降低运动相关风险。低冲击的运动，如游泳或步行，通常适合大多数糖尿病患者。运动前应进行充分的热身，运动后进行适当的拉伸，以减少运动伤害的风险。

6. 综合性

运动康复应与其他治疗措施相结合，如饮食调整和药物治疗。通过综合管理，可以更有效地控制血糖水平，提高生活质量。运动应作为整体治疗计划的一部分，与医生和营养师密切配合，以实现最佳的健康效果。

（四）糖尿病的运动康复适应症与禁忌症

1. 适应症

①血糖控制良好：患者运动前后的血糖水平处于稳定范围，没有明显的高血糖或低血糖症状。

②无严重并发症：患者无严重的糖尿病并发症，如糖尿病足、严重视网膜病变或心血管疾病。

③身体状态允许：患者的身体状况适合参与运动，如心肺功能良好、无明显的运动禁忌。

④体重管理需求：对于超重或肥胖的糖尿病患者，运动有助于体重管理和改善胰岛素敏感性。

⑤心理健康需求：运动可以帮助缓解焦虑和抑郁症状，提高心理健康水平。

2. 禁忌症

①血糖控制不佳：血糖水平过高（如300mg/dL）或过低（如70mg/dL），需在血糖稳定后再考虑运动。

②严重并发症：存在糖尿病足、严重心血管疾病、严重视网膜病变或糖尿病肾病等并发症[156]，需在专业医疗人员指导下进行运动。

③急性疾病：急性疾病或感染期间，运动可能加重病情，需待病情好转后再恢复运动。

④高风险活动：如存在高风险的运动形式（如高强度运动或剧烈运动），可能不适合某些糖尿病患者。

⑤不适合运动的医疗条件：如存在严重的运动禁忌症或医生明确建议不适合运动的情况。

3. 特殊注意事项

即使在适应症范围内，患者在进行运动康复时仍需密切监测自身健康状态，并在运动过程中随时调整运动强度和形式,以确保运动的安全性和有效性。

(五)糖尿病的运动风险评估

1. 基础健康评估

①血糖水平:检查运动前后的血糖水平,确保其在安全范围内。高血糖(300mg/dL)或低血糖(70mg/dL)需要调整运动计划。

②体重和体重指数(BMI):评估体重和体重指数(BMI),以帮助制定适合的运动强度和类型。

2. 并发症筛查

①心血管健康:评估心血管系统的健康状况,如有无心绞痛、高血压或其他心血管疾病[157]。

②糖尿病并发症:检查是否存在糖尿病相关并发症,如糖尿病足、视网膜病变或糖尿病肾病[157]。

3. 运动能力评估

①体能测试:评估患者的体能水平,包括耐力、力量和灵活性,以制订适合的运动计划。

②功能性评估:检查运动过程中是否存在活动受限或疼痛等问题。

4. 生活方式和心理状态

①生活方式评估:了解患者的日常活动水平和运动习惯,以制定合理的运动目标。

②心理健康评估:评估患者的心理状态,如焦虑或抑郁,以确保运动不会加重这些问题。

5. 运动风险因素

①低血糖风险:识别可能导致低血糖的因素,如运动强度过高或运动前未进食足够的碳水化合物。

②伤害风险:评估运动可能导致的身体损伤风险,并考虑预防措施。

（六）糖尿病的运动康复功能评定

1. 体能评估

①耐力测试：如步态测试、6分钟步行测试，评估患者的耐力水平和运动能力。

②力量测试：评估主要肌群的力量，包括下肢力量测试（如蹲起测试）和上肢力量测试（如握力测试）。

2. 灵活性评估

①关节活动度：检查主要关节（如肩关节、髋关节、膝关节）的活动范围，以评估关节的灵活性。

②肌肉伸展性：通过静态伸展测试（如坐位体前屈测试）评估肌肉的柔韧性。

3. 功能性测试

①日常生活活动能力（ADL）评估：评估患者在日常生活中执行基本活动的能力，如穿衣、进食和自我照护等。

②功能性运动测试：如站立起坐测试和步态分析，评估患者的运动协调性和功能性。

4. 心肺功能评估

①心率和血压监测：评估患者运动过程中及运动后的心率和血压反应，以判断患者心肺功能的适应能力。

②心肺耐力测试：如最大摄氧量（VO_2max）测试，评估患者心肺系统的耐力和功能水平。

5. 血糖反应评估

①运动前后血糖检测：监测运动对血糖水平的影响，确保在运动过程中血糖保持在安全范围内。

②血糖波动分析：分析不同类型运动对血糖的短期和长期影响，以调整运动计划。

（七）糖尿病的互联网健康管理方案

1. 健康数据监测

①血糖监测：使用智能血糖监测设备（如连续血糖监测仪或便携式血糖仪）与移动应用程序连接，实时记录和分析血糖水平。确保设备与应用程序的数据同步[158]。

②健康数据汇总：利用应用程序或在线平台汇总患者的血糖记录、体重、血压和其他相关健康指标，生成趋势图和报告，帮助患者和医生了解病情变化。

2. 个性化健康指导

①饮食管理：提供个性化的饮食计划和食谱建议，结合营养师的指导。应用程序可以提供食物的血糖指数、营养成分等信息，帮助患者选择适合的食物。

②运动计划：根据患者的体质和健康状况，制定适合的运动方案。智能手环和运动追踪器可以记录运动数据并提供反馈。

3. 远程医疗服务

①在线咨询：提供医生在线咨询服务，患者可以通过视频会议、电话或文字聊天等方式与医生沟通，获取专业建议和指导。

②电子处方：医生可以通过互联网开具电子处方，并将药物信息发送给患者或药房，简化用药过程。

4. 教育与支持

①在线教育：提供糖尿病相关知识的在线课程、讲座和文章，帮助患者了解糖尿病管理的重要性和方法[158]。

②支持社区：创建患者支持社区，提供交流平台，让患者分享经验，互相支持和鼓励。这可以通过论坛、社交媒体群组等方式实现。

5. 自动化提醒

①药物提醒：应用程序可以设置药物服用提醒功能，帮助患者按时用药，减少漏服和错服的情况。

②健康检查提醒：提供定期健康检查的提醒，确保患者按时进行必要的体检和检查。

6. 数据安全与隐私

①数据保护：确保所有健康数据和个人信息通过加密技术得到保护[159]，防止数据泄露。遵循相关的隐私保护法律法规。

②用户控制：允许用户控制他们的数据访问权限，确保他们的隐私权得到尊重。

三、高脂血症

（一）概述

高脂血症（Hyperlipidemia），是指血液中脂质（包括胆固醇和甘油三酯）水平异常升高的一种病症[160]。高血脂症是一种代谢性疾病，主要包括胆固醇和甘油三酯的升高[161]。正常情况下，这些脂质是人体必需的营养物质，但当其水平过高时，特别是胆固醇过高时，会增加心血管疾病的风险[162]。

1. 病因

（1）遗传因素

1）家族性高胆固醇血症

①遗传特征：家族性高胆固醇血症是由低密度脂蛋白胆固醇受体（LDL-R）基因突变或缺失所致。该遗传缺陷导致低密度脂蛋白胆固醇（LDL-C）在血液中的清除率下降，血中胆固醇水平显著升高。

②临床表现：患者通常在青少年或中青年时期出现明显的高胆固醇水平，可能伴有早发的心血管疾病。

2）家族性混合型高脂血症

①遗传特征：这是一种复杂的遗传性疾病，可能涉及多个基因突变，导致胆固醇和甘油三酯水平同时升高。

②临床表现：患者常表现为胆固醇和甘油三酯双重升高的特点，增加心血管疾病的风险。

（2）饮食习惯

①高饱和脂肪和反式脂肪摄入：长期摄入高饱和脂肪和反式脂肪的食物，

如红肉、奶制品和加工食品，会显著提高血液中的胆固醇水平。

②高糖饮食：过量摄入糖分可导致甘油三酯水平升高，并促进脂肪积累。

（3）体重和肥胖

①肥胖：特别是腹部肥胖，与血脂异常密切相关。肥胖会升高甘油三酯水平并降低高密度脂蛋白胆固醇（HDL-C）水平。

②体重增加：体重的增加往往与脂质代谢的失调有关，进一步导致高脂血症。

（4）生活方式

①缺乏运动：缺乏足够的身体活动会降低高密度脂蛋白胆固醇水平，并导致甘油三酯水平升高。

②吸烟和饮酒：吸烟可减少高密度脂蛋白胆固醇，并升高低密度脂蛋白胆固醇水平。过量饮酒会导致甘油三酯水平升高，酒精对肝脏脂质代谢的影响显著。

（5）代谢性疾病

①高血糖：糖尿病患者往往伴有脂质代谢紊乱，表现为高甘油三酯和低高密度脂蛋白胆固醇水平。

②甲状腺功能减退：甲状腺功能减退症可导致胆固醇代谢减缓，从而引起高胆固醇血症。

（6）药物和疾病影响

一些药物，如类固醇、某些免疫抑制剂和一些抗病毒药物，可能导致血脂水平升高。慢性疾病，如肝炎和脂肪肝，可能干扰脂质代谢，导致血脂异常。

（7）其他因素

①年龄：随着年龄的增长，血脂水平通常会升高。

②性别：女性在绝经期后血脂水平可能升高，而男性则在中年后增加风险。

2. 临床表现

（1）血脂异常的标志

1）高胆固醇血症

①高总胆固醇：血清总胆固醇水平升高，通常与心血管疾病的风险增加相关。

②低密度脂蛋白胆固醇（LDL-C）：低密度脂蛋白胆固醇（LDL-C）水平升高是动脉粥样硬化的主要风险因素，长期高水平可能导致冠状动脉疾病、脑卒中等心血管疾病[162]。

2）高甘油三酯血症

高甘油三酯：血清甘油三酯水平升高可能导致急性胰腺炎，并与心血管疾病的风险增加相关。

3）高密度脂蛋白胆固醇（HDL-C）

低水平的高密度脂蛋白胆固醇（HDL-C）与心血管疾病风险增加有关，因为高密度脂蛋白胆固醇（HDL-C）有助于胆固醇的逆向转运。

（2）临床症状

1）动脉粥样硬化

①冠状动脉疾病：表现为胸痛、心绞痛、心肌梗死等症状。

②脑血管疾病：表现为头痛、眩晕、偏瘫或言语困难等症状，严重者可能导致中风。

2）皮肤表现

①黄色瘤：如黄色纤维瘤（xanthomas）和黄色斑块（xanthelasma），主要出现在眼睑、手背和肘部等部位，是高胆固醇血症的典型皮肤表现。

②脂质沉积：在某些情况下，脂质可能在皮肤下沉积，形成小的脂肪结节。

3）胰腺炎

如急性胰腺炎：高甘油三酯血症是急性胰腺炎的重要诱因，临床表现包括剧烈腹痛、恶心、呕吐、发热等症状。

4）肝脏影响

如脂肪肝（非酒精性脂肪性肝病）：高脂血症可能导致脂肪在肝脏积聚，进而引发肝功能异常，表现为肝脏肿大、肝区不适、肝功能检测异常等症状[162]。

（3）其他表现

1）代谢综合征

①体重增加：特别是腹部肥胖，与高脂血症密切相关。

②胰岛素抵抗：高脂血症常伴随胰岛素抵抗，导致糖尿病风险增加。

2）心血管风险

如早发心血管疾病：在年轻患者中，严重的高脂血症可导致早期心血管事件。

3. 诊断方法

（1）病史采集

①个人病史：包括家族病史、高血压、糖尿病、肥胖、心血管疾病等。

②生活方式：饮食习惯、体力活动、酒精消费、吸烟等。

③药物使用：是否服用可能影响脂质水平的药物，如某些类固醇、利尿剂等。

（2）临床检查

①体格检查：体重、身体质量指数（BMI）、腰围、血压等。

②体征：观察是否有皮肤黄瘤（xanthomas）、眼睑黄色瘤（xanthelasmas）、角膜弓（arcus senilis）等与脂质异常相关的体征。

（3）实验室检查

血脂测定：通过血液化验测定血脂水平，包括总胆固醇（TC）、低密度脂蛋白胆固醇（LDL-C）、高密度脂蛋白胆固醇（HDL-C）、甘油三酯（TG）。

（4）血脂水平的评估

根据血脂检测结果，依据以下标准评估是否存在高脂血症：

①总胆固醇：通常≥200mg/dL（5.2mmol/L）视为高。

②低密度脂蛋白胆固醇（LDL-C）：通常≥130 mg/dL（3.4mmol/L）视为高；高风险人群（如心血管疾病患者）应控制在更低水平。

③高密度脂蛋白胆固醇（HDL-C）：通常男性低于40 mg/dL（1.0 mmol/L）、女性低于50mg/dL（1.3mmol/L）视为低。

④甘油三酯：通常≥150mg/dL（1.7mmol/L）视为高。

（5）进一步检查

1）在某些情况下，如家族性高脂血症的疑虑，可能需要进行基因检测或更详细的生化检查

①基因检测：用于确认是否存在如家族型高胆固醇血症（FH）等遗传性疾病。

②超声检查：如颈动脉超声检查，用于评估动脉粥样硬化程度。

2）诊断标准

①初次诊断：依据血脂水平的异常情况进行初步判断。

②分型：根据具体的脂质异常类型（如高胆固醇型、高甘油三酯型等）进一步分型，指导治疗。

（6）临床评价

结合患者的整体健康状况，包括心血管风险评估、糖尿病风险评估等，全面考虑是否需要开始干预治疗或生活方式的改变。

4. 常见治疗方法

（1）饮食调整

①减少饱和脂肪和反式脂肪摄入：饱和脂肪主要存在于红肉和全脂乳制品中，反式脂肪则常见于加工食品。应尽量减少这些脂肪的摄入，以降低低密度脂蛋白胆固醇（LDL-C）水平。

②增加不饱和脂肪摄入：包括单不饱和脂肪（如橄榄油、坚果）和多不饱和脂肪（如鱼油、亚麻籽油），这些脂肪有助于提高高密度脂蛋白胆固醇（HDL-C）水平。

③增加纤维素摄入：膳食纤维有助于降低胆固醇水平，建议增加水果、蔬菜、全谷物和豆类的摄入。

④限制胆固醇摄入：食物中的胆固醇主要存在于动物产品中，过量摄入会影响血脂水平。

（2）体重管理

①减重：体重超重或肥胖会增加高脂血症的风险，减轻体重有助于改善脂质水平和总体健康状态。

②增加体力活动：每周至少150分钟的中等强度有氧运动（如快走、游泳或骑自行车），以及肌肉增强练习，有助于提高高密度脂蛋白胆固醇（HDL-C）水平和降低低密度脂蛋白胆固醇（LDL-C）水平及甘油三酯。

（3）药物治疗

1）他汀类药物

①机制：他汀类药物通过抑制胆固醇合成途径中的HMG-CoA还原酶，从而降低低密度脂蛋白胆固醇（LDL-C）水平。

②常见药物：阿托伐他汀、辛伐他汀、洛伐他汀、普伐他汀等。

2）纤维酸类药物

①机制：主要通过激活PPAR-α受体，减少甘油三酯水平，并在一定程度上提高高密度脂蛋白胆固醇（HDL-C）水平。

②常见药物：非诺贝特、吉非贝齐等。

3）胆汁酸螯合剂

①机制：通过结合胆汁酸，阻止其被肠道重吸收，促使肝脏合成更多胆汁酸，从而降低低密度脂蛋白胆固醇（LDL-C）水平。

②常见药物：考来烯胺、考来维仑等。

4）胆固醇吸收抑制剂

①机制：通过抑制胆固醇在肠道的吸收，降低低密度脂蛋白胆固醇（LDL-C）水平。

②常见药物：厄贝沙坦。

5）尼古丁酸类

①机制：可以有效降低甘油三酯水平，同时提高高密度脂蛋白胆固醇（HDL-C）水平，但由于副作用较多，现在使用相对较少。

②常见药物：尼克酸。

6）Omega-3脂肪酸

①机制：主要用于降低高甘油三酯水平，具有心血管保护作用。

②常见药物：鱼油、二十碳五烯酸（EPA）/二十二碳六烯酸（DHA）补充剂等。

（4）其他治疗方法

①定期监测：定期检查血脂水平，以评估治疗效果和调整治疗方案。

②综合管理：对高脂血症常伴随其他慢性疾病（如高血压、糖尿病）的患者，进行综合管理，包括血糖和血压的控制。

（5）个体化治疗

每个患者的情况不同，治疗方案应根据个人的风险因素、并发症、耐受性及治疗效果进行个体化调整。在治疗过程中，患者与医生的紧密合作和定期随访是保证治疗效果和安全性的关键。

5. 预后及预防

（1）高脂血症的预后

①心血管事件风险：高脂血症是动脉粥样硬化及其并发症（如冠心病、脑卒中）的主要风险因素。持续高水平的低密度脂蛋白胆固醇（LDL-C）和高甘油三酯与心血管事件的发生密切相关。

②根据统计数据，长期高脂血症患者的心血管疾病风险显著增加，特别是当血脂水平未得到有效控制时。

（2）器官损害

①高脂血症可能导致动脉粥样硬化，加速动脉硬化，最终引发心脏病、脑卒中等重大疾病。

②长期高胆固醇水平可能导致肝脏脂肪沉积（非酒精性脂肪肝），并且

可能进一步发展为脂肪肝炎甚至肝硬化。

(3) 治疗效果

①有效的降脂治疗可以显著改善高脂血症患者的预后。常用的治疗包括药物治疗（如他汀类药物）、饮食干预、运动和生活方式的改变。

②研究显示，通过控制血脂水平，可以显著降低心血管事件的发生率。

(4) 合并症的影响

①高脂血症常与高血压、糖尿病等代谢综合症相关联。控制这些合并症对于提高预后至关重要。

②糖尿病患者的血脂控制更为复杂，需要综合考虑糖尿病管理策略。

(5) 高脂血症的预防

1) 饮食干预

①降低饱和脂肪和反式脂肪摄入：饱和脂肪和反式脂肪会升高血液中的低密度脂蛋白胆固醇（LDL-C）水平，建议减少红肉、加工食品和油炸食品的摄入。

②增加膳食纤维：食用富含膳食纤维的食物（如水果、蔬菜、全谷物）有助于降低胆固醇水平。

③增加健康脂肪摄入：摄入富含单不饱和脂肪和多不饱和脂肪的食物（如坚果、鱼类、橄榄油）有助于改善血脂水平。

2) 体重管理

体重过重或肥胖是高脂血症的重要危险因素。通过合理饮食和定期运动保持健康体重是预防高脂血症的关键。

3) 运动

①定期进行有氧运动（如快走、跑步、游泳等）可以帮助提高高密度脂蛋白胆固醇（HDL-C）水平，降低甘油三酯水平，从而改善血脂水平。

②每周至少150分钟的中等强度有氧运动或75分钟的高强度有氧运动是推荐的目标。

4) 戒烟限酒

①吸烟对心血管健康具有负面影响，戒烟可以改善血脂水平和心血管健康。

②限制酒精摄入，因为过量饮酒可以升高甘油三酯水平。

5) 药物干预

①对于高风险人群（如已有心血管疾病的患者）或血脂水平显著异常者，可能需要药物干预（如他汀类药物）来降低胆固醇和甘油三酯水平。

②药物治疗应在医生指导下进行，并与生活方式干预相结合，以实现最佳效果。

6）定期检查

定期进行血脂水平检查，特别是有家族史或其他心血管疾病风险因素的个体，可以早期发现并采取干预措施。

(二) 高脂血症的运动康复目标

(1) 降低血脂水平

①提高高密度脂蛋白胆固醇（HDL-C）：运动，尤其是有氧运动，如跑步、游泳和骑自行车等，有助于提高高密度脂蛋白胆固醇（HDL-C）水平，这种脂蛋白有助于清除血液中的低密度脂蛋白胆固醇（LDL-C）。

②降低低密度脂蛋白胆固醇（LDL-C）和甘油三酯：规律的中等强度有氧运动有助于降低低密度脂蛋白胆固醇（LDL-C）和甘油三酯水平，从而减少心血管疾病的风险。

(2) 改善体重管理

①减轻体重：对于超重或肥胖的患者，减重有助于改善血脂水平。适度的有氧运动和力量训练有助于促进脂肪燃烧和提高基础代谢率。

②保持健康体重：维持适当体重对于长期管理血脂水平至关重要。运动可以帮助维持健康的体重，防止体重回升。

(3) 增强心血管健康

①提高心血管功能：有氧运动如快走、跑步和游泳可以增强心脏的功能，提高心肺耐力，从而降低心血管疾病的风险[163]。

②改善血管健康：定期运动有助于改善血管内皮功能，减少血管炎症和动脉粥样硬化的风险。

(4) 增强胰岛素敏感性

增强胰岛素敏感性：运动可以提高身体对胰岛素的敏感性，从而帮助控制血糖水平。这对糖尿病患者尤其重要，因为糖尿病与高脂血症常常伴随出现。

(5) 促进心理健康

减轻压力和焦虑：规律的运动能够提高心理健康，减少压力和焦虑，这间接有助于改善血脂水平，因为精神状态不佳可能会影响健康行为，如饮食和运动。

（三）高脂血症的运动康复原则

（1）个体化原则

1）定义：运动康复计划应根据每位患者的具体健康状况、运动能力、体质特征及生活方式进行个性化设计。

2）实施：在制订运动计划时，需综合考虑患者的年龄、性别、体重、现有的健康问题（如心血管疾病、糖尿病等）及其运动习惯。应进行详细的体能评估，并基于这些数据制订适合的运动方案。

（2）渐进性原则

1）定义：运动强度、频率和时长应逐步增加，以确保身体能够逐步适应。

2）实施：运动计划应从低强度、短时间的活动开始，逐步增加强度和持续时间。每周增加运动量的幅度应控制在10%以内，以减少运动损伤的风险并提高运动耐受性。

（3）持续性原则

1）定义：持续且规律的运动是改善高脂血症的关键[164]。

2）实施：推荐每周至少150分钟的中等强度有氧运动（如快走、骑自行车）或75分钟的高强度有氧运动（如跑步）[165]。运动应保持规律性，最好每天进行30分钟的活动，并将其分散到多个时间段中。

（4）综合性原则

1）定义：运动方案应综合有氧运动和力量训练，以全面提高身体健康。

2）实施：每周应至少进行两次力量训练，以增强肌肉力量和代谢率。同时，结合有氧运动可以有效地降低血脂水平和改善心血管健康。力量训练应包括主要肌肉群的练习，如深蹲、推举和仰卧起坐等。

（5）监测与调整原则

1）定义：通过定期评估运动效果和健康指标，及时调整运动计划。

2）实施：每月监测血脂水平和体重，评估运动对健康的影响。根据监测结果调整运动强度、频率及类型，以优化康复效果并确保运动的安全性。

（6）安全性原则

1）定义：确保运动方式的安全性，预防运动伤害和健康风险。

2）实施：选择适合个人健康状况的运动类型，并进行适当的热身和放松。对运动计划进行风险评估，并在必要时咨询医生或运动专家，以避免运动中的潜在伤害和不适。

（四）高脂血症的运动康复适应症与禁忌症

1. 适应症

1）血脂异常的诊断。

①高胆固醇血症：总胆固醇水平超过200mg/dL。

②高低密度脂蛋白胆固醇（LDL-C）血症：低密度脂蛋白胆固醇（LDL-C）水平超过130mg/dL。

③高甘油三酯血症：甘油三酯水平超过150mg/dL。

2）无严重心血管疾病或急性事件的历史。

3）患者无冠心病、心力衰竭、心肌梗死等急性或慢性心血管疾病的明确诊断。

4）体力活动能力良好：患者的体力状态允许进行中等强度的运动（如步行、慢跑、骑自行车等）。

5）对运动干预持正面态度。

6）患者愿意并积极参与运动康复计划，配合性高。

7）伴随的代谢异常：有糖尿病或胰岛素抵抗等代谢综合症症状，可通过运动改善代谢异常[166]。

8）肥胖或超重：患者有超重或肥胖的现象，运动可以帮助减重并改善脂质代谢[166]。

2. 禁忌症

1）急性心血管事件：如急性心肌梗死、急性冠状动脉综合症、严重心力衰竭等，运动应推迟至病情稳定后再考虑。

2）严重的心血管疾病：包括显著的心绞痛、严重心律失常、主动脉狭窄等，运动可能增加心血管事件的风险。

3）未经治疗的高血压：收缩压≥180mmHg或舒张压≥110mmHg的未控制高血压患者在运动前需要先稳定血压[166]。

4）运动相关的并发症：如运动诱发的哮喘、严重的关节或骨骼问题等，可能因运动加重症状或造成伤害。

5）严重的并发症：如糖尿病伴有严重视网膜病变、肾病等，运动可能需要特别调整和监测。

6）极度疲劳或健康状况恶化：如果患者存在极度疲劳、营养不良或其他健康状况恶化，运动干预需在专业医师指导下进行。

（五）高脂血症的运动风险评估

1. 病史采集

1）既往疾病史：包括心血管疾病、糖尿病、高血压等[167]。

2）家族史：家族成员中是否有早发性心血管疾病的历史。

3）药物使用：包括降脂药物及其他相关药物的使用情况[168]。

4）症状评估：如胸痛、呼吸困难等运动相关症状。

2. 体格检查

1）体重和体脂：评估体重指数（BMI）和腰围，以判断肥胖程度。

2）血压测量：监测血压水平，评估是否存在高血压问题。

3）心肺功能：通过体检和心电图检查，评估心肺功能状态。

3. 实验室检查

血脂水平：总胆固醇（TC）、低密度脂蛋白胆固醇（LDL-C）、高密度脂蛋白胆固醇（HDL-C）、甘油三酯（TG）的测定[169]，以了解脂质异常的具体情况。

4. 其他相关指标

1）血糖水平：包括空腹血糖和糖化血红蛋白（HbA1c）。

2）肝功能及肾功能测试：评估是否有相关器官功能受损的风险。

5. 运动测试

1）最大摄氧量测试（VO_2max）：评估患者的心肺耐力。

2）运动心电图检查：监测运动过程中是否出现心电图异常。

3）运动耐受性测试：评估运动强度的耐受情况及运动后的恢复情况。

6. 个体化评估

1）运动类型与强度的选择：根据患者的健康状况和兴趣选择适合的运动类型和强度，如有氧运动、力量训练等。

2）运动计划的制订：制订个性化的运动方案，包括运动频率、强度、时间和方式。

3）监测与调整：在运动过程中对患者的反应进行监测，并根据实际情况调整运动方案。

7. 风险管理和干预

1）运动前评估：患者在开始新的运动计划前需进行全面的风险评估，确保运动的安全性。

2）监测与应对：定期监测患者在运动中的表现和健康状态，及时应对可能出现的健康问题。

3）教育与指导：对患者进行运动知识和技能培训，确保其能够安全有效地进行运动。

（六）高脂血症的运动康复功能评定

血脂水平测定：包括总胆固醇（TC）、低密度脂蛋白胆固醇（LDL-C）、高密度脂蛋白胆固醇（HDL-C）以及甘油三酯的测量。血脂水平是诊断和监控高脂血症的基本指标[169]。

动脉粥样硬化评估：通过超声检查评估动脉内膜厚度（IMT）和斑块形成情况，以了解动脉硬化程度，有助于评估高脂血症对血管的影响。

心血管风险评估：通过计算风险评分，如弗明汉（Framingham）风险评分或冠状动脉粥样硬化性心血管疾病（ASCVD）风险评分，可评估高脂血症引发心血管事件的可能性[170]。

功能性测试：包括运动测试和心电图检查，用于评估心血管系统的功能及其对高脂血症的反应。

生物标志物检测：检测与高脂血症相关的其他生物标志物，如C反应蛋白（CRP），以进一步了解炎症状态和心血管风险。

（七）高脂血症的互联网健康管理方案

1. 自我监测与数据记录

①在线健康平台：使用健康管理平台（如MyFitnessPal、HealthifyMe）记录日常饮食、运动和体重。这些平台提供数据可视化和趋势分析，帮助用户监控血脂水平和健康进展。

②可穿戴设备：佩戴智能手表或健康追踪器（如Fitbit、Apple Watch）以实

时跟踪活动量、心率和体重。这些设备可以与健康管理应用程序同步，提供详细的健康数据分析。

2. 饮食管理

①个性化饮食计划：使用互联网饮食管理工具（如Noom、Yummly等）制订个性化的饮食计划。这些工具根据用户的健康数据和目标推荐低脂、高纤维的饮食选项，并提供食谱和营养建议。

②在线营养咨询：通过平台（如Zocdoc、Teladoc等）预约注册营养师或饮食专家，进行视频咨询，获取关于高脂血症的饮食建议和改善方案。

3. 运动与锻炼

①在线健身课程：参加在线健身平台（如Peloton、FitOn等）的课程，这些平台提供从有氧运动到力量训练的各种课程，帮助用户保持活跃并改善心血管健康。

②运动跟踪应用：使用运动跟踪应用（如Strava、Runkeeper等）记录锻炼数据，设定个人目标并跟踪进展。这些应用提供详细的运动分析，帮助用户优化锻炼效果。

4. 医疗咨询与药物管理

①虚拟医生咨询：利用虚拟医疗平台（如Amwell、Doctor on Demand等）进行定期的医疗咨询。通过视频会议，医生可以评估用户的健康状态、调整治疗方案并解答疑问。

②药物管理：通过药物提醒应用（如Medisafe等）管理处方药物的使用，确保按时服药，并避免药物相互作用。这些应用通常提供服药提醒、记录和药物信息查询功能。

5. 健康教育与信息获取

①健康博客与论坛：关注专业健康博客（如WebMD、Mayo Clinic Blog等）和论坛，以了解高脂血症的最新研究成果和管理策略。这些资源提供实用的健康知识和患者经验分享。

②在线教育课程：参与关于心血管健康和营养的在线课程（如Coursera、Udemy等），增加对高脂血症的知识。这些课程通常由专业机构和学者提供，内容覆盖最新的科学研究和临床实践。

四、高尿酸症

(一) 概述

通常由体内尿酸生成增加或排泄减少而导致血液中尿酸水平升高[171]。尿酸是一种由核酸代谢产生的终末产物，主要通过肾脏排泄。当尿酸在血液中的浓度超过正常范围（血清尿酸浓度超过6.8mg/dL），称为高尿酸血症[172]。

1. 病因

①代谢紊乱：主要包括尿酸生成过多或排泄减少。尿酸的生成主要来源于嘌呤的代谢，当嘌呤代谢增加时，尿酸水平会升高。尿酸的排泄主要依赖于肾脏，肾功能不全或尿酸排泄机制障碍会导致尿酸积聚[173]。

②饮食因素：高嘌呤食物（如红肉、内脏、海鲜等）和含糖饮料的摄入增加可以导致尿酸水平升高。酒精，尤其是啤酒，也与尿酸水平升高有关[174]。

③肥胖和代谢综合症：肥胖会导致胰岛素抵抗，进一步影响尿酸的排泄。代谢综合症中的其他因素如高血压、高血糖也会增加尿酸水平[175]。

④遗传因素：家族型高尿酸症或痛风患者通常有明显的遗传倾向。某些基因变异可能影响尿酸的代谢。

⑤药物影响：一些药物，如利尿剂、某些抗结核药物等，可能导致尿酸水平升高。

2. 临床表现

（1）痛风

①急性痛风性关节炎：通常表现为突然的关节红肿、剧烈疼痛和发热，常见于足部大趾关节，但也可能影响其他关节[176]。

②慢性痛风：长期高尿酸水平可导致关节长期疼痛、僵硬，以及形成痛风石（tophi），这些结节可在关节周围及软组织中出现[176]。

（2）尿路结石

高尿酸水平可以导致尿酸在肾脏或尿道中结晶，形成尿酸结石。其临床表现可能包括腰部疼痛、血尿、尿路感染症状等。

（3）肾脏疾病

长期高尿酸症可导致尿酸性肾病，包括尿酸性肾小管间质病，表现为肾功能逐渐下降、蛋白尿等[177]。

（4）代谢综合症

高尿酸症常与肥胖、高血糖、高血压等代谢综合症的其他因素相关，可能表现为体重增加、胰岛素抵抗及其他心血管风险因素。

（5）其他

高尿酸症也可能与心血管疾病、糖尿病及高血压等慢性疾病相关联，但这些关系仍在研究中[173]。

3. 诊断方法

（1）临床评估

①病史和症状询问：了解患者是否有关节疼痛、尿路症状、肾功能问题等。急性痛风性关节炎的典型症状包括关节的突然红肿和剧烈疼痛。

②体格检查：检查是否有痛风石（Tophi）或尿路结石的体征，如关节肿胀和结节。

（2）实验室检查

①血尿酸水平测定：通过血液检查测定尿酸浓度。通常，当血清尿酸水平高于7.0mg/dL（男性）或6.0mg/dL（女性）时，可以诊断为高尿酸症[175]。需要注意的是，单次测定不一定能确诊，通常需重复检查确认。

②尿酸排泄测试：24小时尿液收集分析尿酸排泄量，以评估尿酸的排泄情况。尿酸排泄减少可能提示肾功能异常或尿酸排泄障碍[174]。

（3）关节液检查

在急性痛风性关节炎的情况下，关节穿刺可检测关节液中是否存在尿酸晶体。显微镜下观察到针状双折射的尿酸晶体可帮助确诊[175]。

（4）影像学检查

①X线检查：用于评估骨关节受损情况，尽管X线检查不能直接检测尿酸，但可以帮助排除其他关节疾病和观察痛风石的存在。

②超声检查：可以检测痛风石和关节液中的尿酸晶体，特别是在关节的早期病变中有帮助[174]。

4. 常见治疗方法

高尿酸症的治疗目标是降低血尿酸水平，以减少痛风发作和尿酸相关并发症的风险。治疗方法主要包括药物治疗和非药物治疗（生活方式干预）[178]。

（1）药物治疗

1）尿酸降解药物

①别嘌呤醇：是最常用的尿酸降低药物，通过抑制黄嘌呤氧化酶减少尿酸合成。通常用于长期管理高尿酸症。

②非布索坦：是一种新型的尿酸降低药物，适用于别嘌呤醇耐受不良或无效的患者。

2）尿酸排泄增强药物

①苯溴马隆：通过增加尿酸的肾排泄来降低血尿酸水平，常用于治疗尿酸排泄不足的患者。

②丙磺舒：促进尿酸排泄，用于增加尿酸的排泄以降低体内水平。

3）急性痛风发作的治疗

①非甾体抗炎药：如布洛芬（Ibuprofen）或吲哚美辛（Indomethacin），用于缓解急性痛风发作的疼痛和炎症。

②秋水仙碱：有效缓解急性痛风的症状，适用于痛风急性发作时的短期使用。

③糖皮质激素：如泼尼松（Prednisone），用于严重的急性痛风发作，尤其在NSAIDs和秋水仙碱无效时使用。

（2）非药物治疗

1）饮食干预

①减少嘌呤摄入：减少高嘌呤食物的摄入，如红肉、内脏和某些海鲜等。

②增加水分摄入：大量饮水有助于稀释尿酸并促进其排泄。

③控制体重：肥胖与高尿酸症相关，通过合理饮食和锻炼控制体重有助于降低尿酸水平。

2）生活方式改变

①避免酒精摄入：酒精尤其是啤酒可能增加尿酸生成并减少尿酸排泄。

②定期运动：适度的体育锻炼有助于维持健康体重和改善代谢功能[178]。

5. 预后及预防

（1）高尿酸症的预后

①血尿酸控制：有效的药物治疗和生活方式干预能够显著降低血尿酸水平，从而减少痛风发作频率和降低其严重性。长期控制尿酸水平可以有效预防痛风性关节炎和尿路结石等并发症的发生。

②并发症的管理：高尿酸症若未得到良好控制，可能导致多种并发症，如

慢性痛风关节炎、尿酸性肾病等[179]。及时治疗并发症可改善预后。

③生活方式的调整：合理饮食和规律运动对于维持健康体重和尿酸水平的稳定性至关重要。生活方式的持续改进有助于长期预防病情的恶化。

（2）高尿酸症的预防

①饮食管理：减少高嘌呤食物（如红肉、海鲜、内脏）的摄入，增加低嘌呤食物（如蔬菜、水果、全谷物）的摄入，限制酒精和含糖饮料的摄入。

②体重控制：肥胖与高尿酸水平相关，通过健康饮食和规律运动控制体重，有助于降低尿酸水平。

③充足的水分摄入：增加水分摄入可以促进尿酸的排泄，减少尿酸结晶的形成。

④定期检查：定期监测血尿酸水平和检查肾功能，以便及时调整治疗方案，防止病情恶化。

（二）高尿酸症的运动康复目标

1. 降低血尿酸水平

通过增强代谢功能和促进体重管理，有助于降低血尿酸水平[180]。虽然运动本身不会直接降低血尿酸水平，但它有助于改善相关的代谢指标。

2. 改善体重管理

肥胖是高尿酸症的主要危险因素之一。规律的有氧运动和力量训练有助于减少体内脂肪，从而降低血尿酸水平和改善代谢健康[180]。

3. 增强关节功能

低强度的运动如游泳和步行有助于提高关节的灵活性和强度，缓解痛风引发的关节僵硬和疼痛。

4. 提高全身健康

适度运动可以改善心血管健康、增加肌肉力量和增强整体体能，这对于控制高尿酸症及其相关健康问题具有重要意义。

5. 改善心理健康

运动有助于减轻压力和焦虑，改善心理健康，提高患者的生活质量和应对能力。

（三）高尿酸症的运动康复原则

1. 运动类型选择

①有氧运动：有氧运动（如快走、游泳、骑自行车）应作为主要运动形式。它有助于提高心血管健康，促进体重控制，并改善尿酸排泄[181]。建议每周进行150分钟中等强度或75分钟高强度的有氧运动。

②力量训练：适度的力量训练有助于增强肌肉，提高基础代谢率，但应避免过度训练。每周进行2~3次力量训练，以增强全身肌肉力量和稳定性。

③拉伸与灵活性训练：进行拉伸和灵活性训练（如瑜伽）可改善关节灵活性，减少运动过程中受伤的风险[182]。推荐每次训练后进行15~20分钟的拉伸。

2. 运动强度与渐进性

①渐进增加：运动计划应逐步增加强度和持续时间，以避免剧烈运动引发尿酸水平突然升高。初期应从低强度开始，逐渐增加到中等强度。

②监测反应：患者应密切监测身体对运动的反应，特别是尿酸水平和关节疼痛。若出现不适，应调整运动计划或咨询专业人士。

3. 个体化与安全

①个体化计划：运动计划应根据个体的健康状况、体能水平和运动习惯进行个体化设计。对于有痛风发作历史的患者，应在医生指导下制订适合的运动方案。

②安全措施：避免高冲击力的运动（如跑步或跳跃），以减少关节压力[183]。运动前应进行适当的热身，运动后进行放松，以降低受伤风险。

4. 结合饮食与生活方式

①综合管理：运动应与低嘌呤饮食、充足的水分摄入及体重控制结合进行。这有助于优化尿酸代谢，降低痛风发作的频率和严重性。

②定期评估：定期评估运动效果，包括尿酸水平的变化、体重变化及整体健康状况。根据评估结果调整运动计划和生活方式。

（四）高尿酸症的运动康复适应症与禁忌症

1. 高尿酸症的适应症

①稳定期高尿酸症：在没有急性痛风发作或严重症状的稳定期，高尿酸症患者适合进行运动康复，以改善整体健康和代谢功能[184]。

②轻度至中度的尿酸过高：对于血尿酸水平轻度或中度升高的患者，运动干预可以帮助降低血尿酸水平并改善体重。

③体重管理需求：存在超重或肥胖的高尿酸症患者，通过运动控制体重，可能有助于降低血尿酸水平和预防痛风发作。

④关节功能改善：在痛风发作后的恢复期，适度的运动可以增强关节灵活性和功能，促进恢复。

2. 高尿酸症的禁忌症

①急性痛风发作期：在急性痛风发作期，关节严重疼痛和炎症限制了运动的安全性和有效性，应避免进行任何形式的运动。

②严重的关节损伤或畸形：如果患者有严重的关节损伤或畸形，可能需要在专业医生指导下进行运动，以避免进一步损伤。

③存在心血管疾病或其他严重合并症：若患者同时存在严重的心血管疾病或其他复杂健康问题，需在医生指导下进行运动，以避免潜在风险。

④运动禁忌症明确的疾病：如有其他医学禁忌症或健康问题（如急性风湿热），需要在医生确认安全后再进行运动[184]。

（五）高尿酸症的运动风险评估

1. 健康评估

①基础健康状况：评估患者的整体健康状况，包括心血管健康、呼吸系统健康及其他可能影响运动安全的健康问题。

②尿酸水平监测：检查患者的血尿酸水平，以确定其是否在稳定期，确保运动干预不会引发急性痛风。

③现有合并症：识别并评估其他潜在的合并症，如糖尿病、高血压或心脏病，这些情况可能影响运动计划的安全性和有效性。

2. 运动适应性评估

①体能评估：评估患者的体能水平，包括耐力、力量、灵活性和运动能力，以制定适合的运动强度和类型。

②关节功能评估：检查关节的灵活性、稳定性和功能状态，以避免选择可能引发或加重关节不适的运动。

③运动史分析：了解患者的运动习惯和过往经历，以预测其对新运动方案的适应性和可能的反应。

3. 风险评估

①运动引发的痛风风险：评估运动是否可能引起痛风急性发作，特别是在高强度或不适当的运动后。

②关节损伤风险：分析运动对受影响关节的潜在影响，确保运动计划不会加重关节损伤或引发不适。

③心血管风险：考虑患者的心血管健康状态，评估运动对心血管系统的影响，特别是在进行高强度运动时。

4. 个体化运动计划

①运动强度与类型：根据风险评估结果，选择合适的运动类型（如有氧运动、力量训练、柔韧性练习）并设定适当的强度和频率。

②渐进性调整：根据患者的适应情况逐步调整运动强度和类型，确保逐步增加运动量，以减少风险。

5. 监测与反馈

定期监测运动效果和患者的健康状态，及时调整运动计划以应对可能出现的风险和问题。

（六）高尿酸症的运动康复功能评定

1. 体能评定

①耐力评估：通过步行测试、跑步机测试或骑自行车测试等方法评估患者的心肺耐力和整体体能水平。这有助于确定运动干预的强度和耐力要求。

②力量评估：使用力量测定仪或进行肌肉力量测试（如握力测试、腿部推

举测试）来评估主要肌群的力量。这对制订力量训练计划尤为重要。

③灵活性评估：评估关节的活动范围，包括肩关节、髋关节、膝关节和踝关节的柔韧性。

2. 关节功能评定

①关节稳定性评估：评估关节的稳定性和支撑能力，特别是受影响的关节。使用关节稳定性测试和动态平衡测试来评估。

②关节疼痛与不适：记录关节在运动和静态状态下的疼痛程度和不适感。使用视觉模拟量表（VAS）或其他疼痛评分工具进行评估。

③关节活动度测量：测量关节的活动范围和功能，包括主动和被动活动度，以评估关节受限程度及其对运动的影响。

3. 日常功能评定

①生活质量评估：使用标准化问卷（如SF-36健康调查量表）评估高尿酸症患者的生活质量，了解运动对其日常功能和心理健康的影响。

②功能性测试：进行功能性测试，如站立起坐测试、步态分析和走路速度测试，以评估患者的日常活动能力和运动表现。

③自我效能感评估：评估患者对自身运动能力的自我效能感和信心，使用相关的心理测量工具（如自我效能量表）进行评估。

4. 运动适应性评定

①运动耐受性评估：记录患者在进行不同强度运动后的耐受性，评估是否出现过度疲劳、关节不适或其他副作用。

②运动效果监测：跟踪运动干预后的效果，包括体重变化、尿酸水平变化及症状改善情况，以评估运动康复的实际效果。

③运动反馈收集：定期收集患者对运动计划的反馈，包括运动的易接受性、舒适度和效果，以便调整和优化运动干预。

（七）高尿酸症的互联网健康管理方案

1. 饮食调整

（1）低嘌呤饮食

①推荐食物：以低嘌呤食物为主，如水果（苹果、橙子、樱桃）、蔬菜

（西蓝花、胡萝卜、菠菜）、全谷物（燕麦、全麦面包）和豆制品。

②限制食物：减少高嘌呤食物的摄入，如红肉（牛肉、羊肉）、内脏（肝脏、肾脏）和海鲜（虾、螃蟹）。

（2）增加水分摄入

每天摄入至少2~3升水，以促进尿酸排泄，避免含糖饮料和酒精，尤其是啤酒和烈酒。

（3）控制体重

通过均衡饮食和控制热量摄入来管理体重，过重会升高尿酸水平。

2. 生活方式改变

①规律运动：每周150分钟中等强度的有氧运动，如快走、游泳或骑自行车。避免剧烈运动，以免诱发痛风。

②充足睡眠：每晚保证7~9小时的高质量睡眠，促进身体恢复和代谢功能。

3. 压力管理

使用冥想、深呼吸或瑜伽等方法减轻压力，以避免压力引发尿酸水平升高。

4. 定期体检

定期进行血尿酸水平检测和健康检查，以便及时调整管理方案。

5. 药物管理

①药物使用：按医师建议使用降尿酸药物，如别嘌醇（Allopurinol）或非布司他（Febuxostat），并监测药物的副作用和疗效。

②急性发作处理：在痛风急性发作期，遵循医师处方使用非甾体抗炎药（NSAIDs）或秋水仙碱（Colchicine）进行治疗。

6. 数据跟踪

利用智能健康管理平台（如健康应用程序或穿戴设备）跟踪患者药物使用情况、症状变化和尿酸水平。

五、骨质疏松

（一）概述

骨质疏松是一种骨骼系统的慢性疾病，其主要特征是骨骼组织的骨量减少和骨质变薄，导致骨骼变得脆弱和易折断[185]。

1. 病因

（1）内因性因素

①遗传因素：遗传因素在骨质疏松的发展中扮演着重要角色。研究表明，骨密度的遗传度高达70%~80%。骨密度下降和骨折风险增加与某些遗传变异有关，例如，VDR（维生素D受体）基因多态性、COL1A1（Ⅰ型胶原基因）突变等。

②激素失衡：激素水平对骨骼健康有显著影响。雌激素和睾酮的不足是骨质疏松的主要原因之一。女性在绝经期后，体内雌激素水平显著下降，导致骨吸收增加，骨形成减少，从而增加骨质疏松的风险。男性的睾酮水平下降也会导致骨密度下降。其他激素，如甲状旁腺激素（PTH）和肾上腺皮质激素（如糖皮质激素）也会影响骨代谢。

（2）外因性因素

①营养因素：骨骼的健康依赖于足够的营养摄入，尤其是钙和维生素D。钙是骨骼的主要组成部分，维生素D有助于钙的吸收和利用。钙摄入不足或维生素D缺乏会导致骨密度下降，增加骨质疏松的风险。

②生活方式：不良的生活方式包括久坐不动、缺乏体力活动和不健康的饮食习惯，会加速骨质疏松的进程。长期的体力活动不足会降低骨骼对机械应力的适应能力，从而降低骨密度。吸烟和过量饮酒也是骨质疏松的重要危险因素。

③药物影响：某些药物的长期使用可能导致骨质疏松。例如，糖皮质激素（如泼尼松）会增加骨吸收并减少骨形成，导致骨密度降低。

（3）疾病因素

①基础疾病：某些疾病本身或其治疗会导致骨质疏松。例如，类风湿关节炎、糖尿病、甲状腺功能亢进等疾病会对骨代谢产生负面影响。

②代谢性骨病：代谢性骨病，如Paget病，也可能导致骨质疏松。这类疾病

会改变骨骼的结构和功能,增加骨折风险。

2. 临床表现

(1) 骨折

骨质疏松症的最主要临床表现是骨折,尤其是在低能量创伤下发生的骨折[186]。

①脊椎骨折:脊椎骨折可以导致背部疼痛、身高缩短和驼背(kyphosis)。这些骨折的发生往往是由于轻微的应力或无明显原因。

②髋关节骨折:髋关节骨折通常需要手术治疗,并且对老年人的生活质量影响极大,可能导致长期的残疾和依赖。

③腕部骨折:也称桡骨远端骨折,是骨质疏松患者常见的骨折类型,尤其易在跌倒时发生。

(2) 骨痛

一些患者可能会感到骨骼的隐痛,特别是在骨质疏松症的晚期。这种疼痛通常是由微小骨折或骨质改变引起的,但在早期阶段可能不明显[187]。

(3) 姿势变化

骨质疏松症患者可能会出现姿势的变化,如驼背或骨盆倾斜。脊椎的压缩性骨折可能导致脊柱的弯曲或驼背,改变患者的体态。

(4) 身高缩短

随着脊椎骨的压缩性骨折逐渐增加,患者可能会出现身高缩短。这是由于脊柱骨折导致脊椎高度减小[188]。

(5) 活动受限

骨质疏松症引起的骨折和疼痛可能限制患者的活动能力,影响其日常生活的自理能力。特别是髋关节骨折后,患者可能需要长时间的康复治疗。

3. 诊断方法

(1) 骨密度测量

①双能X射线吸收法(DEXA):这是评估骨密度的金标准,通常用于测量腰椎、髋关节和前臂的骨密度。结果通过T值(与年轻健康成年人骨密度的标准差)或Z值(与同年龄、同性别的标准差)来表示。

②定量计算机断层扫描(QCT):用于获取骨密度的三维图像,有助于评估骨强度。

（2）生化标志物检测

1）骨代谢标志物

包括骨钙素、骨特异性碱性磷酸酶、尿液去氧吡啶啉等，用于评估骨的形成和吸收。

2）影像学检查

①X射线：用于评估骨质疏松引起的骨折或骨结构的变化。通常用于排除其他病因的骨折[188]。

②CT扫描和MRI：有助于评估骨折的类型和程度，尤其在DEXA无法明确诊断时。

（3）临床评估

通过评估患者的骨折风险来帮助判断是否需要进行骨密度测量，考虑因素包括年龄、性别、体重、身高、骨折历史等。

（4）家族史和病史

了解患者的家族史和个人病史，如是否有骨折史、是否长期使用类固醇等，能提供进一步的诊断线索。

4. 常见治疗方法

（1）药物治疗

1）双膦酸盐类

①氯喹酸：最常用的双膦酸盐之一，能有效减少骨折风险。

②利塞膦酸：用于治疗和预防骨质疏松，尤其在女性绝经后。

③扎洛膦酸：通过静脉注射给药，通常用于高风险患者。

2）选择性雌激素受体调节剂

雷洛昔芬可以模拟雌激素在骨组织中的作用，从而减少骨折发生。

3）骨形成促进剂

①特立帕肽：重组人甲状旁腺激素，有助于促进骨生成，适用于重度骨质疏松症患者。

②罗莫索尤单抗：通过抑制骨吸收和刺激骨形成双重机制提高骨密度。

4）降钙素

用于缓解骨痛和减少骨质流失，通常以喷鼻剂形式使用。

5）雌激素替代疗法

雌激素和雌激素-孕激素组合：用于绝经后女性，以减少骨质流失。

（2）生活方式干预

①饮食调整：钙和维生素D补充：钙和维生素D是骨健康的基础，有助于骨密度的维护和骨折的预防。

②锻炼：负重运动和抗阻训练，可增强骨骼强度和改善骨密度。

③生活方式改善：烟草和酒精会加速骨质流失，应减少或避免。

（3）手术治疗

①脊椎后凸矫正手术：适用于脊椎骨折导致的显著驼背和疼痛。

②骨折修复手术：对于发生骨折的患者，手术修复可以恢复骨折部位的功能和稳定性。

5. 预后及预防

（1）骨质疏松的预后

1）骨折风险

①骨折发生率：骨质疏松患者骨折的风险显著增加，尤其是在髋部、脊柱和前臂。骨折可能导致长期的功能障碍和生活质量下降。

②死亡率：髋部骨折后，患者的总体死亡率增加，主要是由于骨折并发症和慢性疾病的影响。

2）骨密度变化

即使在接受治疗的情况下，部分患者的骨密度也可能持续下降，但治疗可显著减缓骨质流失的速度。

3）功能恢复

治疗和适当的康复措施可以帮助提高骨强度、缩短骨折后的恢复时间，并改善患者的生活质量。

（2）骨质疏松的预防

1）生活方式干预

①营养：摄入足够的钙和维生素D是骨质健康的基础。推荐的钙摄入量通常为每日1000~1200毫克，维生素D为800~1000毫克。

②锻炼：负重运动和抗阻训练有助于增强骨骼强度和密度。建议每周进行至少150分钟的中等强度有氧运动和两次力量训练。

③避免不良习惯：戒烟和减少酒精摄入有助于降低骨质流失的风险。

2）药物预防

①双膦酸盐：用于高风险人群的预防，尤其是已经有骨质疏松症或曾经发

生过骨折的患者。

②雌激素替代疗法：对绝经后的女性具有一定的骨保护作用，但需要权衡其潜在的副作用。

3）定期筛查

骨密度检测：特别是中老年人、绝经后的女性以及高风险人群，应定期进行骨密度测量以早期发现骨质疏松。

4）跌倒预防

①家庭安全：改善家庭环境以减少跌倒风险，如使用防滑垫、确保良好的照明等。

②平衡训练：加强平衡和协调能力的训练，减少跌倒发生的可能性。

（二）骨质疏松的运动康复目标

1. 增强骨密度

①目的：通过负重和抗阻力运动刺激骨骼，提高骨矿物质密度。

②实施方式：进行如步行、慢跑和举重等负重运动，频率为每周3~4次，每次30~60分钟。

2. 改善平衡和协调

①目的：降低跌倒风险，通过提高身体的平衡和协调性来预防骨折。

②实施方式：练习平衡和核心稳定性训练，如站立在不稳定表面、单腿站立、太极等，每周至少2~3次。

3. 增强肌肉力量

①目的：加强核心和下肢肌肉，以支持骨骼并改善日常活动时的稳定性。

②实施方式：进行抗阻力训练，针对腿部、核心和上肢肌肉，使用如哑铃、弹力带等设备，每周2~3次。

4. 提高功能性活动能力

①目的：通过训练增强患者的整体功能，以提升生活质量。

②实施方式：包括行走、爬楼梯和坐站训练等功能性练习，每周进行多次。

（三）骨质疏松的运动康复原则

1. 个体化原则

①定义：根据每位患者的健康状况、骨质疏松的严重程度、体力水平和运动能力，量身定制运动计划。

②实施方法：进行全面评估，包括骨密度测量、身体功能测试和风险评估。根据评估结果制订个体化的运动方案。

2. 渐进性原则

①定义：运动强度和难度应逐步增加，以适应患者的身体能力，并最大限度地提高骨密度和肌肉力量。

②实施方法：开始时采用低强度运动，逐渐增加负荷，定期评估进展并调整训练强度。

3. 安全性原则

①定义：选择对骨骼和关节负担较小的运动方式，避免增加骨折风险。

②实施方法：优先选择低冲击运动（如游泳、骑自行车）和温和的负重运动，避免高风险的运动（如跳跃、剧烈扭转）。

4. 多样性原则

①定义：综合多种运动形式，以全面改善身体功能。

②实施方法：结合负重训练、抗阻力训练、柔韧性训练和平衡训练，确保全身肌肉和骨骼系统得到全面锻炼[189]。

5. 持续性原则

①定义：运动干预应为长期持续的过程，而非短期活动，以确保获得最佳的健康效果。

②实施方法：制订长期运动计划，鼓励患者将运动融入日常生活，保持定期运动的习惯。

6. 功能性原则

①定义：运动应满足日常生活活动的功能需求，提高患者的生活质量。

②实施方法：包括步行、爬楼梯、搬运物品等功能性训练，以提高患者在日常生活中的活动能力和独立性。

（四）骨质疏松的运动康复适应症与禁忌症

1. 适应症

（1）轻度至中度骨质疏松
①定义：骨密度下降至骨质疏松的初期或中期阶段，患者通常无显著骨折史。
②实施建议：建议进行负重和抗阻力训练，如步行、慢跑和力量训练，以提高骨密度和肌肉力量。

（2）无骨折或单一骨折的患者
①定义：最近没有发生过骨折，或者仅有单一骨折的患者，且骨折已愈合。
②实施建议：在医师指导下进行综合性训练，包括平衡和柔韧性训练，以降低未来骨折的风险。

（3）功能正常的患者
①定义：患者能够进行正常的日常活动，无严重的功能障碍。
②实施建议：根据个人体力水平，进行个性化的运动训练，增强全身肌肉力量和骨密度。

2. 禁忌症

（1）严重骨质疏松合并多次骨折
①定义：患者已发生多次骨折，骨质疏松处于严重阶段，骨骼极其脆弱。
②实施建议：避免高冲击和负重运动，建议采用低冲击、低风险的活动，如水中运动或体位训练，具体方案需根据医师建议制订。

（2）急性骨折期或骨折愈合不全
①定义：是骨折刚发生或骨折尚未完全愈合的阶段。
②实施建议：应避免任何可能对骨折部位产生额外负担的运动，待骨折愈合后再考虑逐步恢复运动。

（3）严重的骨关节病合并症
①定义：骨质疏松患者合并有严重的关节炎或其他骨关节疾病，导致运动受限。

②实施建议：根据具体关节状况，调整运动计划，避免对关节产生过大压力的运动，如高强度跑步或负重练习。

（五）骨质疏松的运动风险评估

1.骨密度水平

①低骨密度：患者骨密度低于正常水平，容易导致骨折。运动方案需要避免高冲击、强烈的负重运动。
②骨质疏松症：严重的骨质疏松症患者应避免可能引发骨折的运动，如高强度的跳跃或突然的运动。

2. 骨折历史

有骨折历史的患者需要特别小心。运动计划应以低冲击、稳定性高的活动为主。

3. 体能水平

患者的体能水平应与运动强度相匹配。体能较差的患者应选择低强度、逐步增加强度的运动方式。

4. 运动类型

①负重运动：如步行、慢跑和登山，可以增加骨密度。
②抗阻训练：如举重和弹力带训练，有助于增强骨骼和肌肉[190]。
③平衡训练：如瑜伽和太极拳，有助于提高平衡和协调性，减少跌倒风险。

5. 个体化评估

每位患者的情况不同，因此运动计划应根据个人的健康状况、骨密度水平、运动历史和具体需求进行调整。

（六）骨质疏松的运动康复功能评定

1. 骨密度测量

双能X射线吸收法（DXA）：DXA是评估骨密度的金标准，能够进行骨质疏松的定量评估。常用于骨密度基线评估及随访监测。

2. 肌肉力量评估

①握力测试：握力是反映上肢肌肉力量和整体健康状况的指标，可通过握力计进行测量。

②下肢力量测试：包括坐站测试和膝关节屈伸力量测试，能够评估下肢肌肉的力量和功能。

3. 平衡能力评估

①站立平衡测试：包括单脚站立测试，评估平衡能力及跌倒风险。

②动态平衡测试：如Tinetti平衡和步态评估工具，检测动态平衡和步态稳定性。

4. 灵活性评估

关节活动范围测试：通过测量主要关节的活动范围，如肩关节、髋关节和膝关节，评估灵活性和关节功能。

5. 运动能力评估

①6分钟步行测试：评估患者在6分钟内的步行距离，反映整体耐力和运动能力。

②上肢功能测试：如抬举物体、搬运测试，评估上肢的功能和力量。

（七）骨质疏松的互联网健康管理方案

1. 早期筛查与风险评估

①目标：通过互联网工具进行骨质疏松的早期筛查与风险评估。

②在线自测问卷：提供一套标准化的骨质疏松风险评估问卷（如FRAX工具），让用户在线填写，自动生成风险评估报告。

③虚拟健康咨询：用户可以通过视频或语音咨询与骨科医生或营养师交流，获取专业的建议和进一步检查的建议。

④数据整合：收集用户的体质量指数（BMI）、饮食习惯、运动习惯等信息，通过算法分析其骨质疏松风险。

2. 健康教育与信息传播

①目标：提供针对性的教育和信息，帮助用户了解骨质疏松的预防与管理。

②在线教育平台：开设专门的在线课程和讲座，内容包括骨质疏松的病因、预防、治疗和营养知识。

③移动应用推送：利用移动应用定期推送相关的健康资讯、预防措施和运动指导。

④互动社区：建立一个健康管理论坛或社区，用户可以分享经验、提问和获取支持。

3. 个性化干预与管理

①目标：提供个性化的干预措施，帮助用户管理骨质疏松症。

②个性化运动方案：根据用户的体能评估和健康状况，推荐适合的运动方案，如低冲击力的有氧运动和力量训练[191]。

③饮食建议：提供科学的饮食计划，强调富含钙和维生素D的食物，同时避免对骨骼有负面影响的饮食习惯。

④药物管理：提供药物提醒功能，督促用户按时服用骨质疏松药物，并跟踪药物的使用情况。

4. 健康监测与评估

①健康数据记录：用户可以通过可穿戴设备或健康管理应用记录日常活动、饮食和体重等数据。

②定期评估：定期通过互联网平台进行健康评估，更新风险评估报告，并根据评估结果调整干预措施。

③反馈机制：提供用户反馈功能，允许用户报告健康变化、干预效果和任何不适，及时调整管理方案。

5. 实施建议

①技术支持：确保所用的互联网平台和移动应用具备良好的安全性和数据保护功能[191]。

②跨学科合作：与骨科医生、营养师、心理咨询师等专业人员合作，为用户提供全方位的支持。

③用户参与：鼓励用户积极参与健康管理方案，通过奖励机制和积极反馈提高参与度。

第四节　互联网健康管理在神经系统疾病运动康复中的应用

一、脑卒中

（一）概述

1. 病因

（1）缺血性脑卒中的病因

①动脉粥样硬化：动脉粥样硬化是缺血性脑卒中最常见的原因。动脉粥样硬化通过在血管壁上形成粥样斑块，导致血管腔狭窄或阻塞，从而减少了供应到脑部的血流。

②心源性栓塞：由心脏产生的栓子（如心房颤动或心脏瓣膜病引起的血栓）脱落并流入脑部血管，导致局部血流阻断。

③小血管病：小血管病也称为小动脉病，指的是脑部小血管的病变，通常是由于长期的高血压、糖尿病或其他代谢异常。

④其他因素：一些其他因素，如血液高黏稠性症候群、免疫性血管炎或某些遗传性疾病，也可能导致缺血性脑卒中。

（2）出血性脑卒中的病因

①高血压：高血压是出血性脑卒中的最重要危险因素。长期的高血压可导致血管壁损伤和动脉瘤形成，从而增加脑内出血的风险。

②脑动脉瘤和动静脉畸形：脑动脉瘤（血管的异常扩张）和动静脉畸形（血管异常连接）可以增加脑血管破裂的风险，导致脑内出血。

③凝血障碍：血液凝固异常（如抗凝治疗或遗传性凝血障碍）可能导致脑内出血。

④脑部肿瘤：脑肿瘤可通过压迫或侵蚀血管，增加脑内出血风险。

⑤外伤：脑外伤（如创伤性脑损伤）也可能导致脑内出血。

2. 临床表现

①突发性偏瘫或麻木：通常影响身体一侧，包括面部、手臂或腿部[192]。
②语言障碍：如失语症（言语困难或理解困难）或构音障碍。
③视力问题：视力模糊、视野缺失或双视[193]。
④平衡和协调问题：如步态不稳、眩晕或难以协调动作。
⑤突发头痛：特别是伴有呕吐或意识改变的剧烈头痛。
⑥意识丧失：包括昏迷或意识模糊。

3. 诊断方法

（1）临床评估
①病史采集：包括症状的起始时间、持续时间、症状的演变以及是否有相关的危险因素（如高血压、糖尿病等）。
②体格检查：评估神经功能，包括意识水平、言语能力、运动功能、感觉功能和反射。

（2）实验室检查
血常规、生化检查：用于评估可能的并发症和脑卒中的诱因，如感染、电解质失衡或代谢异常。

（3）影像学检查
①计算机断层扫描（CT）：通常用于初步诊断，帮助鉴别脑出血和缺血性脑卒中，能够快速排除其他病因。
②磁共振成像（MRI）：提供更详细的脑部结构图像，能够识别脑组织的微小损伤或缺血区域，尤其对于早期缺血性脑卒中有更高的敏感性。
③磁共振血管成像（MRA）和计算机断层血管成像（CTA）：用于评估脑血管的结构和血流，识别血管狭窄、闭塞或动脉瘤等问题。
④颈动脉超声：用于评估颈动脉的狭窄和斑块形成，帮助确定可能的血栓来源。

（4）血管内治疗前评估
①脑电图（EEG）：在某些情况下用于评估脑功能异常，尤其是当怀疑癫痫发作时。
②心脏检查：包括心电图（ECG）和心脏超声检查，用于检测可能的心源性栓塞。

（5）其他评估

神经心理测试：用于评估认知功能损害，以了解脑卒中对日常生活的影响。

4. 常见治疗方法

（1）缺血性脑卒中的治疗

1）急性期治疗

①静脉溶栓治疗：使用组织型纤溶酶原激活剂，如阿替普酶，在卒中症状出现后的4.5小时内应用，以溶解血栓。此治疗对部分缺血性脑卒中患者具有显著的效益。

②机械取栓治疗：适用于大血管闭塞的缺血性脑卒中患者，可以通过导管技术取出血栓，通常与溶栓治疗联合使用。

2）二级预防

①抗血小板治疗：如阿司匹林或氯吡格雷，用于预防卒中的复发。

②抗凝治疗：对于有心房颤动的患者，使用华法林（warfarin）或新型口服抗凝药物（NOACs），如利伐沙班和达比加群，减少脑栓塞的风险。

3）其他治疗

降压治疗：控制血压以降低卒中风险。常用药物包括ACE抑制剂（如依那普利）和钙通道阻滞剂（如氨氯地平）[194]。

（2）出血性脑卒中的治疗

1）急性期治疗

①手术治疗：对于大面积脑出血，可能需要进行开颅手术以去除血肿，缓解颅内压力[195]。

②药物治疗：使用止血药物，如氨甲环酸（tranexamic acid），以减少出血量。

2）二级预防

①控制高血压：使用降压药物控制血压，防止复发性脑出血。

②抗血小板治疗：根据患者的具体情况，可能会使用抗血小板药物来预防新的出血性事件。

（3）康复治疗

①物理治疗：帮助患者恢复运动功能和日常生活能力。

②言语和语言治疗：用于改善患者沟通能力。

③职业治疗：帮助患者重新学习日常生活技能。

5. 预后及预防

（1）脑卒中的预后

1）卒中类型

缺血性脑卒中通常预后较好，而出血性脑卒中的预后则相对较差，主要是由于出血造成脑组织损伤和颅内压增高。

2）发病时的年龄

老年患者的预后通常较差，原因是年龄相关的脑部退行性变化及合并症的存在。

3）神经功能缺损

初始神经功能缺损的严重程度与预后密切相关，缺损越严重，预后越差。

4）基础疾病

糖尿病、高血压等慢性病的存在会加重卒中的预后不良。

5）早期治疗

及时和有效地治疗，如溶栓治疗和外科干预，可以显著改善预后。

6）预后评估

①功能评分量表：常用的量表包括改良Rankin量表（mRS）、美国国立卫生研究院卒中量表（NIHSS）等，这些量表用于评估卒中的严重程度及康复进展。

②影像学评估：CT和磁共振成像（MRI）用于检测脑部损伤的程度，帮助预测恢复的可能性。

（2）脑卒中的预防

1）初级预防

①生活方式的改变：健康饮食（如减少盐和饱和脂肪的摄入）、定期锻炼、保持正常体重等都有助于降低脑卒中的风险。

②控制慢性病：有效控制高血压、糖尿病和高胆固醇等风险因素至关重要。

③戒烟限酒：吸烟和过量饮酒是脑卒中的重要危险因素，应尽量避免。

④药物预防：对于高风险人群，如有家族史或存在多种危险因素的个体，可以使用抗血小板药物（如阿司匹林）进行预防。

2）二级预防

①继续药物治疗：卒中患者需长期使用抗血小板药物（如阿司匹林）或抗凝药物（如华法林）防止复发。

②生活方式干预：卒中患者需要遵循健康的生活方式，如控制饮食、增加锻炼、戒烟限酒等。

③定期随访：通过定期体检和影像学检查监测卒中后患者的康复情况及风险因素的变化。

④康复训练：物理治疗和职业治疗等康复措施有助于恢复功能，并减少卒中复发的风险。

（二）脑卒中的运动康复目标

1. 改善运动功能

①目标：恢复患者的运动功能，包括肢体的运动能力、力量和协调性。
②方法：应用运动疗法如被动和主动运动训练、力量训练和协调训练。
③干预：通过具体的运动练习，如抗重力训练、平衡训练和步态训练等改善患者的运动能力。

2. 提高日常生活活动能力

①目标：增强患者在日常生活中的独立性，如自我照顾、家务和社交活动。
②方法：使用功能性训练和生活技能训练提升患者的自理能力。
③干预：设计个性化的训练计划，包括如穿衣、洗澡、进食等活动的练习。

3. 改善认知和语言功能

①目标：提升患者的认知功能和语言能力，以支持他们的整体康复过程。
②方法：通过认知训练和语言治疗来改善患者注意力、记忆和沟通能力。
③干预：包括认知重建训练、语言发音练习和沟通技巧训练。

4. 预防并发症

①目标：减少脑卒中后常见并发症的发生，如深静脉血栓、褥疮和肌肉萎缩。
②方法：实施预防措施，包括体位变化、压力疮预防措施和适当的抗凝治疗。
③干预：监测患者的体位，定期进行皮肤检查和使用防褥疮垫。

5. 增强心理健康

①目标：支持患者的心理健康，减轻其焦虑、抑郁和其他情绪问题。
②方法：提供心理支持和干预，包括心理咨询和支持小组。
③干预：通过心理干预、社会支持和压力管理技巧帮助患者应对情绪困扰[196]。

(三) 脑卒中的运动康复原则

①个体化治疗：运动康复应根据患者的具体情况（如卒中的类型、严重程度、并发症等）制订个体化的治疗计划。个体化治疗能够更好地满足患者的特殊需求，提高康复效果。
②早期介入：脑卒中后的早期干预被认为对功能恢复至关重要。早期开始康复治疗可以最大限度地利用脑的可塑性，促进功能恢复。
③重复练习：重复的运动练习有助于神经系统的重塑和功能恢复，可以加强对新的运动模式的学习，并改善运动技能的稳定性和流畅性。
④功能导向：康复训练应以实际功能活动为基础，如步态训练和上肢功能训练。这种功能导向的方法可以提高患者在日常生活中的实际能力。
⑤渐进性挑战：治疗计划应逐步增加难度，以挑战患者的能力并促进功能进一步恢复。渐进性挑战有助于避免过早遭遇挫折和促进持续的进步。
⑥多学科团队合作：脑卒中的康复通常需要多学科的团队合作，包括物理治疗师、职业治疗师、言语治疗师以及心理咨询师等。团队合作能够提供全面的康复服务，满足患者的多方面需求。
⑦患者教育和自我管理：患者及其家庭成员的教育和自我管理技能的提高对康复效果具有重要影响。患者教育可以帮助患者理解康复过程，提高其依从性和自我管理能力。
⑧心理支持：康复过程中，患者的心理状态对康复效果有显著影响。提供心理支持和干预有助于减轻患者的抑郁和焦虑情绪，提高康复参与度[196]。

(四) 脑卒中的运动康复适应症与禁忌症

1. 适应症

①神经功能障碍：运动康复对改善患者的运动功能至关重要，尤其是对有明显运动障碍和肢体瘫痪的患者。

②运动能力减退：包括步态不稳、肌肉力量下降等，这些患者通常能从个性化的康复训练中获益。

③认知和注意力障碍：运动康复可以帮助改善这些障碍，增强患者的整体功能水平。

④日常生活活动能力下降：康复训练可以提高患者的自理能力和生活质量。

2. 禁忌症

①急性卒中期：在卒中发生的最初阶段，尤其是急性期，可能需要避免过度运动，以防加重病情[197]。

②严重的心肺疾病：运动可能会给严重心肺功能不全的患者造成负担，需在专业医生指导下进行。

③不稳定的血压：在血压不稳定或高血压危机期间，应避免剧烈运动。

④骨折或关节严重损伤：这些情况需要优先处理，不应在骨折或关节受损未愈合前进行康复训练。

（五）脑卒中的运动风险评估

1. 病史和健康状况评估

①病史：包括卒中的类型（缺血性或出血性）、卒中的严重程度、既往的卒中事件以及其他相关的健康问题，如高血压、糖尿病或心脏病。

②药物使用：评估患者是否正在使用抗凝药物、抗血小板药物或其他影响运动能力的药物。

③认知功能：了解患者的认知状态，评估是否有认知障碍，这可能会影响患者运动能力和安全性。

2. 运动能力和功能评估

①运动能力：使用标准化的评估工具，如Fugl-Meyer运动功能评估（FMA）或Brunnstrom阶段评估，来评估患者的运动能力。

②平衡能力和协调性：评估患者的平衡能力和协调性，例如通过功能性平衡测试（如Berg平衡量表）和步态进行分析。

③肌力和耐力：测量肌肉力量和耐力，评估是否存在肌肉萎缩或疲劳现象。

3. 运动负荷和耐受性评估

①运动负荷：评估患者在不同运动负荷下的表现，例如通过渐进式运动测试（如最大耗氧量测试）来测定耐受能力。

②症状监测：监测运动过程中是否出现新的症状或不适，如胸痛、呼吸急促或极度疲劳。

4. 心理和情绪评估

①心理状态：评估患者的心理健康状况，包括抑郁或焦虑，这些可能会影响患者的运动参与度和安全性。

②动机和态度：评估患者对运动的态度和动机，帮助其制订个性化的运动计划以提高参与度。

5. 环境和安全因素

①运动环境：评估患者进行运动的环境是否安全，是否有足够的支持和监控设施。

②急救准备：确保运动过程中有适当的急救措施和人员准备，以应对可能发生的紧急情况。

（六）脑卒中的运动康复功能评定

1. 运动功能评定

①Fugl-Meyer运动功能评估（FMA）：用于评估运动功能的多方面，包括上肢、下肢、平衡和感觉功能。FMA是一种综合性的评估工具，能够提供详细的功能信息。

②Brunnstrom阶段评估：评估患者的运动恢复阶段，以帮助其制订适当的康复干预策略。这一评估方法将运动恢复分为不同的阶段，包括从初期的运动反射到较为复杂的自主动作。

③简化版Fugl-Meyer评估（FMA-S）：对Fugl-Meyer评估进行简化，适用于临床中对运动功能的快速评估。

2. 平衡和协调性评定

①Berg平衡量表（BBS）：评估静态和平衡控制能力，包括常见的日常生活活动（如站立、转身和维持平衡）。BBS常用于预测跌倒风险。

②功能性步态评估（FGA）：评估步态的稳定性和动态平衡能力，包括不同步态任务（如行走时转身和绕障碍物）的表现。

3. 肌力和耐力评定

①肌力测量：使用手持式肌力测试仪（如握力计）来评估肌肉力量，包括上肢和下肢的肌肉力量。

②六分钟步行测试（6MWT）：评估患者的步行耐力和心肺功能。此测试可以反映患者在日常活动中的耐受能力。

4. 功能性能力评定

①功能性独立性测量（FIM）：评估患者在日常生活活动（如进食、穿衣、洗澡）中的独立性，以确定康复目标和进展。

②改良Barthel指数（MBI）：测量患者在基本日常生活活动中的能力，特别是自理能力，包括进食、移动、个人卫生等。

5. 认知和感知评定

①蒙特利尔认知评估（MoCA）：用于评估患者的认知功能，包括记忆、注意力、语言能力和执行功能。

②感知功能评估：包括视觉、触觉和体感的评估，以了解感知障碍对运动功能的影响。

（七）脑卒中的互联网健康管理方案

1. 预防

①目标：通过互联网工具降低脑卒中的风险。

②风险评估工具：提供在线自测问卷（如CHA2DS2-VASc评分），评估用户的脑卒中风险，自动生成个性化的风险报告。

③健康教育平台：设立在线教育课程，讲解脑卒中的危险因素（如高血

压、糖尿病)、健康饮食及定期体检的重要性。

④健康监测应用：通过移动应用跟踪用户的血压、血糖和体重等关键健康指标，提供定期提醒和管理建议。

⑤个性化干预：根据风险评估结果，提供定制的饮食计划、运动建议和生活方式调整方案。

2. 治疗

①目标：在急性脑卒中发生时提供快速、有效的治疗支持。

②远程医疗服务：提供24/7的在线咨询服务，通过视频或电话提供急救指导和专业建议。

③急救指导应用：开发应用程序，提供脑卒中识别和急救步骤的实时指导，帮助用户和家属在脑卒中发生时采取正确措施。

④药物管理系统：提供用药提醒功能，确保患者按时服用抗凝药物或其他治疗药物，并跟踪药物的副作用。

⑤在线医患交流：通过平台进行远程随访，确保患者住院后的治疗计划得到有效执行。

3. 康复

①目标：以互联网技术支持脑卒中后的康复过程。

②虚拟康复训练：提供线上康复训练课程，包含运动疗法、物理治疗和认知训练等，帮助患者逐步恢复功能。

③康复进度追踪：使用移动应用记录和跟踪康复进度，提供定期评估和调整建议。

④心理支持：建立在线心理支持平台，为脑卒中患者及其家属提供心理咨询和情感支持。

⑤社区支持：创建康复患者的在线社区，分享康复经验、获取支持和交流信息。

4. 实施建议

①技术保障：确保所用平台具备数据加密和隐私保护功能。

②专业协作：与神经科医生、康复专家和心理咨询师等专业人员合作，确保方案的全面性和有效性。

③用户参与：鼓励患者和家属积极参与，通过教育和反馈提高管理效果。

二、脊髓损伤

（一）概述

1. 病因

①外伤：外伤是最常见的脊髓损伤原因，通常包括车祸、跌倒、运动伤害或暴力伤害等。是外力直接冲击脊柱或脊髓，导致组织撕裂、压迫或骨折。文献中广泛报道了这些外伤对脊髓的影响[198]。

②病理性损伤：包括脊髓的肿瘤、感染（如脊髓脓肿、结核）、炎症（如多发性硬化症）或缺血（如脊髓血管意外）等。这些病理过程可引起脊髓组织的损伤和功能丧失。

③退行性疾病：如脊柱关节炎、椎间盘突出等，长期的退行性改变可导致脊髓的慢性压迫或损伤。这些变化在老年人群中较为常见。

④先天性因素：包括先天性脊髓畸形或发育异常，如脊髓裂、海绵状血管瘤等，这些病变可能在出生时就存在，或在成长过程中逐渐显现[199]。

2. 临床表现

（1）感觉功能丧失

①完全感觉丧失：损伤部位以下的区域完全失去痛觉、触觉、温度觉和振动觉[200]。

②部分感觉丧失：仅丧失某种特定类型的感觉，如触觉或温度觉，但其他感觉功能正常[200]。

③异常感觉：如麻木、刺痛或针刺感（paresthesia）。

（2）运动功能障碍

①瘫痪：根据损伤的部位和程度，瘫痪可以是四肢瘫痪（四肢麻痹）或仅限于下肢（截瘫）。四肢瘫痪通常发生于脊髓颈段损伤，而截瘫常见于脊髓胸段或腰段损伤[201]。

②运动能力减退：即使没有完全瘫痪，损伤部位以下的运动能力也可能会显著减退[201]。

（3）自主神经功能障碍

①低血压：由于脊髓损伤影响血管收缩功能，患者可能出现体位性低血压。

②排尿功能障碍：包括尿失禁、尿潴留或难以控制排尿[202]。

③排便功能障碍：表现为便秘、失禁或排便困难[202]。

（4）反射功能改变

①病理性反射：如Babinski征（足底刺激时大脚趾上翘）。

②异常反射：如肌张力过高或反射活动增强（如反射性抽搐）。

（5）其他症状

①呼吸困难：特别是当损伤位于颈段时，可能影响呼吸肌的功能。

②皮肤损伤：由于运动能力受限，患者可能发生褥疮或皮肤感染。

3. 诊断方法

（1）临床评估

①病史采集：详细询问患者的受伤机制、症状起始时间、症状进展及既往健康状况。

②体格检查：包括神经系统检查，如肌力、感觉、反射及自主神经功能评估，以确定损伤的范围和严重程度。

（2）影像学检查

①X射线：用于评估脊柱骨折、脱位或骨质改变。尽管X射线不能直接显示脊髓损伤，但它能帮助排除骨骼问题。

②计算机断层扫描（CT）：提供脊柱和脊髓的详细横断面图像，有助于检测骨折、脱位以及脊髓压迫情况。

③磁共振成像（MRI）：是评估脊髓损伤的金标准。MRI能清晰显示脊髓本身及其周围组织的损伤情况，包括肿瘤、脊髓压迫和炎症。

（3）电生理检查

①神经传导速度测试（NCV）：用于评估周围神经的功能，间接反映脊髓损伤对神经的影响。

②诱发电位（EP）：通过刺激外周神经并记录中枢神经系统的反应，评估脊髓传导功能。

（4）实验室检查

血液检查：用于排除感染、炎症或其他系统性疾病，这些疾病可能影响脊髓功能。

4. 常见治疗方法

(1) 急性期管理

①稳定脊柱：在脊髓损伤初期，稳定脊柱是防止进一步损伤的关键。使用颈托、背板或牵引装置进行脊柱固定。

②减压：对于由于脊柱骨折或脱位导致的脊髓压迫，急性期可能需要通过外科手术进行减压。

(2) 药物治疗

①类固醇药物：如甲泼尼龙（Methylprednisolone），用于减少脊髓损伤后的炎症和水肿，改善神经功能的恢复。治疗方案通常在损伤后8小时内开始，持续48小时。研究表明，及时使用类固醇药物可能有助于改善预后，但效果仍存在争议。

②神经保护药物：包括自免疫性脑炎（NMDA）受体拮抗剂（如环孢素A）和自由基清除剂，用于减轻神经元的损伤和死亡。当前研究处于临床试验阶段，尚未广泛应用[203]。

(3) 外科干预

①脊柱固定术：通过内固定或外固定手术稳定脊柱，避免进一步的神经损伤。手术的适应症包括严重的脊柱骨折或脱位。

②脊髓减压术：用于解除压迫脊髓的结构，如骨碎片、肿瘤或脊柱管狭窄。

(4) 康复治疗

①物理治疗：包括运动训练、关节活动度训练和肌力增强训练，改善运动功能和提高生活质量[204]。

②职业治疗：帮助患者适应日常生活活动，包括自我照顾、工作和休闲活动的训练。

(5) 心理社会支持

包括心理辅导和社会工作支持，帮助患者应对脊髓损伤带来的心理和社会挑战。

5. 预后及预防

(1) 脊髓损伤的预后

①损伤程度：脊髓损伤的严重程度通常通过美国脊髓损伤协会（ASIA）的脊髓损伤分类系统进行评估，包括完全损伤和不完全损伤两种类型。完全损伤

意味着损伤部位下方的感觉和运动功能完全丧失，而不完全损伤则表示功能丧失的程度较轻。通常情况下，完全损伤的预后较差。

②损伤部位：脊髓损伤的部位对预后有重要影响。颈部损伤通常比胸部或腰部损伤更严重，因为颈部损伤可能影响更多的身体部位，包括四肢和呼吸功能。胸部和腰部损伤一般会影响下肢和部分躯干功能。

③医疗干预：及时和有效的医疗干预对脊髓损伤的预后有显著影响。早期的手术干预、药物治疗以及康复训练可以帮助改善功能恢复。近年来，神经保护药物、干细胞治疗和神经再生技术的进步也为脊髓损伤患者带来了新的希望。

④合并症和并发症：脊髓损伤患者常常面临各种合并症，如尿路感染、深静脉血栓、肺炎等，这些并发症会显著影响预后。因此，综合管理和预防这些并发症是提高预后的重要措施。

（2）脊髓损伤的预防

1）主要预防

①交通安全：使用安全带和头盔、遵守交通规则是减少交通事故引发脊髓损伤的有效措施。

②运动安全：在进行高风险运动（如滑雪、攀岩等）时，佩戴适当的保护装备。

③家庭和工作场所安全：消除潜在的跌倒和伤害风险，如在家庭和工作场所进行安全检查和改进。

2）次要预防

①早期干预：在脊髓损伤发生后的黄金时间内进行适当的医疗干预，如及时的手术和药物治疗。

②康复训练：通过物理治疗和职业治疗帮助患者最大限度地恢复功能。

③健康管理：定期进行医疗检查和康复评估，及时处理合并症和并发症，保持良好的健康状态。

（二）脊髓损伤的运动康复目标

1. 功能性恢复

旨在恢复受损部位的最大功能，改善日常生活活动的能力。具体目标包括改善肢体的运动范围、力量和协调性，增强患者独立性，例如自主完成转移和行走等基本活动。

2. 减少并发症

通过运动和物理治疗，预防或减轻脊髓损伤引起的并发症，如肌肉萎缩、关节挛缩、压疮及呼吸系统问题。

3. 提高生活质量

通过改善运动功能和减少痛苦，提高患者的生活质量，包括心理社会支持、情绪调节和社会适应能力。

4. 维持和增强残余功能

保持和进一步增强损伤后仍具备的功能，防止功能退化。

5. 促进神经再生和塑形

虽然脊髓损伤后的神经再生有限，但康复训练可以促进神经塑形和适应性变化，提升残余功能的利用率。

（三）脊髓损伤的运动康复原则

1. 早期介入

早期康复介入对于脊髓损伤患者至关重要。研究显示，早期启动康复可以减少肌肉萎缩和关节挛缩，并可能促进神经功能的恢复。康复干预应在伤后尽早开始，尽可能减少长期的功能障碍。

2. 个体化治疗计划

针对每位患者的独特情况，制订个体化的康复计划。个体化治疗计划应考虑患者的损伤程度、功能需求和生活目标，确保康复干预能最大限度地提高患者的功能恢复。

3. 功能性训练

功能性训练专注于恢复和提升患者的日常生活能力。康复计划应包括步态训练、坐位平衡、上肢功能训练等，旨在改善患者的生活自理能力和运动能力。

4. 渐进性负荷

康复训练应遵循渐进性负荷的原则，根据患者的恢复情况，逐步增加训练的强度和复杂性。这种渐进性训练有助于增强适应性，同时减少过度训练的风险。

5. 多学科团队合作

康复治疗应由多学科团队共同进行，包括物理治疗师、职业治疗师、心理学家等。这种团队合作可以综合利用各领域的专业知识，提供全面的康复服务。

6. 心理支持

提供心理支持对脊髓损伤患者的康复至关重要。心理干预可以帮助患者应对情感挑战，提高其康复动力和生活质量。

7. 辅助技术的应用

使用适当的辅助技术，如轮椅、助行器和康复机器人等，可以有效支持患者身体功能的恢复和日常生活能力的提升。辅助技术的选择应根据患者的具体需求进行调整。

（四）脊髓损伤的运动康复适应症与禁忌症

1. 适应症

（1）运动功能恢复：针对脊髓损伤后的运动功能恢复，适应症包括功能性残疾稳定期的患者，进行有针对性的肌肉强化训练和功能性运动训练。

（2）改善生活质量：适用于希望通过运动提高自我照顾能力、增强生活独立性的患者。

（3）预防并发症：如防止压疮、骨质疏松和肌肉萎缩的患者，运动康复可以帮助其维持身体机能，减少产生并发症的风险。

（4）心理健康支持：对因脊髓损伤而有抑郁或焦虑情绪的患者，运动可以作为一种辅助治疗，改善心理状态。

2. 禁忌症

（1）急性脊髓损伤阶段：在损伤后的急性期内，应避免任何可能导致损伤加重的运动。

（2）骨折或骨质疏松：存在骨折或显著骨质疏松的患者，应避免高负荷的运动，以防进一步伤害。

（3）严重感染：有严重感染或炎症的患者，运动可能加重病情，应在感染得到控制后再考虑康复运动。

（4）心血管疾病：对于伴有严重心血管疾病的患者，运动方案需要特别谨慎，应由专业医师进行评估和指导。

（五）脊髓损伤的运动风险评估

生理功能评估：评估患者的心肺功能、肌肉力量、关节灵活性及耐力。这些评估有助于确定患者在运动过程中的承受能力及潜在的风险。

神经功能评估：包括神经损伤的部位、程度以及是否存在任何运动或感觉的变化。神经功能评估对制订安全的运动计划至关重要。

骨骼和肌肉系统评估：检查骨质疏松、关节挛缩以及肌肉萎缩的情况。确保骨骼和肌肉系统在运动过程中能够承受负荷，并避免进一步损伤。

心血管风险评估：评估患者的心血管健康状况，包括血压、心率和心脏功能。心血管疾病的风险评估有助于预防运动中可能出现的心血管事件。

感染风险评估：评估有无感染风险，如尿路感染或皮肤感染等，这些感染可能会影响运动康复的安全性。

（六）脊髓损伤的运动康复功能评定

运动功能评定：包括对肢体运动能力的评估，如肌肉力量、运动范围和协调性。使用标准化工具如肌肉力量评分（MRC评分）和运动范围评估（ROM）确定功能恢复情况[205]。

感觉功能评定：评估触觉、痛觉、温度感知和本体感觉。使用标准化测试如Semmes-Weinstein纤维压觉测试确定感觉恢复情况。

自我照顾能力评定：评估患者在日常生活活动中的独立能力，包括穿衣、进食、如厕等功能。使用工具如功能独立性测量表（FIM）评估自我照顾能力。

步态和运动能力评定：对于能够行走的脊髓损伤患者，评估步态、行走速度和步态稳定性。使用工具如步态分析仪和10米步行测试测量步态功能。

肌肉功能和骨骼健康评定：评估肌肉萎缩、骨密度和骨折风险。使用如双能X射线吸收测定（DXA）扫描测量骨密度，监测骨骼健康状态。

心理健康评定：评估抑郁、焦虑和社会适应能力。使用心理健康量表如Beck抑郁量表（BDI）和简易精神状态检查（MMSE）评估心理状态。

(七)脊髓损伤的互联网健康管理方案

1. 预防与教育

①目标：降低脊髓损伤的发生率，提升患者的自我管理能力。

②在线教育平台：提供脊髓损伤的预防、症状识别和急救知识的在线课程和培训。

③健康管理应用：设立应用程序，跟踪健康指标，如体重、血压、血糖等，提供个性化的健康建议和生活方式干预。

④安全指导：提供在线指南，教授脊髓损伤患者如何进行安全的活动，避免二次损伤。

2. 远程治疗与支持

①目标：提供连续、便捷的医疗服务和支持。

②远程医疗服务：提供视频咨询服务，使患者能够与神经科医生、康复专家等进行远程讨论，获取专业建议[206]。

③个性化治疗方案：通过应用程序记录病情进展，并与医疗团队分享数据，从而调整治疗方案[207]。

④药物管理系统：提供用药提醒和记录功能，帮助患者按时服药并跟踪药物的副作用。

3. 康复与功能训练

①目标：支持脊髓损伤后的康复过程，促进功能恢复。

②虚拟康复训练：提供线上康复训练课程，包括物理治疗、运动训练和日常生活技能训练。

③进度跟踪与反馈：通过应用程序记录康复进度，提供数据分析和调整建议，优化康复计划。

④社交支持平台：建立患者社区，提供情感支持、经验分享以及互助网络。

4. 心理支持与社会融入

其目标是支持患者的心理健康，促进社会参与。

①在线心理咨询：提供心理支持服务，帮助患者处理心理问题，如焦虑和抑郁。

②社交活动平台：创建在线活动和兴趣小组，鼓励患者参与社交活动，减少孤独感，提升生活质量。

5. 实施建议

①数据安全：确保所有健康数据和个人信息的安全，遵守相关隐私法规。

②多学科协作：与医疗、康复、心理健康专家等多方面的专业人士合作，确保方案的全面性和效果。

③用户培训：对患者和家属进行系统的培训，确保他们能够有效使用互联网健康管理工具。

三、脑性瘫痪

（一）概述

1. 病因

（1）遗传因素

遗传因素可能在脑性瘫痪的发展中起到一定作用。尽管脑性瘫痪本身不是遗传性疾病，但某些遗传突变和基因组的不稳定性可能增加脑性瘫痪的风险。例如，某些遗传综合症如安格曼（Angelman）综合症、唐氏综合症和其他染色体异常可能与脑性瘫痪有关[208]。

（2）产前因素

①母体健康问题：如糖尿病、高血压、感染（如风疹、弓形虫感染）等可能增加胎儿脑部发育异常的风险。

②母体行为和环境因素：孕期吸烟、饮酒和药物滥用会对胎儿大脑发育产生负面影响。

③胎儿发育异常：包括脑发育不良和脑部结构异常，如大脑半球发育不全。

（3）产中因素

①缺氧缺血：若分娩过程中出现胎儿缺氧或缺血（如脐带缠绕或前置胎盘），可能导致脑细胞损伤和脑部缺血。

②早产：早产儿的脑部发育不完全，极易遭受脑室出血、脑白质损伤等问题，这些问题可能导致脑性瘫痪。

（4）产后因素

产后因素指新生儿出生后的环境和状况，以下因素可能影响脑性瘫痪的发生。

①感染：新生儿期的感染，如脑膜炎或脑炎，可能对大脑造成严重损害。

②外伤：如新生儿期的头部外伤可能对大脑造成直接损伤。

③黄疸：严重的新生儿黄疸可能导致胆红素脑病，从而引发脑性瘫痪。

2. 临床表现

（1）运动障碍

①痉挛型脑性瘫痪（Spastic CP）：最常见类型，表现为肌肉紧张度增高，导致运动受限和肌肉僵硬。患者常有肌肉痉挛、关节僵硬和运动协调差[209]。

②共济失调型脑性瘫痪（Ataxic CP）：主要表现为协调性差、步态不稳和精细动作困难[209]。

③非对称型脑性瘫痪（Dyskinetic CP）：包括舞蹈样或肌张力不全，导致不自主的运动和姿势不稳[209]。

④混合型脑性瘫痪：多种类型的症状同时存在，如痉挛型和非对称型混合表现。

（2）其他临床表现

①肌肉张力异常：包括痉挛（肌肉过度紧张）或肌肉松弛（肌肉张力不足），可导致运动困难和不适。

②运动协调问题：包括步态不稳、动作笨拙和协调性差。

③反射异常：如过度反射或反射缺失，影响正常运动。

④感知与认知问题：部分患者可能伴有感知障碍或认知功能障碍，影响学习和社交能力。

（3）伴随症状

①语言和沟通障碍：许多患者可能会有言语发育迟缓或语言表达困难。

②视觉和听觉问题：有些患者可能伴有视力和听力障碍。

③癫痫发作：部分患者可能有癫痫的症状。

3. 诊断方法

（1）临床评估

1）病史采集

医生会详细询问孕期、分娩和新生儿期的病史，包括母亲的健康状况、产前和分娩的并发症以及婴儿的早期发育情况。这些信息有助于评估是否存在与脑性瘫痪相关的风险因素。

2）临床体检

①肌张力异常：肌肉的张力可能过高（肌张力增加）或过低（肌张力降低）。

②运动控制问题：表现为运动协调性差、精细运动技能缺失、姿势异常等。

③反射异常：原始反射（如吞咽反射）存在延迟或消失。

④运动模式：观察到的异常运动模式，如肌肉僵硬、动作笨拙、不对称性动作等。

（2）神经系统评估

1）运动功能评估

通过使用标准化的运动评估工具，如脑瘫儿童粗大运动功能分级（GMFCS）和脑瘫儿童手功能分级系统（MACS）来评估儿童的运动能力和功能。

2）认知和感知评估

虽然脑性瘫痪主要影响运动，但有时也会伴随认知能力和感知功能的障碍。因此，需要进行认知能力和感知功能的评估。

（3）辅助检查

1）影像学检查

①脑部磁共振成像（MRI）：提供详细的脑部结构图像，有助于识别脑部损伤的具体位置和程度。这对脑性瘫痪的诊断具有重要的价值，尽管脑部磁共振成像（MRI）并不是诊断脑性瘫痪的必需步骤。

②CT扫描：在某些情况下，也可使用CT扫描，但磁共振成像（MRI）通常被认为更具信息价值。

2）其他检查

①脑电图（EEG）：用于排除或诊断与癫痫相关的情况，因为一些脑性瘫痪患者可能伴有癫痫发作。

②血液检查：虽然没有特定的血液标志物能确诊脑性瘫痪，但血液检查有助于排除代谢性疾病和感染等其他病因。

（4）综合评估

①神经科医生：评估整体神经系统。

②儿科医生：评估发育和生长情况。

③物理治疗师：评估运动功能和肌肉张力。

④职业治疗师：评估日常生活活动的能力。

⑤言语治疗师：评估沟通能力和吞咽功能。

4. 常见治疗方法

（1）物理治疗

①运动训练：通过系统的运动训练帮助患者增强肌肉力量和灵活性。

②姿势调整：指导患者进行正确的姿势，减少肌肉张力和改善运动模式。

③平衡与协调训练：帮助患者改善站立和步态的稳定性。

（2）职业治疗

①自我照顾训练：帮助患者学会穿衣、进食和个人卫生等技能。

②精细运动技能训练：改善手部协调性和操作能力。

③环境适应：调整家庭和学校环境，适应患者的需求。

（3）言语治疗

①言语和语言训练：提高言语发音和语言理解能力。

②吞咽功能训练：帮助患者改善吞咽困难的问题。

（4）药物治疗

①抗痉挛药物：如巴克洛芬（Baclofen）和丁丙诺（Diazepam），用于减少肌肉痉挛和僵硬。

②镇痛药物：用于缓解因肌肉痉挛引起的疼痛。

③神经调节药物：如肉毒毒素（Botulinum toxin），用于局部减少肌肉张力。

（5）外科治疗

①肌肉和腱切割术：用于减少肌肉的紧张度。

②神经手术：如脊髓刺激术（Dorsal Rhizotomy），用于减轻痉挛性肌肉。

（6）辅助设备

①矫形器具：如足部矫形器，用于改善步态。

②轮椅和助行器：为患者在移动时提供支持。

（7）综合干预

脑性瘫痪的治疗通常需要多个专业团队的合作，包括神经科医生、康复医生、物理治疗师、职业治疗师和言语治疗师等。综合干预可以确保从多方面全面评估患者的需求并为患者提供治疗。

5. 预后及预防

（1）脑性瘫痪的预后

1）运动功能的预后

①脑性瘫痪（CP）的类型和严重程度：脑性瘫痪（CP）的不同类型（如痉

挛型、舞蹈型、共济失调型）及其严重程度会显著影响运动功能的预后。痉挛型脑性瘫痪（CP）通常表现为肌张力增高，运动范围受限，预后较为多样；共济失调型脑性瘫痪（CP）则表现为协调性差，影响运动控制。

②早期干预：早期的康复治疗（包括物理治疗、职业治疗和语言治疗）能显著改善运动功能。研究表明，早期干预可以优化运动技能发展，提升功能独立性。

③共病症状：脑性瘫痪常伴有其他共病症，如癫痫、智力障碍、视觉和听觉障碍。这些共病症状对运动功能的预后有重要影响。

④家庭和社会支持：家庭的支持和社会资源的可获得性也会影响脑性瘫痪患者的预后。良好的家庭环境和社会支持能提供必要的照护和资源，从而改善预后。

2）认知和行为功能的预后

①智力障碍的发生率：30%～50%的脑性瘫痪患者存在不同程度的智力障碍。智力障碍的发生与脑性瘫痪的严重程度和损伤部位有关。

②行为问题：脑性瘫痪患者可能存在各种行为问题，如注意力缺陷、多动症和自闭症谱系障碍。这些问题会影响他们的社会适应能力和生活质量。

3）生活质量的预后

脑性瘫痪的生活质量受多种因素影响，包括身体功能、心理健康、社交能力和环境支持。

4）自我照护能力

随着年龄的增长，脑性瘫痪患者的自我照护能力和生活独立性会影响他们的生活质量。

5）心理健康

脑性瘫痪患者容易出现焦虑、抑郁等心理问题，这对生活质量有显著影响。心理支持和干预可以改善和提升患者的心理健康和整体生活质量。

（2）脑性瘫痪的预防

1）产前预防

①孕期保健：确保孕妇接受定期产前检查，及时发现和管理高风险因素，如糖尿病、高血压和感染。这些措施有助于降低脑性瘫痪的发生率。

②维生素补充：孕期适当补充叶酸可降低胎儿神经管缺陷的风险，从而间接降低脑性瘫痪的发生率。

2）分娩管理

①安全分娩：确保在分娩过程中使用适当的医疗干预，减少缺氧和其他分

娩并发症。缺氧是脑性瘫痪的主要风险因素之一。

②早期干预：对于早产儿或低出生体重儿，提供必要的医疗照护和康复治疗，减少脑损伤的风险。

3）产后管理

①新生儿筛查：对新生儿进行筛查，尽早发现和治疗可能的健康问题，减少脑性瘫痪的风险。

②康复干预：对有脑性瘫痪高风险的儿童进行早期干预，如物理治疗和职业治疗，改善其发展预后。

（二）脑性瘫痪的运动康复目标

1. 改善运动功能

（1）增加肌肉力量和耐力：通过力量训练和运动，使患者的肌肉更加强健，从而支持日常活动。

（2）提高运动协调性和控制能力：通过协调训练，增强大脑对身体运动的控制，提高患者的精细运动技能和粗大运动技能[210]。

（3）增强关节活动度：通过关节活动度训练，减少关节僵硬，增加关节的灵活性和活动范围。

2. 促进日常生活活动的独立性

（1）改善自理能力：如穿衣、进食、个人卫生等。

（2）增强环境适应能力：使患者能够更好地适应和使用生活环境中的各种设施，如步行、使用辅助器具等。

3. 缓解痛苦和预防并发症

（1）缓解疼痛：通过物理治疗和适当的运动缓解由肌肉痉挛或关节问题引起的疼痛。

（2）预防和管理并发症：如肌肉萎缩、关节变形等，通过适当的运动和康复治疗进行干预。

4. 提高社会参与度

（1）提升社会互动能力：通过社交活动和训练，帮助患者更好地融入社会。

（2）增强自信心：通过成功完成运动任务和活动，增加患者的自信和积极性。

（三）脑性瘫痪的运动康复原则

1. 早期介入

在脑性瘫痪的早期阶段进行干预，有助于改善运动功能和防止二次损害。早期介入可以包括物理治疗、职业治疗以及语言治疗等。

2. 个体化治疗

根据每位患者的具体情况和需求制订个性化的康复计划，包括对运动能力、功能限制以及家庭环境的综合评估。

3. 功能导向

康复训练应着重于提高患者的功能性动作，例如日常生活活动的能力，促进自主性和独立性。

4. 渐进性训练

通过逐步增加训练强度和难度，提高患者的运动能力和耐力。训练的渐进性有助于避免过度疲劳和损伤。

5. 多学科合作

康复治疗应涉及医生、物理治疗师、职业治疗师和言语治疗师等多方面的专业人员，共同制订和实施康复计划。

6. 家属和照顾者的参与

家属和照顾者的积极参与对康复效果至关重要。他们应了解治疗方案，并在日常生活中积极配合和支持患者。

7. 使用辅助设备

根据患者的需要，使用适当的辅助设备如矫形器、助行器等，可以改善运动功能和增加独立性。

（四）脑性瘫痪脑卒中的运动康复适应症与禁忌症

1. 适应症

（1）肌肉力量和耐力不足：脑性瘫痪患者常常存在肌肉力量和耐力不足，通过特定的运动康复程序可以帮助增强肌肉力量，提高运动耐力。

（2）关节活动范围受限：运动康复可以改善关节的灵活性和活动范围，减少痉挛和僵硬。

（3）平衡和协调问题：针对平衡和协调问题的运动训练有助于提高患者的姿势控制能力和移动能力。

（4）运动功能障碍：包括行走、抓握等日常活动的障碍，通过有针对性的训练可以改善这些功能。

2. 禁忌症

（1）严重的骨折或脱位：在这些情况下进行运动康复可能会加重伤情。

（2）急性炎症或感染：运动可能会导致感染区域的进一步恶化。

（3）不稳定的内科状况：如心脏病、高血压等，需在医生评估后决定是否适合进行运动康复。

（4）过度疲劳或虚弱：过度运动可能导致身体机能进一步下降。

（五）脑性瘫痪的运动风险评估

1. 病史与体检

（1）评估患者的医疗史：包括过往手术、伤病记录、药物使用记录及其他健康问题。

（2）体检：包括对肌肉张力、关节活动范围、运动能力、平衡和协调等方面的评估。

2. 功能性评估

（1）使用标准化工具：如脑瘫儿童粗大运动分级（GMFCS）和功能性运动测试（FMS），评估运动功能和移动能力。

（2）评估日常生活活动（ADL）的能力：如穿衣、进食和个人卫生。

3. 风险因子识别

（1）识别潜在的运动风险因子：如严重的肌肉痉挛、骨质疏松、关节变形及心肺功能问题。

（2）评估运动负荷对患者的影响：包括疲劳和过度使用的风险。

4. 运动能力和限制

（1）确定患者的运动能力以及可能的限制：如肌肉无力、运动不协调或疼痛反应。

（2）评估对特定运动类型的适应性：如耐力训练、力量训练或协调训练。

5. 个体化风险管理

（1）根据评估结果，制订个体化运动计划，调整运动强度、频率和类型，最大限度地减少风险。

（2）定期监测和调整运动计划，应对任何可能出现的新风险或新变化。

（六）脑性瘫痪脑卒中的运动康复功能评定

1. 基本功能评定

（1）脑瘫儿童粗大运动分级（GMFCS）：用于评估和分类脑性瘫痪（CP）患者的粗大运动功能，分为五级，从无功能限制到重度功能障碍。

（2）脑瘫精细运动功能测试量表：评估精细运动技能，包括手部动作、抓握、书写和操作小物件的能力。

2. 关节活动范围和肌肉力量

（1）关节活动范围（ROM）测量：通过对关节活动范围的评估，确定关节的灵活性和潜在的功能限制。

（2）肌肉力量评估：使用手法肌力检查（MMT）或更为细致的力量评估工具，评估各肌群的力量和耐力。

3. 平衡与协调

（1）平衡能力评估：如Berg平衡量表（BBS）或起立行走（TUG）测试，用于评估站立和平衡能力。

（2）协调能力评估：包括动态和静态协调能力的测量，如四方格跨步试验（FSST）。

4. 日常生活活动（ADL）

（1）日常生活活动能力表：评估患者在日常生活活动中的独立能力，如自理能力、进食、洗澡和穿衣。

（2）功能独立性评定：衡量患者在日常活动中的独立性，包括个人护理、运动功能和沟通能力。

5. 步态分析

使用步态分析仪或视频分析技术评估步态模式、步态对称性以及步态稳定性。

6. 感知与认知功能

（1）感知功能评估：评估感知觉的功能，例如触觉、视觉和听觉感知能力。
（2）认知功能评估：评估注意力、记忆和其他认知功能对运动能力的影响。

（七）脑性瘫痪的互联网健康管理方案

1. 目标与需求分析

（1）功能性改善：提升运动功能，增强独立性。
（2）健康监测：定期监测患者的健康状态，包括体重、营养状况等。
（3）心理支持：提供情感支持，缓解焦虑和抑郁情绪。
（4）教育和培训：提供针对患者及其家庭的教育资源，提升对脑性瘫痪的理解和自我管理能力。

2. 方案组成

（1）个人档案管理：记录患者的基本信息、医疗历史、康复计划和进展。
（2）健康监测工具：利用可穿戴设备和传感器（如步态分析仪、心率监测器等）实时收集数据，并上传至平台进行分析和存档。
（3）康复训练：提供视频指导和虚拟现实（VR）康复训练，帮助患者进行个性化的运动疗法。
（4）在线咨询：提供与医生、物理治疗师、营养师等专业人员的在线咨询服务。

（5）教育资源：提供关于脑性瘫痪的教育材料，包括文章、视频和在线课程。

（6）社区支持：建立患者及其家属的线上支持社区，促进交流和经验分享。

3. 健康数据分析

（1）运动能力：分析步态、运动范围等指标。

（2）健康趋势：监测体重、营养摄入、心理状态等。

（3）康复效果：评估康复训练的效果，并调整方案。

4. 远程监测和警报系统

（1）生理指标监测：如心率、血氧水平等。

（2）紧急响应功能：在发现健康危机时自动通知医疗人员或家属。

5. 个性化计划和干预

（1）个性化训练计划：根据患者的具体需求，设计合适的运动和康复计划。

（2）营养建议：提供个性化的饮食建议，帮助患者维持健康体重和营养平衡。

（3）心理干预：提供心理支持和干预服务，帮助患者解决情感问题。

四、帕金森

（一）概述

1. 病因

（1）遗传因素

①遗传易感性：遗传学研究发现，帕金森病的发病可能与特定基因突变有关，例如 α-突触核蛋白（SNCA）、富亮氨酸重复激酶2（LRRK2）、磷酸酯酶肿瘤抑制基因诱导性激酶蛋白1（PINK1）、帕金森病隐性基因（PRKN）等。这些基因的突变会影响多巴胺能神经元的功能和存活。例如，α-突触核蛋白在病理状态下会异常聚集形成路易体（Lewy bodies），导致神经细胞死亡。尽管

大多数帕金森病病例为散发性，但对家族性帕金森病的研究提供了对遗传因素的进一步了解。

②基因—环境交互：一些研究表明，遗传易感性与环境因素的交互可能增加帕金森病的风险。例如，携带某些遗传变异的人可能在接触环境毒素（如农药）时更易发病。

（2）环境因素

①毒素暴露：研究显示，长期接触某些环境毒素，如农药和重金属，可能增加帕金森病的风险。这些毒素可能通过直接损伤多巴胺能神经元或通过引发氧化应激来加快疾病的发展。

②职业暴露：某些职业（如矿工和农民）与帕金森病的发病率增加相关，这可能与接触了职业环境中毒素有关。

（3）神经化学因素

①多巴胺系统损伤：帕金森病的主要病理特征是中脑黑质区域多巴胺能神经元的进行性丧失。这些神经元的丧失导致了黑质纹状体通路功能的障碍，进而引发运动症状，如震颤、僵硬和运动迟缓。

②神经炎症：神经炎症被认为在帕金森病的发病机制中扮演重要角色。炎症反应可能加速神经元的退行性变，导致疾病的进展。

（4）线粒体功能障碍

线粒体损伤：线粒体功能障碍与帕金森病的发展密切相关。线粒体在细胞能量代谢和氧化应激中发挥重要作用，线粒体功能异常可能导致多巴胺能神经元的损伤和死亡。

（5）其他因素

老化：年龄是帕金森病的主要风险因素之一。随着年龄的增长，多巴胺能神经元的自然退化可能增加帕金森病的风险。

2. 临床表现

（1）运动症状

①震颤（Tremor）：通常表现为静止震颤，最常见于手部、脚部或下巴，在静止时出现，在活动时可能减轻。

②僵硬：肌肉的强直性增加，导致运动时的阻力增加，患者可能感到肢体僵硬。

③运动迟缓：运动速度减慢，导致动作缓慢且不灵活，影响日常活动[209]。

④姿势不稳：平衡能力减退，容易跌倒，尤其在行走或改变姿势时[211]。

(2)非运动症状

①认知障碍：如记忆力减退、注意力不集中，严重者可能发展为帕金森病痴呆。

②情绪问题：如抑郁、焦虑等。

③自主神经功能异常：如便秘、排尿困难、出汗异常等。

④睡眠障碍：如失眠、周期性腿动症等。

3. 诊断方法

(1)临床评估

1）症状评估

首先基于患者的临床症状进行诊断，包括震颤、僵硬、运动迟缓和姿势不稳。根据这些症状的出现和发展，医生会进行详细的病史询问和体格检查。

2）帕金森病评分量表

①统一帕金森病评分量表（UPDRS）用于评估帕金森病的各种临床症状，包括运动功能、日常生活能力及并发症。

②改良Hoehn和Yahr分期用于评估病情的严重程度和进展。

(2)影像学检查

①磁共振成像（MRI）：磁共振成像（MRI）主要用于排除其他可能导致类似症状的疾病，如脑肿瘤或中风。虽然磁共振成像（MRI）对帕金森病的特异性诊断有限，但可以提供脑部结构的详细图像。

②正电子发射断层扫描（PET）：PET可以评估多巴胺能神经系统的功能，帮助检测多巴胺转运体的功能损害。

③单光子发射计算机断层扫描（SPECT）：通过标记多巴胺转运体的放射性示踪剂，SPECT能够提供有关多巴胺系统的功能信息，有助于确认帕金森病的诊断。

(3)实验室测试

目前没有特异性生物标志物可用于帕金森病的诊断，但研究正在进行以识别可能的生物标志物，如α-突触核蛋白。

(4)基因检测

对于家族性帕金森病，基因检测可以帮助确认与遗传相关的变异，如LRRK2、PINK1和PRKN基因突变。

4. 常见治疗方法

（1）药物治疗

①多巴胺前体：左旋多巴（Levodopa）是最有效的药物，能够提升脑内多巴胺水平。通常与外周多巴胺脱羧酶抑制剂（如卡比多巴）联合使用，提高疗效和减少副作用。

②多巴胺激动剂：普拉克索（Pramipexole）和罗匹尼罗（Ropinirole）可以模拟多巴胺的作用，通常用于早期病程或与左旋多巴联合使用[212]。

③单胺氧化酶-B抑制剂：司来吉兰（Selegiline）和雷沙吉兰（Rasagiline）通过抑制多巴胺的降解来延长其作用时间。

④抗胆碱能药物：苯海索（Benztropine）有助于缓解震颤和肌肉僵硬，但对运动迟缓效果有限。

（2）外科手术

①深脑刺激（DBS）：针对药物控制不佳的患者，通过植入电极刺激大脑特定区域，以改善症状[213]。

②脑立体定向手术：包括尾状核或丘脑的病灶切除，用于控制药物难以管理的运动症状。

（3）辅助疗法

①物理治疗和职业治疗：通过运动、平衡训练和日常活动支持，改善功能和生活质量。

②言语治疗：针对语言和吞咽困难的患者，提供言语和吞咽训练。

5. 预后及预防

（1）帕金森的预后

①运动功能：虽然药物治疗可以有效控制症状，但患者可能会随着时间发展出现药物耐受性和副作用，运动功能会逐渐减弱。深脑刺激（DBS）和外科手术可在药物治疗无效时提供额外的改善。

②非运动症状：如认知功能障碍、抑郁症和自主神经功能紊乱，常伴随病程进展。及时识别和处理这些症状有助于提升生活质量。

（2）帕金森的预防

1）生活方式干预

①规律锻炼：研究表明，规律的有氧运动如游泳、步行等可能降低帕金森病的风险。

②饮食调整：富含抗氧化剂的食物，如水果和蔬菜，可能有助于保护神经系统。

2）环境因素

减少与农药和其他环境毒素的接触，可能有助于降低帕金森病的发病风险。

（二）帕金森的运动康复目标

1. 运动功能的改善

（1）提升运动能力：通过运动康复训练，旨在改善患者的运动控制能力，增强步态稳定性和协调性。常见的训练包括步态训练、平衡练习和力量训练。

（2）减少运动障碍：包括减少震颤、僵硬和运动迟缓等症状，通过个性化的运动程序和体能训练达到减轻这些症状的效果。

2. 功能恢复与保持

（1）改善日常生活功能：通过训练提高患者在日常生活中的自主性，例如起居、穿衣和进食等基本活动。

（2）提升运动耐力和灵活性：通过有氧训练和拉伸练习，帮助患者提高身体的耐力和灵活性，从而更好地应对日常活动的需求[214]。

3. 心理和社会功能的提升

（1）改善心理健康：运动康复还可帮助缓解帕金森病患者的抑郁和焦虑情绪，提升整体心理健康水平。

（2）增强社会参与：通过运动康复，提高患者的社交能力和自信心，鼓励其参与社交活动，改善生活质量。

（三）帕金森的运动康复原则

1. 个体化评估与计划治疗方案

应根据每位患者的症状、病情进展和生活方式量身定制。个体化评估包括对患者运动能力、平衡、灵活性及功能需求的详细检查。

2. 强化运动训练

包括有氧运动、力量训练、协调训练和灵活性训练。研究表明，有氧运动

（如步行、游泳）可以改善心血管和增强耐力，而力量训练则有助于维持肌肉质量和骨密度。

3. 平衡与协调训练

帕金森病患者常有平衡问题，因此，平衡训练如静态、动态平衡练习和步态训练，对预防跌倒和改善日常功能非常重要。

4. 运动模式的重复性与多样性

通过重复性的运动模式和多样性的运动形式（如舞蹈、太极），可以改善运动控制和生活质量。

5. 功能性训练

注重实际生活功能的训练，包括行走、起立、坐下及转身等。这种训练可以帮助患者在日常生活中更好地应用运动技能。

6. 教育与自我管理

患者教育对康复成功至关重要。应教授患者和家属认识运动的重要性以及如何在日常生活中实施这些运动。

（四）帕金森的运动康复适应症与禁忌症

1. 适应症

（1）运动能力减退：当帕金森病患者运动能力下降（如步态不稳、运动迟缓、肌肉僵硬）时，运动康复可以帮助改善这些症状。

（2）平衡障碍和跌倒风险：运动康复中的平衡和协调训练对减少帕金森病患者的跌倒风险具有显著效果[215]。

（3）日常生活功能障碍：运动康复有助于改善患者的日常生活活动能力，如行走、起立、转身等。

（4）运动耐力和心血管健康问题：有氧运动可以增强和改善帕金森病患者的运动耐力和心血管。

2. 禁忌症

（1）严重的心肺疾病：患者有严重的心肺疾病或稳定性差时，应避免高强度或过度的有氧运动，以免引发心血管事件。

（2）严重的关节炎或骨质疏松：存在严重关节炎或骨质疏松症的患者应避免高冲击或可能导致关节损伤的运动。

（3）高度的运动障碍和认知功能损害：对于存在严重运动障碍或认知功能严重下降的患者，要避免复杂的运动计划，并在专业人员指导下进行。

（五）帕金森的运动风险评估

1. 运动功能评估

（1）震颤和僵硬：使用统一帕金森病评分量表（UPDRS）评估震颤、肌肉僵硬和运动迟缓。

（2）步态和姿势评估：通过步态分析仪或运动捕捉系统评估步态不稳定、行走困难及步态参数。

2. 平衡功能评估

包括站立不稳评估、平衡测试和前庭功能测试。

3. 日常生活活动（ADL）评估

评估患者在日常生活中的自理能力，包括进食、穿衣、洗澡等。

4. 跌倒风险评估

使用跌倒风险评估量表如改良的Berg平衡量表（BBS）和Tinetti平衡与步态评估。

5. 运动能力和体力评估

包括肌肉力量测试、耐力测量和灵活性测试。

（六）帕金森的运动康复功能评定

1. 运动能力评估

（1）统一帕金森病评分量表（UPDRS）：综合评估运动症状，包括震颤、僵硬、运动迟缓等。

（2）日常生活活动（ADL）评估：评估患者在日常生活中的自理能力，包括进食、穿衣、洗澡等。

2. 步态分析

通过动态步态分析评估患者的步态稳定性、步幅和步频。

3. 平衡功能评估

（1）Berg平衡量表（BBS）：评估静态和动态平衡能力，检测跌倒风险。
（2）Tinetti平衡与步态评估：测量平衡和步态的稳定性。

4. 肌肉力量和耐力评估

（1）肌肉力量测试：使用手持式测力计评估主要肌群的力量。
（2）耐力测试：如6分钟步行测试评估耐力。

5. 运动功能评估

如坐站测试、爬楼梯测试评估基本运动功能。

（七）帕金森的互联网健康管理方案

1. 疾病监测

帕金森病的疾病监测主要包括运动症状的跟踪和非运动症状的评估。近年来，穿戴设备和移动应用在实时监测中发挥了重要作用。例如，智能手环和手机应用可以记录运动、步态以及震颤等数据，利用机器学习算法分析这些数据，从而提供个性化的健康评估。

2. 实施方案

①穿戴设备：使用配备传感器的手环或智能手表，实时监测运动模式和震颤。设备需具备高精度的加速度计和陀螺仪。
②移动应用：开发专门的应用程序，允许患者录入症状数据，并进行远程监测。应用可以与穿戴设备保持同步，提供实时反馈。
③数据传输：确保数据能够通过安全的网络传输到医疗提供者或云端存储，以便进行进一步分析。

3. 患者支持

患者支持的关键在于提供及时的指导和情感支持。网络平台可以实现虚拟医生咨询、在线社区支持及健康教育资源的提供。

①虚拟咨询：通过视频会议平台，患者可以与医生进行定期的远程会诊，减少实际就医的困难[216]。

②在线社区：建立患者和家属的在线论坛或支持小组，分享治疗经验并获得心理支持。

③健康教育：通过电子书籍、视频课程等形式提供有关疾病管理的教育资源，帮助患者和家属理解疾病和治疗过程。

4. 数据分析实施方案

①数据整合：将来自穿戴设备、移动应用和电子病历的数据汇总到统一平台。

②模式识别：应用统计分析和机器学习算法识别症状模式和治疗效果。

③个性化反馈：基于数据分析结果，向患者提供个性化的健康建议和治疗调整。

五、老年痴呆

（一）概述

1. 病因

（1）遗传因素

1）遗传易感性

老年痴呆（尤其是阿尔茨海默病）的发生与遗传因素密切相关。家族史是一个重要的风险因素，其中早发型阿尔茨海默病与特定的遗传变异，如APP、PSEN1、PSEN2基因突变相关。晚发型阿尔茨海默病则与APOE ε 4等位基因的存在相关，这些基因变异可能影响淀粉样蛋白的代谢及沉积。

2）遗传研究

①早发型阿尔茨海默病：约5%病例由遗传突变引起，这些突变涉及APP、PSEN1和PSEN2基因。

②晚发型阿尔茨海默病：APOE ε 4基因变异显著增加发病风险，但仅为环境因素和生活方式因素的一个组成部分。

（2）生物化学因素

①蛋白质沉积：阿尔茨海默病的核心生物化学特征包括β-淀粉样蛋白斑块

和tau蛋白缠结。β-淀粉样蛋白的过度沉积会干扰神经细胞功能,导致神经退行性变。tau蛋白的异常磷酸化则导致神经纤维缠结,进一步加剧神经损伤。

②神经炎症:神经炎症也是老年痴呆的重要病因之一。慢性炎症反应被认为对神经退行性变有促进作用。炎症反应可由免疫细胞释放的细胞因子和神经胶质细胞的活化引发,导致神经元损伤。

(3)环境因素

①生活方式:生活方式对老年痴呆的发病风险有重要影响。吸烟、过度饮酒、肥胖和不良饮食习惯等均可能增加痴呆风险。定期的身体活动和良好的饮食习惯有助于降低发病风险。

②心血管健康:心血管健康与老年痴呆的关系密切。高血压、糖尿病和高胆固醇水平等心血管疾病风险因素均可能导致痴呆的发生。改善心血管有助于降低痴呆的发生率。

2. 临床表现

(1)认知症状

1)记忆障碍

①短期记忆丧失:患者最初表现为短期记忆受损,例如难以记住刚刚发生的事件或刚刚接收到的信息[217]。

②长期记忆影响:随着病情进展,长期记忆也可能受到影响,导致患者无法回忆过往的生活事件和经历[217]。

2)执行功能障碍

①计划和组织能力减退:患者在执行复杂任务时出现困难。

②决策能力下降:难以做出合理的决策和判断,这可能导致患者对生活中的实际问题处理不当。

3)语言障碍

①语言流利度降低:患者可能出现语言流利度下降,如找词困难、语法错误。

②理解能力受限:患者可能在理解他人话语和书面文字时遇到困难。

4)空间定向障碍

①方向感丧失:患者可能会迷失在熟悉的环境中,例如无法找到回家的路。

②视觉空间处理障碍:患者对空间关系和位置的理解出现困难,如难以判断物体的相对位置或距离。

（2）心理和行为症状

1）抑郁和焦虑

①情绪波动：患者可能表现出抑郁、焦虑或易怒等情绪变化[218]。

②社交退缩：患者可能减少社交活动，表现出对曾经感兴趣的事物失去兴趣。

2）行为异常

①攻击性行为：患者可能出现攻击性或敌对行为，对家属或护理人员表现出激动或愤怒。

②重复行为：患者可能反复进行某些行为或动作，如不断检查门锁或重复问同一问题。

（3）精神病症状

幻觉和妄想：在病情较重的阶段，患者可能出现视觉或听觉幻觉，以及妄想症状。

（4）自理能力丧失

①日常活动困难：患者可能逐渐丧失进行基本日常活动的能力，如穿衣、进食和个人卫生。

②失禁：在晚期阶段，患者可能出现排尿或排便失禁的问题。

（5）身体健康问题

①体重变化：患者可能出现显著的体重下降或增加。

②运动障碍：患者可能包括步态不稳、震颤或僵硬等运动问题[219]。

3. 诊断方法

（1）临床评估

临床评估是老年痴呆诊断的第一步，包括病史采集和症状评估。医生通常会收集患者的详细病史，了解其症状出现的时间、进展的速度以及对生活的影响。同时，医生还会考虑家族史，因为遗传因素可能在老年痴呆的发生中起作用。

（2）神经心理测试

神经心理测试用于评估患者的认知功能，包括记忆、注意力、语言、空间感知等。常用的神经心理测试工具包括如下几种。

①迷你心理状态检查（MMSE）：用于评估患者整体认知功能，包括定向力、记忆、注意力等。

②临床痴呆评分量表（CDR）：评估患者在日常生活中的功能损害程度。

（3）影像学检查

①磁共振成像（MRI）：可以显示脑部的萎缩情况，特别是海马体的萎缩，这是老年痴呆的重要特征。

②正电子发射断层扫描（PET）：用于检测大脑代谢和蛋白质沉积情况，如β-淀粉样蛋白的沉积。

（4）生物标志物分析

①脑脊液（CSF）分析：检测脑脊液中的β-淀粉样蛋白、tau蛋白等生物标志物。

②血液检测：研究表明，某些血液生物标志物可能导致老年痴呆。

（5）遗传学检测

对于有家族遗传史的患者，遗传学检测可以帮助评估风险。常见的遗传学检测包括APOE基因检测，APOEε4等位基因的存在与老年痴呆的风险增加有关。

4. 常见治疗方法

（1）药物治疗

①胆碱酯酶抑制剂：如多奈哌齐（Donepezil）、伐仑哌齐（Rivastigmine）和加兰他敏（Galantamine），这些药物通过提升脑内乙酰胆碱水平来改善认知功能。

②NMDA受体拮抗剂：美金刚（Memantine）通过调节谷氨酸的作用来减缓病情进展。

③抗抑郁药：对于伴随抑郁症状的患者，选择性5-羟色胺再摄取抑制剂（SSRIs），如舍曲林（Sertraline），可以有效缓解情绪问题。

④抗精神病药物：在处理伴随行为和精神症状时，非典型抗精神病药物如喹硫平（Quetiapine）可能会有所帮助，但应谨慎使用，避免副作用。

（2）非药物治疗

①认知训练：通过各种认知训练程序来改善记忆和思维能力。

②心理社会干预：包括心理支持和环境改造，旨在提高生活质量并减轻行为问题。

③物理治疗：帮助提高运动能力和日常生活活动能力，减少跌倒风险。

（3）综合管理

①护理支持：提供日常生活支持，确保安全和舒适。

②营养管理：关注患者的饮食，确保营养摄入充足。

③家庭教育与支持：对家庭成员进行教育，帮助他们理解病情并提供支持。

5. 预后及预防

（1）老年痴呆的预后

①病程与症状进展：老年痴呆的病程通常分为早期、中期和晚期。早期阶段，患者可能出现轻度的记忆问题和认知障碍，但通常能够自理。随着病程的进展，中期阶段，患者的记忆力进一步下降，出现语言障碍、方向感丧失及日常活动能力减退。晚期阶段，患者常常完全丧失自理能力，可能需要全天候护理，并且通常伴有严重的精神行为问题。

②生活质量与依赖性：老年痴呆的病程进展直接影响患者的生活质量。随着病程的进展，患者对日常生活活动的依赖性增加，例如进食、穿衣、洗漱等基本活动。晚期阶段，患者常常需要全面护理，生活质量显著下降。

③并发症与死亡率：老年痴呆患者的并发症包括营养不良、感染、肺炎等。由于认知功能的减退，患者可能无法有效地表达不适，导致并发症的早期发现和处理延迟。这些并发症往往增加了死亡的风险。研究表明，老年疾呆患者的平均生存期从确诊开始一般为4~8年，但这个时间范围因个体差异而异。

（2）老年痴呆的预防

1）健康生活方式：健康的生活方式对于预防老年痴呆具有重要作用。

①均衡饮食：采用富含水果、蔬菜、全谷物和健康脂肪的饮食，限制高糖和高脂肪食物的摄入。

②定期运动：每周至少进行150分钟的中等强度有氧运动，如快走、游泳或骑自行车，可以有助于保持认知功能。

③脑部活动：参与脑力活动，如阅读、玩益智游戏和学习新技能，有助于刺激脑部功能。

2）社会互动：保持积极的社会互动有助于降低老年痴呆的风险。研究显示，与他人保持良好的社会关系和参与社会活动，如志愿服务和社交聚会，可以有效减少认知退化的风险。

3）心理健康：维护心理健康也是预防老年痴呆的关键。避免长期处于压力和焦虑状态，通过放松技巧、心理咨询等方法保持心理健康，有助于降低认知衰退的风险。

4）慢性病管理：有效管理慢性病，如高血压、糖尿病和高胆固醇，可以减少老年痴呆的风险。定期体检和遵循医生建议的治疗方案对于慢性病的控制至关重要。

5）遗传因素与早期干预：虽然遗传因素在老年痴呆的发病中起着重要作用，但早期干预和生活方式的改变可以显著减缓病程的进展。对于有家族史的人群，建议进行基因检测和早期评估，以便采取适当的预防措施。

（二）老年痴呆的运动康复目标

1. 改善认知功能

通过定期的身体活动促进脑血流，增加神经可塑性，从而改善记忆力、注意力和执行功能。

2. 增强体力和耐力

有规律的运动可以增强体力、耐力和肌肉力量，帮助老年痴呆患者维持基本的日常生活能力。

3. 提升平衡和协调能力

运动可以提升平衡和协调能力，减少跌倒的风险，提高生活质量。

4. 促进心理健康

运动有助于减轻抑郁和焦虑症状，提高整体情绪状态，促进心理健康，增强社会交往能力。

5. 维持自主性

通过适当的运动干预，帮助患者保持较高的独立性，减少对他人的依赖。

（三）老年痴呆的运动康复原则

1. 个体化计划

制订针对每位患者的运动计划，依据其认知功能、体力状态及健康状况进行调整，以确保安全和效果。

2. 逐步增加负荷

从低强度开始，逐步增加运动负荷，避免急剧变化带来的身体不适或损伤。

3. 综合性运动

包括有氧运动（如步行、骑自行车）、力量训练（如抗阻训练）和柔韧性练习（如伸展操），以综合提升身体和认知功能。

4. 安全性

确保运动场地和器材的安全，预防跌倒和伤害。考虑患者的平衡和协调能力，选择适当的运动方式。

5. 社交互动

鼓励患者参与团体运动，以增强社交互动，改善心理状态，并提供情感支持。

6. 持续监测与调整

定期评估患者的运动效果，依据反馈调整运动强度和类型，确保康复计划的持续性和有效性。

（四）老年痴呆的运动康复适应症与禁忌症

1. 适应症

①早期及中期老年痴呆患者：在疾病的早期和中期阶段，运动可改善认知功能、延缓病情进展。

②身体健康状况良好患者：身体健康、无严重心血管疾病或其他限制性健康问题的患者适宜参与运动。

③具备基本运动能力患者：能够进行基本的运动，如步行、轻度的抗阻训练患者，适合参与个体化的运动计划。

2. 禁忌症

①严重的心血管疾病：存在未控制的高血压、心力衰竭或严重的冠心病患者应避免高强度运动。

②急性或严重的骨关节疾病：急性骨折、严重的关节炎或其他关节问题患者应避免负重或高冲击运动。

③严重的认知障碍：在晚期，患者可能无法完全理解运动指令，此时应优先考虑安全性和护理。

（五）老年痴呆的运动风险评估

1. 认知能力评估

①目标：评估患者的认知水平和对运动指令的理解能力。

②方法：使用标准化的认知评估工具，如迷你心理状态检查（MMSE）或简易精神状态检查（SMMSE），以确定患者是否能够理解并安全地执行运动指令。

2. 身体健康状态评估

①目标：评估患者的总体身体健康状况，包括心血管、骨骼和关节健康。

②方法：进行体格检查，结合心电图（ECG）、血压监测和实验室检查，评估是否存在运动禁忌症或潜在的健康风险。

3. 功能能力评估

①目标：评估患者的运动能力和自我照护能力。

②方法：使用功能性评估工具，如步态分析、平衡测试（例如，站立测试和步态稳定性测试），以评估患者的运动能力和跌倒风险。

4. 心理状态评估

①目标：评估患者的心理状态，尤其是焦虑和抑郁症状，这可能会影响其运动参与度和安全性。

②方法：使用抑郁症筛查量表（如老年抑郁量表）和焦虑量表（如医院焦虑和抑郁量表），了解患者的情绪状态。

5. 环境安全评估

①目标：确保运动环境的安全性，以预防跌倒和其他运动相关伤害。

②方法：检查运动设施、设备的安全性，以及活动空间的布局，以消除可能的危险因素。

（六）老年痴呆的运动康复功能评定

1. 认知功能评定

（1）目标

评估患者的认知能力，以制订个体化的运动计划并评估其有效性。

（2）方法

①迷你心理状态检查（MMSE）：评估记忆、注意力、语言和空间能力等基本认知功能。

②简易精神状态检查（SMMSE）：用于筛查轻度认知障碍，较迷你心理状态检查（MMSE）更具文化适应性。

2. 身体功能评定

（1）目标

评估患者的身体功能，包括肌肉力量、关节活动范围和协调能力，以指导运动干预。

（2）方法

①坐立测试：测量从坐姿到立姿的转换能力，用于评估患者的下肢力量和协调性。

②6分钟步行测试（6MWT）：评估患者的步行耐力和心肺功能。

③平衡测试：如站立时间测试（如Berg平衡量表），用于评估患者的静态和平衡稳定性。

3. 日常生活活动（ADL）评定

（1）目标

评估患者在日常生活中的功能独立性，确定运动干预的重点领域。

（2）方法

①巴氏量表（BI）：测量自我照护能力，包括饮食、个人卫生和移动能力等。

②功能性独立性测量（FIM）：评估自我照护、移动性、沟通和社交能力等多方面的独立性。

4. 心理健康评定

（1）目标

评估患者的情绪状态，以便调整运动计划以应对情绪问题。

（2）方法

①老年抑郁量表（GDS）：用于筛查和评估抑郁症状。

②医院焦虑和抑郁量表（HADS）：评估焦虑和抑郁状态，适用于医院环境。

5. 风险评估

（1）目标

评估运动干预中的潜在风险，以确保患者的安全。

（2）方法

①跌倒风险评估工具：如Tinetti评估量表，用于评估跌倒风险，并帮助制定预防措施。

②心血管风险评估：使用标准化心血管风险评估量表，检测潜在的心血管疾病。

（七）老年痴呆的互联网健康管理方案

1. 方案目标

①提高老年痴呆症患者的生活质量：通过互联网技术提供持续的健康监测和干预，改善患者的生活质量。

②增强家庭及照护者的支持：提供教育、支持和沟通工具，帮助照护者更好地应对照护挑战。

③推动早期筛查和干预：利用数据分析和人工智能技术，提高早期筛查和干预的效率。

2. 方案内容

（1）远程健康监测

1）智能设备

①穿戴式设备：如智能手表和健康追踪器，监测患者的生理指标（如心率、活动水平等）和行为模式（如睡眠质量、步态等）。

②智能家居系统：通过传感器和摄像头监测患者的活动和安全，及时识别异常行为和跌倒事件。

2）数据集成与分析

①数据平台：整合穿戴式设备和智能家居系统收集的数据，通过云计算平台进行分析。

②异常报警：设立警报系统，当系统检测到异常数据时，及时通知照护者或医疗服务提供者。

（2）数字健康管理工具

1）移动应用

①健康管理应用：提供药物提醒、认知训练游戏、情绪跟踪等功能。

②虚拟健康助理：通过人工智能技术提供个性化的健康建议和生活指导。

2）在线咨询与支持

①远程医疗服务：通过视频通话和在线咨询，提供专业的医疗建议和照护指导。

②支持社区：建立在线社区，提供患者和照护者交流的平台，分享经验和建议。

（3）教育与培训

1）照护者培训

①在线课程：提供关于老年痴呆症的理论知识、照护技巧和应对策略的在线课程。

②网络研讨会：定期组织专家讲座和研讨会，更新最新的研究成果和治疗方法。

2）患者教育

①自我管理工具：通过在线平台提供疾病管理、营养指导和生活方式调整的教育资源。

②认知训练：提供在线认知训练工具，帮助患者保持认知功能。

（4）数据隐私与安全

1）数据保护

①加密技术：使用先进的加密技术保护患者数据的隐私和安全。

②权限管理：确保只有授权人员可以访问患者的健康数据。

2）合规性

确保所有的互联网健康管理服务符合相关法律法规，如通用数据保护条例（GDPR）、健康保险可移植性和责任法案（HIPAA）等。

3. 实施步骤

①需求评估：评估目标群体的需求，选择合适的技术和工具。
②系统开发与集成：开发或采购适合的智能设备、移动应用和数据平台。
③试点运行：在小范围内进行试点，收集反馈并优化系统。
④全面推广：在验证有效性的基础上，进行全面推广和实施。
⑤持续监测与优化：定期评估系统的效果，并进行持续改进。

第五节　互联网健康管理在心理疾病运动康复中的应用

心理疾病是由于身体内部原因或外部环境因素对人的脑功能造成的损伤，造成脑功能障碍，导致人脑功能的完整性和个体与外部环境的统一性被破坏。心理疾病可以按照其性质和发生的具体原因进行划分，如生理心理疾病、心理性精神障碍、人格障碍等。其中，我国目前最为常见的、普发于各个年龄段的心理疾病为孤独症、抑郁症、焦虑症等。

一、孤独症

孤独症，又称孤独症谱系障碍（Autism Spectrum Disorder，ASD），是一种广发性神经性疾病。美国疾病控制与预防中心官网2023年最新发布的结果显示每36名儿童中就有1名为孤独症（ASD），其中男性高于女性，比例为4∶1[220]。

（一）概述

1. 病因

孤独症现在被认为是一种神经发育障碍，其中一些可以归因于不同的病因因素，如孟德尔单基因突变。然而，大多数可能是遗传和非遗传风险因素之间复杂相互作用的结果，例如母孕期间母亲存在焦虑抑郁等症状、免疫系统异常等。其特定行为定义了孤独症，集中在社会沟通的非典型发展和异常限制或重复的行为和兴趣上[221]。

2. 临床表现

主要表现为对于社会的社交行为障碍、对于外界事物不感兴趣及僵硬、怪异的刻板行为。同时，孤独症患者除社交核心缺陷外，还存在其他心理行为发育问题，如语言、运动及认知等能力可有不同程度的落后[222]。

3. 诊断方法

（1）在社交上表现出社交能力障碍，曾出现过或出现以下症状：社交-情感互动障碍，非语言交流障碍，发展、维持、理解社交关系障碍。

（2）出现四类不同刻板重复行为中的两类及以上：刻板重复的行为、难以改变的日常计划或仪式化行为、高度受限痴迷的兴趣、对感官刺激过于敏感或低敏感。

4. 常见治疗方法

（1）音乐治疗：新型疗法中的音乐律动疗法，以心理治疗理论及方法为基础，通过音乐律动刺激患者脑部，增加患者神经传导速率，使患者注意力增强，进而引发共鸣，提高患者的分享欲[223]。

（2）头穴针刺：结合中医疗法，对患者的头穴如百会、神庭、四神聪等穴位进行针刺治疗，刺激脑区活动。

（3）低频经颅磁刺激：低频经颅磁刺激应用于精神康复、神经康复领域，主要通过磁场作用于脑组织，在大脑中产生感应电流，刺激神经细胞。

5. 预后及预防

孤独症个体的预后与诊断一样具有异质性。那些孤独症轻度患者具有中等到高的智商，通常能够进入主流教育，进入工作场所，并通过治疗支持提高社会沟通技能。而孤独症作为一种心理疾病，在平日积极关注心理状态，减轻心理压力；同时营造一个健康的生活环境，加强运动，可以被有效预防。

（二）孤独症的运动康复目标

在日常生活中，孤独症患者常常面临多重障碍，包括协调和平衡能力的不足、可能表现出的反社会和攻击性行为，以及由于缺乏体育锻炼和药物激素作用而可能导致的肥胖问题。针对这些挑战，孤独症患者的康复应当通过系统的训练进行，系统的训练可以改善他们的社交行为和体质状况，从而最终实现缓解症状、提升生活质量的目标。

先前的研究结果表明，与健康对照组相比，孤独症患者往往表现出更高的运动技能障碍，如大运动和小运动活动中的协调缺陷、平衡技能、粗糙的步态模式、姿势稳定性、关节灵活性和运动速度[224]。其主要原因是孤独症患者在日常生活中较少参与群体运动、惰性较大、自身锻炼量低，导致肌肉协调、平衡能力的缺乏，而这些因素也导致了孤独症患者的肥胖。同时，由于孤独症患者在情绪调整策略中倾向于使用责备他人的情绪调整策略，其情绪水平明显低于非孤独症患者[225]。

同时，由于长期的运动意愿降低，孤独症患者运动能力会急剧下降，身体素质变差。运动训练有助于孤独症患者增强自身运动能力，提高身体素质，从而可以达到调节情绪、改善体质状况的目的。

（三）孤独症的运动康复原则

1. 全病程治疗

对于孤独症患者的治疗，一般分为三个阶段：急性期、巩固期和维持期。每个阶段的康复各有重点，急性期主要要求缓解孤独症症状、临床上达到痊愈；巩固期主要要求在痊愈后保持病情稳定，防止复发；而维持期是指在长期的阶段防止病情复发。

2. 个体化治疗

不同的孤独症患者，其病情也各不相同。在制定运动康复方案时，应充分考虑患者的需求，尊重和结合其个体意愿、运动偏好等因素制订计划；在运动康复方案实施的过程中，要密切关注患者的身体状况。

3. 及时跟进评估

在治疗开始前，必须对患者的各项指标进行充分的评估和了解，包括症状的严重程度、运动能力和体能状况。只有通过全面的初步评估，才能制定出适合患者的个性化治疗方案。在治疗过程中，治疗师需要密切关注患者在每次运动结束后的各项指标变化，及时评估疗效和安全性。定期的监测和评估有助于及时调整治疗计划，确保治疗过程中的风险降到最低，最大限度地提高康复效果，保证患者的身心健康。

(四) 孤独症的运动康复适应症与禁忌症

1. 适应症

由于缺乏体育运动导致的肌肉协调、平衡能力不足、神经发育障碍导致的先天性失衡；由于孤独症自我封闭导致的沟通问题、出现反社会行为或注意力不集中。

2. 禁忌症

耐力不足、严重感觉缺损、严重行为问题、可能伤害他人；正在使用抗抑郁药物治疗或容易有血栓；癫痫发作而药物尚未控制；选择性脊神经后根切断术后不足12个月；脊椎和髋关节或下肢关节或活动度不足以致无法舒适地坐在马背上；髋关节脱臼和其他疾病未经医师许可者等[226]。

(五) 孤独症患者的运动风险评估

1. 运动前心血管检查

心血管检查是指在运动前对于孤独症患者的心血管功能、是否存在心血管疾病、是否存在心源性猝死风险等方面进行系统全面的检查。当下主流的心血管筛查方法主要为个人病史、家族史和体格检查；心电图；心脏超声。体格检查、病史筛查作为常用的检查手段，拥有便利、优惠、可操作性强的优点，但对于患者个体运动风险的识别度不高，而心电图增强了检测潜在心血管风险的能力，修订后的心电图解读标准也大幅提高了检测效果。同时，心脏超声作为一项医学影像学检查，方便探查评估对象的心腔结构、心脏搏动和血液流动，明确心脏的形态和心功能[227]。

2. 肾脏疾病、代谢功能检查

美国运动医学会第十版《ACSM运动测试与运动处方指南》中提到，以有无运动习惯和心血管、代谢或肾脏疾病及其症状和体征为依据，加入了肾脏疾病患者的筛查[228]。对于有该类病症的患者，其病症可能逐渐影响机体的心肺功能，导致心肺功能下降，影响其运动能力。

（六）孤独症的运动康复功能评定

常用马伦早期学习量表（MSEL）评定孤独症的运动康复功能。

马伦早期学习量表（MSEL）子量表分为5个领域：总运动、精细运动、视觉接收（非语言问题解决）、接受语言和表达语言。

（七）孤独症的互联网健康管理方案

1. 建立健康宣教群，个性化发布宣教信息

互联网便捷了人们的沟通交流，打破了空间的限制。在孤独症患者的康复过程中，患者自我掌握关于孤独症的相关信息也是非常重要的一环。每天定时定量接收群里的健康宣教有助于患者了解孤独症的相关信息。同时，健康宣教群建立了患者与健康管理师的联系纽带，患者可以更快捷地联系到健康管理师，健康管理师也可以及时回答患者疑问，方便了双方沟通交流。

2. 及时收集、分析患者的数据，掌握患者具体情况

在患者的康复过程中，患者的身体情况、精神状态、对于训练的主观反应是康复师评估治疗方案的重要考量因素，各项因素的变化关系到治疗方案是否继续适用于患者的后续康复。此时，对于患者情况的及时收集、分析尤为重要。基于"达标理论"显示双方共同参与目标的制定可以让患者更加理解和清晰地认识自己的目标，提高积极主动性，而康复师及时的交流互动可以提高患者参与的依从性[229]。

3. 视频教学康复训练，打破时间空间限制

目前常用的孤独症康复方案囊括了治疗性骑马、慢跑、游泳等运动，这些运动在日常生活中比较常见。康复师在患者的康复过程中，可以以视频录制的形式将康复方案呈现给患者，患者可以基于视频进行自主学习。视频可保存的特质也便于患者反复观看学习，方便了患者的训练。患者可以自行在家安排完成康复训练，训练方式更为灵活。

二、抑郁症

抑郁症（Depression），又称抑郁障碍，是以显著而持久的心境低落、思维

迟缓、认知功能损害、意志活动减退和躯体症状为主要临床特征的一类心境障碍[230]。根据《中国精神障碍分类与诊断标准第三版（精神障碍分类）》显示，抑郁症的类型可以分为轻型抑郁、有无精神病症状的抑郁以及复发性抑郁[231]。根据世界卫生组织统计，估计有3.8%的人口患有抑郁症，其中包括5%的成年人（男性为4%，女性为6%），以及5.7%的60岁以上的成年人。世界上大约有2.8亿人患有抑郁症。目前，抑郁症已经成为世界上患病人数较多的精神类疾病。

（一）概述

1. 病因

导致抑郁症的因素异常复杂且目前尚不完全明了。目前的研究主要集中在几个关键因素上：家族史（遗传因素）、悲伤性事件，尤其是亲人死亡的事件、性别差异、某些常见医学疾病以及某些药物的副作用。重度抑郁症显示出明显的遗传倾向，家庭成员中的一级亲属患病率最高。

2. 临床表现

抑郁症患者可能会出现食欲、睡眠或体重变化，疲劳，性欲减退，注意力不集中，自我价值感降低，以及在中重度抑郁症患者中出现反复出现死亡念头的情况。

3. 诊断方法

（1）量表诊断：抑郁量表又分为抑郁自评和他评量表，是筛查和评估抑郁症不可或缺的工具。常用的抑郁自评量表包括贝克抑郁自评量表、患者健康问卷抑郁量表（PHQ-9）等，常用的抑郁症他评量表包括汉密尔顿抑郁量表、医院焦虑抑郁量表等。

（2）脑区影像诊断：抑郁症患者海马灰质体积明显减少，扣带回、岛叶皮层厚度更薄，以及白质纤维分数各向异性值比正常人更低，且抑郁症患者的边缘系统及额叶-纹状体神经网络功能连接存在异常。

4. 常见治疗方法

（1）药物治疗：目前临床治疗中，三环类抗抑郁药物对于抑郁症患者的治疗效果较好，但由于西药副作用较大，可能会诱发激素失调等副作用，当下中西医结合药物治疗在临床治疗中更为常见。

(2)谈话治疗：谈话治疗，又称为心理咨询。由专业的心理咨询师与患者进行谈话，主要是为了帮助患者打开心扉，讨论相关问题，恢复社会功能。

5. 预后及预防

抑郁症患者在采取治疗之后，基本能够有效控制病情，进而达到康复。同时，在后续的生活中，如遇到苦闷、难过的情绪，经过一段时间调整也可以再次恢复正常。在日常生活中，普通人应该注意自己的生活压力，适当调整。在平日里要学会调整自己的生活状态、学会如何排解情绪，为自己营造健康积极的生活状态。

（二）抑郁症的运动康复目标

抑郁症患者在日常生活中的主要症状为情绪消极低沉，同时会产生忧虑、思维能力下降、对周边事物兴趣下降等症状。同时，由于抗抑郁药物的副作用，患者常常会出现体重增加、糖尿病、性功能障碍等症状[232]。

《中国抑郁障碍防治指南（第二版）》明确指出，抑郁症的治疗目标如下：提高临床治愈率，最大限度减少病残率和自杀率，减少复发风险；提高生存质量，恢复社会功能，达到稳定和真正意义的痊愈，而不仅是症状的消失及预防复发。故在抑郁症患者的运动康复过程中，首要目标便是改善和稳定患者的情绪，降低患者自我伤害的风险。同时，由于病症的影响，抑郁症患者情绪差、常感疲惫，运动可以通过增强身体的代谢功能，提高整体能量水平，减少疲劳感。力量训练和有氧运动相结合，可以有效提升体力和持久力，让患者在日常生活中更加精力充沛。在患者的康复过程中，帮助患者个性化制定训练方案，保持体质的健康，减轻药物导致的肥胖等影响，以期达到提升自我效能、提高自尊的效果，争取回归社会。

（三）抑郁症的运动康复原则

1. 持续性锻炼

《National Institute for Health and Care Excellence指南》（简称《NICE指南》）中明确建议，19~64岁的抑郁症患者应该以每天运动为目标，每周活动总量至少要达到中等强度运动150分钟或高强度的有氧运动75分钟；每周至少2次进行提高肌肉力量的训练；并尽量减少久坐。同时，对于各年龄段的患者来说，想达到如同药物的治疗效果，运动是有一定要求的：频率和强度为每周3

次，每次45~60分钟，持续至少10~14周。

2. 制订个性化康复方案

运动疗法对各类患者都有一定的效果，但由于患者病情严重程度、精神状态、配合度、以及可能由药物干预引起的身体状况不同，应在患者康复的早期进行详细评估，关注患者情况、排查运动风险，并制订个性化的康复方案，以最大化运动疗法的效果。

3. 量化评估

在开始治疗之前，需要对患者进行全面的量化评估，以确保运动康复方案的安全性和有效性。评估内容应包括患者的诊断结果、症状的严重程度、身体状况以及个体的治疗偏好。通过详细的评估，可以更好地了解患者的具体需求和限制，从而制订出针对性的康复方案。这样不仅能提高运动康复的效果，还能避免由于方案不当导致的潜在风险，确保每个患者都能在安全的前提下得到最适合的治疗。

（四）抑郁症的运动康复适应症与禁忌症

1. 适应症

由于抑郁症影响表现出情绪低落等症状的患者；由于抗抑郁药物影响导致的肥胖等问题的患者。

2. 禁忌症

处在抑郁症急性期的患者，情绪极度不稳定患者；由于药物副作用导致头晕、乏力的患者；患有严重身体疾病如高血压、心脏病等疾病的患者。

（五）抑郁症的运动风险评估

1. 运动前心血管检查

心血管疾病患者比一般人群更容易抑郁。抑郁症患者最终更有可能发展为心血管疾病，而且死亡率也高于一般人群。患有心血管疾病的患者，如果同时患有抑郁症，其预后会比那些没有抑郁症的患者更差[233]。故在制定抑郁症患者的运动康复方案之前，应该详细评估患者的心血管状况、是否患有心血管疾

2. 抑郁症患者的严重程度

处于抑郁症急性期的患者情绪非常不稳定，他们对治疗的依从性通常较低。强行施行治疗可能会加剧患者的情绪波动，甚至增加其自我伤害的风险。因此，在开始治疗之前，必须对患者的抑郁症严重程度进行评估，并确保所设计的运动方案在量和强度上都合理适宜。这样的评估不仅有助于避免治疗过程中的潜在风险，还能够提高治疗的效果和患者的安全性，从而更有效地帮助他们走出抑郁的困境。

（六）抑郁症的运动康复功能评定

PHD-9抑郁症筛查量表见表5-1。

表5-1　PHD-9抑郁症筛查量表

项目	几乎没有	一周有几天	一半以上时间	几乎每天
做事提不起兴趣或没有兴趣	0	1	2	3
感到心情低落、沮丧或绝望	0	1	2	3
入睡困难、睡不安稳或睡得过多	0	1	2	3
感觉疲倦或没有活力	0	1	2	3
食欲不振或吃太多	0	1	2	3
觉得自己很糟很失败，或让自己、家人失望	0	1	2	3
对事物专注有困难，例如看书、看报纸	0	1	2	3
行动或说话速度缓慢到别人已经察觉，或刚好相反—变得比平日更烦躁或坐立不安，动来动去	0	1	2	3
有不如死掉或用某种方式伤害自己的念头	0	1	2	3

（七）抑郁症的互联网健康管理方案

1. 在线评估和诊断

抑郁症患者在确诊前后，均需要专业的评估和诊断。而利用"互联网+"的优势，可以在互联网平台上建立起自评量表、专业医生线上问诊等工具，患者可以在任何时间自我评估病情，判断病情严重程度。同时，也可以向专业医生求助，专业医生可以及时判断患者情况并给予建议，节省了医生和患者的时间成本、金钱成本，方便了治疗师与患者的沟通。

2. 建立健康宣教平台

依托于"互联网+"平台建立的治疗方式，医生可以定期上传最新的抑郁症信息，使患者能够便捷获取和学习相关知识。考虑到抑郁症患者对外界的接触意愿通常较低，医生可以通过定期私聊的方式向患者发送健康宣教信息，帮助他们更全面地了解抑郁症相关内容，提升信息获取的能力和健康意识。这种个性化的信息传递方式不仅能够增强患者的自我管理能力，还能促进治疗过程中的积极互动，为患者提供更有效的支持和帮助。

3. 康复方案教学及提醒

抑郁症发病期间，患者情绪较为低落，在进行运动治疗时，必须注意姿势、运动量等因素，确保患者安全，避免患者受到伤害导致其身心再次受到打击。同时，利用"互联网+"的优势，康复师可以录制运动教学视频，方便患者反复观看和学习。而为了避免患者遗忘治疗，平台也可以设置提醒功能，帮助患者保持规律的生活习惯和运动治疗进程。

三、焦虑症

（一）概述

焦虑症是一种以持续性的精神性焦虑、躯体性焦虑、睡眠障碍等为主要特征的精神疾病，其全球患病率为7.3%～28.0%，被列为全球残疾的第六大贡献者，也位居我国成人精神疾病首位[234]。

1. 病因

焦虑障碍的风险受遗传因素、环境因素及其表观遗传关系的影响，其可能的诱因为压力的积累、不良的生活习惯、健康状况。人们可能同时患有不止一种焦虑症。症状通常始于儿童期或青春期，并持续到成年期。女童和妇女比男童和男人更容易患上焦虑症。

2. 临床表现

焦虑症的核心特征包括过度的恐惧和焦虑,或对持续和有害的感知威胁的回避,主要涉及对危险进行反应的大脑回路功能障碍。同时,焦虑症通常与其他精神障碍,特别是抑郁症以及躯体疾病共病。这种合并症通常意味着症状更严重,临床负担更大,治疗难度更大。由于患有焦虑症会引起睡眠障碍等问题,长期以来,将导致心血管疾病、糖尿病等疾病问题的出现。为焦虑症患者的治愈增添了难度[235]。

3. 诊断方法

(1)具体症状观察:是否持续出现惊恐、不安、紧张等情绪;躯体上是否出现胸闷、气短、手抖等症状。

(2)自我评估量表:自我评估量表进行评估,如焦虑自评量表(SAS)、广泛性焦虑障碍诊断量表(GAD-7),可作为就诊时的辅助参考工具。

4. 常见治疗方法

(1)药物治疗:目前焦虑症的临床治疗主要包括苯二氮䓬类、非苯二氮䓬类抗焦虑和抗抑郁药物。

(2)心理治疗:目前治疗一般分为认知行为治疗和支持性心理治疗。认知行为治疗主要是帮助患者纠正错误逻辑,回归正常思考方式;而支持性心理治疗主要是对患者传达鼓励、支持等正向积极情绪。

5. 预后及预防

焦虑症的预后状况因人而异。由于症状严重程度不同,有些患者可以在患病之后自行缓解,而有些则需要长期的治疗。但不可否认的是,早期干预可以改善焦虑症的预后;同时,及时寻求专业的心理咨询和治疗是非常重要的。在日常生活中,减少酒精的摄取,加强对于日常情绪的应对处理能力可以有效起到预防作用。

(二)焦虑症的运动康复目标

焦虑症患者在发病过程中常常伴有身体不适和运动欲望的下降,长期如此会导致其运动能力大幅下跌。因此,制订适当的运动计划,包括有氧运动、力量训练和伸展运动，对于改善患者的身体状况和减轻焦虑症状至关重要。有氧运动能够提高心肺功能和代谢水平，减轻心跳加快、呼吸急促等焦虑引发的身体症状，整体提升患者的健康水平。力量训练和伸展运动则有助于增强肌肉力量和身体柔韧性，进一步改善身体不适感。

同时，焦虑症患者由于其大脑神经对于危险做出反应的区域出现问题，自我调节能力较弱，容易受到外界环境的影响而产生焦虑情绪。故通过运动康复训练，患者可以逐渐培养自我调节能力，增强心理韧性，更好地面对焦虑情绪。

（三）焦虑症的运动康复原则

1. 制订个性化康复方案

由于每个患者的患病程度不同，具体配合程度不同，以及本身存在的个体差异等，运动康复方案需要进行个性化定制。考虑患者的年龄、体能水平、兴趣爱好以及对运动的接受程度，制订适合患者的运动方案。个性化定制可以增强患者对康复方案的接受度，提高康复效果。

2. 运动强度循序渐进

焦虑症患者比较容易受到外界情感创伤而引发焦虑等症状，为了避免患者出现巨大情绪波动，在运动康复过程中，需要采取循序渐进的原则，避免过度运动导致焦虑症症状加剧。初期运动强度和时间可以逐渐增加，让患者逐步适应，避免过快过强的运动引起身心负担。

3. 多元化治疗方案

焦虑症患者在患病期间，情绪波动较大。运动康复需要注重身心结合，不仅仅是关注身体的运动，同时也要关注患者的心理状态。例如，可以结合放松训练、冥想练习等心理干预方法，使患者在运动中获得身心放松和愉悦感受，从而减轻焦虑症状。

4. 及时跟进评估

治疗前要对于患者的各项指标如症状严重程度、运动能力、体能状况有充分的评估和了解；在治疗过程中，要及时在运动结束后关注者各项指标的变化，对于疗效、安全性等方面进行充分的评估。定期评估和调整运动康复方案需要定期对患者的康复效果进行评估，根据患者的反馈和实际情况进行调整。通过不断地评估和调整，确保康复方案的有效性和适应性。

（四）焦虑症的运动康复适应症与禁忌症

1. 适应症

处于轻度及中度焦虑症状的患者；无严重的心血管疾病、骨折或其他运动禁忌症状的患者。

2. 禁忌症

有严重心血管疾病，如严重的心绞痛、心肌梗塞、心律失常等，可能会在高强度运动时引发严重并发症的患者；骨折或其他严重骨骼问题，进一步运动可能造成损伤的患者；焦虑症状严重、精神状态不稳定的患者。

（五）焦虑症的运动风险评估

1. 运动技能和协调能力评估

焦虑症患者由于长期的运动意愿降低，其运动能力可能有所下降。为了确保治疗效果，需要对患者的运动技能和协调能力进行全面评估，以确定适合其个体水平的运动项目和训练内容。制订个性化的运动计划能够帮助患者逐步克服运动障碍，提升自信心，并有效降低运动过程中的风险。这种定制化的方法不仅有助于改善患者身体状况，还能增强患者的运动参与度，促进整体康复进程。

2. 运动前心血管检查

焦虑症常会诱发睡眠障碍等问题，从而增加患者未来患心血管疾病的风险。而心血管疾病患者在运动时需要格外谨慎，因为过大的运动强度或超过身体负荷可能会造成生命危险。因此，治疗师必须对患者的心血管状况进行详细评估，确认是否存在心血管疾病，以确保所制订的运动康复方案是安全的。这种细致的评估不仅能够防止潜在风险，还能在确保安全的前提下，有效促进患者的康复和整体健康。

（六）焦虑症的运动康复功能评定

GAD-7广泛性焦虑障碍诊断量表见表5-2。

表5-2　GAD-7广泛性焦虑障碍诊断量表

题目	答案			
感觉紧张，焦虑或急切	完全不会	好几天	超过一周	几乎每天
不能够停止或控制担忧	完全不会	好几天	超过一周	几乎每天
对各种各样的事情担忧过多	完全不会	好几天	超过一周	几乎每天
很难放松下来	完全不会	好几天	超过一周	几乎每天
由于不安而无法静坐	完全不会	好几天	超过一周	几乎每天
变得容易烦恼或急躁	完全不会	好几天	超过一周	几乎每天
感到似乎将有可怕的事情发生而害怕	完全不会	好几天	超过一周	几乎每天

（七）焦虑症的互联网健康管理方案

1. 信息获取和心理治疗

依托"互联网+"的平台，医生可以定期推送焦虑症的相关知识，帮助患者获取并了解焦虑症相关知识。同时，定期健康宣教有助于患者自我评估和考量自身病情，互联网平台还可以提供在线心理治疗服务，包括与专业心理治疗师的远程咨询、认知行为治疗课程等。这种形式的心理治疗使得患者可以在家中接受专业的心理支持，克服时间和地点的限制，提高治疗的可及性。及时发现问题并且求助，节约了时间成本和空间成本，做到了更方便快捷的治疗。

2. 自我管理工具

互联网健康管理平台提供多种自我管理工具，如焦虑情绪跟踪记录、放松训练音频和认知行为治疗练习等。这些工具有助于焦虑症患者更好地管理情绪，学习有效的应对焦虑发作和降低紧张感的方法。通过跟踪和记录焦虑情绪，患者能够更清楚地了解自己的情绪变化，及时采取适当的应对措施。放松训练和认知行为治疗练习则为患者提供实用的方式，帮助他们改变负面思维模式和行为习惯，从而有效减轻焦虑症状，提升生活质量。这些平台工具的使用不仅方便了患者随时随地进行自我管理，还能够与治疗师的指导相结合，实现更全面的康复效果。

3. 康复方案教学及提醒

焦虑症发病期间，患者情绪较为低落，治疗师在进行运动治疗时，必须注意患者姿势、运动量等因素，确保患者安全，避免患者受到伤害导致其身心再次受到打击。同时，利用"互联网+"的优势，治疗师可以录制运动教学视频后上传至平台，方便患者反复观看和学习。而为了避免患者遗忘治疗，平台也可以设置提醒功能，帮助患者保持规律的生活习惯和运动治疗进程。

第六节 互联网健康管理在老年综合征运动康复中的应用

一、老年综合征的概述

老年综合征，也称老年性疾病，是指人体随着年龄增长而出现的一系列机体功能衰退表现。这一现象广泛存在于老年人群中，涉及多个系统和器官的功能下降与退化[236]。

（一）病因

1. 定义

老年综合征是指老年人由于衰老或全身疾病等多种原因而造成的一组临床表现或问题的症候群[237]。

2. 病因

与年龄、遗传、环境、生活方式等多种因素有关。随着年龄的增长，人体的各个器官和系统逐渐出现功能衰退，这是老年综合征发生的主要原因[238]。

（二）临床表现

老年综合征的临床表现多种多样，常涉及多个系统和器官，主要包括以下几个方面[239]。

1. 神经系统

记忆力减退、认知能力下降、注意力减退、头晕、听力减退、视力减退等。这些症状可能与神经系统的退行性病变有关。

2. 消化系统

胃肠蠕动减缓、消化吸收功能下降，如便秘、腹胀、食欲不振等。

3. 循环系统

血管管壁硬化、血流量减少等，可能导致心功能衰竭、血压波动、动脉粥样硬化等。

4. 运动系统

肌肉收缩功能减低、骨质疏松、协调性降低等，表现为关节退行性改变、跌倒等。

5. 呼吸系统

气道重塑性差、呼吸道分泌物多等，可能引发慢性阻塞性肺疾病、肺气肿等。

6. 泌尿系统

重吸收、排泄功能减低等，如尿频、尿急、尿失禁、尿路结石等。

7. 内分泌系统

激素分泌减少、代谢率降低等，可能导致糖尿病、甲状腺功能减低、营养不良等。

8. 精神心理状态

睡眠障碍（如早醒、入睡困难、多梦）、情绪低落、谵妄、焦虑、抑郁等。此外，老年综合征还可能表现为步态异常、容易跌倒、大小便失禁、便秘、帕金森病、衰弱、多重用药等问题。老年人还可能出现医疗不连续、终末期生活质量差、受虐待、长期卧床而导致皮肤压疮、骨折后制动等社会和心理问题。

（三）诊断方法

1. 临床评估

（1）症状观察：观察老年患者是否出现精神不振、四肢乏力、头晕、记忆力减退、注意力不集中等症状。注意老年患者是否有食欲不振、睡眠障碍、大小便失禁、步态异常、跌倒、视听障碍、慢性疼痛、便秘、痴呆、谵妄、抑郁症、帕金森病等老年综合征的常见表现。

（2）量表评估：使用专业的量表工具对老年患者的身体、心理和社会功能进行全面评估，如简易精神状态检查量表（SMMSE）、蒙特利尔认知评估量表（MoCA）等，以评估患者的认知功能。通过日常生活活动能力（ADL）量表等工具评估患者的日常生活自理能力。

2. 医学检查

（1）体格检查：进行全面的体格检查，包括神经系统检查、心肺功能检查、腹部检查等，以评估患者的身体各系统状况。特别关注患者的步态、平衡能力、肌力、肌张力等，以判断是否存在跌倒风险。

（2）实验室检查：进行血常规、尿常规、肝肾功能、电解质等常规检查，以了解患者的基本健康状况。根据需要进行特定的实验室检查，如脑脊液检查、血液生化检查等，以辅助诊断特定的老年综合征。

（3）影像学检查：头颅CT或磁共振成像（MRI）检查有助于发现脑血管疾病、脑萎缩等病变。骨密度检查可评估患者的骨质疏松情况。其他影像学检查如心电图、超声心动图等可评估患者的心血管功能。

3. 社会心理评估

评估患者的社会支持系统、家庭状况、心理状态等，以了解患者的社会心理状况对疾病的影响。使用专业的心理评估工具，如医院焦虑抑郁量表（HADS）、生活满意度量表等，评估患者的心理状态。

（四）常见治疗方法

老年综合征的治疗需要综合考虑患者的具体情况，采取个体化的治疗方案。治疗方法包括饮食调理、适当休息、药物治疗、心理治疗、中医治疗等。

例如，对于痴呆患者，可以使用盐酸多奈哌齐片等药物增强胆碱能神经的功能；对于精神分裂症患者，可以遵循医嘱使用利培酮片等药物治疗[240]。

（五）预防及预后

1. 预防

预防老年综合征的发生需要老年人及其家属的共同努力。老年人应维持血压稳定、坚持适当锻炼、合理饮食、积极参加社交活动等。同时，家属应关注老年人的身心健康状况，及时发现并处理潜在的健康问题[241]。

2. 预后

（1）年龄和基础疾病：年龄较大、基础疾病较多的患者预后相对较差。特别是患有心源性晕厥和器质性心脏病等严重疾病的患者，预后可能更差。

（2）治疗情况：及时、有效的治疗可以改善患者的预后。对于某些可根治的病因（如阵发室上速），通过射频消融等治疗方法可以取得较好的预后。

（3）心理状态：积极乐观的心态有助于患者更好地应对疾病和康复过程。抑郁、焦虑等不良情绪可能影响患者的预后和康复效果。

（4）生活质量和自我保健：保持良好的生活习惯和自我保健意识可以提高患者的生活质量并改善预后。合理的饮食、适当的运动、定期的身体检查等都是预防和改善老年综合征的重要措施。

二、老年综合征的运动康复目标

老年综合征的运动康复目标主要围绕提高老年人的身体功能、生活质量以及预防并发症等方面展开[242]。

1. 提高身体功能

（1）恢复或提高日常生活功能：通过康复训练，帮助老年人恢复或提高其日常生活的功能独立性，包括自理能力（如穿衣、洗澡、进食等）、行走能力、上下楼梯能力等。这有助于降低老年人对他人的依赖程度，提高生活自理能力。

（2）增强肌肉力量和柔韧性：通过适当的运动锻炼，如抗阻训练、柔韧性练习等，可以增强老年人的肌肉力量和柔韧性，改善关节活动度，减少跌倒风险。

（3）提高平衡能力：平衡训练是老年综合征运动康复的重要组成部分。通过平衡训练，可以提高老年人的平衡能力，减少因平衡障碍导致的跌倒和损伤。

2. 提高生活质量

（1）改善心理健康：运动锻炼有助于缓解老年人的焦虑、抑郁等负面情绪，提高心理健康水平。同时，通过参与集体活动和社会交往，可以增强老年人的社会参与感和归属感，提高生活质量。

（2）提高睡眠质量：适当的运动锻炼可以改善老年人的睡眠质量，缓解失眠等问题。良好的睡眠对于老年人的身心健康至关重要。

（3）增强免疫力：运动锻炼可以增强老年人的免疫力，减少感染等疾病的发生风险，从而提高生活质量。

3. 预防并发症

（1）预防跌倒：跌倒是老年人常见的并发症之一，通过运动康复可以提高老年人的平衡能力和肌肉力量，减少跌倒风险。

（2）预防骨质疏松：运动锻炼可以促进骨骼健康，增加骨密度，预防骨质疏松和骨折的发生。

（3）控制慢性病：对于患有慢性病的老年人，运动康复作为辅助治疗手段之一，有助于控制病情发展，减轻症状。

4. 个体化与综合性

老年综合征的运动康复目标应该是个体化的，根据老年人的具体情况、康复阶段和医疗需求进行制订。同时，综合性的康复计划可能需要多学科团队的合作，包括医生、康复治疗师、社工和护理人员等，以确保康复效果的全面性和持续性。

综上所述，老年综合征的运动康复目标旨在通过适当的运动锻炼和康复训练，提高老年人的身体功能和生活质量，预防并发症的发生，促进老年人的身心健康和社会参与[243]。

三、老年综合征的运动康复原则

（1）个体化原则：老年综合征患者的运动康复计划应根据每位老年人的具体情况进行个体化设计。这包括考虑老年人的年龄、性别、身体状况、疾病类型、运动能力、兴趣爱好及康复目标等因素。通过专业的评估，制定适合个体的运动处方，以确保康复效果的最佳化。

（2）循序渐进原则：老年人在进行运动康复时，应遵循循序渐进的原则。这意味着运动强度、运动时间和运动频率应逐渐增加，避免突然增加运动量导致身体不适应或损伤。通过逐步增加运动负荷，使老年人的身体逐渐适应并得到提高。

（3）全面性原则：老年综合征的运动康复应注重全面性，即运动应涉及多个身体部位和多种运动形式。这有助于全面提高老年人的身体功能和生活质量。运动形式可以包括有氧运动、抗阻力训练、柔韧性练习、平衡训练等，以满足不同老年人的康复需求。

（4）安全性原则：安全性是老年综合征运动康复的首要原则。在运动过程中，应确保老年人的安全，避免发生跌倒、扭伤等意外事件。这要求在选择运动方式、运动强度和运动时间时，充分考虑老年人的身体状况和运动能力，避免超出其承受范围。同时，在运动过程中应有专业人员的指导和监督，以确保运动的安全性和有效性。

（5）持之以恒原则：老年综合征的运动康复需要持之以恒的坚持。由于老年人的身体机能水平和代谢率较低，运动效果可能不如年轻人显著。因此，老年人需要保持长期的运动习惯，坚持进行康复训练，以逐步改善身体功能和提高生活质量。

（6）多学科协作原则：老年综合征的运动康复往往需要多学科团队的协作。这包括医生、康复治疗师、社工、护理人员等多个专业人员的共同参与。通过多学科团队的协作，可以制订更加全面、个性化的康复计划，确保康复效果的最大化。

（7）结合生活原则：老年综合征的运动康复应与日常生活紧密结合。通过选择适合老年人的运动方式，如散步、太极拳、瑜伽等，将其融入日常生活，使老年人能够在日常生活中得到锻炼和提高。这有助于增强老年人的生活自理能力和社会参与感，提高生活质量。

综上所述，老年综合征的运动康复原则是个体化、循序渐进、全面性、安全性、持之以恒、多学科协作和结合生活。这些原则共同指导着老年综合征患者的运动康复实践，旨在通过科学的运动训练促进老年人的身心健康和社会参与[244]。

四、老年综合征的运动康复适应症和禁忌症

老年综合征的运动康复对于改善老年人的身体功能、提高生活质量具有重要意义。然而，并非所有老年综合征患者都适合进行运动康复，因此需要明确其适应症和禁忌症。

1. 适应症

①身体功能下降：如肌肉力量减弱、柔韧性下降、平衡能力减退等，这些都可以通过适当的运动锻炼得到改善。

②慢性疾病管理：对于患有高血压、糖尿病、冠心病等慢性疾病的老年人，运动康复可以作为辅助治疗手段，有助于控制病情、改善预后。

③心理健康问题：如焦虑、抑郁等情绪障碍，运动锻炼可以促进心理健康，缓解负面情绪。

④提高生活质量：通过运动锻炼，老年人可以增强体质、提高免疫力，从而减少疾病的发生，提高生活质量。

2. 禁忌症

①严重心肺疾病：如重度心力衰竭、严重心律失常、不稳定型心绞痛、未控制的高血压等，这些疾病在运动过程中可能加重症状，甚至引发严重后果。

②严重骨关节疾病：如重度骨关节炎、关节置换术后未稳定期等，这些疾病在运动过程中可能导致关节损伤或疼痛加重。

③神经系统疾病：如严重脑卒中后遗症、帕金森病晚期等，这些疾病可能影响老年人的运动协调性和平衡能力，增加跌倒风险。

④急性感染或炎症：如肺炎、尿路感染等，这些疾病在运动过程中可能加重感染或炎症症状。

⑤严重认知障碍：如重度痴呆、意识障碍等，这些疾病可能影响老年人的理解和执行能力，导致无法正确进行运动锻炼。

3. 注意事项

①个体化原则：根据老年人的具体情况制订个性化的运动方案，包括运动强度、运动时间和运动方式等。

②循序渐进：从低强度、短时间开始，逐渐增加运动强度和时间，避免突然增加运动量导致身体不适应。

③全面监测：在运动过程中全面监测老年人的身体状况和反应，及时调整运动方案，确保运动安全有效。

④专业指导：在专业人员的指导下进行运动锻炼，避免盲目运动或不当操作导致身体损伤。

综上所述，老年综合征的运动康复需要根据老年人的具体情况进行评估和制订个性化的运动方案，并在专业人员的指导下进行。同时，需要明确适应症和禁忌症，确保运动康复的安全性和有效性[245]。

五、老年综合征的运动风险评估

老年综合征的运动风险评估是老年医学和康复医学中至关重要的环节，它旨在确保老年人在进行运动康复时的安全性和有效性。以下是对老年综合征运动风险评估的详细阐述。

1. 评估目的

运动风险评估的主要目的是识别老年人在运动过程中可能面临的潜在风险，包括跌倒、心血管事件、运动损伤等，以便制订个性化的运动方案，降低风险，提高运动效果。

2. 评估内容

①健康状况评估：全面了解老年人的健康状况，包括慢性疾病史、药物使用情况、过敏史等。特别关注可能影响运动安全的心血管疾病、呼吸系统疾病、神经系统疾病等。

②体能评估：评估老年人的肌肉力量、柔韧性、平衡能力、耐力等体能指标。通过量表测试［如平衡与步态蒂内蒂（Tinetti）量表、巴塞尔（Barthel）指数等］或实际测试（如步行速度测试、握力测试等）进行量化评估。

③认知功能评估：评估老年人的认知功能，包括记忆力、注意力、执行力等。使用认知功能筛查量表（如MMSE、Mini-Cog等）进行评估。

④心理状态评估：评估老年人的心理状态，包括焦虑、抑郁等情绪障碍。使用心理评估量表（如GDS-15、SAS等）进行评估。

⑤社会支持评估：评估老年人的社会支持情况，包括家庭支持、社区支持等。社会支持评定量表（如SSRS）可用于评估。

⑥环境因素评估：评估老年人进行运动的环境因素，包括地面情况、照明条件、安全设施等。确保运动环境安全、舒适，减少跌倒等意外事件的发生。

3. 评估方法

①直接观察法：通过直接观察老年人的运动表现，评估其体能、平衡能力等指标。

②量表测试法：使用标准化的量表进行测试，如平衡与步态（Tinetti）量表、巴塞尔（Barthel）指数等，以量化评估老年人的体能和认知功能。

③访谈法：通过对老年人及其家属进行访谈，了解老年人的健康状况、生活习惯、心理状态等信息。

4. 评估结果处理

①制订个性化运动方案：根据评估结果，为老年人制订个性化的运动方案，包括运动类型、强度、时间等。

②风险告知与预防：向老年人及其家属详细告知运动过程中可能面临的风险，并提供相应的预防措施。

③动态监测与调整：在运动过程中动态监测老年人的身体状况和反应，及时调整运动方案，确保运动安全有效。

5. 注意事项

①确保评估人员的专业性：评估人员应具备专业的医学和康复知识，能够准确评估老年人的健康状况和运动风险。

②尊重老年人的意愿：在评估过程中应尊重老年人的意愿和选择，避免强迫其进行不愿意或不适合的运动。

③保护老年人隐私：在评估过程中应保护老年人的隐私，避免泄露其个人信息和健康状况。

综上所述，老年综合征的运动风险评估是一个全面、系统的过程，需要综合考虑老年人的健康状况、体能、认知功能、心理状态、社会支持以及环境因素等多个方面。通过科学的评估方法和制订个性化的运动方案，可以降低老年人在运动过程中的风险，提高运动效果和生活质量[246]。

六、老年综合征的功能评定

1. 评估内容

（1）躯体功能评定

①日常生活活动能力（ADL）：包括基本日常生活活动能力（BADL）和工具性日常生活活动能力（IADL）。基本日常生活活动能力（BADL）评估内容如穿衣、进食、洗澡、如厕等，工具性日常生活活动能力（IADL）评估内容如购物、使用交通工具、管理财务等。常用量表有Barthel指数、改良Barthel量表（MBI）和Lawton IADL指数量表等。

②平衡与步态评估：评估老年人的平衡能力和步态稳定性，常用量表有平衡与步态（Tinetti）量表、计时起立—行走测试法（TUGT）等。

③肌肉力量与耐力评估：通过握力测试、6分钟步行试验等方法评估老年人的肌肉力量和耐力。

④疼痛评估：使用视觉模拟法（VAS）、数字评定量表（NRS）等工具评估老年人的疼痛程度和部位。

⑤认知功能评定：评估老年人的记忆力、注意力、执行力等认知功能，常用量表有简易精神状态检查（MMSE）、简易智力状态评估量表（Mini Cog）等。

⑥心理功能评定：评估老年人的焦虑、抑郁等心理状态，常用量表有老年抑郁量表（GDS-15）、焦虑抑郁量表等。

（2）社会功能评定

评估老年人的社会支持情况、生活满意度、社交能力等，了解老年人在社会生活中的适应度和幸福感。

2. 评估方法

①直接观察法：通过直接观察老年人的行为表现，评估其日常生活活动能力、平衡与步态等。

②量表测试法：使用标准化的量表进行测试，如Barthel指数、简易精神状态检查（MMSE）等，以量化评估老年人的各项功能。

③访谈法：与老年人及其家属进行访谈，了解老年人的生活习惯、健康状况、心理状态等信息。

3. 评估流程

①准备阶段：明确评估目的、选择合适的评估工具、准备评估环境等。

②实施阶段：按照评估工具的要求和流程进行评估，确保评估过程规范、准确。

③结果分析阶段：对评估结果进行整理和分析，得出评估结论。

④制订干预计划：根据评估结果，为老年人制订个性化的干预计划，包括运动康复、认知训练、心理治疗等。

4. 注意事项

①确保评估人员的专业性：评估人员应具备专业的医学和康复知识，能够准确评估老年人的各项功能。

②尊重老年人的意愿：在评估过程中应尊重老年人的意愿和选择，避免强迫其进行不愿意或不适合的评估项目。

③保护老年人隐私：在评估过程中应保护老年人的隐私，避免泄露其个人信息和健康状况。

④动态监测与调整：评估结果应作为制订干预计划的依据，并在干预过程中动态监测老年人的功能变化，及时调整干预计划。

综上所述，老年综合征的功能评定是一个复杂而全面的过程，需要综合考虑老年人的躯体、认知、心理及社会功能等多个方面。通过科学的评估方法和个性化的干预计划，可以帮助老年人改善功能状态、提高生活质量[247]。

七、老年综合征的互联网健康管理方案

老年综合征的互联网健康管理方案是一个综合性的策略，旨在利用互联网技术提升老年人的健康管理和生活质量[248]。以下是一个详细的方案框架。

1. 搭建"互联网+"健康管理平台

（1）平台开发

搭建一个基于云计算、大数据和人工智能技术的健康管理平台，该平台应兼容多种设备和操作系统，便于老年人及其家属使用。平台应具备健康档案管理、健康数据监测、远程咨询、健康指导、紧急救援等功能模块。

(2)数据集成

①整合医疗机构、社区卫生服务中心、体检机构等多方数据源，实现老年人健康数据的互联互通。

②通过可穿戴设备、智能家居设备等终端收集老年人的生理指标、生活习惯等数据，实时上传至平台进行分析。

2. 个性化健康管理服务

①健康评估：利用平台对老年人的健康数据进行综合分析，评估其健康状况和潜在风险。根据评估结果，为老年人制订个性化的健康管理计划，包括饮食建议、运动指导、心理调适等。

②远程监测：通过远程监测设备，实时关注老年人的生理指标变化，如心率、血压、血糖等。一旦发现异常，平台将自动预警并通知家属或医护人员，以便及时采取干预措施[249]。

③在线咨询：提供在线咨询服务，老年人和其家属可随时向医生或健康顾问咨询健康问题。医生可根据平台上的健康数据，为老年人提供针对性的诊疗建议和健康指导。

3. 健康教育与促进

①健康教育：利用平台开展健康教育活动，向老年人传授健康知识、疾病预防和康复知识。通过视频、图文、动画等多种形式，提高老年人的健康素养和自我保健能力。

②健康促进：鼓励老年人参与线上健康社区，与同龄人交流健康心得和养生经验。举办线上健康讲座、健康挑战赛等活动，激发老年人的健康意识和参与热情[250]。

4. 紧急救援与保障

①紧急救援：与当地急救中心建立联动机制，一旦老年人发生紧急情况，平台将自动触发报警并通知急救中心。同时，平台可提供紧急救援指导，帮助家属或邻居在专业人员到达前进行初步处理。

②健康保险：与保险公司合作，为老年人提供定制化的健康保险产品。通过平台实现保险购买、理赔申请等全流程线上化操作，简化流程，提高效率。

5. 持续优化与反馈

①用户反馈：建立用户反馈机制，收集老年人及其家属对平台功能、服务质量等方面的意见和建议[251]。根据用户反馈，不断优化平台功能和服务流程，提升用户体验。

②数据分析：利用大数据技术对平台上的健康数据进行深度挖掘和分析，发现老年人健康问题的规律和趋势。根据分析结果，为政策制定、医疗服务改进等提供科学依据和决策支持。

第六章

基于互联网健康管理的运动康复实验教学设计

第一节 基于互联网健康管理——运动系统疾病的运动康复实验教学设计

一、教学目标与要求

（一）教学目标

1. 知识与技能培养

教师通过教学，使学生掌握运动系统疾病的基础知识，包括骨折、关节炎、颈肩腰腿痛、运动损伤等伤病的临床特点。同时，学生应能够熟练运用互联网健康管理平台和技术，进行运动康复方案的制订与实施。

2. 实践能力提升

结合临床真实病例，通过模拟和实际操作，培养学生的运动康复评估、治疗及教育能力。利用互联网平台的优势，缩短教学与临床的距离，使学生能够在实践中提升职业能力。

3. 自主学习与创新能力

鼓励学生利用互联网资源进行自主学习，不断更新运动康复领域的知识和技能。同时，培养学生的创新意识和能力，使其能够在未来的工作中不断探索新的康复方法和手段。

4. 综合素质发展

注重学生综合素质的培养,包括职业道德、团队协作能力、沟通能力等。通过团队合作、案例分析等方式,提升学生的综合素质和适应能力。

(二)教学要求

1. 理论与实践相结合

在教学过程中,注重理论知识与临床实践的紧密结合。通过案例分析、模拟操作等方式,学生能够将所学知识应用于实际工作中。

2. 互联网技术应用

充分利用互联网健康管理平台的优势,进行在线教学、远程咨询、康复计划制订等。同时,引导学生掌握互联网技术在运动康复领域的应用技巧和方法[252]。

3. 个性化教学

针对不同学生的特点和需求,制订个性化的教学计划和康复方案。利用大数据、人工智能等技术手段,对学生的身体状况、康复进展等进行实时监测和评估,为个性化教学提供有力支持。

4. 持续改进与评估

建立科学的教学评估和反馈机制,对教学效果进行定期评估和反馈。根据评估结果及时调整教学内容和方法,确保教学质量的持续提升。同时,鼓励学生参与教学评估和反馈过程,促进其自主学习和创新能力的发展。

二、教学重点与难点

(一)互联网技术在运动康复中的应用

1. 技术掌握

重点教授学生如何利用互联网技术进行远程康复指导、在线健康监测、数据分析与评估等。这要求学生不仅要熟悉各种健康管理软件和平台的操作,还要了解背后的技术原理。

2. 资源整合

引导学生学会整合互联网上的运动康复资源,如视频教程、在线课程、专业论坛等,以丰富学习内容和提高学习效率。

(二)运动系统疾病的基础知识

1. 疾病认知

深入讲解运动系统疾病的病理生理机制、临床表现、诊断方法等基础知识,为学生制订科学合理的康复方案打下基础。

2. 康复理论

介绍运动康复的基本理论和原则,包括运动处方制订、康复评估、治疗技术选择等,确保学生掌握运动康复的核心概念和方法。

(三)个性化康复方案的制订

1. 评估技能

培养学生具备较强的康复评估能力,能够根据患者的具体情况制订个性化的康复方案。

2. 方案实施

指导学生如何有效地实施康复方案,包括运动训练、物理疗法、心理干预等,以达到最佳的康复效果。

(四)互联网技术与运动康复的深度融合

1. 技术难题

如何将互联网技术与运动康复的具体实践深度融合,是一个需要不断探索和创新的难题。教师需要不断关注技术发展的最新动态,并将其融入教学之中[253]。

2. 数据安全与隐私保护

在互联网环境下，患者的健康数据安全和隐私保护成为一个重要问题。教师需要教育学生如何合法合规地使用和管理患者的健康数据。

（五）复杂病例的康复处理

1. 综合判断

对于一些复杂的运动系统疾病病例，需要综合考虑患者的年龄、性别、病情严重程度、合并症等多种因素，制订综合性的康复方案。这对学生的综合判断能力和实践经验提出了较高要求。

2. 团队协作

复杂病例的康复处理往往需要多个科室的共同努力，包括骨科、神经内科、康复医学科等。因此，教师需要培养学生的团队协作能力和跨学科沟通能力。

三、教学方法和手段

（一）课前阶段

1. 预习材料的精心设计及推送

①内容丰富多样：预习材料应涵盖运动系统疾病的基础知识、运动康复的基本原理、常见运动损伤的预防与处理等内容，形式可以包括文字资料、图表、视频讲解等，以满足不同学生的学习需求。

②针对性强：根据课程大纲和教学目标，精心挑选和整理预习材料，确保内容既全面又具有针对性，能够帮助学生快速了解课程重点和难点。

③平台推送：利用学习管理平台（如学习通、钉钉、MOOC平台等）将关于运动系统疾病的预习材料推送给学生，方便学生随时随地进行预习。同时，可以设置学习进度跟踪功能，以了解学生的学习情况。

2. 微课视频的引入

①短小精悍：微课视频应控制在较短的时间内（如5~10分钟），针对一个或几个知识点进行深入浅出的讲解，便于学生快速掌握。

②互动性强：在微课视频中嵌入互动元素，如提问、小测验等，以激发学生的学习兴趣和主动性。同时，可以设置讨论区，供学生就微课内容进行交流和讨论。

③资源共享：将微课视频上传至学习管理平台或相关网站，供学生反复观看和学习。同时，鼓励学生分享自己制作的微课视频，促进知识的共享和传播。

3. 在线互动讨论

①问题引导：在预习材料或微课视频中设置问题，引导学生进行深入思考和讨论。教师可以提前进入讨论区，对学生的问题进行解答和引导。

②分组讨论：根据学生的学习情况和兴趣，将学生分成若干小组，进行小组讨论。每个小组可以负责一个或几个预习问题，通过查阅资料、讨论交流等方式完成学习任务。

③实时反馈：教师应对学生的讨论情况进行实时反馈和指导，及时纠正学生的错误认识，帮助学生深入理解课程内容。

4. 个性化学习路径推荐

①智能评估：利用学习管理平台的数据分析功能，对学生的学习情况进行智能评估，了解学生的学习风格、兴趣偏好和知识点掌握情况。

②个性化推荐：根据学生的评估结果，为学生推荐个性化的学习资源和路径。例如，对于某些基础薄弱的学生，可以推荐更多的基础知识和例题讲解；对于学有余力的学生，则可以推荐更深入的拓展内容和研究课题。

（二）课中阶段

1. 多媒体辅助教学

①视频演示：利用多媒体系统播放运动系统疾病的运动康复的动作规范和演示视频，让学生直观地看到正确的姿势和动作。这有助于学生在脑海中

形成清晰的动作印象，便于后续的实践操作。

②虚拟现实（VR）技术：引入VR技术，让学生在虚拟环境中体验运动系统疾病的运动康复的具体操作。通过身临其境的感知，学生可以更深入地理解运动康复的原理和过程，增强学习的沉浸感和互动性。

2. 翻转课堂模式

①知识前置：将部分理论知识讲解移至课前，让学生通过预习材料自主学习。在课中阶段，教师则重点进行案例分析、小组讨论和实操演练，以检验和巩固学生的预习成果。

②问题导向：教师根据课程内容设计一系列问题，引导学生思考和讨论。通过抛出问题、引导学生思考和解答的方式，激发学生的学习兴趣和主动性，促进知识的内化和应用。

3. 小组讨论与合作学习

①分组讨论：将学生分成若干小组，针对某个运动系统疾病或康复方案进行讨论。通过小组讨论，学生可以相互学习、交流经验和观点，促进知识的共享和深化。

②合作学习：在实操演练环节，鼓励学生相互帮助、协作完成任务。通过合作学习，学生可以培养团队合作精神和沟通能力，同时提高实践操作的效率和质量。

（三）课后阶段

1. 在线复习与巩固

①个性化复习材料：根据学生的学习情况和课堂表现，利用学习管理平台推送个性化的复习材料和习题。这些材料应针对学生的薄弱环节进行强化训练，帮助学生巩固所学知识。

②在线习题与测试：设置在线习题和测试，让学生进行自我检测和评估。习题和测试应涵盖课程的重点和难点，以检验学生对知识的掌握程度。

③错题集与解析：建立错题集，记录学生在练习和测试中出现的错误，并提供详细的解析和正确的答案。这有助于学生理解自己的错误原因，避免重蹈覆辙。

2. 远程康复训练指导

①视频回传与评估：鼓励学生将自己的康复训练视频回传给教师进行评估。教师可以通过视频观察学生的动作表现，指出存在的问题并提供改进建议。

②个性化康复方案：根据学生的康复训练进展和效果，调整和优化康复方案。教师可以制订个性化的康复计划，以更好地满足学生的康复需求。

③远程监督与鼓励：在康复过程中，教师可通过远程方式监督学生的康复进展，并提供必要的鼓励和支持。这有助于学生保持积极的康复态度，提高康复效果。

3. 数据分析与反馈

①学习数据分析：利用学习管理平台的数据分析功能，对学生的学习数据进行统计分析。这有助于教师了解学生的学习情况和进展，从而制订更有针对性的教学策略。

②个性化反馈：根据学生的学习数据和表现，提供个性化的反馈和建议。教师可以根据学生的特点和学习需求，提出针对性的建议和指导，帮助学生更好地掌握知识和技能。

4. 持续优化与更新

①课程内容优化：根据学生的反馈和学习效果，持续优化和更新课程内容。教师可以根据学生的学习需求和兴趣点，调整课程内容和结构，使课程更加贴近学生的实际需求。

②技术平台升级：随着技术的发展和更新，及时升级和优化技术平台。这有助于提高教学效率和效果，为学生提供更加便捷和高效的学习体验。

四、实践环节（练习与作业）

运动系统疾病，如慢性腰痛、肩周炎、膝关节损伤等，严重影响患者的日常生活质量。运动康复作为一种非药物治疗手段，通过科学合理的运动训练，旨在促进患者身体机能的恢复，提高生活质量。本节旨在设计一套基于互联网健康管理并且针对运动系统疾病的运动康复实验教学方案，重点阐述其实践环节，以期为学生提供全面的实践指导，培养其在实际操作中运用运动康复知识的能力[254]。

(一)课后作业

本课程旨在通过讲授运动系统疾病的基本知识和运动康复的原理方法,来培养学生的运动评估技术和康复计划制订能力,同时强调职业道德与人文素养的培养,以及团队协作与沟通技能的提高,以全面提升学生对运动康复领域的专业理解和实际操作能力。基于互联网健康管理并且针对运动系统疾病的运动康复实验教学方案的课后作业,可以既注重理论知识的巩固,又强调实践操作能力的提升。

1. 撰写学习心得

要求学生总结本次运动康复实验课程的学习内容,特别是关于运动系统疾病(如关节炎、肌肉拉伤、术后恢复等)的康复原理和治疗方法。分析互联网健康管理在运动康复中的应用优势,如个性化训练方案的制订、实时数据监测与反馈等。

2. 概念梳理

列出并解释本次课程中学到的关键术语和概念,如"大数据分析""智能穿戴设备""动态调整训练计划"等。

3. 实践操作

①实践准备:在教学准备方面,我们将配备PPT演示文稿、康复训练案例、评估量表以及必要的康复训练设备,同时组织学生进行分组,每组4~5人,以优化讨论和实践操作的效果,此外,我们也会确保实践场地的安全、整洁,并配置必要的康复设备和器材,以营造一个有利于学习和实操的环境。

②导入与知识讲解:在课程导入阶段,我们将通过展示实际案例或视频,来展现运动系统疾病患者的康复过程,以此吸引学生对运动康复的兴趣,随后,在知识讲解环节,将详细介绍运动康复的基本概念、原理和方法,着重阐释常见运动系统疾病的评估与诊断、康复计划的制订等内容,确保学生能够全面掌握运动康复的核心知识[255]。

③操作环节:在实践操作环节中,我们通过指导学生进行全身各关节的柔韧性训练,如静态拉伸和本体感觉神经肌肉促进法(PNF)拉伸,以及利用平衡垫和单脚站立等方式进行平衡训练来提升学生的平衡能力。同时,教

师将示范并引导学生掌握肩周炎的关节松动术,包括被动活动和主动活动,针对膝关节损伤的情况。我们将设计具有针对性的等长肌肉收缩和等速肌肉收缩的力量训练方案,以增强膝关节周围肌肉的力量和稳定性。为了提高学生的动作准确性和协调性,课程还将包括复杂的动作组合和变换练习,如设置障碍赛道让学生们完成各种动作。此外,我们将采用问卷调查、访谈进行主观评估,了解患者的主观感受,并利用评估量表、测量工具等进行客观评估,如肌力测试、关节活动度测试,以全面评估患者的康复状况[256]。

(二)案例练习

在教学活动中,教师提供几例典型的运动系统疾病患者的康复案例,包含患者的病史、临床表现及评估结果等关键信息,学生将分组对这些案例进行详细讨论,分析患者的康复需求,并制订初步的康复计划。随后,教师将对各组提出的康复计划进行点评,突出其优势与不足之处,并提供专业的改进建议,以提升学生在运动康复方面的综合能力[257]。

1. 患者评估与需求分析

①收集患者信息:包括年龄、职业、运动习惯、既往病史、当前症状等。

②健康评估:利用互联网健康管理平台,结合线上问卷、视频咨询等方式,评估患者的膝关节功能、疼痛程度、身体活动能力等。

③需求分析:基于评估结果,明确患者的康复目标(如减轻疼痛、增加关节灵活性、恢复运动能力)和个性化需求。

2. 制订康复计划

(1)确定康复策略

结合膝骨关节炎的康复原则,制定包括休息、物理治疗、药物治疗、运动疗法等在内的综合康复策略。

(2)设计运动方案

①初期:以低强度、无痛范围内的关节活动为主,如等长肌肉收缩、关节活动度练习等,使用互联网平台的视频教程进行指导。

②中期:逐渐增加运动强度,引入力量训练(如使用弹力带进行腿部肌肉锻炼)、平衡训练等,利用智能穿戴设备监测运动数据,确保安全有效。

③后期:注重功能恢复和重返运动,设计跑步机低强度慢跑、水中跑步等

低冲击性运动，同时结合互联网平台的数据分析，动态调整训练计划。

（3）安排随访与监测

制订定期随访计划，利用互联网平台的远程监测功能，跟踪患者的康复进展，及时调整康复方案。

3. 实施与反馈

①指导患者使用互联网健康管理平台：教授患者如何使用平台上的视频教程以及运动跟踪、数据分析等功能。

②监督运动执行：鼓励患者每日记录运动情况，并通过平台提交数据，教师或康复师定期查看并给予反馈。

③评估康复效果：根据平台收集的数据和患者的主观反馈，评估康复效果，及时调整康复计划。

4. 总结与反思

①总结康复过程：撰写康复总结报告，概述患者的康复历程、康复效果及经验教训。

②反思与改进：分析康复过程中遇到的问题及解决方案，提出对未来类似案例的改进建议。

5. 注意事项

①在设计康复计划时，应充分考虑患者的个体差异和安全性，避免过度训练导致损伤。

②教师应定期与学生沟通，了解康复进展，及时提供指导和支持。

③鼓励学生积极参与康复过程，提高自我管理能力，保持健康。

（三）结课考核

1. 理论知识考核

①闭卷考试：设计一份包含选择题、填空题、简答题和论述题的关于运动系统疾病的试卷，涵盖课程核心知识点。

②在线测试：利用互联网健康管理平台的在线测试功能，进行随机抽题测试，确保考核的公平性和全面性。

③评分标准：根据答案的准确性和完整性进行评分，设定合理的分数区间和评分标准。理论知识考核的目的是检验学生对运动系统疾病基础知识、康复原理、互联网健康管理平台应用等理论知识的掌握情况。

2. 实践操作能力考核

①案例分析报告：提供1~2个真实或模拟的运动系统疾病患者案例，要求学生结合所学知识和互联网健康管理平台，制订个性化的康复计划，并撰写详细的案例分析报告。报告内容应包括患者基本情况、康复目标、康复计划制订过程、康复方法选择、数据监测指标、预期效果及调整方案等。

②模拟操作演示：通过视频录制或现场演示的方式，展示学生如何运用智能穿戴设备、在线视频教程等资源，指导患者进行康复训练。演示内容应包括设备操作、动作示范、注意事项讲解等。

③评分标准：根据报告的完整性、科学性、创新性以及演示的规范性、准确性进行评分。实践操作能力考核的目的是评估学生在实际操作中运用所学知识进行运动康复方案设计、数据监测与分析、患者指导等能力。

3. 创新思维与团队合作能力考核

①创新项目设计：要求学生分组完成一个基于互联网健康管理的运动康复创新项目设计，包括项目背景、目标、实施方案、预期成果等。项目应体现对互联网健康管理技术的创新应用，针对运动系统疾病提出新颖的解决方案。

②团队汇报与答辩：各小组进行项目汇报，展示项目设计思路、实施过程及成果，并接受教师和同学的提问与点评。

③评分标准：根据项目设计的创新性、实用性、可行性以及团队汇报的表现进行评分。创新思维与团队合作能力考核的目的是考查学生在面对复杂问题时的创新思维能力和在团队项目中的协作能力。

4. 综合评价

将理论知识考核、实践操作能力考核与创新思维以及团队合作能力考核的成绩按一定比例进行加权求和，得出最终的综合评价成绩。

第二节 基于互联网健康管理——心血管疾病的运动康复实验教学设计

一、教学目标与要求

（一）教学目标

1. 知识普及

①学生能够掌握心血管疾病的基本知识，包括病理生理机制、常见类型及症状等。

②学生能够理解运动康复在心血管疾病康复中的重要性，以及不同运动方式对心血管健康的益处。

③学生能够运用互联网技术和相关设备，制订并实施个性化的运动康复计划。

④教授学生如何进行心血管疾病的风险评估，包括生活习惯、遗传因素等。

2. 能力培养

①培养学生的互联网健康管理技能，包括数据收集、分析与应用能力。

②提升学生的沟通能力与团队协作能力，以便在实际工作中能够与患者、医生及其他医疗人员有效沟通与合作。

③增强学生的创新能力，鼓励其在运动康复实验教学设计中探索新方法、新技术。

3. 情感态度与价值观

①培养学生关注患者健康、尊重患者个体差异的职业道德观念。

②激发学生的社会责任感和使命感，使其认识到心血管疾病防控与康复对社会的重要意义。

4. 康复知识的传授

①介绍适合心血管疾病患者的运动类型、强度、频率和时间等。
②指导学生如何根据患者状况制订个性化的运动康复计划。
③教授学生使用互联网健康管理工具进行运动康复监测和管理。
④强调运动中的安全注意事项，特别是对于心血管疾病患者。

（二）教学要求

1. 理论与实践相结合

实验教学应紧密结合理论知识，通过案例分析、模拟演练等方式，加深学生对心血管疾病运动康复的理解。强调实践操作，让学生在互联网健康管理平台上亲手设计、实施和调整运动康复计划。

2. 跨学科协作

鼓励与心脏病学、运动医学、康复医学等相关学科交叉融合，共同推进心血管疾病在运动康复领域的发展。邀请相关领域的专家参与教学，为学生提供多元化的视角和前沿的知识。

3. 互联网技术应用

充分利用互联网技术的优势，如大数据分析、人工智能等，提升实验教学的效率和效果。教授学生如何运用互联网健康管理平台，实现患者数据的远程收集、实时监测和智能分析。

4. 评估与反馈

建立科学的评估体系，对学生的学习成果进行客观、全面的评价。鼓励学生之间的互评和自我反思，促进相互学习和共同进步。及时反馈学生的学习情况，为其提供个性化的指导和建议。

5. 注重安全性

在实验教学中，严格遵守医疗安全规范，确保患者及学生的安全。强调运动康复过程中的风险评估与预防，教授学生如何识别和处理可能出现的风险事件。

二、教学的重点与难点

（一）互联网技术在心血管疾病中的应用

1. 在线课程与资源利用

互联网平台提供丰富的心血管疾病运动康复理论知识，包括视频教程、图文资料等，使学生可以随时随地进行学习。

2. 远程教学与互动

通过直播、录播、在线讨论等形式，实现师生之间的远程互动，增强教学效果和学生的学习兴趣。

3. 个性化学习

利用大数据分析学生的学习行为和效果，为每位学生提供定制化的学习路径和反馈，实现个性化教学。

（二）运动康复理论的深入理解

深入讲解心血管疾病运动康复的基本原理，包括运动对心血管系统的益处、不同运动类型的选择及其效果、运动强度的控制等。

分析不同心血管疾病患者的具体情况，探讨个性化运动康复方案的制定原则和实施策略。

（三）数据驱动的决策制定

教授学生如何运用大数据分析技术，对运动康复过程中的数据进行收集、整理和分析，以数据为驱动制订和调整运动康复方案。

强调数据在评估运动康复效果、预测疾病风险等方面的重要性，培养学生的数据思维和数据应用能力。

（四）数据安全与隐私保护

①数据加密与存储：互联网健康管理涉及大量的个人健康数据，需采取严格的数据加密和存储措施，确保数据的安全性和隐私性。

②权限管理与访问：建立严格的权限管理制度和访问控制机制，防止未经授权的访问和数据泄露。

（五）培养自主学习与合作能力

①鼓励学生利用互联网平台进行自主学习，如在线课程、学术论坛等，拓宽知识面，提升专业素养。

②通过小组合作、项目实践等方式，培养学生的团队协作能力和解决实际问题的能力。

（六）系统设计与用户习惯

①用户界面的友好性：确保教学系统或平台的用户界面简洁、直观，符合用户的使用习惯，避免因设计不当导致用户有抵触情绪。

②功能实现与用户需求匹配：在系统设计过程中，需充分考虑用户的需求和反馈，确保系统功能的实现与用户的实际需求相匹配。

（七）技术更新与培训

①技术迭代速度：互联网技术更新速度快，需不断跟进新技术的发展，对教学内容和教学方式进行更新和优化。

②教师培训与技能提升：教师需具备互联网技术应用能力，包括在线教学、数据分析等技能，需定期进行相关培训和技能提升。

三、教学方法与手段

（一）课前阶段

1. 患者信息收集与评估

①方法描述：通过互联网平台发放详细的在线问卷，问卷内容涵盖患者的基本信息（如年龄、性别、职业等）、病史（包括心血管疾病类型、病程、治疗情况等）、生活习惯（如饮食、运动、吸烟饮酒习惯等）以及当前的身体状况。患者填写问卷后，系统自动生成健康档案，为后续评估提供全面、准确的数据支持。

②目的：快速收集患者信息，建立个人健康档案，为后续评估提供基础信

息；了解患者的整体健康状况和生活习惯，为制订个性化的康复计划提供依据。

2. 一对一视频咨询与初步计划制订

①方法描述：安排医生或康复师与患者进行一对一的视频咨询。咨询过程中，医生或康复师详细了解患者的病史、症状、生活习惯等信息，并解答患者的疑问。根据患者的具体情况和评估结果，初步制订个性化的运动康复计划，包括运动类型、强度、频率、时长等方面的建议。

②目的：建立医生与患者之间的直接沟通渠道，增强患者的信任感和依从性；确保康复计划的针对性和有效性，为患者提供个性化的康复指导。

3. 在线评估工具与风险评估

①方法描述：开发或利用现有的在线评估工具，如心血管疾病风险评估模型、运动能力测试系统等。患者根据系统提示完成相关测试或填写评估问卷，系统根据输入的数据自动计算风险评分或评估结果。医生或康复师结合评估结果和患者的具体情况，进行综合分析，评估患者的心血管健康状况和运动康复的适宜性。

②目的：量化评估患者的心血管疾病风险和运动能力；为制订个性化的康复计划提供科学依据。

（二）课中阶段

1. 模拟训练

①方法描述：利用虚拟现实技术模拟真实的运动场景和体验，如步行、慢跑、骑自行车等。患者佩戴VR头盔等设备进入虚拟环境，根据系统提示进行运动训练。VR训练可以根据患者的运动能力和进步情况自动调整难度和强度，实现个性化训练。

②目的：提供沉浸式的运动体验，激发患者的运动兴趣和动力；通过模拟真实场景下的运动训练，帮助患者逐步适应和提高运动能力。

2. 远程监控与实时反馈

①方法描述：通过可穿戴设备和互联网平台实时监测患者的运动数据（如心率、步数、运动时长等）和生理指标（如血压、血氧饱和度等）。数据实时上传至云端平台进行分析处理，并生成训练报告和反馈意见。医生或康复师可

以远程查看患者的训练数据和报告，及时给予指导和调整建议。

②目的：确保患者在训练过程中的安全性和有效性；通过实时反馈机制，帮助患者及时调整运动强度和频率，避免过度训练或训练不足的情况发生。

3. 互动式教学与小组讨论

①方法描述：组织线上互动式教学活动，如在线讲座、研讨会等，邀请专家进行授课和答疑。设立小组讨论环节，鼓励患者之间分享运动康复的经验和心得，互相学习和鼓励。教师可以利用在线平台实时关注学生的讨论情况，给予必要的指导和建议。

②目的：增强患者的参与感和归属感，提高学习的积极性和效果；通过互动式教学和小组讨论，促进患者之间的交流和合作，共同提高运动康复的效果。

（三）课后阶段

1. 个性化训练计划调整与优化

①方法描述：根据患者中期训练的效果和反馈，对个性化训练计划进行进一步的调整和优化。评估患者的运动能力、心肺功能以及疾病控制情况，制订更有针对性的训练方案。逐步增加训练的强度和难度，确保患者能够在安全的前提下实现更大的进步。

②目的：确保训练计划始终与患者的身体状况和需求相匹配；促进患者运动能力的持续提升，巩固康复效果。

2. 自我管理技能培养

①方法描述：开展自我管理技能培训课程，包括如何正确监测心率、血压等生理指标，如何合理安排运动时间和强度，如何调整饮食和作息等。通过案例分析、小组讨论等形式，让患者了解自我管理的重要性，并学习实用的自我管理技巧。

②目的：提高患者的自我管理能力，使其能够在日常生活中自主进行康复训练和健康管理。减少对医生的依赖，降低医疗成本，提高生活质量。

3. 心理干预与情绪管理

①方法描述：引入心理干预手段，如认知行为疗法、放松训练等，帮助患者缓解焦虑、抑郁等负面情绪。定期组织心理讲座或咨询活动，为患者提供心

理支持和指导。

②目的：改善患者的心理状态，增强其面对疾病的信心和勇气；减少心理因素对疾病康复的负面影响，提高康复效果。

4. 社区康复与社交支持

①方法描述：鼓励患者参与社区康复活动，如健身操、太极拳、广场舞等集体运动。建立患者互助小组或康复俱乐部，为患者提供相互交流和支持的平台。

②目的：通过集体运动和社会互动，增强患者的社会适应能力和归属感；促进患者之间的经验分享和相互鼓励，提高康复效果。

四、实践环节（练习与作业）

在心血管疾病的教学与康复过程中，实践环节是至关重要的一环。它不仅能帮助学生将理论知识转化为实际操作能力，还能加深学生对心血管疾病的认识和理解。基于互联网健康管理，心血管疾病的运动康复实验教学设计可以充分利用互联网技术的优势，构建一套高效、便捷的实践体系[258]。

（一）课后作业

我们的教学旨在通过丰富的实践环节，使学生不仅熟练掌握心血管疾病运动康复的基本技能——涵盖运动评估、个性化康复计划制订及康复训练指导等，还能将课堂所学的理论知识灵活应用于实践，从而深化对心血管疾病及其运动康复机制的理解。同时，注重培养学生的问题分析与解决能力，使其在面对复杂多变的医疗环境时，能够迅速应变，做出准确判断与有效处理。

1. 理论知识回顾与总结

为了加深学生对课堂内容的记忆和理解，同时锻炼其归纳总结能力，学生需撰写一篇短文，回顾并总结课堂上关于心血管系统疾病运动康复的主要知识点。这些知识点包括但不限于疾病概述、运动康复原理、适用运动类型、运动强度与频率的确定、安全注意事项等。

2. 运动康复日记记录

①要求：学生需按照自己或虚构患者的运动康复计划进行实践，并每天记

录运动过程、身体反应、心理状态等内容。日记应真实反映运动康复的实际情况，并包含对运动效果的初步评估。

②目的：通过日记记录，使学生更加关注自身的身体状况和运动效果，培养其观察、分析和反思的能力。同时，日记也是评估学生实践效果的重要依据。

（二）案例练习

1. 模拟实施与反馈

①方式：利用互联网健康管理平台或虚拟仿真软件，模拟患者进行运动康复的过程。学生需扮演康复师或教练的角色，指导患者正确实施运动计划，并观察其身体反应和效果。

②反馈：模拟结束后，学生需对患者的运动效果进行评估，并根据评估结果调整运动计划。同时，学生之间应进行相互评价和反馈，以提高彼此的专业能力和协作能力。

2. 远程实践

积极与医院、康复中心等医疗机构合作，利用其远程监测系统接入真实患者数据，为学生创造实践机会。学生被分组负责监测特定数量的心血管疾病患者，定期收集并分析包括血压、心率、运动量在内的生理数据。同时，学生还通过视频通话、即时通信等在线工具与患者或其家属保持紧密沟通，掌握患者身体状况与康复进展。基于远程监测数据与患者反馈，学生与教师协作调整康复计划，确保为患者提供精准、个性化的远程康复指导[133]。

3. 总结与反思

①实践效果：通过精心设计的实践环节，学生不仅全面掌握了心血管疾病运动康复的专业知识与技能，还显著提升了临床实践能力与问题解决能力。他们在虚拟仿真、远程实践、校内实训基地及校外实习中，通过反复操作与实战，运动评估、康复计划制订及康复训练指导等技能均获长足进步，能更自信地运用所学为患者提供个性化康复服务。同时，实践环节将理论知识与实践操作紧密融合，增强了学生的学习兴趣与效果，使其能灵活应对实际情境。面对复杂问题，学生在教师指导下学会分析、解决并适应变化，其问题解决与应变能力显著提升。此外，实践还培养了学生的职业素养，包括沟通技巧、团队协作能力与责任感，这些都将为他们未来的职业生涯奠定坚实基础。

②实践反思：尽管实践环节的设计与实施成效显著，但仍需正视其中的问题与不足。技术平台与资源的稳定性、丰富性需进一步提升，以解决实际操作中遇到的稳定性差、资源滞后等问题。同时，实践内容的设置需更合理，兼顾学生实际与认知水平，适时调整难度以促进个体成长。教师指导与反馈的及时性、有效性也需加强，通过教师培训与反馈机制优化，确保学生获得高质量的教学支持。此外，实践环节与理论教学间的衔接问题亟待解决，需深化两者间的融合，实现知识与实践的无缝对接与相互促进。

4. 注意事项

①在制订运动康复计划时，应充分考虑患者的个体差异和潜在风险，确保计划的安全性和有效性。

②在模拟实施过程中，应密切关注患者的身体反应和效果，及时调整运动计划以避免过度训练或运动损伤。

③鼓励学生积极参与讨论和交流，分享经验和心得，共同提高专业素养和实践能力。

（三）结课考核

1. 考核目标

①理论知识掌握：评估学生对心血管系统疾病及运动康复相关理论知识的理解和掌握程度。

②实践能力：考查学生将理论知识应用于实际案例，制订个性化运动康复计划的能力。

③创新能力：鼓励学生提出新颖的运动康复思路和方法，培养其创新思维和解决问题的能力。

2. 考核内容

（1）理论知识考试（笔试/在线测试）

①题型：选择题、填空题、简答题、论述题等。

②内容：涵盖心血管系统疾病的基础知识、运动康复的原理、方法、原则、注意事项等。

③目的：检验学生对理论知识的记忆、理解和应用能力。

（2）实践案例分析（案例分析报告）

①要求：学生需选取一个或多个心血管系统疾病患者的案例，结合互联网健康管理平台的数据和资源，制订个性化的运动康复计划。计划应包含患者基本信息、病情概述、运动目标、运动类型、强度、频率、持续时间、注意事项等内容。

②提交形式：书面报告或PPT展示。

③评价标准：计划的合理性、科学性、个性化程度以及学生对患者身体状况的准确评估能力。

（3）模拟操作与演示（实操考核）

①内容：利用虚拟仿真软件或互联网健康管理平台，模拟心血管系统疾病患者的运动康复过程。学生需扮演康复师或教练的角色，指导患者进行运动训练，并观察患者的身体反应和效果。

②形式：以个人或小组形式进行，考核过程中需记录操作过程和患者反应，并提交操作报告。

③评价标准：操作的规范性、准确性、安全性以及学生的应变能力和问题解决能力。

（4）创新能力展示（创意提案/创新项目）

①要求：学生需提出一项针对心血管系统疾病运动康复的创新思路或项目方案。方案可以涉及新的运动方式、康复设备、健康管理平台功能等。

②提交形式：创意提案书、项目计划书或演示视频等。

③评价标准：创意的新颖性、实用性、可行性以及学生的创新思维和表达能力。

3. 考核方式与评分

①考核方式：理论知识考试采用闭卷或在线测试方式进行；实践案例分析、模拟操作与演示、创新能力展示采用提交报告或现场演示的方式进行。

②评分比例：理论知识考试占30%，实践案例分析占30%，模拟操作与演示占20%，创新能力展示占20%。

③评分标准：根据各项考核内容的评价标准进行打分，并结合学生的平时表现和学习态度进行综合评定。

4. 注意事项

①在考核过程中，应注重学生的实践能力和创新能力培养，鼓励学生多思

考、多探索、多实践。

②考核内容应贴近实际，与当前心血管系统疾病运动康复领域的发展趋势和热点问题相结合。

③教师应及时给予学生反馈和指导，帮助其发现不足并改进提高。

第三节 基于互联网健康管理——代谢性疾病的运动康复实验教学设计

一、肥胖的运动康复实验教学设计

（一）教学目标与要求

1. 教学目标

通过理论学习与实验操作，使学生深入理解肥胖的病理生理学基础，包括脂肪代谢、能量平衡以及肥胖对健康的影响。教授学生肥胖运动康复的基本原理和方法，包括有氧运动、力量训练、柔韧性训练等，并强调饮食管理在肥胖康复中的重要作用。引导学生了解并实践互联网健康管理平台在肥胖运动康复中的应用，如远程监测体重、体脂率、饮食摄入及运动数据等，以实现个性化康复管理。

2. 教学要求

学生需具备肥胖及其相关代谢性疾病的基础知识，理解肥胖发生的生理机制及对人体健康的危害。学生应熟练掌握肥胖运动康复的基本方法，包括制订个性化的运动计划和饮食方案。学生需具备使用互联网健康管理平台的基本能力，能够利用平台进行数据收集、分析和康复计划的动态调整。

（二）教学重难点

要深入讲解肥胖运动康复的基本原理与方法，如各类运动类型的作用机制、综合运动计划与饮食管理的重要性，还特别强调了如何利用互联网健康管理平台，将这些理论知识转化为实际操作的强大工具。通过平台的功能展示与操作流程教学，学生将学会如何高效地录入、监测、分析患者数据，实现远程、实时、精准的康复管理。

同时，教学难点也得到了针对性的提升。首先，学生需掌握更为精细的评估技能，结合互联网健康管理平台提供的数据支持，更准确地识别患者个体差异，从而制订出更加个性化、高效的康复计划。其次，在监测与评估康复效果方面，我们将引导学生充分利用平台提供的科学评估工具和方法，如智能穿戴设备、数据分析软件等，实现数据的持续追踪与深度分析，为康复计划的及时调整提供有力依据。最后，在提升患者依从性和积极性方面，互联网健康管理平台成为重要的桥梁，通过远程指导、心理支持、社区互动等功能，增强患者的康复意识与自我管理能力，确保康复过程的顺利进行与最佳效果的实现。

（三）教学方法与手段

1. 课前阶段

①预习资料分发：上传肥胖及其运动康复的基础理论资料至在线学习平台，包括肥胖的病理机制、运动康复的基本原理和方法等。

②案例引导式学习：提供实际肥胖康复病例的简要信息，要求学生预习并思考患者的肥胖特点、康复需求及可能的康复策略。

2. 课中阶段

①互动式理论讲授：结合预习内容，教师讲解肥胖运动康复的基本原理和方法，通过提问、互动和小组讨论激发学生的思考和参与。

②分组实践操作：学生分组模拟肥胖患者的运动康复训练，包括有氧运动、力量训练等，教师现场演示并指导正确操作。

③实时数据监测与反馈：利用互联网健康管理平台实时监测学生的运动数据和饮食摄入情况，进行数据分析并反馈调整康复计划。

3. 课后阶段

①个案分析反思：要求学生撰写学习反思，总结实践操作中的经验和教训，并提出改进建议。

②远程康复数据分析：学生继续通过互联网平台跟踪虚拟患者的数据变化，评估康复效果并调整康复计划。

③在线反馈与答疑：通过在线学习平台提供课后答疑服务，解答学生在学

习和实践中的疑问。

（四）实践环节（练习与作业）

1. 课后作业

（1）肥胖康复个案分析报告撰写

1）目的：通过深入分析虚拟肥胖病例，加深学生对肥胖的成因、病理生理变化及个性化康复策略的理解，培养其综合运用健康管理知识解决实际问题的能力。

2）要求：

①选择病例：每位学生需从课程提供的虚拟病例库中选择一个肥胖病例，确保病例具有代表性且符合当前健康管理研究的热点。

②资料收集：利用互联网资源、医学文献及课程资料，全面收集患者的基本信息、病史、体检结果、生活习惯等相关资料。

（2）分析报告

①肥胖特点分析：详细描述患者的身体质量指数（BMI）、体脂分布、肥胖类型等特征，探讨可能的致胖因素。

②康复需求分析：基于患者现状，分析其康复过程中的主要障碍和挑战，明确康复目标。

③康复策略制订：结合互联网健康管理的理念，提出包括饮食调整、运动干预、心理支持等多维度的康复策略，并阐述其科学依据和预期效果。

（3）个性化运动康复计划设计

1）目的：通过实际操作，让学生掌握基于互联网健康管理平台的个性化康复计划设计方法，提升其实践操作能力和创新思维。

2）要求：

①患者设定：基于课程要求或自选一个虚拟肥胖患者，设定其年龄、性别、职业、健康状况等基本信息。

②饮食管理：结合患者营养需求和喜好，制订科学合理的饮食计划，包括每日热量摄入、膳食结构、营养素比例等，并考虑互联网健康管理平台在饮食跟踪和反馈中的作用。

③运动计划：设计包含有氧运动、力量训练、柔韧性训练等多种形式的运动方案，明确运动强度、频率、时长及注意事项，同时利用互联网平台进行运动数据监测和效果评估。

④心理支持与健康教育：融入心理调适、行为改变等策略，以及通过互联网平台提供的健康教育资源，促进患者自我管理和长期康复。

⑤互联网应用说明：详细说明在康复计划中应如何运用互联网健康管理平台进行数据收集、分析、反馈和调整，体现其便捷性、实时性和个性化特点。

2. 案例练习

（1）实践练习

模拟肥胖患者的运动康复训练与互联网平台应用。

（2）目的

通过模拟实践，增强学生的团队协作能力和互联网健康管理技能，使其能够熟练运用所学知识解决实际问题。

（3）实施步骤

1）分组与角色分配：将学生分为若干小组，每组模拟一个医疗团队，分别扮演医生、康复师、营养师、患者等角色。

2）模拟训练：

①运动康复训练：按照有氧运动、力量训练等模块进行模拟训练，各组学生轮流扮演患者和康复师，体验并学习不同运动类型的操作方法和技巧。

②互联网平台应用：利用选定的互联网健康管理平台，实时录入和监测患者的运动数据、饮食摄入情况等信息，进行数据分析并讨论如何根据数据反馈调整康复计划。

3. 结课考核

（1）理论考试

①基础理论知识：涵盖肥胖的成因、病理生理变化、健康管理的基本概念、互联网健康管理平台的工作原理及优势等。

②康复策略分析：考查学生对肥胖患者康复需求分析的能力，包括如何根据患者的具体情况制订个性化的康复策略，以及这些策略背后有哪些理论依据。

③互联网健康管理应用：测试学生对互联网健康管理平台在肥胖康复中具体应用的理解，如数据监测、分析、反馈及调整康复计划等方面的知识。

（2）实操考试

1）模拟肥胖患者的运动康复训练：学生分组进行模拟训练，展示有氧运动、力量训练等运动类型的操作方法和技巧，以及如何通过团队协作完成康复任务。

2）互联网平台应用实操：利用选定的互联网健康管理平台，学生需实时录入和监测虚拟患者的运动数据、饮食摄入情况等信息，进行数据分析，并基于数据反馈调整康复计划。同时，需展示如何有效利用平台资源进行健康教育和心理支持。

3）个性化运动康复计划设计：学生需根据虚拟患者的具体情况，设计一个完整的肥胖康复计划，包括饮食管理、运动计划等，并详细说明互联网健康管理在康复中的具体应用。

4）实操考试形式：

①分组实操：学生分组进行，每组负责一个虚拟患者的康复计划设计和实施。

②现场演示：学生需向教师和同学展示其康复计划的设计思路、实施过程及效果评估方法，并接受提问和点评。

③报告提交：提交一份详细的康复计划文档和实操过程记录，作为评分依据之一。

二、糖尿病的运动康复实验教学设计

（一）教学目标与要求

1. 教学目标

通过理论学习和实验操作，学生深入了解糖尿病的病理生理学特征，特别是对糖代谢、脂肪代谢及心血管系统的影响。糖尿病运动康复的基本原理和科学依据，包括运动对血糖控制的正面作用、运动类型与强度的选择原则等。学习并实践糖尿病患者的个性化运动康复方案设计，包括有氧运动、力量训练、柔韧性训练等。了解并应用互联网健康管理平台在糖尿病运动康复中的远程监测与管理功能，提高康复效果与患者依从性。

2. 教学要求

学生需具备糖尿病的基础知识，包括其发病机制、临床表现及常见并发症。能够根据患者的具体情况（如年龄、体重、病情严重程度等），制订合适的运动康复计划。熟练掌握至少一种互联网健康管理平台的使用，能够利用平台进行患者运动数据的收集、分析与反馈。培养学生数据分析能力，使学生能够根据运动数据调整康复计划，实现精准康复。

（二）教学重难点

本课程的教学重点聚焦于糖尿病运动康复的科学体系与实践应用。我们深入剖析运动对糖尿病患者的多重益处，明确运动方案设计的科学依据与个性化原则，特别关注不同类型糖尿病患者的特殊康复需求。通过案例分析与实践操作，学生将学会如何精准设计并实施个性化的运动康复计划，涵盖有氧运动、力量训练和柔韧性训练，同时强化运动过程中的安全监测与应急处理能力。此外，课程还应充分利用互联网健康管理平台的力量，教授学生如何高效收集、分析患者数据，实现远程监测与个性化指导，从而不断优化康复计划，提升康复效果。面对教学难点，我们着重培养学生根据具体病情制订个性化方案的能力，确保康复过程的安全性与有效性。同时，通过策略探讨与实战演练，增强学生提升患者依从性、促进康复效果的能力，最终实现糖尿病运动康复的科学化、精准化与高效化。

（三）教学方法与手段

1. 课前阶段

①预习资料分发：上传糖尿病及其运动康复的基础知识资料至在线学习平台，包括糖尿病的病理机制、运动康复的基本原理与科学依据等。

②案例引导式学习：提供糖尿病运动康复的实际案例，要求学生预习并思考案例中的关键问题。

2. 课中阶段

①互动式理论讲授：结合预习内容，讲解糖尿病运动康复的重点与难点，通过提问、互动环节和小组讨论激发学生的思考。

②分组实践操作：模拟糖尿病患者的运动康复过程，学生分组进行实际操作，包括设计运动方案、调整运动强度与频率、监测运动数据等。

③实时数据监测与反馈：利用互联网健康管理平台实时监测"患者"的运动数据，并进行数据分析与反馈调整。

3. 课后阶段

①个案分析反思：要求学生撰写学习反思，分析在实践操作中的经验与教

训，并提出改进建议。

②远程康复数据分析：继续跟踪虚拟患者的运动数据变化，评估康复效果并提出后续调整建议。

③在线反馈与答疑：通过在线学习平台提供课后答疑服务，帮助学生解决疑难问题。

④在线评估与作业提交：学生提交个案分析报告与康复计划设计作业，教师进行在线评分与评价。

（四）实践环节（练习与作业）

1. 课后作业

（1）糖尿病康复个案分析报告撰写

1）选择病例：每位学生需从课程提供的虚拟病例库中选择一个糖尿病病例，确保病例具有代表性且涵盖不同类型的糖尿病及其并发症。

2）资料收集：利用互联网资源、医学文献及课程资料，全面收集患者的基本信息、病史、体检报告、血糖监测数据、生活习惯等相关资料。

3）分析报告：

①糖尿病特点分析：详细描述患者的血糖水平、糖化血红蛋白、胰岛功能等关键指标，探讨糖尿病的类型、进展及可能的并发症。

②康复需求分析：基于患者现状，分析其运动康复过程中的主要障碍和挑战，如血糖控制难度、运动耐受性、心理压力等，明确康复目标。

③康复策略制订：结合互联网健康管理的理念，提出包括个性化运动处方、饮食调整、药物治疗及心理支持等多维度的康复策略，并阐述其科学依据和预期效果。

④实施与评估：设计康复计划的实施步骤和监测指标，如血糖监测频率、运动强度与频率调整原则、效果评估方法等，预测可能遇到的问题及应对措施。

（2）个性化运动康复计划设计

①患者设定：基于课程要求或自选一个虚拟糖尿病患者，设定其年龄、性别、体重、糖尿病类型、并发症情况等基本信息。

②运动处方制订：根据患者的体能状况、运动偏好及康复目标，设计包含有氧运动、抗阻训练、柔韧性训练等多种形式的运动方案，明确运动强度、频率、时长及注意事项。

③互联网应用说明：详细说明在康复计划中应如何运用互联网健康管理平台进行运动数据监测（如步数、心率、卡路里消耗等），分析运动效果，并根据数据反馈调整运动计划，同时利用平台资源进行健康教育和心理支持。

2. 案例练习

（1）实践练习

分组与角色分配：将学生分为若干小组，每组模拟一个医疗团队，分别扮演医生、康复师、营养师、患者等角色。

（2）模拟训练

①运动康复训练：按照设计的运动处方进行模拟训练，各组学生轮流扮演患者和康复师，体验并学习不同运动类型的操作方法和技巧，同时关注患者的血糖变化和身体反应。

②互联网平台应用：利用选定的互联网健康管理平台，实时录入和监测患者的运动数据、血糖水平等信息，进行数据分析并讨论如何根据数据反馈调整运动计划和药物治疗方案。

3. 结课考核

（1）理论考试

考核内容涵盖糖尿病的病理生理、运动康复原理、互联网健康管理平台在糖尿病管理中的应用等基础知识。

（2）实操考试

①模拟糖尿病患者的运动康复训练：学生分组进行模拟训练，展示为糖尿病患者制订和实施个性化运动康复计划的能力，包括运动类型选择、强度控制、效果评估等。

②互联网平台应用实操：利用选定的互联网健康管理平台，学生需实时录入和监测虚拟患者的运动数据、血糖水平等信息，进行数据分析并调整康复计划。同时展示如何有效利用平台资源进行患者教育和支持。

③个性化运动康复计划设计：学生需根据虚拟患者的具体情况设计一个完整的糖尿病运动康复计划，包括运动处方、饮食建议、心理支持等，并详细说明互联网健康管理在康复中的具体应用。

三、高脂血症的运动康复实验教学设计

（一）教学目标与要求

1. 教学目标

通过理论学习和实践操作，学生掌握高脂血症的基本病理生理学特征，包括血脂代谢异常的原因、危害及其对心血管系统的影响。学习并实践针对高脂血症患者的运动康复方法，如有氧运动、力量训练及柔韧性训练，理解这些运动对血脂水平改善的作用机制。了解互联网健康管理平台在高脂血症运动康复中的应用，包括如何通过平台监测患者运动数据、评估康复效果及调整运动计划。

2. 教学要求

学生需具备高脂血症的基础知识，包括血脂成分、正常范围及异常标准。学生应掌握至少一种互联网健康管理平台的基本操作，能够利用该平台记录、分析患者的运动数据，并据此调整康复计划。学生需具备设计并实施个性化运动康复计划的能力，考虑患者的年龄、性别、体质状况及运动偏好等因素。

（二）教学重难点

需深入阐述运动对血脂代谢的积极作用，强调个性化、循序渐进及安全性的康复原则，并详细介绍有氧运动、力量训练和柔韧性训练等康复方法的具体实施。同时，课程充分利用互联网健康管理平台，展示其在数据收集、分析、反馈及运动计划调整中的关键作用，通过实操演示，让学生直观体验如何通过平台监测患者运动数据，科学评估康复效果。

而对教学难点，我们注重培养学生制订个性化运动康复计划的能力，通过小组讨论、案例分析等方法，确保计划的科学性和可行性。教授学生科学的评估工具和方法，结合互联网平台数据分析，精准评估康复效果，及时调整计划。此外，我们还关注学生依从性的提升与远程管理，通过模拟场景、角色扮演等教学手段，帮助学生掌握提高患者依从性、利用互联网平台进行远程监控和指导的技巧，以确保康复计划的顺利执行与效果最大化。

（三）教学方法与手段

1. 课前阶段

①预习资料分发：上传高脂血症及其运动康复的基础理论资料至在线学习平台，包括血脂代谢机制、高脂血症的危害、运动康复的基本原理等。

②案例引导式学习：提供高脂血症患者的康复案例，要求学生预习并思考患者的运动康复需求及可能的康复方案。

2. 课中阶段

①互动式理论讲授：结合预习内容，讲解高脂血症及其运动康复的关键知识点，通过提问、互动和小组讨论激发学生的思考。

②分组实践操作：模拟高脂血症患者的运动康复训练，学生分组进行有氧运动、力量训练及柔韧性训练的实践操作，体验不同运动方式在康复中的应用。

③实时数据监测与反馈：利用互联网健康管理平台实时监测"患者"的运动数据，如心率、步数、运动时长等，并指导学生根据数据反馈调整运动计划。

3. 课后阶段

①个案分析反思：要求学生撰写学习反思，总结实践操作中的经验和教训，对课堂案例中的"患者"康复效果进行评估并提出改进建议。

②远程康复数据分析：继续通过互联网健康管理平台跟踪虚拟患者的数据变化，评估康复进展，并提出后续调整建议。

③在线反馈与答疑：通过在线学习平台提供课后答疑服务，解答学生在课程中的疑问，并分享相关学习材料供学生进一步学习。

（四）实践环节（练习与作业）

1. 课后作业

（1）高脂血症康复个案分析报告撰写

1）选择病例：每位学生需从课程提供的虚拟病例库中选择一个高脂血症病例，确保病例具有代表性且涵盖不同类型的血脂异常。

2）资料收集：利用互联网资源、医学文献及课程资料，全面收集患者的基本信息、血脂检测报告、生活习惯、家族病史等相关资料。

3）分析报告：

①高脂血症特点分析：详细描述患者的血脂水平（如总胆固醇、低密度脂蛋白、高密度脂蛋白、甘油三酯等）、可能的风险因素及并发症。

②康复需求分析：基于患者现状，分析其康复过程中的主要障碍和挑战，如生活方式调整难度、药物依从性、心理压力等，明确康复目标。

③康复策略制订：结合互联网健康管理的理念，提出包括个性化运动处方、饮食调整、药物治疗及心理支持等多维度的康复策略，并阐述其科学依据和预期效果。

④实施与评估：设计康复计划的实施步骤和监测指标，如血脂监测频率、运动计划执行情况、生活方式改变程度等，预测可能遇到的问题及应对措施，规划效果评估方法。

（2）个性化运动康复计划设计

①患者设定：基于课程要求或自选一个虚拟高脂血症患者，设定其年龄、性别、体重、血脂水平、生活习惯等基本信息。

②运动处方制订：根据患者的体能状况、运动偏好及康复目标，设计包含有氧运动、抗阻训练、柔韧性训练等多种形式的运动方案，明确运动强度、频率、时长及注意事项，同时考虑运动对血脂水平的潜在影响。

③饮食管理：结合患者营养需求和血脂管理目标，制订科学合理的饮食计划，包括减少饱和脂肪和胆固醇摄入、增加膳食纤维和不饱和脂肪酸的比例等，并考虑互联网健康管理平台在饮食跟踪和反馈中的作用。

④心理支持与健康教育：融入心理调适、行为改变等策略，以及通过互联网平台提供的健康教育资源，促进患者自我管理和长期康复。

⑤互联网应用说明：详细说明在康复计划中应如何运用互联网健康管理平台进行数据收集（如运动量、饮食记录等）、分析血脂变化趋势、提供个性化建议和调整康复计划，体现其便捷性、实时性和个性化特点。

2. 案例练习

（1）实践练习

分组与角色分配：将学生分为若干小组，每组模拟一个医疗团队，分别扮演医生、康复师、营养师、患者等角色。

（2）模拟训练

①运动康复训练：按照设计的运动处方进行模拟训练，各组学生轮流扮演患者和康复师，体验并学习不同运动类型的操作方法和技巧，同时监测患者的

血脂变化趋势。

②互联网平台应用：利用选定的互联网健康管理平台，实时录入和监测患者的运动数据、饮食摄入情况等信息，进行数据分析并讨论如何根据数据反馈调整运动计划和饮食方案。

3. 结课考核

（1）理论考试

考核内容涵盖高脂血症的病理生理、运动康复原理、互联网健康管理平台在血脂管理中的应用等基础知识。

（2）实操考试

①模拟高脂血症患者的运动康复训练：学生分组进行模拟训练，展示为高脂血症患者制订并实施个性化运动康复计划的能力，包括运动类型选择、强度控制、效果评估等。

②互联网平台应用实操：利用选定的互联网健康管理平台，学生需实时录入和监测虚拟患者的运动数据、血脂水平等信息，进行数据分析并调整康复计划。同时展示如何有效利用平台资源进行患者教育和支持。

③个性化运动康复计划设计：学生需根据虚拟患者的具体情况设计一个完整的高脂血症运动康复计划，包括运动处方、饮食建议、心理支持等，并详细说明互联网健康管理在康复中的具体应用。

四、高尿酸症的运动康复实验教学设计

（一）教学目标与要求

1. 教学目标

通过理论学习与实验操作，学生深入了解高尿酸症的病理生理学基础，包括其发病机制、临床表现及对患者健康的潜在影响。重点掌握高尿酸症患者的运动康复原则与方法，包括适宜的运动类型、强度及频率，以及如何通过运动干预降低尿酸水平、改善身体机能。此外，学生还需了解互联网健康管理平台在高尿酸症运动康复中的应用，如远程监测尿酸水平、评估运动效果及调整康复计划。

2. 教学要求

学生应具备高尿酸症的基础知识，包括其定义、诊断标准、常见并发症等。同时，学生需掌握至少一种运动康复方案的制订与实施方法，并能运用互联网健康管理平台进行数据跟踪与分析。通过实践操作，学生能够根据患者的具体情况制订个性化的运动康复计划，并有效评估与调整康复方案。

（二）教学重难点

详细解析适合高尿酸症患者的运动类型及其促进尿酸排泄、优化代谢功能的机制，同时强调了运动方案个性化与安全性的关键原则。通过实例分析，学生将深刻理解不同运动方式对患者尿酸水平及整体健康的影响。此外，课程还着重介绍了互联网健康管理平台在高尿酸症运动康复中的应用，展示其远程监测、数据分析与个性化建议的强大功能，并通过模拟案例，让学生掌握平台操作与康复计划调整的技能。在个性化运动康复计划的制订与实施方面，我们强调综合考虑患者多方面因素，定期监测尿酸水平，并据此灵活调整方案。

面对教学难点，我们教授学生如何精准评估患者运动能力、设定适宜运动强度，以及如何有效监测尿酸水平、灵活调整康复计划。另外，针对患者依从性提升与自我管理能力培养，我们分析影响因素，提出解决方案，并通过模拟场景，帮助学生掌握与患者沟通、激励与监督的技巧，以确保高尿酸症运动康复计划的有效实施与患者的长期健康改善。

（三）教学方法与手段

1. 课前阶段

①预习资料分发：上传高尿酸症的病理生理学基础、运动康复原则与方法等相关资料至在线学习平台。

②案例引导式学习：提供高尿酸症患者运动康复的成功案例，要求学生分析案例中的运动方案、康复效果及可能存在的问题。

2. 课中阶段

①互动式理论讲授：结合预习内容，详细讲解高尿酸症的运动康复原则与方法，引导学生参与讨论与提问。

②分组实践操作：模拟高尿酸症患者的运动康复过程，学生分组操作康复设备（如跑步机、哑铃等），进行有氧运动、力量训练等的实践操作。

③实时数据监测与反馈：利用互联网健康管理平台实时监测学生的运动数据（如心率、运动强度等）及模拟的尿酸水平变化，根据数据反馈调整运动方案。

3. 课后阶段

①个案分析反思：要求学生撰写学习反思，分析自己在实践操作中的表现与收获，并提出改进建议。

②远程康复数据分析：继续通过互联网健康管理平台跟踪模拟患者的尿酸水平及运动数据变化，评估康复效果并提出后续调整建议。

③在线反馈与答疑：通过在线学习平台提供课后答疑服务，解答学生在学习中遇到的问题。

（四）实践环节（练习与作业）

1. 课后作业

（1）高尿酸症康复个案分析报告撰写

①选择病例：每位学生需从课程提供的虚拟病例库中选择一个高尿酸症病例，确保病例具有代表性且符合当前高尿酸症健康管理研究的热点。

②资料收集：利用互联网资源、医学文献及课程资料，全面收集患者的基本信息、病史、尿酸水平、体检结果、生活习惯（特别是饮食习惯）等相关资料。

（2）分析报告

①高尿酸症特点分析：详细描述患者的尿酸水平、尿酸代谢异常类型（如生成过多或排泄较少）、可能的并发症等特征，探讨可能的致高尿酸因素。

②康复需求分析：基于患者现状，分析其康复过程中的主要障碍和挑战，如饮食控制难度、生活方式调整、药物依从性等，明确康复目标。

③康复策略制定：结合互联网健康管理的理念，提出包括饮食调整（低嘌呤饮食）、运动干预、体重管理、药物治疗（如有必要）及心理支持等多维度的康复策略，并阐述其科学依据和预期效果。

④实施与评估：设计康复计划的实施步骤和监测指标，如尿酸水平监测频率、运动计划执行情况、饮食调整效果等，预测可能遇到的问题及应对措施，

规划效果评估方法。

（3）个性化运动康复计划设计

①患者设定：基于课程要求或自选一个虚拟高尿酸症患者，设定其年龄、性别、体重、尿酸水平、生活习惯等基本信息。

②饮食管理：结合患者营养需求和尿酸水平，制订低嘌呤饮食计划，包括限制高嘌呤食物摄入、增加低嘌呤食物比例、合理搭配膳食等，并考虑互联网健康管理平台在饮食跟踪和反馈中的作用。

③运动计划：设计适合高尿酸症患者的运动方案，以有氧运动为主，结合适当的力量训练和柔韧性训练，明确运动强度、频率、时长及注意事项，利用互联网平台进行运动数据监测和效果评估。

④体重管理与生活方式调整：制订体重管理计划，鼓励患者保持适宜的体重，同时调整不良生活习惯，如戒烟限酒、规律作息等。

⑤心理支持与健康教育：融入心理调适策略，帮助患者应对康复过程中的心理压力，同时通过互联网平台提供的高尿酸症健康教育资源，促进患者自我管理和长期康复。

⑥互联网应用说明：详细说明在康复计划中应如何运用互联网健康管理平台进行数据收集（如尿酸水平、运动量、饮食摄入等）、分析、反馈和调整，体现其便捷性、实时性和个性化特点。

2. 案例练习

（1）实践练习

分组与角色分配：将学生分为若干小组，每组模拟一个医疗团队，分别扮演医生、康复师、营养师、患者等角色。

（2）模拟训练

①运动康复训练：按照设计的运动方案进行模拟训练，各组学生轮流扮演患者和康复师，体验并学习适合高尿酸患者的运动类型和操作方法。

②互联网平台应用：利用选定的互联网健康管理平台，实时录入和监测患者的运动数据、尿酸水平及饮食摄入情况等信息，进行数据分析并讨论如何根据数据反馈调整康复计划。

3. 结课考核

（1）理论考试

考核内容涵盖高尿酸症的成因、病理生理变化、健康管理的基本概念、互联网健康管理平台的工作原理及在高尿酸症管理中的应用优势等。

（2）实操考试

①模拟高尿酸症患者的运动康复训练：学生分组进行模拟训练，展示为高尿酸症患者设计并实施的运动康复计划，包括运动类型选择、强度控制、效果评估等。

②互联网平台应用实操：利用选定的互联网健康管理平台，学生需实时录入和监测虚拟患者的运动数据、尿酸水平及饮食摄入情况等信息，进行数据分析，并基于数据反馈调整康复计划。同时展示如何有效利用平台资源进行患者教育和心理支持。

③个性化运动康复计划设计：学生需根据虚拟患者的具体情况设计一个完整的高尿酸症康复计划，包括饮食管理、运动计划、体重管理等内容，并详细说明互联网健康管理在康复中的具体应用。

五、骨质疏松的运动康复实验教学设计

（一）教学目标与要求

1. 教学目标

通过理论学习和实践操作，学生理解骨质疏松的基本病理生理学特征，包括骨量减少、骨骼结构破坏及骨折风险增加等。掌握骨质疏松患者运动康复的基本原则和方法，如抗阻训练、平衡训练、柔韧性训练及有氧训练等。同时，了解互联网健康管理平台在骨质疏松运动康复中的应用，包括远程监测骨密度、评估运动效果及调整康复计划。

2. 教学要求

学生应具备骨质疏松的基础知识，包括其病理生理机制、临床表现及对患者生活质量的影响。学生需熟练掌握至少一种互联网健康管理平台的基本操作，能够利用该平台跟踪、监测和分析患者的康复进展。此外，学生还需具备制订个性化骨质疏松运动康复计划的能力，并能根据患者的具体情况进行动态调整。

（二）教学重难点

在基于互联网健康管理的骨质疏松患者运动康复教学中，我们聚焦于科学

原理与个性化方案的深度融合。学生将学习机械应力促进骨量增长、肌肉力量保护骨骼等核心理论，并通过实例分析理解不同运动方式对骨密度和肌肉力量的积极影响。同时，课程强调个性化运动康复方案的设计，涵盖年龄、性别、骨密度、骨折史等多维度考量，融合抗阻、平衡及柔韧性训练。此外，我们还将介绍互联网健康管理平台在骨质疏松康复中的前沿应用，如远程监测、效果评估与个性化建议，指导学生掌握平台操作，实现康复计划的动态优化。面对教学难点，我们将通过案例分析、小组讨论等方式，提升学生评估患者运动能力及制订个性化方案的能力，并着重强调运动康复的安全性与有效性，教授预防跌倒等意外事件的策略。另外，课程还将探讨如何利用互联网平台提升患者依从性，确保数据实时准确，为骨质疏松患者的远程康复管理提供有力支撑。

（三）教学方法与手段

1. 课前阶段

①预习资料分发：上传骨质疏松及其运动康复的基础理论资料至在线学习平台，包括骨质疏松的病理机制、临床表现、运动康复的基本原理等。

②案例引导式学习：提供实际骨质疏松患者的康复病例，要求学生预习并思考患者的运动能力评估、康复目标及可能的康复方案。

2. 课中阶段

①互动式理论讲授：结合预习案例，讲解骨质疏松运动康复的科学依据和原则，引导学生进行课堂讨论和案例分析。

②分组实践操作：分组进行模拟操作，使用抗阻训练器械、平衡板等设备进行骨质疏松患者的运动康复训练。通过实际操作，掌握不同运动方式的实施方法和注意事项。

③实时数据监测与反馈：利用互联网健康管理平台实时监测虚似患者的运动数据，如骨密度变化、肌肉力量提升情况等。学生需根据数据反馈调整康复方案，并学习如何利用平台工具进行数据分析。

3. 课后阶段

①个案分析反思：要求学生撰写学习反思，总结在实践操作中的经验和遇到的问题，并提出改进建议。

②远程康复数据分析：继续通过互联网平台跟踪虚拟患者的数据变化，评

估康复效果，并提出进一步的康复调整建议。

③在线反馈与答疑：通过在线学习平台提供课后答疑服务，解答学生在课程中的疑问，并提供相关学习材料供学生进一步学习。

（四）实践环节（练习与作业）

1. 课后作业

（1）骨质疏松康复个案分析报告撰写

①选择病例：每位学生需从课程提供的虚拟病例库中选择一个骨质疏松病例，确保病例具有代表性且符合当前骨质疏松健康管理研究的热点。

②资料收集：利用互联网资源、医学文献及课程资料，全面收集患者的基本信息、病史、骨密度检查结果、骨折史、生活习惯（特别是运动习惯和饮食习惯）等相关资料。

（2）分析报告

①骨质疏松特点分析：详细描述患者的骨密度水平、骨折风险评估、骨转换标志物等特征，探讨可能导致骨质疏松的因素。

②康复需求分析：基于患者现状，分析其康复过程中的主要障碍和挑战，如运动能力受限、跌倒风险、药物依从性、营养摄入不足等，明确康复目标。

③康复策略制订：结合互联网健康管理的理念，提出包括力量训练、平衡训练、柔韧性训练、营养补充（如钙和维生素D）及心理支持等多维度的康复策略，并阐述其科学依据和预期效果。

④实施与评估：设计康复计划的实施步骤和监测指标，如骨密度监测频率、运动计划执行情况、跌倒风险评估及营养摄入评估等，预测可能遇到的问题及应对措施，规划效果评估方法。

（3）个性化运动康复计划设计

①患者设定：基于课程要求或自选一个虚拟骨质疏松患者，设定其年龄、性别、身高、体重、骨密度水平、生活习惯等基本信息。

②运动计划：设计适合骨质疏松患者的运动方案，以力量训练、平衡训练和柔韧性训练为核心，明确运动强度、频率、时长及注意事项，利用互联网平台进行运动数据监测和效果评估。

③营养管理：结合患者营养需求和骨质疏松特点，制订营养补充计划，包括钙和维生素D的摄入建议，以及均衡膳食的指导，并考虑互联网健康管理平

台在营养跟踪和反馈中的作用。

④跌倒风险评估与预防：评估患者的跌倒风险，制定预防措施，如家居环境改造、使用辅助工具等，并教育患者及其家属如何预防跌倒。

⑤心理支持与健康教育：融入心理调适策略，帮助患者应对因骨质疏松带来的心理压力，同时通过互联网平台提供的骨质疏松健康教育资源，促进患者自我管理和长期康复。

⑥互联网应用说明：详细说明在康复计划中应如何运用互联网健康管理平台进行数据收集（如骨密度变化、运动量、营养摄入等）、分析、反馈和调整，体现其便捷性、实时性和个性化特点。

2. 案例练习

（1）实践练习

分组与角色分配：将学生分为若干小组，每组模拟一个医疗团队，分别扮演医生、康复师、营养师、患者等角色。

（2）模拟训练

①运动康复训练：按照设计的运动方案进行模拟训练，各组学生轮流扮演患者和康复师，体验并学习适合骨质疏松患者的运动类型和操作方法，特别是力量训练和平衡训练的技巧。

②互联网平台应用：利用选定的互联网健康管理平台，实时录入和监测患者的运动数据、骨密度变化及营养摄入情况等信息，进行数据分析并讨论如何根据数据反馈调整康复计划。

③跌倒风险评估与预防演练：模拟家庭环境，进行跌倒风险评估和预防措施的演练，提高学生的实际操作能力。

3. 结课考核

（1）理论考试

考核内容涵盖骨质疏松的成因、病理生理变化、健康管理的基本概念、互联网健康管理平台的工作原理及在骨质疏松管理中的应用优势等。

（2）实操考试

①模拟骨质疏松患者的运动康复训练：学生分组进行模拟训练，展示为骨质疏松患者设计并实施的运动康复计划，包括运动类型选择、强度控制、效果评估及跌倒风险评估等。

②互联网平台应用实操：利用选定的互联网健康管理平台，学生需实时录入和监测虚拟患者的运动数据、骨密度变化及营养摄入情况等信息，进行数据分析，并基于数据反馈调整康复计划。同时展示如何有效利用平台资源进行患者教育和心理支持。

③个性化运动康复计划设计：学生需根据虚拟患者的具体情况设计一个完整的骨质疏松康复计划，包括运动计划、营养管理、跌倒风险评估与预防等内容，并详细说明互联网健康管理在康复中的具体应用。

第四节　基于互联网健康管理——神经系统病的运动康复实验教学设计

一、脑卒中的运动康复实验教学设计

（一）教学目标与要求

1. 教学目标

通过系统的理论学习与实践操作，学生全面掌握脑卒中的病理生理学特征，包括脑卒中后运动功能障碍的类型、原因及其对日常生活的影响。掌握脑卒中患者运动康复的基本原则、评估方法及干预策略，如肌力训练、平衡与协调训练、步态训练及功能性电刺激等。同时，了解并熟悉现代科技手段，如VR、机器人辅助疗法在脑卒中运动康复中的应用，以及如何通过互联网健康管理平台实现远程康复管理。

2. 教学要求

学生应具备脑卒中的基础知识，包括其发病机制、临床表现、并发症及康复的重要性。学生需能够熟练运用至少一种脑卒中运动功能评估工具，准确评估患者的运动障碍程度。此外，学生还需掌握设计个性化脑卒中运动康复计划的能力，并能根据患者的康复进展和反馈进行适时调整。另外，学生还应熟悉互联网健康管理平台在脑卒中复中的应用，并能够利用平台数据进行远程监测、效果评估及康复计划的动态调整。

（二）教学重难点

首先，深入解析脑卒中后常见的运动障碍类型，如偏瘫、肌张力异常及平衡障碍，并传授学生运用标准化工具进行准确评估的技能。其次，重点介绍肌力训练、平衡协调及步态训练等核心康复方法，结合案例分析，阐明各方法的应用场景与成效。最后，课程紧跟时代步伐，引入VR、机器人辅助疗法等现代科技手段，展示其在提升康复效率、增强患者参与感方面的独特优势。

面对教学难点，我们强调个性化运动康复计划的重要性，通过案例分析、小组讨论，引导学生根据患者具体情况灵活制订方案，确保康复过程的安全与有效。此外，还深入探讨了科技手段与传统康复方法的融合之道，旨在实现两者优势互补，进一步提升康复效果，并教授学生相关设备的操作与维护知识，确保其在临床实践中的安全、高效应用。

（三）教学方法与手段

1. 课前阶段

①预习资料分发：上传脑卒中及其运动康复的基础理论资料至在线学习平台，包括脑卒中的发病机制、临床表现、运动功能障碍类型及康复原则等。

②案例引导式学习：提供实际脑卒中患者的康复病例，要求学生预习并思考患者的运动功能评估、康复目标及可能的康复方案。

2. 课中阶段

①互动式理论讲授：结合预习案例，讲解脑卒中运动康复的科学依据和原则，引导学生进行课堂讨论和案例分析。

②分组实践操作：分组进行模拟操作，使用肌力训练器、平衡板、步态训练器等设备进行脑卒中患者的运动康复训练。通过实际操作，掌握不同康复方法的实施技巧和注意事项。

③科技手段体验：安排时间让学生体验VR、机器人辅助疗法等现代科技手段在康复中的应用，了解其操作原理和应用效果。

④实时数据监测与反馈：利用互联网健康管理平台实时监测虚拟患者的康复数据，如肌力恢复情况、平衡能力改善等。学生需根据数据反馈调整康复方案，并学习如何利用平台工具进行数据分析。

3. 课后阶段

①个案分析反思：要求学生撰写学习反思，总结在实践操作中的经验和遇到的问题，并提出改进建议。

②远程康复数据分析：继续通过互联网平台跟踪虚拟患者的数据变化，评估康复效果，并提出进一步的康复调整建议。

③在线反馈与答疑：通过在线学习平台提供课后答疑服务，解答学生在课程中的疑问，并提供相关学习材料供学生进一步学习。

（四）实践环节（练习与作业）

1. 课后作业

（1）脑卒中康复个案分析报告撰写

①选择病例：每位学生需从课程提供的虚拟病例库中选择一个脑卒中病例，确保病例具有代表性且符合当前脑卒中康复研究的热点。

②资料收集：利用互联网资源、医学文献及课程资料，全面收集患者的基本信息、病史、脑卒中类型、神经功能缺损情况、体检结果、生活习惯（特别是运动习惯和康复史）等相关资料。

（2）分析报告

①脑卒中特点分析：详细描述患者的脑卒中类型、病灶部位、神经功能缺损症状（如偏瘫、失语、吞咽困难等）、康复潜力及可能的并发症等，探讨可能导致脑卒中的因素。

②康复需求分析：基于患者现状，分析其康复过程中的主要障碍和挑战，如运动功能恢复难度、认知障碍、情绪问题、家庭支持等，明确康复目标。

③康复策略制订：结合互联网健康管理的理念，提出包括运动疗法（如神经发育疗法、平衡训练、力量训练等）、作业治疗（OT）、物理治疗（PT）、言语治疗（ST）、心理治疗及药物治疗（如有必要）等多维度的康复策略，并阐述其科学依据和预期效果。

④实施与评估：设计康复计划的实施步骤和监测指标，如神经功能评估频率、运动功能恢复情况、日常生活能力改善情况等，预测可能遇到的问题及应对措施，规划效果评估方法。

（3）个性化运动康复计划设计

①患者设定：基于课程要求或自选一个虚拟脑卒中患者，设定其年龄、性

别、脑卒中类型、神经功能缺损程度、生活习惯等基本信息。

②运动计划：设计适合脑卒中患者的运动康复方案，包括针对偏瘫肢体的神经发育疗法、平衡训练、力量训练等，明确运动强度、频率、时长及注意事项，利用互联网平台进行运动数据监测和效果评估。

③作业疗法：设计日常生活活动训练计划，提高患者的自理能力，如穿衣、进食、洗漱等，并考虑通过互联网平台记录进展和反馈。

④心理支持与认知康复：融入心理调适策略，帮助患者应对康复过程中的情绪波动和认知障碍，同时利用互联网平台提供的脑卒中康复教育资源，促进患者自我管理和长期康复。

⑤家庭与社区融入：制订家庭康复指导计划，鼓励患者家属参与康复过程，同时考虑社区资源的利用，如康复中心、社区活动等。

⑥互联网应用说明：详细说明在康复计划中如何运用互联网健康管理平台进行数据收集（如神经功能评估、运动数据、生活自理能力等）、分析、反馈和调整，体现其便捷性、实时性和个性化特点。

2. 案例练习

（1）实践练习

分组与角色分配：将学生分为若干小组，每组模拟一个康复团队，分别扮演医生、康复师、作业治疗师、心理治疗师、患者及家属等角色。

（2）模拟训练

①运动康复训练：按照设计的运动康复方案进行模拟训练，各组学生轮流扮演患者和康复师，体验并学习适合脑卒中患者的运动疗法和操作方法。

②作业疗法练习：模拟日常生活活动场景，进行穿衣、进食、洗漱等训练，评估患者的自理能力改善情况。

③互联网平台应用：利用选定的互联网健康管理平台，实时录入和监测患者的运动数据、神经功能评估结果及生活自理能力等信息，并进行数据分析以及讨论应如何根据数据反馈调整康复计划。

④心理支持与认知康复模拟：模拟心理咨询和认知训练场景，帮助学生掌握心理调适和认知康复的技巧。

3. 结课考核

（1）理论考试

考核内容涵盖脑卒中的成因、病理生理变化、康复理论、健康管理的基本概念、互联网健康管理平台的工作原理及在脑卒中康复管理中的应用优势等。

（2）实操考试

①模拟脑卒中患者的运动康复训练：学生分组进行模拟训练，展示为脑卒中患者设计并实施的运动康复计划，包括运动类型选择、强度控制、效果评估等。

②互联网平台应用实操：利用选定的互联网健康管理平台，学生需实时录入和监测虚拟患者的运动数据、神经功能评估结果及生活自理能力等信息，进行数据分析，并基于数据反馈调整康复计划。同时展示如何有效利用平台资源进行患者教育和心理支持。

③个性化运动康复计划设计：学生需根据虚拟患者的具体情况设计一个完整的脑卒中康复计划，包括运动疗法、作业疗法、心理支持、家庭康复指导等内容，并详细说明互联网健康管理在康复中的具体应用。

二、脊髓损伤的运动康复实验教学设计

（一）教学目标与要求

1. 教学目标

通过本课程的学习，学生应能够深入理解脊髓损伤的病理生理学特点，包括脊髓损伤导致的神经功能障碍、运动与感觉障碍的表现及恢复机制。掌握脊髓损伤者运动康复的基本理论与技术，如神经肌肉电刺激、功能性电刺激（FES）、矫形器应用、肌力训练、平衡与协调训练等。此外，学生还需了解互联网技术在脊髓损伤康复中的应用，包括远程康复指导、患者数据监测与评估等。

2. 教学要求

学生需具备扎实的解剖学、生理学及神经科学基础知识，以便更好地理解脊髓损伤的病理生理机制。同时，学生应熟练掌握至少一种脊髓损伤康复技术的操作方法，并能通过互联网平台有效跟踪、监控患者的康复进展。此外，学生还需培养批判性思维能力和团队合作精神，能够在复杂临床情境下制订合理的康复计划。

（二）教学重难点

深入探讨脊髓损伤后运动功能恢复的理论基础与科学方法，包括神经可塑

性原理及神经肌肉电刺激等关键技术的应用，并通过实例分析其实际效果。同时，学生将学习如何根据患者脊髓损伤的具体情况，制订个性化、渐进且系统的康复计划，以确保康复训练的针对性和有效性。此外，课程还重点介绍了互联网技术在脊髓损伤运动康复中的创新应用，如远程监测、数据分析与反馈，展示了如何通过互联网平台实时监测患者数据，实现康复计划的动态优化。

面对教学难点，我们将教授学生如何使用标准化评估工具准确评估患者功能障碍程度，引导学生制订并实施安全有效的康复训练方案，并探讨在远程康复管理中提高患者依从性和确保数据实时性的策略，以全面提升脊髓损伤患者的康复效果。

（三）教学方法与手段

1. 课前阶段

①预习资料分发：上传脊髓损伤及其运动康复的基础理论资料至在线学习平台，包括脊髓的解剖结构、脊髓损伤的病理生理机制、常见功能障碍及康复技术等。

②案例引导式学习：提供实际脊髓损伤康复病例，要求学生预习并思考患者的功能障碍特点、康复目标及可能的康复方案。

2. 课中阶段

①互动式理论讲授：结合预习内容，讲解脊髓损伤后运动功能恢复的理论基础与科学方法。通过案例分析，引导学生讨论康复计划的制订与实施。

②分组实践操作：分组进行模拟操作，使用康复设备如神经肌肉电刺激仪、功能性电刺激器等，进行脊髓损伤患者的康复训练模拟。通过实践操作，掌握康复设备的使用技巧及康复方法的应用。

③实时数据监测与反馈：利用互联网健康管理平台，实时监测虚拟患者的康复数据，如肌电图、肌力测试等。通过数据分析，评估康复效果并调整康复计划。

3. 课后阶段

①个案分析反思：要求学生撰写学习反思，总结实践操作中的经验和遇

到的困难，对课堂案例中的"患者"康复效果进行评估并提出改进建议。

②远程康复数据分析：课后继续通过互联网健康管理平台跟踪虚拟患者数据变化，进行后续评估与康复计划调整。

③：在线反馈与答疑：通过在线学习平台提供课后反馈与答疑服务，帮助学生解决课程学习中的疑问。

（四）实践环节（练习与作业）

1. 课后作业

（1）脊髓损伤康复个案分析报告撰写

①选择病例：每位学生需从课程提供的虚拟病例库中选择一个脊髓损伤病例，确保病例具有代表性且符合当前脊髓损伤康复研究的热点。

②资料收集：利用互联网资源、医学文献及课程资料，全面收集患者的基本信息、损伤部位、损伤程度、神经功能评估结果、康复历史、生活习惯等相关资料。

（2）分析报告

①脊髓损伤特点分析：详细描述患者的损伤部位、损伤类型（完全性或不完全性）、神经功能缺损情况（如运动障碍、感觉障碍、自主神经功能障碍等），探讨可能的并发症及影响因素。

②康复需求分析：基于患者现状，分析其康复过程中的主要障碍和挑战，如运动功能恢复难度、疼痛管理、心理调适、社会再融入等，明确康复目标。

③康复策略制订：结合互联网健康管理的理念，提出包括物理治疗（如肌力训练、平衡训练、关节活动度训练）、作业治疗、辅助器具使用、药物治疗（如有必要）、心理治疗及社区康复等多维度的康复策略，并阐述其科学依据和预期效果。

④实施与评估：设计康复计划的实施步骤和监测指标，如神经功能评估频率、运动功能恢复情况、生活质量改善情况等，预测可能遇到的问题及应对措施，规划效果评估方法。

（3）个性化运动康复计划设计

①患者设定：基于课程要求或自选一个虚拟脊髓损伤患者，设定其年龄、性别、损伤部位、损伤程度、康复需求等基本信息。

②运动疗法：设计针对脊髓损伤患者的个性化运动康复方案，包括肌力训

练、平衡训练、步态训练等，明确训练强度、频率、时长及注意事项，利用互联网平台进行运动数据监测和效果评估。

③作业疗法与日常生活能力训练：设计适合患者的作业疗法计划，提高日常生活自理能力，如穿衣、进食、洗漱等，并考虑通过互联网平台记录进展和反馈。

④辅助器具与技术支持：评估并推荐适合患者的辅助器具，如轮椅、矫形器、站立架等，并探讨互联网技术在辅助器具适配和使用中的应用。

⑤心理支持与社会再融入：融入心理调适策略，帮助患者应对康复过程中的情绪波动和社会隔离感，同时通过互联网平台提供的脊髓损伤康复教育资源，促进患者社会再融入。

⑥互联网应用说明：详细说明在康复计划中如何运用互联网健康管理平台进行数据收集（如神经功能评估、运动数据、生活质量评估等）、分析、反馈和调整，体现其便捷性、实时性和个性化特点。

2. 案例练习

（1）实践练习

分组与角色分配：将学生分为若干小组，每组模拟一个康复团队，分别扮演医生、康复师、作业治疗师、心理治疗师、患者及家属等角色。

（2）模拟训练

①运动康复训练：按照设计的运动康复方案进行模拟训练，各组学生轮流扮演患者和康复师，体验并学习适合脊髓损伤患者的运动疗法和操作方法。

②作业疗法与日常生活能力训练：模拟日常生活活动场景，进行穿衣、进食、洗漱等训练，评估患者的自理能力改善情况。

③互联网平台应用：利用选定的互联网健康管理平台，实时录入和监测患者的运动数据、神经功能评估结果及生活质量评估等信息，并进行数据分析以及讨论应如何根据数据反馈调整康复计划。

④心理支持与社会再融入模拟：模拟心理咨询和社会活动场景，帮助学生掌握心理调适和社会再融入的技巧。

3. 结课考核

（1）理论考试

考核内容涵盖脊髓损伤的成因、病理生理变化、康复理论、健康管理的基本概念、互联网健康管理平台的工作原理及在脊髓损伤康复管理中的应用优势等。

（2）实操考试

①模拟脊髓损伤患者的运动康复训练：学生分组进行模拟训练，展示为脊髓损伤患者设计并实施的运动康复计划，包括运动类型选择、强度控制、效果评估等。

②互联网平台应用实操：利用选定的互联网健康管理平台，学生需实时录入和监测虚拟患者的运动数据、神经功能评估结果及生活质量评估等信息，进行数据分析，并基于数据反馈调整康复计划。同时展示如何有效利用平台资源进行患者教育和心理支持。

③个性化运动康复计划设计：学生需根据虚拟患者的具体情况设计一个完整的脊髓损伤康复计划，包括运动疗法、作业疗法、心理支持、辅助器具使用等内容，并详细说明互联网健康管理在康复中的具体应用。

三、脑性瘫痪的运动康复实验教学设计

（一）教学目标与要求

1. 教学目标

通过理论学习与实验操作，学生深入理解脑性瘫痪的基本病理生理学特征，包括其导致的运动功能障碍、姿势控制障碍及其康复机制。学生将学习并掌握针对脑性瘫痪患者的运动康复方法，如体位管理、肌肉力量训练、平衡与协调训练以及日常生活技能训练等。同时，学生还需了解并实践互联网健康管理平台在脑性瘫痪运动康复中的应用，如远程康复监测、个性化训练计划制订与调整等。

2. 教学要求

学生应具备脑性瘫痪的基础医学知识，包括其病理生理机制、常见的运动与姿势障碍类型及其对患者生活质量的影响。学生应能够熟练运用至少一种互联网健康管理平台，进行患者数据的收集、分析与康复计划的调整。此外，学生还需具备将理论知识应用于实际康复操作中的能力，能够针对脑性瘫痪患者的具体情况制订个性化的康复方案。

（二）教学重难点

需通过深入解析神经可塑性、运动学习等理论，教师传授体位管理、肌肉力量及平衡协调训练等关键康复方法，并通过案例分析展现其实际应用效果。学生将亲手操作特定康复设备，结合互联网平台实时监测康复数据，实现效果的精准评估与动态调整。同时，课程难点在于制订个性化运动康复计划，需综合考虑患者个体差异，利用平台数据优化方案。评估康复效果时，需掌握科学工具与方法，确保数据驱动的决策。此外，提升患者依从性与确保数据实时性也是关键，需通过心理干预、家庭指导等手段增强患者参与度，保障康复过程的高效与准确。

（三）教学方法与手段

1. 课前阶段

①预习资料分发：上传脑性瘫痪及其运动康复的基础理论资料至在线学习平台，包括病理机制、功能障碍类型及康复策略等。

②案例引导式学习：提供实际脑性瘫痪康复病例，要求学生预习并思考患者的康复需求及可能的康复方法。

2. 课中阶段

①互动式理论讲授：结合预习内容，讲解脑性瘫痪及其运动康复的基本原理，并通过提问、互动和小组讨论激发学生的思考。

②分组实践操作：学生分组进行模拟操作，使用康复设备进行体位管理、肌肉力量训练等实践操作，体验康复技术在脑性瘫痪康复中的应用。

③实时数据监测与反馈：利用互联网健康管理平台实时监测虚拟患者的康复数据，并进行数据分析与反馈调整。

3. 课后阶段

①个案分析反思：要求学生撰写学习反思，评估实践操作中的经验与不足，并提出改进建议。

②远程康复数据分析：继续跟踪虚拟患者的康复数据，进行后续评估与调整，模拟真实康复情境中的持续管理。

③在线反馈与答疑：通过在线学习平台提供课后答疑服务，帮助学生解决

课程学习中的疑问。

(四) 实践环节（练习与作业）

1. 课后作业

(1) 脑性瘫痪康复个案分析报告撰写

①选择病例：每位学生需从课程提供的虚拟病例库中选择一个脑性瘫痪病例，确保病例具有代表性且符合当前脑性瘫痪康复研究的热点。

②资料收集：利用互联网资源、医学文献及课程资料，全面收集患者的基本信息、病史、神经发育评估结果、运动功能评估、日常生活能力评估、家庭环境及生活习惯等相关资料。

(2) 分析报告

①脑性瘫痪特点分析：详细描述患者的运动功能障碍类型（如肌张力异常、姿势控制障碍、协调障碍等）、认知及语言功能状况、可能的并发症等特征，探讨可能的致脑性瘫痪因素。

②康复需求分析：基于患者现状，分析其康复过程中的主要障碍和挑战，如运动功能恢复难度、认知发展、家庭支持、社会融入等，明确康复目标。

③康复策略制订：结合互联网健康管理的理念，提出包括物理治疗（如神经发育疗法、力量训练）、作业治疗、言语治疗、辅助器具使用、家庭康复指导及心理支持等多维度的康复策略，并阐述其科学依据和预期效果。

④实施与评估：设计康复计划的实施步骤和监测指标，如运动功能评估频率、日常生活能力改善情况、认知发展进步情况等，预测可能遇到的问题及应对措施，规划效果评估方法。

(3) 个性化运动康复计划设计

①患者设定：基于课程要求或自选一个虚拟脑性瘫痪患者，设定其年龄、性别、运动功能障碍类型、认知及语言发展水平、家庭环境等基本信息。

②运动疗法：设计针对脑性瘫痪患者的个性化运动康复方案，包括神经发育疗法、力量训练、平衡与协调训练等，明确训练目标、方法、强度、频率及注意事项，利用互联网平台进行运动数据监测和效果评估。

③作业疗法与日常生活能力训练：设计适合患者的作业疗法计划，提高其日常生活自理能力，如穿衣、进食、洗漱等，并考虑通过互联网平台记录进展和反馈。

④辅助器具与技术支持：评估并推荐适合患者的辅助器具，如轮椅、矫形

器、站立架等，探讨互联网技术在辅助器具适配和使用中的应用。

⑤家庭康复指导与心理支持：制订家庭康复指导计划，帮助家庭成员掌握正确的康复技巧，同时融入心理调适策略，帮助患者及家庭应对康复过程中的心理压力。

⑥互联网应用说明：详细说明在康复计划中如何运用互联网健康管理平台进行数据收集（如运动功能评估、日常生活能力评估、认知发展评估等）、分析、反馈和调整，体现其便捷性、实时性和个性化特点。

2. 案例练习

（1）实践练习

分组与角色分配：将学生分为若干小组，每组模拟一个康复团队，分别扮演医生、康复师、作业治疗师、言语治疗师、患者及家属等角色。

（2）模拟训练

①运动康复训练：按照设计的运动康复方案进行模拟训练，各组学生轮流扮演患者和康复师，体验并学习适合脑性瘫痪患者的运动疗法和操作方法。

②作业疗法与日常生活能力训练模拟：模拟日常生活活动场景，进行穿衣、进食、洗漱等训练，评估患者的自理能力改善情况。

③互联网平台应用：利用选定的互联网健康管理平台，实时录入和监测患者的运动数据、功能评估结果及日常生活能力评估等信息，进行数据分析并讨论如何根据数据反馈调整康复计划。

④家庭康复指导模拟：模拟家庭环境，进行家庭康复指导的模拟，帮助学生掌握如何与家庭成员有效沟通，提供康复支持。

3. 结课考核

（1）理论考试

考核内容涵盖脑性瘫痪的成因、病理生理变化、康复理论、健康管理的基本概念、互联网健康管理平台的工作原理及在脑性瘫痪康复管理中的应用优势等。

（2）实操考试

①模拟脑性瘫痪患者的运动康复训练：学生分组进行模拟训练，展示为脑性瘫痪患者设计并实施的运动康复计划，包括运动类型选择、强度控制、效果评估等。

②互联网平台应用实操：利用选定的互联网健康管理平台，学生需实时录入和监测虚拟患者的运动数据、功能评估结果及日常生活能力评估等信息，进

行数据分析，并基于数据反馈调整康复计划。同时展示如何有效利用平台资源进行患者教育和心理支持。

③个性化康复计划设计：学生需根据虚拟患者的具体情况设计一个完整的脑性瘫痪康复计划，包括运动疗法、作业疗法、言语治疗、辅助器具使用、家庭康复指导等内容，并详细说明互联网健康管理在康复中的具体应用。

四、帕金森的运动康复实验教学设计

（一）教学目标与要求

1. 教学目标

通过理论学习与实验操作，学生深入理解帕金森病的病理生理学特征，包括其导致的运动障碍（如静止性震颤、运动迟缓、肌强直和姿势平衡障碍）及其对患者日常生活的影响。掌握帕金森病运动康复的基本原则和常用方法，如物理治疗、作业治疗、言语治疗及药物治疗辅助下的康复训练。了解并实践互联网健康管理平台在帕金森病运动康复中的应用，包括远程监测、数据分析与个性化康复计划调整。

2. 教学要求

学生需具备帕金森病的基础知识，包括其发病机制、临床表现及常见的运动障碍类型。学生应能够熟练运用至少一种互联网健康管理平台，进行患者数据的收集、分析和康复效果评估。学生需具备设计并实施个性化帕金森病运动康复计划的能力，能够根据患者的具体情况调整康复方案。

（二）教学重难点

首先，深入剖析神经可塑性与运动学习机制，阐明如何通过物理、作业及言语治疗促进患者运动功能恢复，并结合实例展示这些方法的应用成效。

其次，重点介绍互联网健康管理平台在康复中的创新应用，教授学生如何利用平台收集并分析患者的运动数据，精准评估康复进展并动态调整计划。个性化康复计划的制订是教学重心，强调根据患者具体情况定制方案，通过模拟案例实践，增强学生制订与实施个性化计划的能力。

再次，面对教学难点，教授专业评估工具的使用，确保准确量化患者运动障碍；同时，通过复杂案例分析与讨论，引导学生应对个性化计划制订的挑战。最后，针对远程康复管理的有效性与患者的依从性，分享沟通技巧、家庭指导策略，并强调数据实时性与准确性的重要性，以全面提升帕金森病患者的康复效果。

（三）教学方法与手段

1. 课前阶段

①预习资料分发：上传帕金森病病理机制、运动障碍类型及康复原理等基础资料至在线学习平台，要求学生提前预习。

②案例引导式学习：提供帕金森病康复病例，要求学生分析病例中的运动障碍特点，并思考可能的康复目标和方法。

2. 课中阶段

①互动式理论讲授：结合预习内容，讲解帕金森病运动康复的科学原理和方法，通过提问和讨论激发学生的思考。

②分组实践操作：模拟帕金森病患者的康复训练场景，学生分组进行实践操作，如使用康复设备进行步态训练、平衡训练等。

③实时数据监测与反馈：利用互联网健康管理平台实时监测虚拟患者的康复数据，并进行数据分析与反馈调整。

3. 课后阶段

①个案分析反思：要求学生撰写学习反思，总结实践操作中的经验和教训，提出改进建议。

②远程康复数据分析：继续跟踪"患者"的康复数据，进行后续评估和调整康复计划。

③在线反馈与答疑：通过在线学习平台解答学生疑问，提供额外的学习材料。

（四）实践环节（练习与作业）

1. 课后作业

（1）帕金森康复个案分析报告撰写

①选择病例：每位学生需从课程提供的虚拟病例库中选择一个帕金森病

例，确保病例具有代表性且符合当前帕金森康复研究的热点。

②资料收集：利用互联网资源、医学文献及课程资料，全面收集患者的基本信息、病史、症状表现（如震颤、僵硬、运动迟缓等）、评估结果（如UPDRS评分）、生活习惯及心理状态等相关资料。

（2）分析报告

①帕金森特点分析：详细描述患者的症状表现、病情进展、日常生活功能受限情况，探讨可能的致病因素及病理生理机制。

②康复需求分析：基于患者现状，分析其康复过程中的主要障碍和挑战，如运动功能障碍的改善难度、药物副作用管理、心理支持需求等，明确康复目标。

③康复策略制订：结合互联网健康管理的理念，提出包括物理治疗（如平衡训练、步态训练）、作业疗法、言语治疗、药物治疗（如多巴胺替代疗法）、心理干预及家庭支持等多维度的康复策略，并阐述其科学依据和预期效果。

④实施与评估：设计康复计划的实施步骤和监测指标，如症状改善情况、帕金森病评分量表（UPDRS）评分变化、生活质量评估等，预测可能遇到的问题及应对措施，规划效果评估方法。

（3）个性化运动康复计划设计

①患者设定：基于课程要求或自选一个虚拟帕金森患者，设定其年龄、性别、病情严重程度、运动功能及心理状态等基本信息。

②物理治疗计划：设计个性化的物理治疗方案，包括平衡训练、步态训练、柔韧性及力量训练等，明确训练目标、方法、频率及注意事项，利用互联网平台进行训练数据监测和效果评估。

③作业疗法与日常生活能力训练：设计适合患者的作业疗法计划，提高日常生活自理能力，如穿衣、进食、洗漱等，并考虑通过互联网平台记录进展和反馈。

④心理干预与健康教育：融入心理调适策略，如认知行为疗法、放松训练等，帮助患者应对疾病带来的心理压力，同时通过互联网平台提供帕金森病健康教育资源，促进患者自我管理和长期康复。

⑤家庭支持与康复环境优化：制订家庭康复指导计划，帮助家庭成员理解并支持患者的康复过程，同时考虑如何通过互联网技术优化家庭康复环境。

⑥互联网应用说明：详细说明在康复计划中如何运用互联网健康管理平台进行数据收集（如症状记录、训练数据、药物使用情况等）、分析、反馈和调整，体现其便捷性、实时性和个性化特点。

2. 案例练习

（1）实践练习

分组与角色分配：将学生分为若干小组，每组模拟一个康复团队，分别扮演医生、康复师、作业治疗师、言语治疗师、患者及家属等角色。

（2）模拟训练

①物理治疗模拟：按照设计的物理治疗方案进行模拟训练，各组学生轮流扮演患者和康复师，体验并学习适合帕金森患者的训练方法和技巧。

②作业疗法与日常生活能力训练模拟：模拟日常生活活动场景，进行穿衣、进食、洗漱等训练，评估患者的自理能力改善情况。

③互联网平台应用：利用选定的互联网健康管理平台，实时录入和监测患者的训练数据、症状变化及药物使用情况等信息，进行数据分析并讨论如何根据数据反馈调整康复计划。

④心理干预模拟：模拟心理干预过程，帮助学生掌握心理调适技巧，并考虑如何将其融入康复计划。

3. 结课考核

（1）理论考试

考核内容涵盖帕金森病的成因、病理生理变化、康复理论、健康管理的基本概念、互联网健康管理平台的工作原理及在帕金森病康复管理中的应用优势等。

（2）实操考试

①模拟帕金森患者的物理治疗训练：学生分组进行模拟训练，展示为帕金森患者设计并实施的物理治疗方案，包括训练类型选择、强度控制、效果评估等。

②互联网平台应用实操：利用选定的互联网健康管理平台，学生需实时录入和监测虚拟患者的训练数据、症状变化及药物使用情况等信息，进行数据分析，并基于数据反馈调整康复计划。同时展示如何有效利用平台资源进行患者教育和心理支持。

③个性化运动康复计划设计：学生需根据虚拟患者的具体情况设计一个完整的帕金森康复计划，包括物理治疗、作业疗法、心理干预、家庭支持等内容，并详细说明互联网健康管理在康复中的具体应用。

五、老年痴呆的运动康复实验教学设计

（一）教学目标与要求

1. 教学目标

通过理论学习与实验操作，学生理解老年痴呆（如阿尔茨海默病）的基本病理生理学特征，包括其导致的认知功能下降、行为改变及日常生活能力减退。学习并掌握针对老年痴呆患者的运动康复方法，如认知刺激训练、体能训练、平衡与协调性训练等，以改善患者的认知功能和身体机能。了解并实践互联网健康管理平台在老年痴呆运动康复中的应用，如远程认知功能监测、个性化训练计划制订与调整等。

2. 教学要求

学生需具备老年痴呆的基础医学知识，包括其病理生理机制、临床表现及对患者生活质量的影响。学生应掌握至少一种互联网健康管理平台的基本操作技能，能够利用该平台设计、实施并跟踪老年痴呆患者的运动康复计划。学生需具备分析患者数据、评估康复效果及根据反馈调整康复方案的能力。

（二）教学重难点

在基于互联网健康管理的老年痴呆运动康复教学中，深入探讨了运动对大脑神经可塑性的积极影响及认知功能改善的科学原理，详尽介绍了认知刺激、体能训练及平衡协调等多种康复方法。同时，展示了互联网平台如何助力远程认知评估、个性化康复计划的制订与动态调整。通过实践操作与案例分析，学生将亲身体验康复策略的实际效果，并学习如何运用科学评估工具量化康复成果，确保计划的及时调整与持续优化。面对个性化康复计划制订的挑战，强调综合评估与沟通的重要性；在提升患者依从性方面，则探讨了家庭支持、激励机制及心理干预等策略，并通过模拟场景训练学生的沟通技巧与心理疏导能力，以全面促进老年痴呆患者的康复进程与生活质量的提升。

（三）教学方法与手段

1. 课前阶段

①预习资料分发：上传老年痴呆及其运动康复的基础理论资料至在线学习平台，包括病理机制、临床表现、康复原则等。

②案例引导式学习：提供老年痴呆康复病例，要求学生预习并思考患者的认知功能特点、康复需求及可能的康复策略。

2. 课中阶段

①互动式理论讲授：结合预习内容，讲解老年痴呆运动康复的科学原理与方法，引导学生讨论康复策略的选择与调整。

②分组实践操作：模拟老年痴呆患者的运动康复训练，使用认知刺激工具、体能训练器材等进行实际操作。

③实时数据监测与反馈：利用互联网健康管理平台，实时监测虚拟患者的认知功能及体能数据，进行康复进展评估与反馈调整。

3. 课后阶段

①个案分析反思：要求学生撰写学习反思，总结实践操作中的经验与教训，提出改进建议。

②远程康复数据分析：继续跟踪虚拟患者的数据变化，评估康复效果，提出后续康复计划。

③在线反馈与答疑：通过在线学习平台解答学生疑问，提供额外学习材料。

（四）实践环节（练习与作业）

1. 课后作业

（1）老年痴呆康复个案分析报告撰写

①选择病例：每位学生需从课程提供的虚拟病例库中选择一个老年痴呆病例，确保病例具有代表性且符合当前老年痴呆运动康复研究的热点。

②资料收集：利用互联网资源、医学文献及课程资料，全面收集患者的基本信息、病史、认知功能评估结果（如简易智力状态检查量表，MMSE评分）、生活习惯、运动习惯及心理状态等相关资料。

（2）分析报告

①老年痴呆特点分析：详细描述患者的认知功能下降情况、日常生活能力受损程度、可能的病因及病理生理机制，探讨老年痴呆对患者生活质量的影响。

②康复需求分析：基于患者现状，分析其康复过程中的主要障碍和挑战，如运动能力下降、记忆与注意力减退、情绪波动等，明确康复目标，包括改善认知功能、增强身体机能、提高生活质量等。

③康复策略制订：结合互联网健康管理的理念，提出包括认知训练、体能训练（如轻度有氧运动、平衡训练）、日常生活技能训练、社交活动参与及心理支持等多维度的康复策略，并阐述其科学依据和预期效果。

（3）个性化运动康复计划设计

①患者设定：基于课程要求或自选一个虚拟老年痴呆患者，设定其年龄、性别、认知功能水平、运动能力、生活习惯等基本信息。

②认知与体能训练：结合患者认知功能及体能状况，设计适合的认知训练（如记忆游戏、注意力训练）和体能训练（如散步、太极、简单体操等），明确训练内容、强度、频率及注意事项，利用互联网平台进行训练数据监测和效果评估。

③日常生活能力训练：制订日常生活能力提升计划，如穿衣、洗漱、烹饪等，通过模拟练习和实际操作，提高患者的独立生活能力。

④社交活动参与：鼓励患者参与社区活动、家庭聚会等，通过互动与交流，增强社会联系，改善情绪状态。

⑤心理支持与健康教育：融入心理调适策略，如情绪管理、正念冥想等，帮助患者及其家属应对康复过程中的心理压力，同时通过互联网平台提供的老年痴呆健康教育资源，促进患者及家庭的自我管理和长期康复。

⑥互联网应用说明：详细说明在康复计划中如何运用互联网健康管理平台进行数据收集（如认知功能评估结果、运动数据、日常生活技能表现等）、分析、反馈和调整，体现其便捷性、实时性和个性化特点。

2. 案例练习

（1）实践练习

分组与角色分配：将学生分为若干小组，每组模拟一个康复团队，分别扮演医生、康复师、心理咨询师、患者家属等角色。

（2）模拟训练

①认知与体能训练模拟：按照设计的认知训练和体能训练方案进行模拟练

习，各组学生轮流扮演患者和康复师，体验并学习适合老年痴呆患者的训练方法和技巧。

②互联网平台应用：利用选定的互联网健康管理平台，实时录入和监测患者的训练数据、认知功能评估结果及日常生活技能表现等信息，进行数据分析并讨论如何根据数据反馈调整康复计划。

③社交活动模拟：模拟社区活动或家庭聚会场景，通过角色扮演，让学生体验并学习如何促进患者参与社交活动，增强社会联系。

3. 结课考核

（1）理论考试

考核内容涵盖老年痴呆的成因、病理生理变化、运动康复的基本概念、互联网健康管理平台的工作原理及在老年痴呆康复管理中的应用优势等。

（2）实操考试

①模拟老年痴呆患者的认知与体能训练：学生分组进行模拟训练，展示为老年痴呆患者设计并实施的认知与体能训练计划，包括训练内容、强度控制、效果评估等。

②互联网平台应用实操：利用选定的互联网健康管理平台，学生需实时录入和监测虚拟患者的训练数据、认知功能评估结果及日常生活技能表现等信息，进行数据分析，并基于数据反馈调整康复计划。同时展示如何有效利用平台资源进行患者教育和心理支持。

③个性化康复计划设计：学生需根据虚拟患者的具体情况设计一个完整的老年痴呆康复计划，包括认知训练、体能训练、日常生活技能训练、社交活动参与等内容，并详细说明互联网健康管理在康复中的具体应用。

第五节 基于互联网健康管理——心理疾病运动的运动康复实验教学设计

一、教学目标与要求

随着社会的快速发展和生活节奏的加快，心理疾病的发病率逐渐上升，成为影响人们健康的重要因素之一。在心理问题面前，适当的体育运动对改善心理健康具有显著效果。对于心理疾病患者来说，除了以往的药物治疗，通过科学合理的运动康复治疗，可以有效缓解心理压力及焦虑和抑郁等症状。然而，传统的运动康复教学设计较少结合互联网技术，受时间和空间的限制，导致康复方案在脱离治疗师线下指导后难以进行，康复效果难以评估和跟踪。因此，基于互联网的健康管理和心理疾病运动康复实验教学设计的课程应运而生。

（一）教学目标

1. 理解互联网健康管理的基础知识

在课程学习后，学生应掌握互联网健康管理的基本概念，并且能够熟练使用互联网健康管理工具，为患者提供服务，包括但不限于健康数据的采集与分析、在线健康监测系统的构建，以及相关法律法规等。学生在能够识别和分析现有运动软件和健康管理应用功能与特点的情况下，应理解其在心理疾病运动康复中的应用，将互联网平台与运动康复相结合，将其作用于心理健康领域。

2. 掌握运动康复的设计原则

该课程应重点培养学生掌握心理疾病运动康复的核心原则，内容涵盖个性化康复计划的设计、运动处方的制订及运动干预效果的科学评估等方面。通过系统学习，学生不仅能够打下坚实的康复基础知识，还能深入了解如何根据个体差异制定最适合患者的康复方案。此外，课程还将深入探讨如何将这些核心原则整合到互联网平台的设计之中，帮助学生构建全新的康复思维模式。借助数字化工具和在线平台，学生将学会如何开展高效的远程康复指导与管理，从而更好地适应现代医疗健康领域的发展趋势，为患者提供更加便捷、个性化的康复服务。

3. 应用互联网平台进行运动康复教学设计

在完整的教学课程之后，学生需要掌握与利用运动软件、健康管理应用和在线论坛等工具设计出实际的运动康复实验教学方案，并且所设计的运动康复方案应该参考患者的个人情况、既往病史等进行个性化的康复方案定制。

4. 分析和评估互联网健康管理应用的效果

学生应能够使用定量和定性的方法评估互联网健康管理应用在运动康复中的有效性，包括用户反馈、康复进展、数据分析等方面。具体来说，学生需要掌握设计问卷调查、进行深度访谈的方式，以获取用户的详细反馈；同时，还需要学会运用数据分析工具，如统计软件和可视化技术，对康复进展进行量化评估。教学目标应该包括熟练掌握数据收集的方法，如问卷设计、访谈技巧等，并能够有效地分析和解读数据，从中提取有价值的信息。

5. 学会使用相关的数据分析设备

在教学过程中，应该引导学生学会充分利用科技手段，在康复过程中，通过患者佩戴的运动手表、运动手环等电子设备，对运动数据进行精准采集。例如，使用脉搏测量衡量患者的自我感觉运动强度，辅助评估运动强度和进行医疗监督[259]。

（二）教学要求

1. 课程内容覆盖全面

教学内容应涵盖互联网健康管理的基本理论与实践，特别是如何将这些理论应用于心理疾病运动康复。具体而言，学生将学习运动软件的功能分析，了解不同应用程序的特点及其在康复过程中的应用价值。此外，课程还将详细介绍健康管理应用的具体使用方法，包括如何设置个性化运动目标、跟踪康复进展以及利用数据分析工具进行效果评估。为了增强互动性和实用性，教学内容还将包括在线论坛的互动策略，如何有效组织讨论、分享康复经验以及建立支持网络。

2. 设计实际案例

学生需完成基于互联网平台的心理疾病运动康复实验教学设计案例。该案例应全面涵盖从用户需求分析、运动处方设计，到康复进展监测等全过程，并展示如何使用互联网工具来实施这些步骤。学生需要学会详细的用户需求分析方法，包括通过问卷调查、访谈等方式收集用户的基本信息、健康状况和康复期望。接下来，根据分析结果，设计个性化的运动处方，确保每个用户的康复计划都是量身定制的。此外，学生需要利用互联网工具，如运动软件和健康管理软件，来跟踪和记录用户的康复进展，包括运动数据的实时监控和定期评估。同时，案例还应包括如何利用在线论坛和社交媒体平台进行互动交流，分享康复经验和心得，建立支持网络。

3. 创新与实用性结合

设计的方案应具备创新性，体现最新的互联网技术和方法，同时还需考虑实际应用的可行性，确保设计方案能够在实际操作中有效提高康复效果。

4. 数据分析能力

学生需展示如何通过数据收集与分析来评估和优化运动康复的效果。教学内容将包括如何使用数据分析工具来评估用户的运动表现、康复进展以及应用效果。具体而言，学生将学习如何设计并实施问卷调查，收集用户的基本信息和反馈；利用运动软件和健康管理软件实时监控用户的运动数据；通过统计软件进行数据分析，评估康复进展和效果。

5. 伦理与隐私保护

学生需了解并遵守有关互联网健康管理的伦理和隐私保护要求。具体包括如何安全地处理用户数据，确保用户信息的保密性，以及如何在设计中考虑伦理问题。学生将学习如何采用加密技术和安全协议保护用户数据，确保信息不被泄露，并遵循相关法律法规，确保所有操作符合伦理标准。

二、教学重难点

（一）互联网健康管理平台的功能与特点

1. 功能模块的全面了解

互联网健康管理平台通常包含多个功能模块，例如健康数据采集、在线咨询、个性化运动计划、进展跟踪等。了解这些功能模块的具体作用及其在心理疾病运动康复中的应用是教学的基础。学生需要掌握如何通过这些模块进行有效的数据收集和用户互动，以及如何将这些数据转化为康复方案。具体来说，健康数据采集模块通过可穿戴设备或手动输入的方式收集用户的运动量、心理状态、最大摄氧量、心率变化等数据，在线咨询模块允许用户与专业人士进行实时交流并为患者提供答疑服务，个性化运动计划模块根据用户的具体情况制订个性化的运动方案，进展跟踪模块则通过数据分析和反馈帮助用户监控康复进度。

2. 技术与应用的结合

掌握互联网平台的技术基础（如数据加密、用户权限管理等）是另一个重要的课程难点。学生需要理解这些技术如何支持健康管理应用的功能实现。例如，数据加密技术保障用户信息的安全，用户权限管理则确保不同级别的用户访问合适的数据和功能。

3. 用户体验的优化

用户体验设计是互联网平台开发中的一个重要环节。对于患有心理疾病的患者来说，其本身情绪不稳定，经常产生较大波动，对运动康复方案的执行可能会产生抗拒心理，因此，良好的用户体验是帮助康复方案执行的重要环节。学生需要理解如何通过界面设计、交互设计和功能优化提升用户的参与度和满意度。

（二）运动康复计划的设计与实施

1. 个性化运动方案的设计

设计个性化的运动方案是心理疾病运动康复的核心。学生需了解如何根据用户的心理状态、体能水平和康复需求制订个性化的运动计划。这涉及对用户数据的分析、康复目标的设定、运动类型和强度的选择等方面。课程需教授如何使用互联网平台的功能来实现个性化方案的制订，例如，利用平台的数据分析工具来生成个性化的运动建议，并通过在线反馈机制来调整和优化运动计划。对于自闭症患者来说，应根据自闭症患者的条件和爱好，选择合适的运动项目，吸引他们的注意力，促进他们的沟通能力逐步恢复[225]。

2. 运动干预的实施策略

运动干预的实施涉及运动方案有效地落地。学生需掌握利用互联网平台的功能来实施运动干预的方法，包括在线课程的设置、互动环节的设计，以及如何通过平台进行进度跟踪和反馈。具体而言，学生将学习如何设计和发布在线课程，确保课程内容丰富且易于理解；通过互动环节如直播课程、在线问答和社区讨论，增强用户的参与感和归属感；利用平台功能进行实时进度跟踪和定期反馈，确保用户能够及时调整运动计划。此外，课程还需教授如何处理实际操作中的各种挑战。例如，当用户动力不足时，学生应学会如何通过激励机制和个性化支持来激发用户的积极性；面对技术问题，如平台故障或设备兼容性问题，学生需掌握基本的技术解决方案，确保运动干预的顺利进行。

3. 评估与调整

评估运动康复效果是确保干预措施有效性的关键步骤。学生需要了解如何使用互联网平台的分析工具来评估用户的运动表现、心理状态和康复进展。课程需包括如何收集和分析数据，如何根据评估结果调整运动方案，以及如何通过平台与用户进行反馈和沟通。

三、教学方法与手段

(一) 课前阶段

传统教学模式下，教师在课堂备课过程中更重视教材的研究、教案的准备，虽然安排了学生的预习任务，但学生究竟从预习中学到了多少还是未知，这使得教师无法针对学生的预习成果准备教学资料和课上提问题目，学情预估可能存在过高、过低的情况，不利于教师的课前准备，也不利于教师的课堂教学开展[260]。而互联网教学通过在线资源和平台（如中国大学慕课、学习通等）提供丰富的预习材料。课前，教师可以将心理疾病的相关资料上传至课程平台，并布置课前预习作业。同时，教师可以推送大量心理疾病运动康复案例，引导学生产生思考，带着问题进入课堂。该模式下，学生可以随时访问电子教材、视频讲座和互动习题，个性化学习体验更加灵活，还可以优先进行相关运动知识的学习。教师也可以通过教学平台上传的资料下载记录、课前预习习题回答正确率，更精准地判断学生的预习水平。通过网络渠道自主获取大量体育知识信息的模式，增强了体育教学工作的乐趣，也扩大了学生的体育知识面[261]。

(二) 课中阶段

传统教学模式通常以面对面的课堂授课为主，通常表现为单一的教师讲解与学生模仿。体育运动教学的研究表明，客观来看，在类似教学环节中，教师很难让所有学生都掌握复杂的体育动作，并且部分动作中包含的细节较多，持续性的重复讲解不仅会使学生产生学习负担与学习抗拒心理，也会导致教师产生较大的压力与疲惫感[262]。运动康复作为体医融合学科，其不仅涉及物理治疗技术，同时还配备了相应的运动干预方法，相关知识点细且多，将其应用到心理疾病的相关康复方面对学生有更高的要求。而互联网教学通过实时视频会议、虚拟课堂和互动工具（如在线白板、讨论区）增强师生互动。教师可以利用更多互联网素材进行教学，结合预习时使用的案例，引导学生提出问题，并讲解心理疾病运动康复的基本原则和科学依据。此外，还可以使用更多的翻转课堂模式，让学生进行小组讨论，分组体验有氧运动方案、填写和分析心理疾病量表，提高课堂上的师生互动性。同时，学生可以在课堂上体验心理疾病运动康复相关的监测软件，如心率检测、最大摄氧量检测、情绪监测等，帮助学生对心理疾病患者进行更全面的观察。打造智慧课堂需要充分利用网络信息资源，发挥网络教学平台、智能学习平台的作用，辅助教师实现既定的教学目标[263]。教师可以即时反馈，学生之间的协作也更加便捷。

（三）课后阶段

传统教学模式多依赖纸质作业和定期辅导，而互联网教学则利用在线学习平台进行作业提交、在线测验和讨论，教师可以实时追踪学生的学习进度并提供针对性的支持。通过互联网进行作业的布置，极大减轻了教师的工作量。教师可以直接通过作业正确率、错题分析等功能判断学生的掌握程度，并针对性做出反应。同时，对于学生来说，也可以通过课后作业整理出错题本，举一反三，在不断的练习中进一步掌握知识。同时，在掌握了心理疾病相关的理论知识后，学生也应该自主定期复习心理疾病运动康复的相关环节。例如，如何对于患者进行功能评定、如何帮助患者制订康复计划、各个有氧运动的运动模式是否熟悉以及如何使用相关软件进行持续监测功能等，都应该是学生定期巩固的相关知识点。这种模式的即时性和高效性显著提升了学习效果。

四、实践环节（练习与作业）

（一）课后作业

1. 理论知识练习

教师会在课程平台上布置每节课相关知识点的理论作业，学生需按时按量完成，并且针对错题进行进一步训练。

2. 中医传统养生功法练习

在康复方案制订中，涉及中医传统养生功法的练习，学生应该在课后进行自主练习，熟记八段锦、太极拳等功法。

3. 熟悉评定量表

不管是对于患者的病症评定，还是针对运动功能的评定量表，学生都应该熟记于心，从而在制订康复方案、判断患者情况等方面更加准确。

（二）案例练习

1. 案例选择

学生需选择一个实际案例，利用互联网健康管理工具（如移动健康应用）设计针对心理疾病的运动康复方案，并对其效果进行详细分析。报告应包括所选工具的介绍、实施步骤的详细说明及最终评估结果的讨论。

2. 康复计划设计

在康复计划设计部分，学生需基于互联网资源制订针对特定心理疾病（如焦虑症或抑郁症）的运动康复计划。此计划必须涵盖运动的类型、频率、强度及持续时间，并详细解释选择这些元素的科学依据。例如，针对焦虑症的运动康复计划应包括中医传统养生功法，研究表明，中医养生功法能够有效改善抑郁和焦虑症状，且采用八段锦的效果较好[264]。八段锦锻炼的本质在于将思想、身体运动和腹式呼吸以同步的方式结合起来[265]。同时，有氧运动能促进内啡肽的分泌，有助于缓解焦虑，而抗阻训练则可以增强身体健康，改善情绪稳定性。计划中应明确运动的强度（如中等强度）及其与心理健康改善的相关性。

3. 在线平台应用体验

学生使用不同的健康管理平台记录和分析自己的运动数据，比较这些工具对心理健康的影响，并撰写反思报告。

4. 小组讨论与展示

组织学生进行小组讨论，探讨互联网技术在心理疾病运动康复中的应用。

每组需要准备一个线上展示，分享讨论成果和实践经验。

（三）结课考核

1. 理论考试

课程结束后，为了全面评估学生对课程内容的掌握程度，建议设置相应的理论知识考试。考试内容应涵盖三个主要板块：运动康复知识、心理疾病相关知识，以及如何设计和分析心理疾病患者的运动康复方案。这种结构化的考试设计可以确保学生在各个重要领域都具备足够的理解和应用能力。运动康复知识板块考试应包括运动对身体的不同影响、康复过程中运动的类型与强度，以及运动处方的设计原则等方面的内容，学生需要展示他们对运动生理学和运动疗法的基本理解。心理疾病相关知识板块则关注心理疾病的基本概念、症状、诊断标准以及常见治疗方法等，考试题目可以涉及各种心理疾病（如焦虑症、抑郁症）的特点及其与运动康复的关系，评估学生对这些疾病的认识深度。分析心理疾病患者的运动康复方案板块要求学生将理论应用于实际情况，设计一个具体的运动康复计划并进行效果分析，考试题目应包括案例分析题，让学生根据给定的心理疾病背景设计合适的运动方案，并解释其科学依据和预期效果。教师在批改试卷后，应及时提供反馈，分析教学班整体的学习情况以及知识掌握情况。对于知识掌握较差的学生，应安排进一步的辅导或补习，以确保他们能够跟上课程的进度并达到预期的学习目标。

2. 实操考核

运动康复师在治疗过程中必须与患者进行频繁且有效的沟通，保持足够的耐心是关键。这不仅有助于建立信任关系，还能确保治疗方案的顺利实施。此外，运动康复的过程对治疗师的动手能力和运动能力有很高的要求。因此，课程结束后应该设置相应的实操考试，以全面评估学生的实际操作技能和治疗能力。

实操考试内容应包括以下三个主要方面：首先是"如何与患者进行沟通"。这一部分考察学生在实际场景中与患者有效交流的能力，包括如何倾听患者的反馈、如何解释运动康复的目的和过程，以及如何在沟通中表现出同理心和耐心。有效的沟通可以帮助患者更好地理解康复计划，提高治疗依从性。其次是"如何实施运动康复方案"。考试中，学生需要展示他们在制订和执行运动康复计划方面的能力。这包括如何根据患者的具体情况调整运动强度、频率及类型，以及如何根据治疗进展及时调整方案。学生应能够熟练进行运动处方的制订和实施，同时遵循安全有效的操作规范。最后是"具体的实践操作步骤及规范程度考察"。这一部分要求学生在模拟环境中进行运动康复操作，展示其对实际操作步骤的掌握程度和规范性，包括运动指导的准确性、动作演示的标准化，以及患者反馈的及时处理等方面。学生应能够在实际操作中展示高水平的专业技能和对操作规范的严格遵守。

第六节　基于互联网健康管理——老年综合征的运动康复实验教学设计

一、教学目标与要求

（一）教学目标

1. 知识与技能掌握

①基础理论：学生应掌握老年综合征的基本知识，包括其定义、分类、病理生理机制等。

②运动康复理论：理解并掌握运动康复在老年综合征治疗中的作用、原理和方法。

③互联网健康管理技术：熟悉互联网健康管理平台、智能穿戴设备、健康管理软件等的使用方法，并能利用其进行数据收集、分析和指导运动康复。

2. 实践能力

①康复计划制订：能够针对老年综合征患者的具体情况，制订个性化的运动康复计划。

②远程指导与监控：通过互联网平台，实现对老年综合征患者运动康复的远程指导和实时监控，确保康复计划的有效执行。

③数据分析与评估：利用互联网平台收集的数据，对老年综合征患者的康复效果进行定期评估，并根据评估结果调整康复计划。

3. 职业素养

①人文关怀：使学生具备高度的责任心和人文关怀精神，能够关心、尊重并理解老年综合征患者。

②团队合作：使学生能够与其他医疗、康复团队成员进行有效沟通，协作完成老年综合征患者的康复治疗。

③持续学习：使学生具备自我学习和更新知识的能力，能够紧跟互联网健康管理和运动康复领域的最新发展[250]。

（二）教学要求

1. 课程内容

①基础理论课程：包括老年学、康复医学、运动生理学等基础课程，为学生打下坚实的理论基础。

②专业技能课程：重点介绍老年综合征运动康复的原理、方法和技术，以及互联网健康管理平台的使用。

③案例分析课程：进行实际案例分析，使学生掌握运动康复计划的制订、实施和评估过程。

2. 实践教学

①模拟训练：利用模拟软件进行老年综合征运动康复计划的制订和模拟实施，提高学生的实际操作能力。

②实习实训：安排学生到医疗机构、康复中心等组织进行实习实训，参与真实的运动康复工作。

③远程指导实践：通过互联网平台，指导学生进行远程老年综合征的运动康复指导和监控，锻炼其远程医疗服务能力。

3. 评估与反馈

①过程评估：关注学生的学习过程，通过课堂表现、作业完成情况等方式进行过程评估。

②结果评估：通过考试、实训报告、案例分析报告等方式进行结果评估，检验学生的学习成果。

③反馈机制：建立有效的反馈机制，及时了解学生的学习情况和需求，调

整教学计划和方法。

4. 资源建设

①互联网健康管理平台：为学生提供优质的互联网健康管理平台资源，供其学习和实践使用。

②教学资源库：建立包括课件、视频、案例等在内的丰富教学资源库，支持学生的自主学习和探究。

③师资力量：加强师资队伍建设，引进具有丰富实践经验和专业知识的教师参与教学[251]。

二、教学重难点

1. 理论基础与技能融合

强调学生对老年综合征基础理论知识的掌握，包括其定义、分类、病理生理机制等。同时，注重将理论知识与运动康复技能相结合，使学生能够根据患者的具体情况制订个性化的运动康复计划。

2. 互联网健康管理技术应用

教授学生有效使用互联网健康管理平台、智能穿戴设备、健康管理软件等工具进行数据收集、分析和指导运动康复。强调这些技术在提高患者生活质量、降低医疗成本等方面的应用价值。

3. 实践能力培养

通过模拟训练、实习实训等方式，提高学生的实际操作能力，包括老年综合征康复计划的制订、实施和评估过程。培养学生的远程医疗服务能力，使他们能够利用互联网平台进行远程指导和监控。

4. 复杂病例的综合处理

老年综合征患者往往伴有多种疾病和症状，教学中需要引导学生综合考虑各种因素，制订综合性的运动康复计划。这要求学生具备较高的专业素养和综合能力，能够灵活运用所学知识解决实际问题。

5. 远程指导与监控的精准性

老年综合征运动康复远程指导与监控是互联网健康管理的主要特点，但如何确保远程指导的精准性和有效性是一个难题。教学中需要重点培养学生对于患者病情的准确判断、康复进展的实时监测以及康复计划的及时调整能力。

6. 互联网技术与医疗健康的深度融合

互联网健康管理的发展离不开互联网技术的支持，但将互联网技术与医疗健康深度融合，实现更高效、更便捷、更个性化的健康管理服务是一个长期的过程。教学中需要关注最新的技术动态和发展趋势，引导学生掌握新技术、新方法的应用能力[266]。

三、教学方法与手段

（一）课前阶段

1. 预习资料推送

①电子教材与课件：通过学校的学习管理系统（如Blackboard、Moodle等）或专门的智慧课堂平台，向学生推送电子教材、PPT课件等老年综合征运动康复预习材料。这些材料应涵盖老年综合征的基础知识、运动康复原理与方法、互联网健康管理平台的使用等内容。

②视频资源：提供与课程内容相关的视频资源，如专家讲座、康复案例分享、运动示范视频等。视频资源应简短精悍，便于学生利用碎片时间进行学习。

③在线阅读材料：推送与老年综合征运动康复相关的学术论文、研究报告、科普文章等在线阅读材料，帮助学生拓宽知识面，深化对课程内容的理解。

2. 任务导向学习

①预习任务单：设计预习任务单，明确列出学生需要预习的老年综合征运动康复知识点、思考问题、案例分析等。预习任务单应具有一定的引导性和挑战性，激发学生的学习兴趣和探究欲望。

②小组讨论：在课前阶段组织学生进行小组讨论，围绕预习任务单中的问

题进行交流和探讨。通过小组讨论，学生可以相互启发、互相学习，为课堂学习做好充分准备。

3. 技术工具应用

①互联网健康管理平台体验：要求学生提前注册并登录互联网健康管理平台（如可穿戴设备、健康数据管理平台等），进行简单的操作体验和数据记录。通过亲身体验，学生可以更直观地了解互联网健康管理平台的功能和优势。

②在线互动工具：利用在线互动工具（如QQ群、微信群、论坛等）建立课程交流群，鼓励学生在课前阶段提出疑问、分享经验、交流心得。教师可以通过在线互动工具及时解答学生的问题，了解学生的学习情况。

4. 个性化学习支持

①智能推荐系统：利用智能推荐系统根据学生的学习历史、兴趣偏好等，为其推荐个性化的预习资料和学习资源。通过个性化的学习支持，可以更好地满足学生的不同学习需求。

②学习进度跟踪：通过智慧课堂平台的学习进度跟踪功能，及时了解学生的预习进度和完成情况。对于预习进度较慢或完成情况不佳的学生，教师应及时给予关注和指导。

（二）课中阶段

1. 多媒体辅助教学

①视频演示：利用视频资源展示老年综合征患者的运动康复过程，包括正确的运动姿势、动作要领等。视频演示可以帮助学生更直观地理解课程内容，提高学习兴趣。

②动画模拟：通过动画模拟人体运动机制，展示老年综合征患者运动康复的生理变化过程。动画模拟有助于学生深入理解运动康复的科学原理。

2. 互动式教学

①在线问答：利用智慧课堂平台的在线问答功能，鼓励学生提出疑问，教师及时解答。这种即时反馈机制可以帮助学生及时解决问题，加深对课程内容的理解。

②小组讨论：组织学生进行小组讨论，围绕老年综合征运动康复的热点问

题进行探讨。小组讨论可以促进学生之间的交流与合作，培养学生的批判性思维和团队协作能力。

③角色扮演：让学生扮演老年综合征患者和康复师的角色，进行互动练习。这种方式可以增强学生的实践能力和同理心。

3. 个性化学习支持

①智能推荐：利用智慧课堂平台的智能推荐功能，根据学生的学习情况和兴趣偏好，为其推荐个性化的学习资源。这有助于满足学生的不同学习需求，提高学习效果。

②学习进度跟踪：通过平台的学习进度跟踪功能，及时了解学生的学习进度和完成情况。对于学习进度较慢或完成情况不佳的学生，教师应给予个性化的指导和帮助。

4. 实践操作与反馈

①虚拟仿真训练：利用虚拟仿真技术，为学生提供老年综合征运动康复的虚拟训练环境。学生可以在虚拟环境中进行模拟操作，提高实践能力和技能水平。

②实时反馈：在实践操作过程中，利用传感器、摄像头等设备收集学生的运动数据，并通过智慧课堂平台进行实时反馈。反馈内容包括动作规范性、运动强度、心率变化等，帮助学生及时调整运动方案，提高患者康复效果。

5. 案例教学与分享

①典型案例分析：选取老年综合征运动康复的典型案例进行分析，探讨其成功经验和不足之处。案例分析可以帮助学生深入理解课程内容，提高分析问题和解决问题的能力。

②经验分享：邀请康复师或老年综合征患者分享运动康复的经验和感受，从而让学生了解实际康复过程中的问题和挑战，增强对康复工作的认识和理解。

（三）课后阶段

1. 在线复习与测试

①电子题库：利用智慧课堂平台提供的电子题库，设计包含选择题、填空题、判断题等多种题型的复习题目。学生可以在课后自行进行复习测试，以检验学习成果。

②智能评估：平台能够自动批改学生的测试题目，并给出详细的解析和反馈。学生可以根据评估结果，进行有针对性的查漏补缺，巩固知识点。

2. 实践作业与反馈

①实践作业布置：教师根据课程内容，布置与老年综合征运动康复相关的实践作业，如制订个性化的运动康复计划、分析患者运动数据等。

②作业提交与反馈：学生通过智慧课堂平台提交作业，教师可以及时批改并给予反馈。反馈内容应具体、明确，指出学生的优点和不足，并提供改进建议。

3. 案例分析与讨论

①案例分享：鼓励学生在课后搜集老年综合征运动康复的实际案例，并通过课堂或平台进行讨论。这有助于学生将理论知识与实际应用相结合。

②小组讨论：组织学生进行小组讨论，围绕案例中的关键问题进行深入探讨。通过小组讨论，学生可以相互启发、互相学习，加深对课程内容的理解。

4. 远程康复指导

①在线咨询：利用智慧课堂平台的在线咨询功能，学生可以就自己在运动康复过程中遇到的问题向教师或专家咨询。这有助于学生及时解决困惑，提高方案的康复效果。

②远程监控：对于有条件的学生，可以指导其为老年综合征患者佩戴可穿戴设备，通过智慧课堂平台远程监控患者的运动数据。教师或专家可以根据监控结果，为学生提供个性化的康复指导。

5. 心理健康支持

①心理疏导：老年综合征患者及其家属在康复过程中可能会出现心理问题。智慧课堂平台可以提供心理健康教育的资源，如心理讲座、在线心理咨询等，帮助学生及其家属保持良好的心态。

②社区交流：通过平台建立患者交流社区，让患者及其家属能够分享康复经验、交流心得。这种社区支持有助于减轻患者的孤独感和焦虑情绪。

6. 持续学习与更新

①最新资讯推送：智慧课堂平台可以定期推送老年综合征运动康复领域的

最新研究成果、技术进展和临床案例等资讯。这有助于学生保持对相关领域的关注，不断更新自己的知识体系。

②学习社群建设：建立学习社群，鼓励学生之间、师生之间进行交流和合作。通过社群活动，学生可以拓展视野、激发创新思维，并在实践中不断提升自己的能力[267]。

四、实践环节（练习与作业）

（一）课后作业

1. 康复方案设计

①内容：要求学生为老年综合征患者设计一套完整的康复方案。方案应包括康复目标、评估方法、训练计划（包括具体动作、训练强度、频率等）、监测与调整策略等。

②要求：康复目标需具体、可量化、可实现。训练计划需科学合理，符合老年患者的生理特点和康复需求。监测与调整策略需明确，以便根据患者的实际进展进行及时调整。

2. 康复技术论文撰写

①内容：鼓励学生深入研究老年综合征运动康复领域的某一具体技术或方法（如平衡训练技术、肌力增强技术等），并撰写一篇综述性或研究性论文，探讨该技术的原理、应用效果、优缺点及未来发展方向。

②要求：论文需遵循学术规范，包括引用格式、参考文献等。内容需具有创新性和实用性，能够为老年综合征的康复提供新的思路或方法。

3. 实践操作视频录制

①内容：要求学生录制自己进行老年综合征患者康复操作的视频。视频应展示正确的操作方法、注意事项及患者反应等。

②要求：视频需清晰、流畅，能够准确反映学生的操作水平。学生需在视频旁白中介绍操作步骤、目的及注意事项等。应鼓励学生进行创意性拍摄，提高视频的观赏性和教育性。

4. 小组讨论与汇报

①形式：组织学生进行小组讨论，围绕老年综合征运动康复的某一主题进行深入探讨。讨论结束后，每个小组需准备一份汇报材料，并在课堂上进行汇报。

②内容：汇报材料应包括讨论主题、讨论过程、主要观点及结论等。鼓励学生提出创新性的见解和解决方案，为老年综合征的康复提供新的思路和方法。

5. 线上互动问答

①方式：利用课程平台或社交媒体等线上工具，设置专门的互动问答环节。学生可以在此环节中提出关于老年综合征运动康复的问题，由教师或其他学生进行解答。

②目的：促进学生之间的交流与互动，共同提高学习效果。解答学生在学习过程中遇到的疑惑和问题，确保知识的全面掌握。

（二）案例练习

1. 案例分析报告

①作业内容：选取一个或多个老年综合征患者的真实案例，要求学生深入阅读并分析患者的病史、症状、诊断结果及当前的康复方案。学生需要基于所学知识，评估现有康复方案的有效性，并提出自己的改进建议或个性化康复计划。

②要求：分析要全面，包括患者的基本情况、病情评估、康复目标、训练内容与方法等。提出的改进建议需有理论依据，并考虑患者的实际情况和可行性。报告需结构清晰，逻辑严密，引用资料需注明来源。

2. 家庭康复指导手册编写

①作业内容：要求学生编写一份面向老年综合征患者及其家属的家庭康复指导手册。手册应包含老年综合征的基本知识、家庭康复的重要性、常见康复动作与技巧、注意事项与禁忌症等内容。

②要求：内容需准确、简洁、易懂，便于患者及其家属理解和操作。康复动作与技巧需配图说明，确保患者能够正确执行。注意事项与禁忌症需明确列出，以避免患者在康复过程中发生意外。

3. 数据分析与解读

①作业内容：提供一份老年综合征患者的康复数据（如步态分析、肌力测试、平衡能力评估等），要求学生运用统计学和康复医学知识对数据进行分析和解读。学生需要识别数据中的关键信息，评估患者的康复进展，并预测未来的康复趋势。

②要求：分析过程需严谨，运用合适的统计方法和分析工具。解读结果需准确、客观，能够反映患者的真实情况。学生需提出基于数据分析的康复建议或调整方案。

4. 反思日志

①作业内容：要求学生撰写一份关于本次课程学习的反思日志。日志中应包含学生对课程内容的理解、学习过程中遇到的困难和挑战、解决问题的方法与经验，以及对自己未来学习和职业发展的思考等。

②要求：反思需深刻、真诚，能够反映学生的真实感受和思考。学生需提出具体的改进措施和学习计划，以促进自身不断进步[268]。

（三）结课考核

1. 理论考核

①出勤与参与度：记录学生的出勤情况，并评估其在课堂讨论、小组活动中的参与度，可以通过教师观察、同学互评等方式进行。

②课堂测验：定期进行小测验，检查学生对理论知识的掌握情况。测验应包括选择题、填空题、简答题等形式，覆盖课程的重点和难点。

③作业与报告：布置与课程内容相关的作业和报告，如案例分析、文献综述等，评估学生的自主学习能力和分析能力。

2. 期末考核

学期末进行闭卷或开卷考试，全面考察学生对老年综合征运动康复理论知识的掌握情况。试卷应包含选择题、填空题、简答题和论述题等多种题型，以确保评价的全面性和准确性。

3. 实践考核

（1）技能操作考核

①模拟康复训练：在模拟训练环境中，考核学生的实际操作技能，如康复动作的正确性、训练计划的制订与执行等。可以通过教师评分、同学互评和患者反馈等方式进行综合评价。

②实验报告与反思：要求学生提交实验报告，并撰写实验反思，评估其在实践过程中的表现、问题解决能力等。

（2）项目考核

①康复方案设计：要求学生为虚拟或真实的老年综合征患者设计康复方案，并进行展示和答辩。考核内容包括方案的科学性、可行性、创新性以及学生的表达能力等。

②案例分析报告：选取典型病例进行分析，要求学生撰写案例分析报告，评估其分析问题和解决问题的能力。

4. 考核方式的创新

（1）数字化考核

利用智慧课堂平台，实现考核的数字化和智能化。例如，通过在线测试系统进行理论考核，利用虚拟现实技术进行技能操作考核等。

（2）过程性评价

注重对学生学习过程的评价，通过课堂观察、小组讨论、在线互动等方式搜集学生的学习数据，形成过程性评价报告[269]。

参考文献

[1] 中国健康管理协会.慢性病健康管理规范（TCHAA 007—2019）[J].中华流行病学杂志，2020，28（1）：1-2.

[2] 曾承志.健康概念的历史演进及其解读[J].北京体育大学学报，2007（5）：618-619；622.

[3] 宋雅男，肖杨.大数据与数据分析技术[J].经济研究导刊，2025（3）：24.

[4] 周梦菲，许珂."互联网+健康管理"平台建设的设想[J].临床医药文献电子杂志，2017，4（65）：12861-12862.

[5] 潘锋.现代信息技术提升卒中诊疗与康复管理水平[J].中国医药导报，2021，18（30）：1-3.

[6] 卫荣，侯梦薇，盖晓红，等.物联网技术在日间手术管理中的应用[J].中国卫生质量管理，2019，26（5）：86-88.

[7] 周红波.基于互联网医疗的企业健康管理服务应用场景[J].信息记录材料，2022，23（5）：132-135.

[8] 张军，王大鹏，李晨.运动康复实验中心建设规划[J].当代体育科技，2015，5（27）：14-15.

[9] 骆玥，周曾国，李淑希，等.体育院校运动康复专业肌肉骨骼康复教育的现状审视与革新策略探索[J].健与美，2025（1）：129-131.

[10] 朱文翀.我国运动康复与健康专业现状分析及其发展对策[J].当代体育科技，2016，6（3）：152-153.

[11] Jiang Y. Combination of Wearable Sensors and Internet of Things and Its Application in Sports Rehabilitation [J]. Computer Communications，2020，150：167-176.

[12] 段国旭，吴迪，张文波，等.运动康复在慢性病防治方面的应用[J].高师理科学刊，2022，42（12）：71-74.

[13] 马荣蕊，李朝福.身体功能性训练的现状与发展研究[J].当代体育科技，2021，11（6）：84-86.

[14] 陈俊虎，王燕燕，廖凯举，等.流行病学思维方法在全科医生培养中的应用研究［J］.中华全科医学，2020，18（6）：887-889；975.

[15] 谷芳秋，张会君，李晓莹.三级预防在社区糖尿病运动疗法中的应用初探［J］.现代预防医学，2010，37（5）：842-844.

[16] Sattar N, Preiss D. Research Digest：Prediabetes definitions and diabetes prevention［J］. The Lancet. Diabetes & Endocrinology，2017，5（3）：163.

[17] 王一.健康城市导向下的社区规划［J］.规划师，2015，31（10）：101-105.

[18] 宣振华.健康促进及其社会作用研究［J］.体育科技文献通报，2018，26（5）：137-138.

[19] 杨德明，王令，余彦娇，等.涪陵区城乡常住居民对新冠肺炎健康教育需求的调查研究［J］.中国公共卫生管理，2021，37（3）：386-389.

[20] 魏莱，潘同人."大思政"视域下高校健康教育的路径［J］.山西大同大学学报（社会科学版），2024，38（1）：51-55.

[21] 贾焕焕，张鹏.高强度间歇训练对老年冠心病患者有氧运动能力和生命质量的影响［J］.慢性病学杂志，2024，25（6）：875-878.

[22] 刘芳芳，郭刘备.心肺康复训练对重度支气管扩张症患者心肺功能、BODE指数的影响［J］.中国医学工程，2024，32（6）：118-121.

[23] 陈丽芳.系统化运动康复训练对肱骨近端骨折患者肩关节功能的影响［J］.中国医药指南，2024，22（18）：86-88.

[24] 刘俞宏，郭文，田美丽，等.山东省体卫融合多元发展模式研究［J］.山东体育科技，2024，46（2）：72-78.

[25] 刘荣芝，刘芝修，刘倩，等.应用健康管理理论干预非酒精性脂肪肝患者的疗效观察［J］.中国临床保健杂志，2022，25（1）：78-81.

[26] 张佩嘉，谭洁，王丹，等.134例慢性肾病患者对互联网健康管理服务的使用现状及需求调查［J］.南昌大学学报（医学版），2017，57（4）：70-74.

[27] 纪九梅，王宇，欧阳嘉煜，等.2018慕课发展概要与未来趋势——以Coursera、edX、学堂在线、Udacity和FutureLearn为例［J］.中国远程教育，2019（9）：16-25.

[28] 王天健，李兰媛."有组织科研"政策历程及其中国特色性发展［J］.高教发展与评估，2024，40（4）：43-52；121.

［29］孟国碧，罗惠铭.粤港澳大湾区跨域法治人才培养模式创新研究［J］.高教学刊，2024，10（21）：13-16.

［30］陈科君，杨怡菲，宫静，等.电子健康技术在心力衰竭患者居家管理中的应用进展［J］.中国全科医学，2024，27（26）：3212-3217.

［31］谢彤，施春香.强直性脊柱炎患者运动康复的研究进展［J］.上海护理，2024，24（6）：54-57.

［32］孙霞飞，郑繁程，乐静，等.智能手环在慢性心力衰竭患者居家心脏康复中的应用［J］.中国乡村医药，2022，29（20）：3-5.

［33］冯立春，冯永利，王宝中，等.面向肩关节康复设备的研究进展［J］.机械传动，2024，48（7）：167-176.

［34］秦秋雯，卢茜，江山.烧伤康复治疗新进展［J］.中日友好医院学报，2024，38（3）：165-168.

［35］周雪，毛荟妍，王雪梅，等.新质生产力驱动卫生系统重塑的当前表现与潜在挑战［J］.中国医院管理，2024，44（5）：17-21.

［36］王子玉，曹金娟.我国网上健康管理平台现状分析［J］.锦州医科大学学报（社会科学版），2019，17（1）：36-39.

［37］宋雅男，肖杨.大数据视角下互联网健康管理产业分析［J］.经济研究导刊，2022（25）：37-39.

［38］Rider L G，Giannini E H，Harris-Love M，et al. Defining clinical improvement in adult and juvenile myositis［J］. The Journal of Rheumatology，2003，30（3）：603-617.

［39］Tankisi H，Burke D，Cui L，et al. Standards of instrumentation of EMG［J］. Clinical neurophysiology：official journal of the international federation of clinical neurophysiology，2020，131（1）：243-258.

［40］Downs S. The Berg Balance Scale［J］. Journal of Physiotherapy，2015，61（1）：46.

［41］Merchán-Baeza J A，González-Sánchez M，Cuesta-Vargas A I. Reliability in the parameterization of the functional reach test in elderly stroke patients：a pilot study［J］. BioMed Research International，2014：637671.

［42］Voulgarakis P，Iakovidis P，Lytras D，et al. Effects of joint mobilization versus acupuncture on pain and functional ability in people with chronic neck pain：a randomized controlled trial of comparative effectiveness［J］. Journal of Acupuncture and Meridian Studies，2021，14（6）：231-237.

[43] Kim K H, Kim D H. Effects of Maitland Thoracic Joint Mobilization and Lumbar Stabilization Exercise on Diaphragm Thickness and Respiratory Function in Patients with a History of COVID-19 [J]. International Journal of Environmental Research and Public Health, 2022, 19 (24): 17044.

[44] Saunders D G, Walker J R, Levine D. Joint mobilization [J]. The Veterinary Clinics of North America. Small Animal Practice, 2005, 35 (6): 1287-1316; vii-viii.

[45] Sharman M J, Cresswell A G, Riek S. Proprioceptive Neuromuscular Facilitation Stretching: Mechanisms and Clinical Implications [J]. Sports Medicine (Auckland, N.Z.), 2006, 36 (11): 929-939.

[46] 梁伟明. 重力肌群锻炼对脊柱疼痛和功能康复影响的临床研究 [D]. 广州: 南方医科大学, 2015.

[47] 杨亭玉. 我国的社区老年康复中心建筑设计研究 [D]. 呼和浩特: 内蒙古工业大学, 2014.

[48] Rossi M J, Lubowitz J H, Guttmann D. Development and validation of the international knee documentation committee subjective knee form [J]. The American Journal of Sports Medicine, 2002, 30 (1): 152.

[49] Fairbank J C, Pynsent P B. The oswestry disability index [J]. Spine, 2000, 25 (22): 2940-2952.

[50] Faiz K W. VAS—Visual Analog Scale [J]. Tidsskrift for den norske laegeforening: tidsskrift for praktisk medicin, Ny Raekke, 2014, 134 (3): 323.

[51] Dai Z, Liu Q, Bai W, et al. Efficacy observation of knee osteoarthritis treated with acupuncture [J]. Zhongguo Zhen Jiu = Chinese Acupuncture & Moxibustion, 2012, 32 (9): 785-788.

[52] 马文娣, 任丽萍, 林大伟, 等. 运动康复联合物理治疗对职业性慢性氯丙烯中毒患者平衡能力及跌倒风险的影响 [J]. 工业卫生与职业病, 2024, 50 (4): 318-321.

[53] 冯国强, 徐锋, 张娟娟, 等. 中医推拿联合运动康复治疗神经根型颈椎病的临床效果 [J]. 浙江医学教育, 2024, 23 (1): 60-64.

[54] 任建厂, 肖海莉, 余庆, 等.《"健康中国2030"规划纲要》引领下高校运动康复专业发展与思考 [J]. 青少年体育, 2020 (1): 123-124.

[55] 肖湘, 毛玉瑢, 赵江莉, 等. 虚拟现实同步减重训练对脑梗死患者步态

对称性及神经网络的影响[J].中国康复医学杂志，2013，28（12）：1104-1108.

[56] 冯绍雯，王萍，王建国，等.虚拟平衡游戏训练在脑卒中患者平衡和步行功能康复中的应用[J].中国康复医学杂志，2015，30（11）：1171-1173.

[57] 陆小锋，裘栋彬，贾杰，等.脑卒中患者康复治疗远程智能监测平台的设计[J].中国康复医学杂志，2015，30（10）：1049-1052.

[58] 林嘉润，邱耀宇，王海，等.负重压力监测智能鞋系统在AO-B型胫骨干骨折髓内钉内固定术后康复中应用的效果观察[J].中国骨与关节损伤杂志，2022，37（2）：144-147.

[59] Wang S, Chan P P K, Lam B M F, et al. Sensor-based gait retraining lowers knee adduction moment and improves symptoms in patients with knee osteoarthritis: A randomized controlled trial [J]. Sensors (Basel, Switzerland), 2021, 21（16）: 5596.

[60] 刘华，孙喜妹，黄秋玉.虚拟仿真技术在运动康复治疗技术课程教学中的应用效果分析[J].中国教育技术装备，2023（5）：40-44.

[61] 陈根，赵玉敏.虚拟仿真在人体寄生虫学实验教学的应用[J].教育现代化，2019，6（51）：155-156.

[62] 赵剑，杨晨，李贵海，等.基于虚拟现实技术的肢体运动康复训练评估装置[J].吉林大学学报（工学版），2024：1-9.

[63] 陈惠娟.基于互联网服务的中医人才培养模式探索[J].中国中医药现代远程教育，2024，22（14）：205-208.

[64] 荣先凤，李方晖，谭嘉俐.基于世界卫生组织康复胜任力架构建设运动康复专业[J].中国康复理论与实践，2024，30（6）：639-647.

[65] 顾忠科，戴剑松.基于康复胜任力架构培养应用型运动康复人才的探索与思考[J].当代体育科技，2023，13（25）：12-17.

[66] 李重阳，张云丽.运动康复专业学生在康复医院的实习现状——以聊城大学为例[J].当代体育科技，2024，14（3）：122-124.

[67] 李怡.运动康复专业社区康复学创新课程体系教改实践[J].当代体育科技，2024，14（9）：57-60.

[68] Ng I K S, Mok S F, Teo D. Competency in medical training: current concepts, assessment modalities, and practical challenges [J]. Postgraduate medical journal, 2024: 1-5.

[69] 周雪梅，刘金宝.健康中国背景下高校运动康复专业建设的实施路径[J].文体用品与科技，2023（15）：166-168.

[70] 张宇.运动康复专业学生临床实践能力培养途径探讨[J].当代体育科技，2016，6（5）：44-45.

[71] 宫健伟，王冉冉，朱嘉卉，等."学科交叉融合"理念下康复医学研究生培养的思考与实践[J].中国继续医学教育，2023，15（23）：1-4.

[72] 王欢，马壮.中外合作办学人才培养体系的研究与实践——以运动康复专业为例[J].中国医学教育技术，2024，38（1）：118-122.

[73] 颜梦达.建构主义学习理论视角下高校设计类专业混合式教学模式研究[J].湖南包装，2024，39（3）：189-192.

[74] 张思思.体验式教育对研究生思想政治教育的优化研究[D].上海：上海交通大学，2013.

[75] 史扬杰，奚小波，张翼夫，等.大类招生模式下农业机械专业课程体系改革探索与研究[J].江苏农机化，2024（3）：43-46.

[76] Maiga Chang, Elvira Popescu, Kinshuk, et al.Foundations and Trends in Smart Learning[M].Singapore：Springer，2019.

[77] 高奎松，隋丹妮.探究式教学的内涵分析及应用[J].文学教育（下），2018（6）：34-35.

[78] 冯欢.论高校口译教学多元化评估体系的构建——以天津医科大学英语专业口译教学实践为例[J].长春教育学院学报，2015，31（11）：85-86.

[79] 付婉逸.跨文化背景下来华留学生中国文化教育现状及其教改建议[J].汉字文化，2024（14）：96-98.

[80] 周宇璇，李三军，周云英，等.基于虚拟现实技术的中医传统功法对扩张型心肌病患者心功能及生活质量影响的研究[J].中国医学创新，2024，21（6）：90-94.

[81] 段好阳，刘福迁，谢建航，等.虚拟现实技术在平衡功能康复训练教学中的应用[J].高校医学教学研究（电子版），2019，9（3）：13-16.

[82] 夏培淞，王春慧.社区康复治疗师创新培训方式初探[J].智慧健康，2018，4（9）：25-27.

[83] Kraus V B, Blanco F J, Englund M, et al. Call for standardized definitions of osteoarthritis and risk stratification for clinical trials and clinical use[J]. Osteoarthritis and Cartilage，2015，23（8）：1233-1241.

[84] Katz J N, Arant K R, Loeser R F. Diagnosis and treatment of hip and knee osteoarthritis: A Review [J]. JAMA, 2021, 325（6）: 568-578.

[85] 张彩. 基于肌骨超声量化评价针刺治疗膝关节滑膜炎的临床研究 [D]. 北京: 北京中医药大学, 2019.

[86] 应璞, 翁文杰, 蒋青. 表观遗传学在骨性关节炎研究中的进展 [J]. 中国矫形外科杂志, 2012, 20（24）: 2264-2267.

[87] Brown T D, Johnston R C, Saltzman C L, et al. Posttraumatic osteoarthritis: A first estimate of incidence, prevalence, and burden of disease [J]. Journal of Orthopaedic Trauma, 2006, 20（10）: 739-744.

[88] 谭利贤, 杜小康, 汤润民, 等. 脊柱小关节骨关节炎的病因病理与发病机制研究进展 [J]. 中国脊柱脊髓杂志, 2022, 32（10）: 954-960.

[89] Collins J E, Katz J N, Dervan E E, et al. Trajectories and risk profiles of pain in persons with radiographic, symptomatic knee osteoarthritis: Data from the osteoarthritis initiative [J]. Osteoarthritis and Cartilage, 2014, 22（5）: 622-630.

[90] 中华医学会物理医学与康复学分会, 四川大学华西医院. 中国膝骨关节炎康复治疗指南（2023版）[J]. 中国循证医学杂志, 2024, 24（1）: 1-14.

[91] 陈丰, 刘有吉. 加压训练在老年人膝关节骨性关节炎运动康复治疗中的应用研究 [J]. 内江科技, 2024, 45（6）: 72-73; 121.

[92] 侯世伦, 张新, 王安利, 等. 老年人膝关节骨性关节炎的运动康复: 机制、方法与进展 [J]. 成都体育学院学报, 2018, 44（1）: 110-115.

[93] 常露, 田雪秋, 任桂珍. 中医康复技术治疗膝骨关节炎概述 [J]. 中医研究, 2024, 37（7）: 84-87.

[94] Altman R, Asch E, Bloch D, et al. Development of criteria for the classification and reporting of osteoarthritis. Classification of osteoarthritis of the knee. Diagnostic and Therapeutic Criteria Committee of the American Rheumatism Association [J]. Arthritis and Rheumatism, 1986, 29（8）: 1039-1049.

[95] Kellgren J H, Lawrence J S. Radiological assessment of osteo-arthrosis [J]. Annals of the Rheumatic Diseases, 1957, 16（4）: 494-502.

[96] Hunter D J, Zhang W, Conaghan P G, et al. Systematic review of the concurrent and predictive validity of MRI biomarkers in OA [J].

Osteoarthritis and Cartilage, 2011, 19（5）：557-588.

[97] Bijlsma J W J, Berenbaum F, Lafeber F P J G. Osteoarthritis: an update with relevance for clinical practice [J]. Lancet (London, England), 2011, 377 (9783): 2115-2126.

[98] Guidelines for the initial evaluation of the adult patient with acute musculoskeletal symptoms. American college of rheumatology Ad Hoc committee on clinical guidelines [J]. Arthritis and Rheumatism, 1996, 39 (1): 1-8.

[99] 邓悦, 王冉, 王芳, 等. 脊髓损伤患者远程康复效果的系统分析再评价 [J]. 实用临床医药杂志, 2023, 27（22）：17-23.

[100] 周南, 龚凌云, 吴仕斌. 区域三级康复医疗服务体系的构建与实践 [J]. 中国康复理论与实践, 2017, 23（3）：370-372.

[101] 郑宪友. 锁骨骨折治疗：2023美国骨科医师学会（AAOS）临床实践指南解读 [J]. 中国修复重建外科杂志, 2024, 38（8）：942-946.

[102] Saedén B, Törnkvist H, Ponzer S, et al. Fracture of the carpal scaphoid. A prospective, randomised 12-year follow-up comparing operative and conservative treatment [J]. The Journal of Bone and Joint Surgery (British Volume), 2001, 83 (2): 230-234.

[103] 戚文元, 缪世昌, 孙丽萍. 胸腰椎骨质疏松性压缩骨折患者经皮椎体后凸成形术后残留腰背部疼痛的影响因素分析 [J]. 实用医院临床杂志, 2024, 21（2）：115-119.

[104] 李玲, 阮传江, 张璇, 等. 股骨粗隆间骨折术后谵妄发生的因素分析及预后对并发症的影响 [J]. 中华保健医学杂志, 2024, 26（3）：360-363.

[105] Dubin J A, Bains S S, Monarrez R, et al. The effect of fixation type on periprosthetic fractures in high-risk patients who have osteoporosis undergoing total joint arthroplasty [J]. Journal of Orthopaedics, 2024, 56: 26-31.

[106] 沈林华, 蔡程名, 高尚, 等. 两种固定方法对创伤性尺桡骨骨折术后恢复并发症及成本-效用的影响 [J]. 河北医学, 2024, 30（6）：1035-1040.

[107] 戎毅, 於浩, 杨俊锋, 等. 老年髋部骨折患者术后并发下肢深静脉血栓的危险因素分析及风险预测 [J]. 中国组织工程研究, 2022, 26

（33）：5357-5363.

[108] 方建峰，刘亚，姚峰.不同髓内针直径与髓腔峡部直径之比的弹性髓内针治疗股骨干骨折患儿的临床效果［J］.医疗装备，2022，35（13）：76-79.

[109] 张斌，沈小松，高想.股骨干骨折几种治疗方法的比较与分析［J］.骨与关节损伤杂志，2004（2）：111-112.

[110] Pliannuom S，Pinyopornpanish K，Buawangpong N，et al. Characteristics and Effects of Home-Based Digital Health Interventions on Functional Outcomes in Older Patients With Hip Fractures After Surgery：Systematic Review and Meta-Analysis［J］. Journal of Medical Internet Research，2024，26：e49482.

[111] 尹红波，丁志超，梅玉珍，等.膝关节移动三维可视化应用研究［J］.江西医药，2021，56（8）：1129-1130；1143.

[112] 贾会扬，张桁，柳林，等.闭合性骨折相关的软组织损伤：分类和治疗［J］.临床外科杂志，2024，32（4）：337-340.

[113] Zhang K，Liu W，Shen F，et al. Ligustilide covalently binds to Cys703 in the pre-S1 helix of TRPA1，blocking the opening of channel and relieving pain in rats with acute soft tissue injury［J］. Ournal of Ethnopharmacology，2024，330：118217.

[114] 呼文生.软组织不慎受伤该咋办［N］.甘肃科技报，2024-05-20（6）.

[115] Wang K，Xia Z，Yu R，et al. Novel Hydrogel Adjuvant of Chinese Medicine External Preparations for Accelerated Healing of Deep Soft Tissue Injuries［J］. ACS biomaterials science & engineering，2024，10（7）：4425-4436.

[116] 罗文利，陈泰澍，黄学成，等.消瘀膏外敷配合水穴消肿手法治疗急性软组织损伤的临床疗效及安全性观察［J］.广州中医药大学学报，2024，41（7）：1765-1771.

[117] 王姿入，倪国新.质疑与思考：软组织损伤康复中是否应摒弃冷疗［J］.成都体育学院学报，2022，48（1）：123-128.

[118] 李高华.最佳负荷（Optimal loading）——急性软组织损伤康复的新视野［J］.运动，2012（10）：43-44.

[119] 谭家祥.脊柱软组织损伤与脊柱相关疾病研究进展述评［C］//第七届国

际手法医学与传统疗法暨保健手法大赛学术会议论文汇编.南宁：广西科学技术协会、广西国际手法医学协会，2004：12.

[120] 魏澄，杨红莉.中西医结合治疗软组织损伤疗效观察[J].湖北中医杂志，2014，36（1）：37-38.

[121] 朱振星.中医推拿治疗踝关节软组织损伤疗效观察[J].体育科研，1995（2）：41-42；44.

[122] 程詹京，李军.以文证材料为主评定体表软组织损伤原则的探讨[C]//法医临床学专业理论与实践——中国法医学会·全国第十九届法医临床学学术研讨会论文集.北京：中国法医学会法医临床学专业委员会，2016：2.

[123] 闵敏，牟小加，宋丹.强直性脊柱炎康复训练与护理的研究进展[J].风湿病与关节炎，2024，13（4）：77-80.

[124] 王登锋.脊柱骨折：风险因素、预防与康复[N].山西科技报，2024-05-30（A3）.

[125] 何中.基于深度学习技术对脊柱侧凸疾病的识别分型及青少年特发性脊柱侧凸手术下端固定椎选择的研究[D].南京：南京大学，2022.

[126] 李忠玉，赵虎，王春旭，等.解剖学与脊柱外科联合教学模式探索[J].解剖学报，2019，50（6）：844-846.

[127] 王拂晓，夏莹苹.目标导向式康复护理对脊柱骨折手术患者康复自我效能、自我护理能力及并发症的影响[J].航空航天医学杂志，2023，34（10）：1273-1275.

[128] 王志军，刘洋，杨斌，等.脊柱脊髓损伤临床及康复治疗路径探讨[J].临床医药文献电子杂志，2020（47）：69-70.

[129] 任沙沙.脊柱骨折伴脊髓损伤术后护理中行康复护理的作用分析与探讨[J].山西医药杂志，2022，51（23）：2756-2759.

[130] 李建军，孙天胜，张保中，等."创伤性脊柱脊髓损伤评估、治疗与康复"专家共识[J].中国康复理论与实践，2017，23（3）：274-287.

[131] 李方，李玉伟，徐静宜，等."互联网+"背景下追踪康复指导对胸腰段脊柱骨折患者术后训练依从性和功能恢复的影响[J].黑龙江医药科学，2023，46（6）：54-55.

[132] 唐金树.慢性退行性腰痛的康复治疗[C]//第三届全国脊髓损伤治疗与康复研讨会论文集.北京：中国康复医学会脊柱脊髓损伤专业委员会脊髓损伤治疗与康复学组、《中国脊柱脊髓杂志》，2012：5.

［133］吴招圆，叶亚琴，谢小燕，等.网络为主的延续性护理对冠心病患者自我护理能力及生活质量的影响［J］.中医药管理杂志，2020，28（12）：59-61.

［134］孟文文，皮红英.基于互联网的高血压管理新模式［J］.军事护理，2017，34（8）：52-54.

［135］鞠仪晴，吴春平，高嵩.冠状动脉粥样硬化性心脏病辨治体会［J］.中国民间疗法，2023，31（21）：16-18.

［136］张建国，赵磊.手足并用教学法联合案例式教学法在CT冠状动脉造影全科医师培训教学中的随机对照研究［J］.中国毕业后医学教育，2021，5（1）：64-68.

［137］刘云慧，赵铁耘.肥胖及相关代谢性疾病与肠道菌群［J］.生理科学进展，2012，43（2）：137-140.

［138］Tutor A W, Lavie C J, Kachur S, et al. Updates on obesity and the obesity paradox in cardiovascular diseases［J］. Progress in Cardiovascular Diseases，2023，78：2-10.

［139］Bervoets L, Massa G. Classification and clinical characterization of metabolically "healthy" obese children and adolescents［J］. Journal of Pediatric Endocrinology and Metabolism，2016，29（5）：553-560.

［140］黄志兰，李景宏，麦菊旦·提黑然，等.肥胖对骨质疏松影响机制的研究进展［J］.河北医药，2022，44（20）：3167-3172.

［141］负贺章，孙耀威，苏玉慧，等.有氧结合抗阻训练对减重术后肥胖女性患者恢复效果的影响［J］.中国康复医学杂志，2024，39（8）：1183-1188.

［142］李景辉，刘乃榕，任刚，等.个体化膳食指导对超重肥胖大学生生活质量的影响［J］.中国食物与营养，2022，28（12）：41-43，10.

［143］李传行，孙会青.个体化健康教育对学龄前儿童肥胖、营养状况的影响［J］.妇儿健康导刊，2023，2（7）：174-176.

［144］陈泽恺，朱琳，李展权.身体活动量与肥胖儿童青少年骨密度改善的剂量—效应关系［J］.湖北体育科技，2022，41（8）：736-739，746.

［145］Campos J O, Barros M A V, Oliveira T L P S A, et al. Cardiac autonomic dysfunction in school age children with overweight and obesity［J］. Nutrition, Metabolism and Cardiovascular Diseases，2022，32（10）：2410-2417.

[146] 饶为农，张洁，庾少梅，等. IL-18、hs-CRP、脂联素在代谢综合症和高血压病患者外周血清的变化及意义［J］. 现代生物医学进展，2011，11（22）：4298-4300.

[147] Eysenbach G. What is e-health［J］. Journal of Medical Internet Research，2001，3（2）：E20.

[148] Flores Mateo G, Granado-Font E, Ferré-Grau C, et al. Mobile Phone Apps to Promote Weight Loss and Increase Physical Activity: A Systematic Review and Meta-Analysis［J］. Journal of Medical Internet Research，2015，17（11）：e253.

[149] Halligan J, Whelan M E, Roberts N, et al. Reducing weight and BMI following gestational diabetes: A systematic review and meta-analysis of digital and telemedicine interventions［J］. BMJ open diabetes research & care，2021，9（1）：e002077.

[150] 刘烨，王海宁. 2021年ADAEASD《糖尿病缓解专家共识》与《2022年ADA糖尿病指南：2型糖尿病的预防和治疗中肥胖与体重管理》解读——糖尿病缓解的定义与治疗策略［J］. 临床内科杂志，2022，39（5）：299-302.

[151] 尹义存. 代谢综合征与糖尿病［J］. 人民军医，2008（12）：777.

[152] 林徐泽，黄思壮，唐炯，等. 糖尿病对急性心肌梗死患者住院期间心脏机械并发症发生风险的影响：一项基于MIMIC-Ⅲ数据库的回顾性研究［J］. 中国心血管杂志，2023，28（3）：217-221.

[153] 国家老年医学中心，中华医学会老年医学分会，中国老年保健协会糖尿病专业委员会. 中国老年糖尿病诊疗指南（2024版）［J］. 协和医学杂志，2024，15（4）：771-800.

[154] 丁岩，崔博，杨西西，等. 糖尿病心血管自主神经病变的研究进展［J］. 北京医学，2021，43（12）：1208-1211.

[155] 赵宗惠. 葡萄糖耐量试验在糖尿病早期筛查中的应用［J］. 中国现代药物应用，2014，8（2）：44-45.

[156] Chen B, Shen C, Sun B. Current landscape and comprehensive management of glycemic variability in diabetic retinopathy［J］. Journal of Translational Medicine，2024，22（1）：700.

[157] Kotb M A, Bedewi M A, Almalki D M, et al. The vagus nerve cross-sectional area on ultrasound in patients with type 2 diabetes［J］.

Medicine, 2023, 102（51）: e36768.

[158] American Diabetes Association Professional Practice Committee 1. Improving care and promoting health in populations: standards of medical care in diabetes-2022［J］. Diabetes Care, 2022, 45（Suppl 1）: S8-S16.

[159] Kerr D, Ahn D, Waki K, et al. Digital interventions for self-management of type 2 diabetes mellitus: systematic literature review and meta-analysis ［J］. Journal of Medical Internet Research, 2024, 26: e55757.

[160] Sun Y, Lu Y, Liu L, et al. Caspase-4/11 promotes hyperlipidemia and chronic kidney disease-accelerated vascular inflammation by enhancing trained immunity［J］. JCI Insight, 2024.

[161] Bharatselvam S, Schwenger K J P, Ghorbani Y, et al. Assessing clinical and metabolic responses related to hyperlipidemia, MASLD and type 2 diabetes: sleeve versus RYGB［J］. Nutrition, 2024, 126: 112530.

[162] Wright J, Subramanian S. Therapy for hyperlipidemia［J］. Medical Clinics of North America, 2024, 108（5）: 881-894.

[163] 关乐林. 中老年人高血脂对心血管病的影响［J］. 亚太传统医药, 2008（8）: 17-18.

[164] 田祯祥, 耿青青, 徐德刚. 联合有氧运动对高脂血症大鼠影响［J］. 体育科学研究, 2019, 23（6）: 59-66.

[165] 李娜, 丁忠. 运动对高血脂症患者影响的研究进展［J］. 当代体育科技, 2016, 6（10）: 156-157.

[166] 世界卫生组织指南. Global Recommendations on Physical Activity for Health［M］. Geneva: World Health Organization, 2010.

[167] Thompson P D, Arena R, Riebe D, et al. ACSM's new preparticipation health screening recommendations from ACSM's guidelines for exercise testing and prescription, ninth edition［J］. Current Sports Medicine Reports, 2013, 12（4）: 215-217.

[168] Katsiki N, Mikhailidis D P, Bajraktari G, et al. Statin therapy in athletes and patients performing regular intense exercise-position paper from the International Lipid Expert Panel（ILEP）［J］. Pharmacological Research, 2020, 155: 104719.

[169] Grundy S M, Stone N J, Bailey A L, et al. 2018 AHA/ACC/AACVPR/AAPA/ABC/ACPM/ADA/AGS/APhA/ASPC/NLA/PCNA guideline on

[169] the management of blood cholesterol: a report of the american college of cardiology/american heart association task force on clinical practice guidelines [J]. Circulation, 2019, 139 (25): e1082-e1143.

[170] Catapano A L, Graham I, De Backer G, et al. 2016 ESCEAS guidelines for the Management of dyslipidaemias [J]. Revista Espanola De Cardiologia (English Ed.), 2017, 70 (2): 115.

[171] 陈涛, 李卫, 王杨, 等. 高尿酸血症的患病情况及相关因素分析 [J]. 中华临床医师杂志（电子版）, 2012, 6 (13): 3526-3529.

[172] 万强, 高艳霞, 吴燕升, 等. 高尿酸血症与心血管疾病关系的研究进展 [J]. 中西医结合心脑血管病杂志, 2018, 16 (1): 54-56.

[173] Some observations on the gout, from an unpublished paper on that subject, by a celebrated physician lately deceased [J]. The London Medical Journal, 1781, 1 (3): 199-202.

[174] Shulten P, Thomas J, Miller M, et al. The role of diet in the management of gout: a comparison of knowledge and attitudes to current evidence [J]. Journal of Human Nutrition and Dietetics: The Official Journal of the British Dietetic Association, 2009, 22 (1): 3-11.

[175] Kuo C F, Grainge M J, Zhang W, et al. Global epidemiology of gout: prevalence, incidence and risk factors [J]. Nature Reviews. Rheumatology, 2015, 11 (11): 649-662.

[176] Han Y, Li J, Bai W. The association between visceral adipose accumulation and hyperuricemia risk among Chinese elder individuals: a nationwide prospective cohort study [J]. Preventive Medicine Reports, 2024, 45: 102843.

[177] Miao C, Dong K, Shen Y, et al. Mechanism of lacticaseibacillus rhamnosus JY027 alleviating hyperuricemia in mice through gut-kidney axis [J]. Food Bioscience, 2024, 61: 104757.

[178] Yennie RH. Recognition and management of gout and hyperuricemia [J]. JAAPA. 2003.16 (3): 21-4.

[179] Smith H S, Bracken D, Smith J M. Gout: current insights and future perspectives [J]. The Journal of Pain, 2011, 12 (11): 1113-1129.

[180] Song D, Zhao X, Wang F, et al. A brief review of urate transporter 1 (URAT1) inhibitors for the treatment of hyperuricemia and gout: Current

therapeutic options and potential applications [J]. European Journal of Pharmacology, 2021, 907: 174291.

[181] Palatini P, Virdis A, Borghi C. Risk of cardiovascular mortality associated with very high HDL-cholesterol level and hyperuricemia in chronic kidney disease [J]. Nutrition, Metabolism and Cardiovascular Diseases, 2023, 33 (4): 915-916.

[182] Pandya S P. Dance movement therapy, yoga, and older adults with Parkinson's disease: balance confidence, anxieties, and wellbeing [J]. Body, Movement and Dance in Psychotherapy, 2024, 19 (2): 157-173.

[183] Zhou Z, Li K, Li X, et al. Independent and joint associations of body mass index, waist circumference, waist-height ratio and their changes with risks of hyperuricemia in middle-aged and older Chinese individuals: a population-based nationwide cohort study [J]. Nutrition & Metabolism, 2021, 18 (1): 62.

[184] Chapron A, Chopin T, Esvan M, et al. Non-pharmacologic measures for gout management in the prospective GOSPEL cohort: Physicians' practice and patients' compliance profiles [J]. Joint Bone Spine, 2019, 86 (2): 225-231.

[185] 王春燕, 何成奇. 骨质疏松症治疗中的运动疗法 [J]. 中国组织工程研究, 2013, 17 (37): 6657-6663.

[186] Delbar A, Pflimlin A, Delabrière I, et al. Persistence with osteoporosis treatment in patients from the Lille University Hospital Fracture Liaison Service [J]. Bone, 2021, 144: 115838.

[187] Taskesen A, Ger A, Uzel K, et al. Effect of osteoporosis on proximal humerus fractures [J]. Geriatric Orthopaedic Surgery & Rehabilitation, 2020, 11: 215145932098539.

[188] Wiersbicki D W, Osterhoff G, Heyde C E, et al. The relation of osteoporotic vertebral fractures and spine degeneration on the occurrence of complications: a systematic review [J]. European Spine Journal, 2024, 33 (8): 3213-3220.

[189] 程丽红, 章玉玲, 阮诗慧, 等. 有氧运动对老年骨质疏松症患者衰弱干预效果研究 [J]. 中国老年保健医学, 2024, 22 (1): 164-167.

[190] 苗佳怡, 张谊雯, 张立元. 有氧运动联合抗阻运动对维持性血液透析患

者脂代谢、骨质疏松及血压的影响［J］.中国中西医结合肾病杂志，2021，22（10）：911-913.

［191］李琴兰."互联网+健康管理"模式探讨及其应用［J］.中国社会医学杂志，2018，35（1）：4-6.

［192］刘倍利，银芳媛.脑卒中后中枢性面瘫治疗研究进展［J］.中国医药指南，2023，21（20）：63-67.

［193］王云霞，张国增.脑卒中后视觉障碍研究进展［J］.护理研究，2023，37（10）：1806-1809.

［194］Blood Pressure Lowering Treatment Trialists' Collaboration, Turnbull F, Neal B, et al. Effects of different regimens to lower blood pressure on major cardiovascular events in older and younger adults: meta-analysis of randomised trials［J］. BMJ（Clinical Research ed.），2008，336（7653）：1121-1123.

［195］Mendelow A D, Gregson B A, Rowan E N, et al. Early surgery versus initial conservative treatment in patients with spontaneous supratentorial lobar intracerebral haematomas（STICH Ⅱ）: a randomised trial［J］. Lancet（London, England），2013，382（9890）：397-408.

［196］Hackett M L, Pickles K. Part Ⅰ: frequency of depression after stroke: an updated systematic review and meta-analysis of observational studies［J］. International Journal of Stroke: Official Journal of the International Stroke Society，2014，9（8）：1017-1025.

［197］段园园，刘生刚，肖雷，等.缺血性脑卒中急性期认知损伤的危险因素及其交互作用研究［J］.华西医学，2023，38（5）：688-693.

［198］Wagner F C, Chehrazi B. Early decompression and neurological outcome in acute cervical spinal cord injuries［J］. Journal of Neurosurgery，1982，56（5）：699-705.

［199］Obrador S, Sanchez-Juan J. Neurological syndromes in malformation of the occipital bone and the cervical spine, and their surgical management［J］. Zentralblatt Fur Neurochirurgie，1956，16（3）：125-137.

［200］吴金隆，杨堃，金永喜，等.督脉电针联合康复训练治疗脊髓损伤后运动、感觉障碍临床研究［J］.新中医，2021，53（18）：131-134.

［201］Sanches E, Ho D, Van De Looij Y, et al. Early intensive rehabilitation reverses locomotor disruption, decrease brain inflammation and induces neuroplasticity following experimental Cerebral Palsy [J]. Brain, Behavior, and Immunity, 2024, 121: 303-316.

[202] 徐小琴, 袁红, 夏林林, 等. 脊髓损伤病人膀胱功能障碍风险预测模型及其应用 [J]. 循证护理, 2024, 10 (4): 733-738.

[203] Trembly B. Clinical potential for the use of neuroprotective agents. A brief overview [J]. Annals of the New York Academy of Sciences, 1995, 765: 1-20; discussion 26-27.

[204] Closson J B, Toerge J E, Ragnarsson K T, et al. Rehabilitation in spinal cord disorders. 3. Comprehensive management of spinal cord injury [J]. Archives of Physical Medicine and Rehabilitation, 1991, 72 (4-S): S298-308.

[205] Rivlin A S, Tator C H. Objective clinical assessment of motor function after experimental spinal cord injury in the rat [J]. Journal of Neurosurgery, 1977, 47 (4): 577-581.

[206] Woo C, Seton J M, Washington M, et al. Increasing specialty care access through use of an innovative home telehealth-based spinal cord injury disease management protocol (SCI DMP) [J]. The Journal of Spinal Cord Medicine, 2016, 39 (1): 3-12.

[207] Yuen J, Thiyagarajan C A, Belci M. Patient experience survey in telemedicine for spinal cord injury patients [J]. Spinal Cord, 2015, 53 (4): 320-323.

[208] Lin S, Li T, Zhu D, et al. The association between GAD1 gene polymorphisms and cerebral palsy in Chinese infants [J]. Cytology and Genetics, 2013, 47 (5): 22-27.

[209] Qin Y, Mong D T, Jin Z H, et al. Association between autonomic dysfunction with motor and non-motor symptoms in patients with Parkinson's disease. [J]. Journal of Neural Transmission, 2024, 131 (4): 323-334.

[210] Faccioli S, Pagliano E, Ferrari A, et al. Evidence-based management and motor rehabilitation of cerebral palsy children and adolescents: a systematic review. [J]. Frontiers in Neurology, 2023, 14: 1171224.

[211] Balsamo F, Landolfo E, Montanari M, et al. Effects of cognitive and multimodal enrichments on early cognitive, emotional, motor, and

behavioral symptoms of a mouse model of parkinson's disease [J]. IBRO Neuroscience Reports, 2023, 15: S365-S366.

[212] Zhang Z, Wang J, Zhang X, et al. An open-label extension study to evaluate the safety of ropinirole prolonged release in Chinese patients with advanced Parkinson's disease [J]. Current Medical Research and Opinion, 2015, 31 (4): 723-730.

[213] Martínez-Fernández R, Máñez-Miró J U, Rodríguez-Rojas R, et al. Randomized trial of focused ultrasound subthalamotomy for parkinson's disease [J]. The New England Journal of Medicine, 2020, 383 (26): 2501-2513.

[214] Domingues V L, Makhoul M P, Freitas T B, et al. Factors Associated with physical activity and sedentary behavior in people with parkinson disease: a systematic review and meta-Analysis [J]. Physical Therapy, 2024: pzae114.

[215] Interventions to Prevent Falls in Community-Dwelling Older Adults: A Systematic Review for the U.S. Preventive Services Task Force [Internet] - PubMed [EB/OL]. [2024-09-07]. https://pubmed.ncbi.nlm.nih.gov/30234932/.

[216] 刘蓓蓓, 刘文亮. 构建互联网+教学+物联网健康管理实践教学新模式 [J]. 学周刊, 2023 (19): 18-20.

[217] Rychlik M, Starowicz G, Starnowska-Sokol J, et al. The zinc-sensing receptor (GPR39) modulates declarative memory and age-related hippocampal gene expression in male mice [J]. Neuroscience, 2022, 503: 1-16.

[218] Johnstone B. Neuropsychological deficit profiles in senile dementia of the Alzheimer's type [J]. Archives of Clinical Neuropsychology, 2002, 17 (3): 273-281.

[219] 王静, 李巧文. 老年痴呆症的临床表现分析 [J]. 临床合理用药杂志, 2014, 7 (23): 127.

[220] 陈玉美, 胡丽娜, 牟志伟. ASD与非ASD语言发育迟缓儿童的语言行为能力差异分析 [J]. 广东医学, 2024 (6): 1-5.

[221] Lai M C, Lombardo M V, Baron-Cohen S. Autism [J]. The Lancet, 2014, 383 (9920): 896-910.

［222］尹嘉宝，王甘雨，段桂琴，等.2～6岁孤独症谱系障碍儿童神经发育与脑血流量的研究［J］.中国当代儿科杂志，2024，26（6）：599-604.

［223］张山斋.小组音乐律动联合语言训练对孤独症患儿社交、心理和感觉统合功能的影响［J］.中国卫生工程学，2024，23（4）：487-489.

［224］Najafabadi M G，Sheikh M，Hemayattalab R，et al. The effect of SPARK on social and motor skills of children with autism［J］. Pediatrics and Neonatology，2018，59（5）：481-487.

［225］Xu W，Yao J，Liu W. Intervention Effect of Sensory Integration Training on the Behaviors and Quality of Life of Children with Autism［J］. Psychiatria Danubina，2019，31（3）：340-346.

［226］马艳彬，王宏.骑马治疗及其在康复医学领域的应用［J］.蚌埠医学院学报，2008（3）：377-379.

［227］温煦，王轶凡，董瑞庆.运动前心血管筛查的国际经验与启示［J］.体育科学，2021，41（1）：75-82.

［228］罗曦娟，王正珍，李新，等.美国运动医学会运动风险筛查的演变和发展［J］.中国运动医学杂志，2020，39（5）：413-418.

［229］卢万鹏，朱骁潇，杨云峰，等.基于达标理论的"互联网+健康管理"在产后康复的影响［J］.中国处方药，2022，20（9）：4-9.

［230］王睿，黄树明.抑郁症发病机制研究进展［J］.医学研究生学报，2014，27（12）：1332-1336.

［231］中国精神障碍分类与诊断标准第三版（精神障碍分类）［J］.中华精神科杂志，2001（3）：59-63.

［232］Schuch F B，Stubbs B. The role of exercise in preventing and treating depression［J］. Current Sports Medicine Reports，2019，18（8）：299-304.

［233］Hare D L，Toukhsati S R，Johansson P，et al. Depression and cardiovascular disease：a clinical review［J］. European Heart Journal，2014，35（21）：1365-1372.

［234］焦虑症动物模型与病理机制的最新研究进展［J］.中国比较医学杂志，2024，34（6）：46.

［235］吕少辉，王彦华，陈昺仔，等.基于"轴枢运动"论治失眠合并焦虑症［J］.陕西中医，2024，45（7）：938-941.

[236] Mehrotra C, Wagner L S. Aging and diversity: an active learning experience [M]. 3rd edition. New York, NY: Routledge, 2019.

[237] E J M .The Importance of geriatric syndromes [J]. Missouri medicine, 2017, 114 (2): 99-100.

[238] Sanford A M, Morley J E, Berg-Weger M, et al. High prevalence of geriatric syndromes in older adults [J]. PLOS ONE, 2020, 15 (6): e0233857.

[239] Endah F, Ningrum P, Lusiana. Comprehensive management of geriatric syndrome in level two health facilities: comprehensive management of geriatric syndrome in level two health facilities [J]. Clinical and Research Journal in Internal Medicine, 2024, 5 (1): 86-94.

[240] Cesari M, Marzetti E, Canevelli M, et al. Geriatric syndromes: how to treat [J]. Virulence, 2017, 8 (5): 577-585.

[241] Kubo H, Nakayama K, Ebihara S, et al. Medical treatments and cares for geriatric syndrome: new strategies learned from frail elderly [J]. The Tohoku Journal of Experimental Medicine, 2005, 205 (3): 205-214.

[242] 胡安梅, 陶晓春, 魏书侠, 等. 营养及康复干预对衰弱与衰弱前期老人的作用 [J]. 中国老年学杂志, 2017, 37 (14): 3613-3615.

[243] Verstraeten L M G, Kreeftmeijer J, Van Wijngaarden J P, et al. Geriatric syndromes frequently (Co) -occur in geriatric rehabilitation inpatients: restoring health of scutely unwell sdults (RESORT) and enhancing muscle power in geriatric rehabilitation (EMPOWER-GR) [J]. Archives of Physical Medicine and Rehabilitation, 2024: S0003999324010177.

[244] 杨秀云. 老年人运动康复的措施与原则 [C] 中华护理学会全国第12届老年护理学术交流暨专题讲座会议论文汇编. 北京: 中华护理学会, 2009: 2.

[245] 刘玉志, 杨太聪. 运动康复护理联合健康宣教在老年慢性心力衰竭患者中的应用效果 [J]. 实用心脑肺血管病杂志, 2018, 26 (4): 157-159.

[246] Magnuson A, Sattar S, Nightingale G, et al. A Practical guide to geriatric syndromes in older adults with cancer: a focus on falls, cognition, polypharmacy, and depression [J]. American Society of Clinical Oncology Educational Book, 2019 (39): e96-e109.

[247] Mueller Y K, Monod S, Locatelli I, et al. Performance of a brief geriatric evaluation compared to a comprehensive geriatric assessment for detection of geriatric syndromes in family medicine: a prospective diagnostic study [J]. BMC Geriatrics, 2018, 18 (1): 72.

[248] 李韬, 高琴, 冯贺霞. 互联网医疗在老年人健康管理中的应用及启示 [J]. 医学信息学杂志, 2021, 42 (9): 2-6.

[249] 郑羽, 王玲, 王慧泉, 等. 基于"互联网+"的老年人可穿戴设备健康管理服务平台探索 [J]. 中国纤检, 2018 (11): 139-141.

[250] 刘颖颖, 张艳. "互联网+"模式下O2O智慧养老服务配合中医治未病理念在社区老年人健康管理中的应用 [J]. 贵州医药, 2023, 47 (3): 481-482.

[251] 郭亚红, 郭浩乾, 宁艳花, 等. 基于家庭医生签约服务构建老年人"互联网+"家庭护理管理模式 [J]. 中国全科医学, 2023, 26 (23): 2876-2881; 2887.

[252] 林佳东. 互联网技术环境下田径运动编排管理系统的设计与实现 [J]. 景德镇学院学报, 2017, 32 (3): 87-90.

[253] 于亚洁, 陆燕群, 祝熠晨, 等. "互联网+"康复锻炼运动模型对提升腰椎间盘突出症患者自我效能的影响 [J]. 浙江临床医学, 2024, 26 (2): 280-282.

[254] 王宁华, 傅龙. 用于膝骨关节炎的足穿戴生物医学设备 [J]. 中国康复, 2020, 35 (10): 560-560.

[255] 赵媛, 彭贵凌, 武勇, 等. 老年髋部骨折智慧康复"云"系统的实践研究 [J]. 护理管理杂志, 2022, 22 (10): 707-711.

[256] 李贝贝, 张旭, 徐文强, 等. 脊柱后凸柔韧性在骨质疏松性脊柱骨折伴后凸畸形治疗中的意义 [J]. 颈腰痛杂志, 2020, 41 (3): 267-271.

[257] 许学猛, 刘文刚, 许树柴, 等. 膝骨关节炎 (膝痹) 中西医结合临床实践指南 [J]. 实用医学杂志, 2021, 0 (22).

[258] 陈嘉妍, 陈惠成, 冼献洁, 等. 运动锻炼计划护理干预对冠心病患者康复期生活质量的影响 [J]. 医学理论与实践, 2016, 29 (18): 3276-3277.

[259] 王青霞, 封海霞, 陶花, 等. 青少年抑郁症患者运动干预最佳证据总结 [J]. 东南大学学报 (医学版), 2024, 43 (3): 337-345.

[260] 朱超, 张波. 关于"互联网+"时代智慧课堂教学设计与实施策略研究

[J]．当代教育实践与教学研究，2020（1）：47-48．

[261] 杨浩．互联网环境下体育教学难点的分析研究[J]．当代体育科技，2020，10（7）：101-102．

[262] 昝金波．核心素养背景下小学体育信息化教学实践[J]．中国多媒体与网络教学学报（下旬刊），2024（6）：29-32．

[263] 杨瑰．"互联网+"时代智慧课堂教学设计与实施策略研究[J]．课程教育研究，2019（32）：46-47．

[264] 梁晗，冯佩瑶，夏琳琳，等．有氧匀速运动和高强度间歇性运动对雄性小鼠抑郁样行为及脑内神经肽相关基因表达的影响[J]．河南大学学报（医学版），2024，43（3）：178-183．

[265] 叶佳佳，王礼松．八段锦对重性抑郁障碍患者的影响[J]．南京体育学院学报，2024，23（2）：35-38；45．

[266] 刘祚燕，王凤英，倪碧玉，等．我国老年康复护理发展趋势[J]．护理研究，2017，31（7）：772-775．

[267] 刘邦奇．"互联网+"时代智慧课堂教学设计与实施策略研究[J]．中国电化教育，2016（10）：51-56；73．

[268] 刘军．智慧课堂："互联网+"时代未来学校课堂发展新路向[J]．中国电化教育，2017（7）：14-19．

[269] 高琳琳，解月光．"互联网+"背景下智慧课堂教学设计研究[J]．教育理论与实践，2019，39（20）：10-12．